《솔로몬과 스바의 전설》은 멋진 문체와 화려한 세팅, 세심한 역사 연구가 잘 어우러진 이야기다. 수천 년이 지나며 흐릿해진 스바의 여왕을 토스카 리가 생기를 넣어 되살려 냈다. 강하고, 능력 있고, 저항할 수 없이 매혹적인 인물로.

알리슨 파타키_ 뉴욕타임스 베스트셀러 *The Traitor's Wife* 저자

토스카 리는 이야기를 그럴 듯하게 쓰는 정도가 아니라 매우 현실감 있게 쓰려고 부단히 연구하는 치밀한 역사 연구가다. 《솔로몬과 스바의 전설》은 액션, 호기심 유발, 로맨스, 신비주의 등 소설에 필요한 온갖 수단이 갖추어져, 앉은 자리에서 다 읽게 만든다. 성경에 짧게 언급된 이야기를 소재로 촘촘하게 짠 언어의 태피스트리는 독자가 솔로몬과 스바의 이야기를 완전히 새로운 시각으로 보게 한다.

조 캐시_ 달라스침례대학교 구약학 교수

《솔로몬과 스바의 전설》은 흠 잡을 데 없이 잘 연구된 소설로서 마음을 사로잡으며 지혜로 가득 차 있어 기독교인과 비기독교인 모두 즐길 수 있다. 저자의 문체는 비할 바 없이 아름답고 생기가 넘친다. 마치 스바 여왕이 내게 직접 말하는 것 같았고 그녀의 고투와 승리가 내 것인양 여겨졌다.

레베카 캐너_ *Sinners and the Sea*, *Esther* 저자

세실 B. 드밀 감독이 살아 있다면 토스카 리의 《솔로몬과 스바의 전설》을 영화로 만들었을 것이다. 이 책은 장편 서사 영화가 될 법한 걸작이다. 시대를 초월한 사랑과 전쟁이라는 이야기, 그러나 보기 드문 장면이 펼쳐지는 고지로 독자를 데려간다. 가장 좋아하는 영화가 그러하듯, 독자는 스바의 풍부함과 깊이를 다시금 경험하고자 보고 또 보고 싶을 것이다.

마이클 나폴리엘로 Jr._ 레이다픽처스 설립자

솔로몬과 스바의 전설

토스카리 지음 ― 홍종락 옮김

THE LEGEND OF SHEBA
: RISE OF A QUEEN

솔로몬과 스바의 전설

홍성사

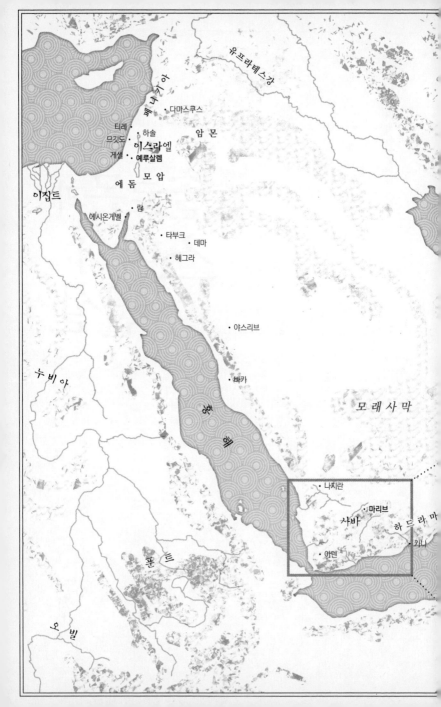

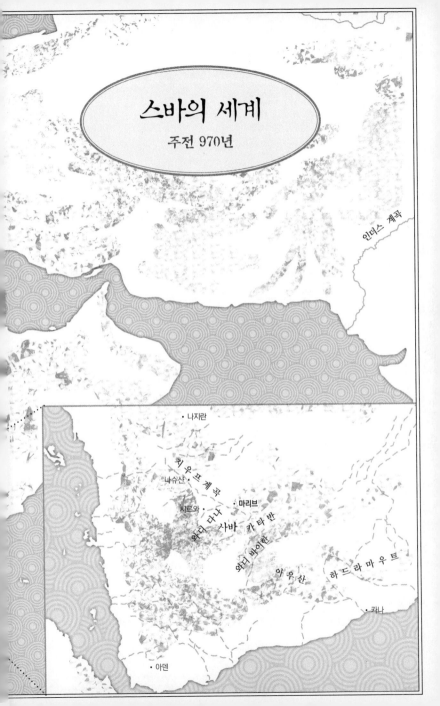

스바의 세계

주전 970년

인더스 계곡

· 나지란

하우프 계곡

나수산 ·

시르와 · · 마리브

와디 다나 사바 카타반

와디 바이한

아우산 하드라마우트

· 카나

· 아덴

　전해지는 이야기가 있다. 사막의 여왕이 재물을 가득 실은 대상隊商을 거느리고 북쪽으로 떠나 한 왕과 그가 섬기는 유일신에게 조공을 바쳤다는 이야기. 여왕이 왕에게 정복당한 후 그에게 받은 선물을 잔뜩 싣고 자기 나라로 돌아간 이야기.

　이런 이야기를 믿으라는 것이다.

　그러나 대부분은 사실이 아니다.

　진실은 이야기꾼이 지어낼 수 있는 것보다 훨씬 복잡하다. 재물은 상상할 수 있는 것보다 더 값진 것이었고, 비밀은 더 충격적이었다. 사랑과 배신 모두 더 격정적이고 더 파괴적이었다.

　사랑…. 그것은 황량한 사막의 태양 아래 쪼그라든 껍데기 같은 단어. 그 진액은 모래 사이로 다 빠져나간 지 오래다. 여왕이 다녀간 황량한 길을 다니는 이들에게 내 이야기도 그와 같을 테고, 거기 찍혔던 내 발자국은 원래부터 없었던 것 같으리라. 산들도 나를 기억하지 못하고, 다나 와디의 물도 내 이야기는 하지 않고 비옥한 주변 땅만 적실 것이다. 사막에서 멀리 떨어진 곳의 흙은 물에 쓸려 무심히 제 갈 길로 가리라. 이 모두가 차라리 자비다.

한때 사람들은 좁은 바다 건너, 거대한 신전 기둥들을 내 이름을 따라 빌키스(달의 딸)라고 불렀다. 이곳 서쪽에 있는 궁전의 기둥들은 또 다른 내 이름을 따라 마케다(불의 여인)라고 불렀다. 그들에게 여사제이자 부족들을 통합한 자 구실을 했던 나의 이름은 내 왕국의 이름과 같은 '사바'였다. 이스라엘 사람들에게 나는 그들이 '스바'라고 부르는, 향신료 나는 땅의 여왕이었다.

그들은 나를 창녀라고도 불렀다.

역사 기록자들은 물론 나름의 이야기를 할 것이고, 사제들의 이야기는 또 다를 것이다. 정복에 집착하는 세계에서는 남자들의 이야기들만 살아남고, 침실과 부엌을 넘어서는 여자들의 행동은 남자들의 그늘을 벗어난 경우에만 기억된다. 그리고 이런 여자들은 악명을 얻는다. 보이지 않는 존재로 살지 않았기 때문이고, 이들의 삶은 향이 타버리듯 진실이 금세 잊혔기 때문이다.

여왕들의 처지는 더 만만찮다. 온순함이라는 호사를 누릴 형편이 아니기 때문이다. 역사에 이름을 남길 만큼 강한 여왕의 경우, 그녀의 야망이나 권력을 어떻게 받아들여야 할지 모르는 난감함이 기록에서 드러난다. 사제들은 신이 내린 질문들을 광적으로 좇아가는 여자들을 도무지 참지 못한다. 그래서 이런 여자들의 이야기는 이들이 간음을 저질렀다고 상상하며 부러워하는 이들이 내뿜는 의분의 불길로 검게 그을린다. 이들은 유혹자, 매춘부, 이단자가 된다.

나는 이 모두에 해당하는 인물이기도 하고, 이것들과 전혀 상관없는 인물이기도 했다. 나의 모습은 이야기를 하는 사람에 따라 그때그때 달라졌다.

　바다 건너 사바에는 지금쯤 산비가 그쳤을 테고, 다나 와디의 거센 물은 동틀 녘에 들판으로 흘러갔을 것이다. 몇 달 있으면 북쪽의 상인들이 향신료와 금을 구하기 위해 배를 타고 사바로 들어올 테고… 그들을 보낸 왕의 소식을 전해줄 것이다.

　나는 몇 년째 그의 이름을 입에 올리지 않았다.

　그렇다, 들려줄 이야기가 분명히 있다. 만약 내게서 진실을 듣고 싶다면, 그 이야기는 이렇게 시작해야 할 것이다.

　나는 여왕이 될 마음이 전혀 없었다.

1

나의 어머니 이스메니는 천랑성the Dog Star의 빛 아래, 남자들이 그 빛 때문에 분별력을 잃었을 때 태어났다. 남자들은 어머니가 아버지를 홀렸고, 아버지가 정신이 흐린 상태에서 배우자를 정했다고 말했다. 결혼을 통해 다른 부족과 동맹을 강화할 수 있는데 자기 부족 출신 여자를 아내로 고를 왕은 없었으니까.

그러나 나는 내 눈으로 보았다. 어머니가 궁전 회랑에 나타나면 사람들이 눈을 떼지 못했고, 어머니가 시야에서 사라질 때까지 그들이 나누던 대화도 잠시 중단되고 침묵이 흘렀다. 드물게 어머니가 재판실의 아버지 옆자리에 앉을 때면, 진한 빛의 달이 바닷물을 끌어당기듯 재판실 안이 사람들로 가득 찼다. 비둘기 날개 같은 눈썹과 기도를 속삭이는 입술, 구릿빛 피부를 가진 어머니는 사바 전체에서도 가장 아름다운 존재였다. 고지대 계단형 언덕에 떨어지는 빗방울 소리도 구슬 장식이 달린 어머니의 옷단에서 나는 소리를 당해낼 수 없었고, 하드라마우트의 최고급 유향도 어머니의 향수와는 비교할 수 없었다.

뜨거운 오후가 되면 나는 어머니의 소파에서 졸곤 했는데, 어머니와 손가락 깍지를 끼고 어머니의 터키석 반지에 감탄했다. 나는 내 손이 어머니의 손처럼 호리호리하길 바랐다. 더 이상은 욕심내지 않았다. 어머니의 아름다움을 이루는 면면들이 지상의 인간에게 다시 허락될 거라고는 생각할 수 없었다.

많은 날 동안 우리는 아버지가 보내준 선물을 받았다. 북쪽에서 수입한 진귀한 감귤은 껍질은 시고 속은 달콤했다. 이집트산 아마포로 어머니는 자신과 내 가운을 여러 벌 만들게 했다. 좁은 바다를 건너온 노래하는 새들과 상아 빗도 있었다.

그러나 나의 가장 귀한 보물은 어머니가 자장가를 속삭이듯 내 귀에 대고 불러준 노래들이었다. 어머니의 우상들 앞에 함께 무릎을 꿇었을 때 어머니가 가르쳐주신 여러 기도문. 어머니의 머리에서 풍겨나던 달콤한 향기. 어머니는 '왕비'라는 직책의 옷을 입고 있으면서도 달라붙는 나를 한 번도 나무라지 않았다. 밤에 나를 두고 아버지에게 다녀올 때면 다음 날 아침에 어김없이 나를 꼭 안아 주었다. 사바의 영토는 궁전 너머 해변의 끝자락부터 황량한 사막이 시작되는 부분까지 뻗어나갔다. 그러나 나의 세계는 어머니의 방을 벗어나지 않았고 나는 그것에 만족했다.

저녁이면 어머니가 탁자 옆 소파에 비스듬히 기대어 있는 동안 나는 어머니의 보석함 앞에 앉아 귀에 보석을 달고 어깨가 묵직하도록 목에 목걸이를 주렁주렁 걸었다. 금으로 덮인 탁자는 은은한 등잔불 빛 아래 빛나며 주위의 모든 것을 금빛으로 물들이는 듯했다. 어머니의 옆얼굴도, 손에 든 은잔도 금빛으로 물들었다.

보석놀이가 끝나면 나는 어머니의 박수에 맞추어 춤을 추었고 내 발목에 찬 발찌에서도 짤랑거리는 소리가 났다. 몬순 호우가 와디협곡을 내달리는 춤, 여름의 보슬비가 겨울의 갈색 땅에서 기장을 불러내는 춤. 팔을 구부리고 머리에 손을 얹어 초승달 모양의 뿔을 만들고 고산지대의 아이벡스(야생 염소)를 흉내 내다가, 그 뒤를 쫓는 사자 흉내를 내면 어머니는 늘 웃으셨다. 그러면 어머니는 벌떡 일어나 춤에 합류했고, 어머니가 발을 굴릴 때마다 목에 걸린 홍옥수 구슬 목걸이가 경쾌하게 짤랑거렸다.

그렇게 춤을 추고 나서 둘이 쿠션 위로 쓰러지듯 누운 어느 날 어머니가 말했다. "너는 나보다 더 아름다울 거야."

"아니에요, 어머니!" 있을 수 없는 일이었다.

어머니는 손을 내밀었고 나는 그 옆으로 바싹 다가가 누웠다.

어머니가 내 이마에 키스하고 말했다. "나는 네 나이 때 너만큼 예쁘지 않았어. 하지만 주의하렴, 빌키스. 아름다움은 한 번만 쓸 수 있는 무기란다."

그 말의 의미를 묻기도 전에, 어머니는 손목에서 묵직한 팔찌 하나를 뺐다. 그것은 내 손만큼 컸고 루비가 잔뜩 박혀 있었다. "이 보석들이 보이니? 수정이나 에메랄드보다 단단하단다. 힘껏 눌러도 깨지지 않고 시간이 지나도 물러지지 않아. 아가, 이것을 보고 지혜는 영원하며 무엇보다 귀하다는 것을 기억하렴." 어머니는 팔찌를 내 팔에 채워 주었다.

"하지만…."

"지금은 조용. 칠자매별이 뜨고 있어. 새로운 것들의 시간이지." 어머니는 내 목에 두른 부적을 만졌다. 나를 보호하기 위해 뒷면에 태양을 새긴 청동 부적이었다. "왕자 동생이 생기면 어떻겠니?"

나는 어머니에게 안겨 팔찌를 만지작거렸다. 내가 아주 어릴 때부터, 유모는 매달 한 번씩 그것을 기원하게 하고 설화석고로 만든 태양의 여신 샴스의 우상 앞에 향을 피우게 했다.

"그러면 좋겠어요."

어머니 듣기 좋으라고 한 말이었다. 여동생은 어머니의 관심을 놓고 나와 경쟁할 테니, 여동생보다 남동생이 훨씬 낫다는 말은 하지 않았다. 남자아이라면 언젠가 우리 곁을 떠나 아버지와 한 편이 되고 결국 왕좌에 오를 테니, 남동생과는 얼마든지 어머니를 공유할 수 있었다.

나는 어머니가 임신한 아기가 정말 사내아이이게 해달라고 매일 기도하기로 다짐했다.

열흘 후 어머니는 발작을 일으켜 욕실의 대리석 의자에 머리를 부딪쳤다. 그리고 그날 밤, 나는 어머니가 나를 두고 태어나지 못한 동생과 함께 저세상으로 가셨다는 말을 들었다.

나는 어머니의 탁자에 기댄 채로 쓰러질 때까지 고래고래 소리를 질렀다. 사람들을 향해 거짓말쟁이라고 소리치고 어머니를 보게 해달라고 간청했다. 나를 만지려 드는 사람은 닥치는 대로 때렸다. 어머니가 나를 떠날 리가 없었다! 사람들이 결국 나를 어머니에게 데려다주자 나는 어머니의 시신 위로 몸을 던지고 그 차가운 목을 끌어안았다. 한참을 그렇게 있다가 사람들이 나를 떼어냈는데, 내 손에는 어머니의 긴 머리카락 몇 가닥이 남아 있었다.

달의 신 알마카의 신전에 있는 왕실 묘가 닫힌 후, 어머니의 얼굴은 늘 내 앞에 있었다. 가끔은 어머니의 냄새도 맡을 수 있었고, 잠자는 내 볼에 갖다 댄 부드러운 볼도 느낄 수 있었다. 어머니는 나를 버리지 않았던 것이다. 어머니의 죽음 이후 나는 거의 일 년 동안 말을 하지 않았다. 다들 내가 슬픔 때문에 말을 못하게 되었다고 생각했다. 그러나 나는 어머니에게만 말한 것뿐이었다.

매일 밤 침대에 누워 어머니에게 속삭였다. 다음 해 여름 무렵이 되자 어머니의 목소리는 희미해졌고, 그와 더불어 나를 이루고 있던 중요한 무언가도 일부 사라졌다. 나는 여섯 살이었다.

***

아버지의 두 번째 아내 하갈라트는 젊지도, 아름답지도 않았다. 그러나 그녀가 궁전에 들어오면서 북쪽 나슈샨 부족과의 유대와 어마어마한 자우프 계곡을 지나는 교역로의 지배권이 회복되었다. 여름철 호우로 모인 물을 이용하게 해주는 댐과 수로가 사바의 혈액이라면, 향료길은 사바의 호흡이었다. 그 길로 숨을 한번 내쉴 때마다 유향, 방향액, 발삼액, 몰약 등의 엄청난 수익을 얻었다.

내가 여덟 살이던 해, 첫 봄비가 내리기 전, 이복동생이 성난 울음으로 여인 구역의 평화를 깨뜨렸다. 아버지는 그해 신전축제 때 하갈라트와 내 남동생의 작은 금조각상을 신께 바쳤는데, 조각상에는 누구든 그것을 치우는 사람에게 내려지는 저주가 새겨져 있었다. 나는 배신감을 느꼈다. 아버지가 한 일이 신성모독처럼 느껴졌기 때문이다. 그곳은 어머니가 매장된 신성한 땅이었다.

그러나 왕위 계승자의 탄생도 왕실평의회를 달래지는 못했다. 그들에게 내 아버지는 호전적인 선왕에 비할 수 없는 존재였다. 내 할아버지 아가보스 왕은 사람들을 많이 죽였다. 그가 네 개의 큰 왕국 아우산, 카타반, 하드라마우트, 그리고 그 모두를 다스릴 사바를 통일하기 위해 원정에 나섰을 때, 수많은 이들이 그의 야망을 담은 군대 앞에 쓰러졌다. 좁은 바다 건너의 공주와 결혼해 그의 후손인 왕족들이 검은 피부를 갖게 만든 장본인도 아가보스 왕이었다.

그러나 아가보스의 원정에서 살아남은 유일한 아들인 내 아버지는 사바의 영토보다는 연맹왕국 전역에서 달의 신 알마카 신앙을 증진시키는 데 더 관심이 있었다. 그해, 아버지는 스스로를 대사제로 임명하고 신전 연회와 제의적 사냥을 주관했다. 그러다가 결국 궁전의 이곳저곳을 은밀한 벌 떼처럼 몰려다니는 불평의 속삭임이 어린 내 귀에까지 들려오기에 이르렀다.

나는 하갈라트를 믿지 않았다. 그녀가 아버지의 열정을 부추겼기 때문은 아니었다. 얼굴이 낙타처럼 얼룩덜룩해서도 아니었고, 빽빽 울어대는 남동생을 세상에 내놓아서도 아니었다. 내 어머니의 방과 보물을 다 차지하고, 나를 제외한 모든 사람의 머리에서

'이스메니'라는 이름을 아득한 기억으로 만들어버렸기 때문이다.

투박한 부족어를 쓰는 새엄마의 종들과 기이한 제사장들이 곳곳에 자리를 잡으면서 궁전은 내게 낯선 곳이 되었다. 새로운 친척들과 심지어 그 종들까지도 뭔가를 전할 때 말고는 나를 못 본 척했고, 나와 함께 자란 아이들은 내가 침묵을 지키던 그 해에 이미 나와 멀찍이 거리를 두었다. 그중 하나인 루반이라는 사내아이는 내가 몰래 마구간에 나가보자고 하자 이렇게 말했다. "나한테서 떨어져!" 어머니가 돌아가시기 전만 해도 우리는 낙타들에게 먹을 것을 주고 유모를 피해 숨는 등 많은 시간을 함께 보냈었다. 그 사이 그 아이는 키가 쑥 자라 나보다 한 뼘이나 커졌고, 나를 향해 웃던 얼굴은 사라지고 없었다. "네 엄마는 죽었어. 이제 하갈라트님이 왕비님이셔. 넌 끈 떨어진 뒤웅박이야."

나는 깜짝 놀라 경멸 어린 그 동그란 얼굴을 바라보며 눈을 깜빡였다.

그다음 나는 녀석의 눈을 시퍼렇게 만들어주었다.

"나는 국왕폐하의 딸이다!" 나는 그렇게 외치고 누군가가 떼어낼 때까지 녀석을 밟고 서 있었다.

그날 나는 저녁식사를 걸렀지만 배가 고프지 않았다. 나는 어머니를 잃은 어린 친구들이 그 자리를 대신한 후손의 종이 되는 것을 본 적이 있었다. 하지만 그런 일이 내게 벌어질 거라고는 꿈에도 생각하지 못했다.

"공주님은 이 나라의 공주입니다. 자신이 누군지 잊지 마세요."

그날 밤 유모가 내게 말했다. 그러나 나는 내가 누군지 알 수 없었다. 내게 남아 있는 것은 유모와 그녀의 딸 '샤라'뿐이었다.

누구도 나를 '끈 떨어진 뒤웅박'이라고 부르지 않았지만(적어도 면전에서는), 사람들의 눈이 나를 외면하는 것, 내 옷감으로 주어지는 최고급 직물이 줄어든 것, 아버지의 선물이 점점 뜸해지다가 더 이상 오지 않는 것까지 모를 수는 없었다.

어느 날 나는 하갈라트의 방으로 대담하게 성큼성큼 들어갔다. 그녀는 내 동생의 첫 번째 생일 잔치를 어떻게 준비할지 지시하고 있었는데, 긴 안락의자 위에 여러 묶음의 염색한 천과 비단이 놓여 있었다.

"아버님이 제게 보내신 물건들은 어디 있나요?" 나는 따지듯 물었다. 주위에서 숨을 삼키는 소리가 들려왔고, 공포에 질린 유모의 눈을 곁눈질로 보았다.

하갈라트가 몸을 돌려 나를 바라보았는데, 그녀의 얼굴에 앞머리를 물들인 헤나만큼이나 선명한 놀라움이 새겨져 있었다. 그녀의 귀에는 벽옥이 늘어져 있고, 불어난 허리에는 두꺼운 황금 허리띠가 걸려 있었다. 그 모습이 영락없이 꾸며놓은 나귀였다.

"글쎄다, 애야. 아버님이 널 잊으셨니? 그런데 이곳에는 선물을 어찌나 많이 보내시는지. 어머나, 얼굴이 엉망이구나." 그녀가 내 볼을 향해 손을 뻗었다. 내 아랫입술이 파르르 떨리려는 순간, 나는 보았다. 한때 어머니의 것이었던 루비 팔찌, 어머니가 돌아가시기 전에 내게 주신 루비 팔찌였다.

"그거 어디서 났어요?" 내가 말했다. 유모가 나를 끌어당기면서 조용히 하라고 쉿 소리를 냈다. "그거 내 거예요!"

하갈라트가 말했다. "뭐, 이거? 그래, 너에게 그렇게 의미 있는 물건이라면, 가져가라." 그녀는 팔찌를 풀어서 내게 던졌다. 팔찌는 내 발 앞에 떨어졌다.

"저를 용서하소서, 왕비마마." 유모가 말했다. 나는 유모의 벌린 팔을 피해 바닥에 놓인 팔찌를 잡아챘다. 루비 하나가 없어졌다. 나는 미친 듯이 사라진 루비를 찾기 시작했다. 그러다 유모에게 잡혀서 끌려 나갔다.

그 이후 나는 궁전을 최대한 멀리하고 정원으로 도피했다. 연못가에서 생각에 잠긴 채 어머니가 부르던 노래를 흥얼거렸다. 가정교사는 내가 말썽부리는 일이 없게 하려고 아버지가 붙여준 것 같았지만, 어쨌거나 그와 같이하는 공부에도 몰두했다.

삼 년 만에 나는 수메르의 시, 이집트의 지혜 문헌, 바빌로니아의 창조 이야기 등을 빨아들이듯 읽었다. 나는 궁전 서기들을 찾아가 그들의 허락을 받고 어깨너머로 궁전 문서들을 읽었다. 아버지의 서기장은 내게 자신이 쓴 문서의 출중한 필체에 감탄할 기회를 주었고, 지하 저장고에서 빼돌린 포도주 한 병을 건네자 할아버지의 전투 기록까지 꺼내놓았다. 나는 무역상들이 양피지 두루마리, 토판, 모조피지 등의 새로운 보물을 가지고 돌아올 날을 간절히 기다렸다. 그들의 영수증이 새겨진 종려나무 줄기들까지 보고 싶었다.

어머니가 그림자 세계로 들어가신 후 처음으로 나는 기쁨을 되찾았다. 아장아장 걷는 남동생 다말은 왕이 되겠지만, 나는 정치적 언쟁과 개인적 음모가 가득한 궁전의 방들을 지나 머나먼 장소들에서 살아간 다른 이들의 이야기에 빠져들 수 있었다. 모든 것에서 벗어나….

단, 하갈라트의 오빠의 시선만 빼고.

사디크는 뱀 같은 작자였다. 무심한 듯한 시선으로 어떤 것도 놓치지 않았으며, 아버지의 고문들에게 자신의 쓸모를 설득시킬 재주를 갖춘 뚱뚱한 남자였다. 나는 여종들과 노예들이 그에 대해 종종 뒷담화를 하며 그가 강한 길조를 타고났다고 말하는 것을 들었다. 그 말은 그의 여동생이 내 아버지와 결혼하면서 그가 상당한 재물을 얻게 되었다는 뜻이었다. 나로선 이유를 알 수가 없었지만, 궁중 사람들의 절반은 그에게 호감을 갖는 듯했다.

그러나 사디크가 호감을 갖는 대상은 단 한 사람, 나뿐이었다.

그의 눈길은 회랑 사이사이로 나를 따라다녔다. 그의 끈적끈적한 시선이 내 등과 어깨를 훑는 것이 느껴졌다. 내가 설화석고 방에 나타날 때마다 그의 눈길은 내 몸에 고정되었다.

나만 눈치 챈 것이 아니었다.

"새왕비님이 공주님을 사디크에게 달라고 왕께 청해도 놀라지 않을 겁니다." 어느날 저녁 유모가 내 헝클어진 머리를 보고 혀를 차면서 말했다. 내게는 자매와 다를 바 없는 샤라가 제 어미를 빤히 쳐다보고는 나를 보았다. 샤라는 하갈라트의 가족이 궁전에 도착한 이래 그들을 죽 미워했다. 오로지 나에 대한 충성심 때문이었다.

"허락하지 않으실 거야." 내가 말했다.

"왜 그렇게 생각하세요?"

"아바마마는 이미 사디크의 충성을 확보하셨으니까."

그때까지도 나는 미래에 대한 환상 따위는 갖지 않았다. 몇 년 안에 어느 귀족에게 시집갈 게 분명했으니까.

그러나 상대가 사디크는 아니었다.

"새왕비님의 오빠 사랑은 공공연한 사실이에요." 유모가 내 머리를 맹렬히 빗으며 말했다. "새왕비님은 폐하의 호의를 얻어낼 줄 아시고요."

"그자는 부족장도 아니잖아!"

"왕비마마의 오빠잖아요. 두고 보세요. 올해 말이 되면 사디크 님이 치수治水대신이 될 걸요."

나는 믿을 수 없다는 눈으로 유모를 바라보았다. 치수대신은 거대한 와디 댐에서 나오는 물의 분배를 감독했는데, 와디 댐 수문은 마리브 양쪽의 오아시스에 물을 댔다. 그 자리는 수도의 가장 영향력 있는 부족을 다스리는 권력의 자리였다. 공정하고 존경받는 인물만이 물의 분배를 둘러싼 불가피한 갈등을 중재할 수 있었다.

그러나 사디크는 공정하지도, 존경받지도 않았다.

"그자가 하는 일이라곤 뇌물을 받는 것뿐일 걸!"

"빌키스님!"

"사실이야. 사디크는 제 여동생 젖을 빠는 벌레야!"

유모는 가쁜 숨을 쉬었고, 척 봐도 내게 경거망동하지 말라고

23

경고할 태세였다. 그러나 유모가 한마디를 내뱉기도 전에, 샤라가 닦고 있던 구리거울을 떨어뜨렸다. 거울이 카펫 위에 떨어지면서 픽, 하고 소리가 났다.

"칠칠치 못한 것!" 유모는 딸에게 쏘아붙였다. 샤라는 그 말이 들리지 않는 듯, 휘둥그레진 눈으로 바닥만 내려다보았다.

유모는 잠시 멈칫하더니 소스라치게 놀라며 이제 막 땋기 시작했던 내 머리카락 한 줌을 손에서 놓았다. 유모는 미끄러지듯 옆으로 물러나 저러다 목이 부러지겠다 싶을 만큼 고개를 푹 숙였다.

나는 의자에 앉은 채로 천천히 몸을 돌렸다.

거기, 공동으로 쓰는 외실의 아치형 출입구에 하갈라트가 서 있었다. 그녀는 베일을 머리 뒤쪽에 핀으로 꽂아 얼굴을 드러내고 있었고 양쪽 귀에서는 금비가 내리는 듯했다. 시녀 두 사람이 뒤쪽 대기실에 있었다. 나는 자리에서 일어섰다.

잠시, 우리 둘 다 움직이지 않았다. 그녀가 내게 소리 없이 다가왔지만 나는 고개를 빳빳이 세웠다. 그녀는 거울 바로 앞에서 멈추더니 그것이 엉뚱한 곳에 있는 장난감인 것처럼 허리를 굽혀서 집어들었다. 거울을 한번 훑어본 그녀는 샤라의 당황한 손에서 천을 집어들어 표면을 한번 쓱 문지르더니 내게 건넸다.

"좀더 똑똑히 보라는 뜻이다." 그녀는 그렇게 말하고 천을 바닥에 떨어뜨리고 걸어 나갔다.

그녀가 나가자마자 유모와 샤라는 동시에 내 쪽을 바라보았는데, 둘 다 얼굴이 창백했고 두려움으로 콧구멍이 벌렁거렸다. 외실로 가는 문이 왜 열려 있었는지 나는 묻지 않았다. 그것은 중요하지 않았다.

일주일 후, 나는 사디크와 약혼한 사이가 되었다.

나는 왕의 사실私室인 알현실에서 아버지의 발 앞에 엎드렸다. 그곳은 아버지가 왕이 아니라 사람으로 있는 공간이었다.

"간청합니다. 저를 그에게 주지 마소서." 나는 울부짖었다. 나는 질 좋은 가죽으로 만든 아버지의 샌들을 붙들었고 늘어진 예복의 끝자락을 밀어올려 내 이마를 샌들에 얹으려 했다.

"빌키스." 아버지가 한숨을 내쉬며 말했다. 고개를 들어 보니 아버지는 다른 쪽을 보고 있었다. 희미한 등불 아래 아버지의 눈가 주름이 더욱 깊어 보였다. 아래 속눈썹 주위로 늘 검게 칠해져 있던 콜이 보이지 않았다. "이렇게 안 할 수 없겠느냐? 사바를 위해서, 무엇보다 알마카 신을 위해서."

"제가 왜 신에게 마음을 써야 합니까? 신들은 하고 싶은 대로 합니다!"

"너는 여신이냐? 그래서 너도 하고 싶은 대로 해야 한다는 것이냐?" 아버지가 나직이 말했다.

"새왕비는 제가 사디크에 대해 안 좋게 말하는 것을 듣고 이런 것입니다. 그 말에 대해 참회합니다!" 나는 고개를 떨어뜨리고 아버지의 발을 붙잡았다. "사과하겠습니다. 왕비마마의 방에서 봉사하겠습니다. 하오니 이 일만은 거두어 주소서."

아버지는 손을 뻗어 나를 일으키려 했다. "하갈라트는 부족 간의 유대를 강화시켜 줄 것이다. 왜 아니겠느냐? 네 동생이 왕이 될 텐데. 너는 왕비가 그렇게 옹졸하다고 생각하느냐?"

나는 아버지에게서 홱 물러났다. "새왕비가 저를 미워하는 것이 안 보이십니까?" 그러고는 비틀거리며 낮은 연단에서 물러나 왕좌 앞의 환한 등잔 불빛 아래에 섰다. 나는 입을 열어 다시 간청을 하려다가 말을 멈추었다. 아버지가 나를 바라보는 눈길이 낯설었다.

아버지의 입은 움직이는데 거기서 아무 말도 나오지 않았다. 그의 얼굴에 이전에 없던 창백함이 깃들어 있었다.

"이스메니…?" 아버지가 힘없이 말했다. 들어올린 손이 허공에서 떨렸다.

"아버지?"

나는 다시 아버지에게 가서 그의 무릎을 잡으려 했지만, 아버지는 움찔하고 물러났다.

"아버지, 접니다, 빌키스입니다!"

"시간이 늦었다." 그렇게 말하는 아버지의 눈은 격자 창을 향하고 있었다. 창밖은 아래 왕실 정원에서 타오르는 횃불의 불빛으로 환했다.

"간청합니다, 폐하. 저는 한때 폐하의 딸이었습니다. 저에 대한 사랑이 남아 있으시다면…."

"이미 끝난 문제다." 그의 목소리에서 피곤이 느껴졌다. 등불이 깜빡이는 순간, 나는 아버지의 얼굴에서 보았다. 내 어머니가 죽고 나서 얼굴 찡그릴 일밖에 없던 세월. 고통의 검은 달로 잠식된 사랑.

그날 이후 사디크는 어디에나 보였다. 내가 정원으로 나갈 때면 회랑에 서 있었고, 내가 수업을 받으러 나갈 때면 샘 근처에서 어정거렸다. 도처에 있는 경비병들 때문에 내게 다가오지는 못했지만, 그의 시선은 작열하는 태양처럼 내게 달라붙었다.

나는 식당으로 식사를 하러 가지 않았다. 수업도 피하기 시작했다. 사디크의 모습을 보기만 해도 속이 울렁거렸다. 남성다움의 상징이라도 되는 듯 장식용 단검을 허리춤에 높이 찬 모습도 싫었고 손가락마다 잔뜩 끼운 많은 반지도 역겨웠다. 시간이 가면 기분이 나아질 거라고 유모가 나를 달랬다. 그러나 삼 년 후 결혼할 때까지는 그와 단둘이 있는 일이 없을 거라는 사실만이 나의 유일한 위안거리였다.

하지만 사디크는 명예를 아는 남자가 아니었다.

그가 처음 내 몸에 손을 댔을 때 나는 열두 살이었다.

문이 살짝 긁히는 소리에 잠이 깼다. 나는 혼자였고 처음에는 약해지는 등잔빛 탓에 내시 '바람'인 줄 알았다. 배가 불룩하게 나오고 턱이 매끈한 바람은 여인 구역에 다닐 수 있는 유일한 남자였다.

그때 희미하게 빛나는 단검 자루가 내 눈에 들어왔다.

그는 세 걸음 만에 방을 가로질러왔고, 나는 벌떡 일어나 바람을 찾아 비명을 질렀다. 사디크는 내 얼굴을 힘껏 후려쳤다.

그의 무거운 몸이 나를 누르고 단검의 칼집이 갈비뼈를 찔러왔다. 나는 저항했지만 그는 나보다 몸집이 두 배는 컸다. "바람과 여자들은 내 여동생을 보살피러 갔어. 여동생은 지금 네 동생을 유산하고 있어." 그는 흥분한 상태로 내 귀에다 대고 말했다. 향수와 포도주가 뒤범벅이 된 역겨운 냄새가 났다. "그리고 그 누구도 신임 치수대신에게 맞서지 못할걸."

그의 손이 내 목을 죄었다. 그의 다른 손은 내 가운을 파고들었다. 나는 그를 할퀴다가 거의 의식을 잃어 눈을 꼭 감아버렸다.

그날부터 사흘 동안 나는 자리에 누워 있었다.

유모는 의사를 불렀지만, 의사는 내게 열이 없다고 했다. 삶의 의욕을 잃은 사람의 망연자실한 무기력이 전부였다. 사디크는 내 목이나 얼굴에 흔적을 남기지 않았다. 허벅지 몇 군데가 그의 반지들로 긁힌 것이 전부였다.

나는 자리에서 일어나서 황폐한 사막으로 걸어가 모래에 묻히고 싶었지만, 그것을 실행할 의지조차 없었다. 넷째 날 저녁, 날이 어두워졌을 때 유모를 불렀다. 하갈라트가 동공을 확장할 때 쓰던 독초 벨라도나나 로도덴드론 꿀을 갖다 달라고 했다.

그러나 유모는 눈을 깜빡이며 이렇게 말했다. "왜요, 공주님? 그런 것들로 뭐 하시게요? 공주님은 충분히 아름다워요. 그런 꿀 먹어봐야 아프기만 할 뿐이에요."

내 심정을 차마 말로 표현할 수가 없었다.

유모는 그 대신 내게 카트잎을 씹으라고 주었지만, 각성 효과가 있는 카트잎도 나를 자리에서 일으켜 세우지는 못했다.

두 번째로 사디크가 나를 덮쳤을 때, 나는 이렇게 말했다. "아바마마께서 당신을 죽이실 거야. 평의회 앞에서 당신을 고발할 거야!"

"그럴까? 평의원들은 네게 묻겠지. '소리를 질렀나요? 들은 사람이 있나요? 첫 번째 일이 있고서 곧장 국왕폐하께 가지 않은 이유가 무엇인가요?' 네가 먼저 유혹했지만 너의 명예를 염려하여 말을 하지 못했다고 내가 주장하면, 그들이 누구 말을 믿을 것 같아?"

그자의 말이 옳았다. 그는 왕비의 동생이고 치수대신이었다. 나는 흉조를 타고 태어난 여인의 딸이었고 혼자였다.

"산파를 보내어 확인하면 네가 처녀가 아닌 사실이 드러나겠지. 그러면 나는 내 명예와 왕비님의 명예를 위해 너와 공개적으로 파혼할 수밖에 없을 거야."

나는 의분에 치를 떨어야 마땅했다. 아버지께 가서 그를 고발했어야 했다. 그자로부터 벗어나기 위해서라도 그렇게 했어야 했다. 그런 공적 스캔들을 겪은 후에는 두둑한 뇌물 없이는 누구도 나와 결혼하려 하지 않을 테니, 고발은 모든 남자로부터 벗어나는 길이기도 했다. 하지만 나는 피부 속에 썩은 벌레라도 들어간 것처럼 수치심에 사로잡혔다.

나는 샤라에게 밤에 내 침실을 떠나지 말라고 간청했다. 그러나 왕비가 호출하면 샤라는 거절할 도리가 없었다. 사디크는 이후 몇 달에 걸쳐 두 번 더 나를 겁탈했다. 구름이 고지대의 계단형 언덕 위에 몰려들었고 다가오는 계절의 첫 돌풍에 언덕의 나무들이 흔들렸다.

***

비가 왔다. 나는 침대를 떠나지 않았다. 오후 내내 폭우가 쏟아

저 급류가 언덕을 내려가면서 길을 가로막는 나무와 흙과 건물까지 죄다 와디 협곡으로 쓸고 갔다. 사디크를 경계하느라 몇 주 동안 잠을 자지 못했던 나는 오랜만에 단잠을 잤다. 당장은 안전했다. 치수대신이 궁전을 떠나고 없었던 것이다. 수문에 손상이 생길 경우에 수리할 수 있도록 인부들을 이끌고 홍수 상황과 운하 상태를 점검하러 나간 터였다.

동트기 얼마 전, 나는 일어나 창으로 갔다. 잠옷 아래 내 몸은 막 생겨나기 시작한 윤곽을 잃고 비쩍 말라 있었다. 창문턱을 붙잡고 격자형 셔터를 홱 열어 젖혔다. 새벽같이 일을 시작하는 종들이 뜰에 나와 있었다. 희미하게 동이 트면서 그들의 형체가 드러났다. 어머니가 돌아가신 후 수많은 밤 동안 그랬던 것처럼, 나는 칠자매별을 찾았다. 그러나 그날 이른 아침에는 달 때문에 칠자매별 중 하나가 잘 보이지 않았다. 나는 하늘이 밝아지고 별들이 희미해지기 시작한 후에도 오랫동안 창가에 선 채 그 별이 다른 여섯 별보다 먼저 사라지는 것을 지켜보았다.

몇 년 만에 처음으로 기도를 했다. 어머니를 지켜주지 못한 태양의 신 샴스가 아니라… 그녀를 받아준 달의 신 알마카에게.

'나를 구해주소서. 아니면 죽게 해주소서.'

그것이 전부였다. 나는 내 소유물 중 가장 귀한 물건인 루비 팔찌를 벗어서 희미해지는 초승달 앞 창문턱에 놓았다.

그날 낮에, 사람들이 궁전 뜰로 달려 들어왔다. 그들의 외침이 내 방의 열린 창으로도 들려왔다. 얼마 후 여인들의 홀에서 큰 울음소리가 났다. 그 소리가 얼마나 컸던지 내 방까지 들렸다.

한 시간 후에 유모가 소식을 가져왔다. 수문 하나가 무너졌다고 했다. 사디크는 터져 나온 물에 휩쓸려 갔다.

나는 하늘로 눈을 들었다.

'저는 당신의 것입니다.'

***

사디크의 시체는 발견되지 않았다. 그가 죽은 지 한 달 후, 하갈라트는 내 아버지 앞에서 나를 비난했다. 그녀의 얼굴은 핼쑥했고 옷은 수척해진 몸에 느슨하게 걸려 있었다. 나는 다시 살이 붙어 옷이 잘 맞았는데, 마치 그녀가 슬퍼하느라 잃어버린 건강을 내가 얻은 것만 같았다.

"저 아이는 이 집에 재앙의 씨입니다. 저를 저주한 것처럼 제 오빠를 저주했습니다!" 그녀의 목소리가 갈라졌다.

"왕비, 너무 흥분한 것 같소." 아버지가 지친 목소리로 말했다.

"제가요? 저 아이와 약혼한 제 오빠가 죽었고, 저는 폐하의 가문에 들어온 이래 유산을 두 번이나 했습니다. 저 아이의 어미는 딸하나만 낳고 폐하의 아들을 뱃속에 품은 채로 죽었습니다. 분명히 말씀드리지만, 저 아이는 주위 사람들에게 죽음을 가져옵니다!"

아버지가 마침내 나를 쳐다보았다. 그때 나는 아버지가 내게서 정략적 판단이 아니라 사랑 때문에 결혼한 여인의 그림자를 본다는 것을 알았다. 그리고 아버지가 슬퍼하는 나를 찾지 않았던 이유, 어머니가 돌아가신 후 칩거한 세월 동안 나를 부르지 않았던 이유도 마침내 이해했다.

"부인." 아버지가 고개를 숙이며 말했다.

"저 아이를 멀리 보내세요. 그렇지 않으면 저는 아들을 데리고 이 궁전을 떠나겠습니다. 제 어미와 태중의 동생을 죽게 한 것처럼 제 아들을 죽게 할 수는 없습니다! 제 어머니는 지금 제 나이였을 때 자녀가 일곱이었고 저의 언니는 아들이 다섯이었습니다. 그러나 지난 4년 동안 저는 한 명의 아이도 출산하지 못했습니다. 아직 태어나지 않은 우리의 다른 아이들도 잃을 작정이십니까?"

나는 한소리 뱉을 생각으로 그녀를 노려봤다. 나는 푸른 빛을 잃고 새 한 마리의 무게에도 쪼개지는 나뭇가지와 같았다. 얼마든지 무모하게 굴 준비가 되어 있었다. 하갈라트와 그녀의 아들, 그녀가 바라는 자궁속의 모든 자식과 그녀의 부족에서 낙타와 염소를 기르는 모든 소작인과 마지막 미친 개 한 마리까지 저주할 준비가 되어 있었다.

그러나 그녀를 저주할 요량으로 들이쉰 숨은 놀라움의 가벼운 탄성으로 흘러나왔다. 정신이 나간 듯한 한 순간, 나는 웃을 뻔했다.

그녀는 내게 할 수 있는 일이 없었다. 나는 빼앗길 것이 없었다. 아직 빼앗기지 않은 것, 내가 얼마든지 벗어버릴 마음이 없는 것은 없었다. 내 생명까지도.

나는 아무 힘이 없었지만 한 마디도 할 필요가 없었다. 그녀는 나에 대한 우위를 완전히 상실했다. 그리고 그 순간, 그녀도 그 사실을 깨달았다. 나는 그녀의 볼에서 핏기가 가시는 것을 보았다.

내가 아버지에게 말했다. "저를 보내주십시오. 좁은 바다를 건너가 할마마마의 땅으로 가게 해주십시오. 제게 사제들과 그곳 알마카 신전에 바칠 예물을 주십시오. 그러면 제가 폐하의 이름으로 그것들을 가져가겠습니다."

아버지의 얼굴에 스쳐간 것은 안도감이었을까?

아버지가 기다렸다는 듯 동의한 것을 섭섭하게 여길 수는 없었다. 알마카 신은 그에게도 구원이었던 것이다.

그해 가을, 나는 개인교사, 사제 수행단, 식민지 확장을 담당할 신임 대신들, 푼트 신전에 바칠 풍부한 향, 제물, 선물들을 싣고 배에 올랐다. 유모나 샤라를 데려가는 것은 허락되지 않았다. 하갈라트가 미리 조치를 취한 것이다. 그래서 나는 그들과 눈물 어린 작별인사를 하고 그들의 목에 키스한 후 그들을 신들에게 맡겼다.

나는 어두운 회랑들과 더 어두운 기억들이 있는 마리브의 궁전으로 다시는 돌아오지 않으리라 결심했다. 평생 푼트에서 평화롭게 살 작정이었다.

그러나 일단 불려 나온 알마카 신은 나를 위해 다른 계획을 갖고 있었다.

2

꿈을 꾸고 있었다. 몬순 호우가 내리기 전 고지대에 안개가 내려 앉는 꿈. 그런데 밀려오는 폭풍의 첫 번째 돌풍이 안개를 우유처럼 휘젓는가 싶더니, 큰물이 둔탁한 소리를 내며 급하게 산을 달려 내려갔다. 거품이 부글대는 물은 처음에는 흰색이었다가 토사가 밀려들면서 황토색으로 변덕스럽게 색깔을 바꿨다. 낙타나 심지어 집도 쓸고 갈 만큼 위협적인 기세로 와디로 흘러가, 수문과 아래에서 기다리는 밭으로 향했다.

"마케다."

눈을 떴다. 침대 위에 쳐진 고운 천 사이로 천장이 보였다. 등불이 만들어내는 뱀들이 그 주위를 뛰놀았고 가차 없이 몰려드는 모기 떼를 막기 위해 설치한 차양에 그림자를 드리웠다.

매미가 울고 있었다. 덧문을 내린 상태에서도 놈들의 합창 소리가 시끄럽게 귀를 울렸다. 꿈의 세계와 현실의 중간에서 들으니 그

소리는 거침없이 쏟아지는 빗소리와 비슷하여 다시 잠속으로 나를 끌어당겼다….

관자놀이에 나방처럼 부드럽게 키스가 내려앉았다. 나는 눈을 감은 채로 손을 뻗어 머리카락 한 묶음을 부여잡고 손가락에 휘감아 코에다 갖다 댔다. 따스한 무릎이 내 몸을 스쳤다. 향로에 있던 마지막 향은 꺼졌고 봄의 열기 속에서 몇 시간 전 소진된 욕망이 서린 향주머니만 남아 있었다.

"마케다." 속삭임이 들려왔다. 할머니 가족에게서 받은 이름. 망가진 이름 빌키스를 뒤로하고 푼트에 오면서 내 것으로 삼은 이름.

나는 그를 끌어당겨 소금기 있는 목을 더듬었다. 그는 신음소리를 내고 뭔가 말할 것처럼 잠시 그대로 있더니 나를 안았다.

그 순간까지도 나는 빗소리를 들은 것 같았다. 고동치듯 규칙적으로 떨어지다가 우레 같은 소리를 내며 쏟아지는 소리. 우리의 움직임이 가라앉고 내가 다시 깜빡 잠이 들 때까지.

"마케다."

한숨이 새어나왔다. 만족을 경험한 사람의 깊은 한숨이었다.

"일어나셔야 합니다."

감기는 눈꺼풀을 밀어올렸다. 그가 한쪽 팔로 몸을 괴고 다른 손으로 땀에 젖은 내 이마를 쓰다듬었다. 그의 검은 머리가 흘러내리면서 그의 얼굴이 액자 속의 그림처럼 보였다. 마카르. 귀족인 그의 아버지는 왕실평의회에서 내 아버지를 섬겼다. 전사인 마카르는 이 년 전, 수비대를 보강하고 금광에서 일할 사바의 주민들을 데리고 푼트로 왔다.

마카르, 나의 사랑.

나는 잠에 취해 한숨을 내쉬며 그를 끌어당겨 감싸 안았다.
"아직 밤이야."

"맞습니다." 그는 내 볼에 대고 속삭였는데, 짧은 턱수염이 나
를 간지럽혔다. 이번에는 몸을 일으키는 그를 붙잡을 수가 없었다.
"가시죠, 공주님."

침대보가 부스럭대는 소리가 나고 나는 자리에 혼자 남았다.

"어디로?"

셀 수 없이 많은 밤, 우리는 어린아이들처럼 궁을 빠져나가 별빛
을 받으며 정원 연못에서 멱을 감거나, 모링가 나무 위에서 후투티
새들이 호기심 어린 눈으로 지켜보는 가운데 동틀 녘의 첫 번째 햇
살이 밝아올 때까지 과수원에서 사랑을 나누곤 했다.

"새로운 대모험으로."

"당신 때문에 내가 녹초가 된 거 안 보여?"

그가 부드럽게 웃었다. "정반대인 줄 알았습니다만."

"당신은 비지 않는 항아리야."

"그렇다면 공주님은 마르지 않는 우물이십니다. 하지만 지금은
이럴 때가 아닙니다."

나는 모로 돌아누웠다. 그렇게 서 있는 마카르는 신전 벽감에
있는 청동 동상이 되어도 손색이 없을 것 같았다. 모든 알려진 신
과 미지의 신께 맹세코, 그는 아름다웠다.

"사랑한다고 말해줘." 내 입술꼬리가 올라가며 미소를 보여주었지만 그는 호응하지 않았다.

"제가 사랑한다는 거 아시지 않습니까." 말은 그렇게 하면서도 그의 눈에 낯선 그늘이 스쳤다. 기름이 떨어져 불길이 흔들린 등잔불의 장난이었을까? 아니면 그의 이마에 주름이 깊게 새겨졌던 걸까?

그가 침대 커튼 바깥으로 나가 옷을 주섬주섬 챙기기 시작했다

미심쩍은 웃음이 내 입에서 터져 나왔다. "내일 밤까지 기다릴 수 없는 걸 보니 대단한 모험인가 봐?"

"알게 되실 겁니다."

방문 바깥에서 뭔가 부드럽게 끌리는 소리가 났다. 고모할머니께서 내게 주신 내시는 늘 내 이층방 문밖에서 잠을 잤다. 이 시간에 그가 안 자고 뭐하는 거지?

나는 팔꿈치로 몸을 일으켰다. 이제 잠이 완전히 깬 상태였다.

마카르는 수놓인 내 카프탄 드레스를 한 손에 들고 침대가로 들어와 다른 손을 내게 뻗었다.

나는 이마를 찡그리며 침대에서 일어났다.

"서두르셔야 합니다." 그 말과 함께 그가 다시 침대 커튼을 헤치고 나갔다. 나는 그가 군살 없는 둔부에 사롱을 두르고 허리띠를 차는 모습을 지켜보았다. 그가 검으로 손을 뻗는 것을 보고 우리가 먹을 감으러 가는 것이 아님을 알았다. 나는 옷을 걸쳤다.

마카르가 내 슬리퍼를 가져와 무릎을 꿇고 내 발에 하나씩 신겨주었다. 그는 일어나기 직전, 나를 올려다보았다. 그가 주둔군 책

임자로 이곳에 처음 도착했을 때, 그리고 이내 궁전 수비대 대장이 되었을 때 태양을 바라보듯 나를 좇던 바로 그 눈이었다. 그러나 오늘 밤은 뭔가 더 있었다. 이상한 희망 같은 것이 깃들어 있었다.

"내 사랑, 무슨 일이야?"

"가시지요." 그는 일어서서 내게 베일을 건넸다.

바깥에서는 야푸쉬가 깨어 있는 정도가 아니라 아예 한 손에 횃불을 들고 기다리고 있었다. 횃불의 불빛으로 누비아족인 그의 진한 피부가 번들거렸고 귀에 걸린 황금 귀고리가 번쩍였다. 나는 그를 보다가 다시 마카르를 쳐다보았다. 언제부터 내 연인이 내 경호원과 행동을 같이했었지?

마카르가 이 밤에 비밀 결혼을 준비한 건가? 별밤 정원에서 그에 대해 얼마나 많은 이야기를 나누었던가?

공주는 남편을 제 손으로 선택하지 않는다. 그러나 내가 추방된 이후 6년 동안 아버지는 다른 어떤 혼사도 준비하지 않으셨다. 어쩌면 사디크가 죽기 전에 몸을 망친 나의 비밀을 알렸을지도 몰랐다. 어쩌면 모두 하갈라트가 꾸민 일인지도 몰랐다. 그럴 수 있겠다는 생각이 들었다.

나의 치료자 마카르는 내가 그의 침대로 갔을 때 처녀의 몸이 아님을 알았다. 내가 처음에 눈물을 쏟으며 달아났어도 이유를 묻지 않았다. 마침내 그의 품에 안겼을 때, 나는 나를 이곳에 이르게 해준 모든 것에 감사했다. 이곳에서 보내는 낮의 아름다움은 사바에서 보낸 밤의 끔찍함보다 훨씬 컸다. 마카르는 유배자인 나를 돌보느라 다른 귀족과의 유대를 포기해야 했다. 나는 그가 권력자들의 호의를 얻게 해줄 힘이 없었다. 하갈라트의 친척들이 왕실평의회와 사바의 가장 높은 자리들을 거의 싹쓸이한 상황이었다. 그러나 그는 이곳 푼트에서 재물이 부족하지는 않을 터였다. 나는 사랑이 부족하지 않을 테고.

이 모든 생각이 방을 나서 세 걸음을 걷는 사이에 머리를 스치고 지나갔다.

비밀 결혼. 나는 혼자 미소를 지었다. 그렇다면, 더 질문하면 안 되는 거였다.

나는 그들을 따라 복도를 내려가 1층 뜰에 도착했고 주랑을 통해 밖으로 나갔다. 정원에는 불이 켜져 있었고 매미들의 합창이 울려 퍼졌다. 나는 마카르의 손을 잡았다. 그는 나를 쳐다보지도 않고 내 손을 입술로 가져갔다.

곁눈질로 야푸쉬를 쳐다봤다. 그의 근육질 팔뚝과 무표정한 얼굴을 처음 본 사람은 그가 내시임을 알아보지 못할 것이다. 그런데 마카르가 야푸쉬에게 무슨 말을 했기에 그의 이마가 저렇게 굳은 것일까? 이건 유쾌한 행사가 아닌가? 나를 그 자리로 데려가는 저들이 왜 기뻐하는 것 같지가 않을까?

뭔가 잘못된 게 분명했다.

우리가 작은 북문을 통과할 무렵, 심장의 쿵쿵거림에 갈비뼈까지 울리는 것 같았다. 모링가 나무나 결혼식에 대한 낭만적인 생각은 이미 사라지고 없었다.

나는 그 자리에 멈추어 섰다.

"나를 어디로 데려가는 거야? 지금 말해."

마카르가 돌아섰는데, 한동안 그의 얼굴이 너무나 낯설었다. 그가 나를 보고 웃지 않는 것은 처음이었다. 입술은 웃지 않아도 눈은 늘 웃던 그였다. 그러나 지금 횃불 아래의 그는 달랐다. 연인과의 결혼을 앞둔 남자의 얼굴이 아니었다. 뭔가 마음의 고민을 가지고 씨름하는 사람의 얼굴이었다.

"신전으로 갑니다. 어젯밤 항구에 배 한 척이 도착했습니다."

배? 배가 들어오기에는 너무 늦은 시기였다. 이집트에서 오는 배라 해도 그랬다. "우리와 관련이 있는 거야?"

"공주님께서 직접 보고 들으시는 편이 낫습니다."

그에게서 눈을 들어 바위투성이 평지를 바라보았다. 달빛을 받아 평지가 드문드문 부싯돌처럼 반짝였다. 신전으로 가는 뱀처럼 구불구불한 길 너머의 언덕에는 여러 개의 횃불이 희미하게 빛나고 있었다.

"마케다." 마카르는 나를 부른 다음 머뭇거렸다. 고개를 돌려 바라본 그의 얼굴에는 고뇌가 서려 있었다. "이것만 기억해주십시오. 저는 한 번도 공주님을 속인 적이 없습니다."

나는 그 말에 깜짝 놀라 그를 빤히 쳐다보았다.

"신전으로 가시는 게 최선일 듯합니다, 공주님." 야푸쉬가 말했다.

나는 두 사람을 번갈아가며 쳐다보았지만 둘 다 더 이상 말하지 않았다. "둘 다 말 안 한다 이거지? 그럼 이 놀음을 빨리 끝내자고!"

나는 가운의 옷단을 잡고 그들을 앞서 나갔다. 심장이 쿵쿵거렸다.

신전으로 가는 길을 올라 조상들의 모습이 새겨진 석판들을 지나갔다. 벌레들의 윙윙거림을 배경으로 나의 발자국 소리가 크게 울렸다. 한 발자국 한 발자국이 너무 빠르면서도 너무 느렸다.

언덕배기에 한 사람이 서 있었는데 하늘을 등지고 선 바람에 얼굴에 그늘이 져 있었다. 복장을 보아하니 사제였다. 삭발한 머리에 달빛이 비치는 것으로 보아 수석 사제였다. 그도 이 일에 관여한 것일까? 사제는 손을 들어 그곳에 도착한 우리를 축복했다. 그의 목소리가 밤하늘에 울렸다.

"공주님."

그의 뒤로 요새형 신전이 솟아 있었고 아이벡스가 새겨진 기둥들이 그늘에 가려져 있었다. 새겨 만든 나무문들은 열려 있었다. 내부에서 횃불이 거대한 눈처럼 이글댔다.

이 문들 너머에는 무엇이 기다리고 있을까? 이 밤중에?

마카르를 쳐다보았지만 말없이 고개만 끄덕일 뿐이었다. 안에서 나를 기다리는 것이 무엇이건, 내가 먼저 마주쳐야 한다는 뜻이었다.

한순간, 나는 왔던 길로 달아날 생각을 했다. 궁전이나 정원이 아니라 비석들이 세워진 어두운 벌판으로. 그곳에서는 전갈만 상대하면 될 터였다. 그러나 여기까지 옴으로써 돌아갈 길은 이미 막혀버린 것 같았다.

눈을 들어 달을 바라보았다. 하늘 높이 보름달이 떠 있었다.

나는 신전으로 걸어 들어갔다.

신전 안에는 다섯 사람이 서 있었다. 횃불 아래에서 눈을 깜빡이다 보니 그늘 속에 있던 그들의 얼굴이 모습을 드러냈다.

하사트는 푼트의 평의회장이자 나의 먼 친척이었다. 그의 옆에 선 나바트는 주둔군 대장이었다. 둘 다 잠에서 깬 흔적은 보이지 않았다. 잠자리에 들기는 했을까? 나바트 옆에 사바의 복장을 한 세 사람이 서 있었는데, 허리띠 앞쪽에는 단검을, 뒤쪽에는 장검을 꽂고 있었다.

"공주마마." 하사트가 말하며 고개를 약간 숙였다.

"하사트 평의원." 나는 말을 더듬었다. 무슨 일인지 모르는 상황이었지만, 신전에서 나를 기다리는 그의 모습을 보고 깜짝 놀랐다.

"여기서 이렇게 공주님을 뵙자고 해서 죄송합니다."

나는 부들부들 떨리는 두 손을 꽉 마주 잡았다.

하사트가 내 쪽으로 다가왔다. 엄격해 보이는 그의 양볼에 횃불의 불빛이 넘실거렸다. 그는 다른 세 사람을 가리켰다. "이분들은 큰 위험을 무릅쓰고 공주님께 왔습니다."

"정말…." 나는 말을 멈추고 목청을 가다듬었다. 목구멍이 완전히 막힌 것 같았다. "정말 그렇겠군요. 사바에서 오셨다면. 우기가 다 되었잖아요." 우기에 바다를 건너다니, 바보거나… 아니면 아주 시급한 일이 있다는 뜻이었다.

세 사람 중 한 명이 말했다. "공주마마, 저는 북쪽의 아만 부족입니다."

"자우프 골짜기의 아만 부족." 나는 천천히 그 이름을 말했다. 나에겐 이미 낯설어진 지명이었다.

하사트가 말했다. "가반의 유력한 무역상들과 유대가 깊은 강력한 부족입니다. 그리고 이 사람은 칼카리브입니다. 폐하의 평의원 중 최연장자였다가 이제는 그림자 세계를 거니는 사람의 혈족입니다. 그리고 이 사람은 야타. 폐하의 평의원 아바마르의 친척입니다."

내 가슴 사이로 한 줄기 땀이 흘러내렸다. 이 세 사람이 대표하는 부족들의 땅을 사바를 중심에 두고 연결하면 남북이 거의 완전하게 이어졌다. 그 양옆으로 서쪽에는 산맥이, 동쪽에는 사막이 자리잡았다

나는 조심스럽게 말했다. "여러분의 친척분들을 뵌 적이 오래 되었습니다. 물론 아버지께서 그분들을 깊이 신뢰하셨다는 사실은 알고 있습니다. 그런데 여러분이 제게 원하시는 것이 무엇인가요?"

"역병이 대상隊商과 함께 마리브로 들어왔습니다." 하사트가 말했다.

"안타까운 일이군요."

잠시 침묵이 흘렀다.

나는 그들을 한 사람씩 둘러보았다. 갈수록 혼란스러웠다.

마침내, 야타라는 사람이 내 쪽으로 다가왔다.

"공주마마, 질병이 궁도 덮쳤습니다. 폐하께서도 병이 드셨습니

다. 그 전부터 이미 건강이 안 좋으셨습니다. 저희가 떠난 이후 폐하께서 어떻게 되셨는지는 알 수 없습니다."

나는 한 걸음 비틀거렸다. 그러나 나를 따라 들어와 있던 마카르가 눈에 들어오자 정신이 번뜩 들었다.

"여러분이 떠날 때 폐하께서 살아 계셨다고요. 그렇다면 이곳에는 왜 오신 건가요? 폐하의 소식, 그러니까 폐하의 생존 여부를 알리는 소식이 나올 때까지 기다렸어야 하는 것 아닙니까?"

"우기가 오고 있습니다. 저희는 기다릴 수가 없었습니다."

"그렇다면 폐하께서 편찮으시다는 소식을 전하러 오신 건가요?"

그럴 리가 없었다. 그 이야기를 하려고 위험을 무릅쓰고 바다를 건너왔을 리가 없었다.

매미들이 잠잠해졌다고 느낀 것은 나의 상상이었을까, 신전의 마법이 줄어든 것일까? 이 특사들의 도착과 함께 신전의 성소가 석회석과 모르타르로 지어진 보통의 건축물이 되어버린 것일까?

아만 사람이 말했다. "더 있습니다. 하갈라트는 자신의 혈족들에게 힘 있는 자리를 다 맡겼습니다."

"알고 있어요."

"그러나 나슈샨 부족과 그 동맹 부족의 발흥을 보고만 있지 않을 부족들이 많습니다. 저희들이 대표하는 부족들도 그렇습니다. 폐하께서는 연로하십니다. 며칠을 더 사신다 해도, 설령 일 년을 더 사신다 해도, 곧 왕좌를 놓고 전쟁이 벌어질 것입니다.

"하지만 내 동생…"

"열 살밖에 되지 않았고 나슈산 부족의 꼭두각시입니다."

"그래도 왕위 계승자예요!"

마카르가 내 옆에 와서 섰다. 그가 아주 나지막이 말했다. "마케다. … 왕위 계승자는 또 있습니다."

나는 그를 빤히 쳐다보았다. 몸이 차가워지면서 신전 내부의 공기가 답답하게 느껴졌다.

"북쪽의 아만 부족과 남쪽으로는 멀리 하드라마우트에 이르는 많은 부족이 공주님의 즉위를 지지할 준비가 되어 있습니다." 야타가 말했다.

그의 말이 하나도 귀에 들어오지 않았다.

"푼트도 지지할 것입니다." 지금까지 입을 다물고 있었던 나바트였다. "우리는 아가보스 대왕의 손녀께서 연맹왕국의 왕좌에 오르시길 바랍니다."

'원래 이렇게 일이 벌어지는 것인가?'

나는 어느새 이렇게 말하고 있었다. "내 동생은 아가보스 대왕의 손자입니다. 푼트가 형제 중 어느 한쪽의 즉위를 지지할 이유가 있나요?"

하사트가 말했다. "하갈라트는 푼트를 생각하는 마음이 전혀 없고 우리도 그쪽에 충실할 이유가 없습니다. 그녀는 우리가 수출하는 황금과 상품, 그리고 푼트 상인들이 나슈산 땅을 통과할 때 내는 관세에만 관심이 있습니다."

"하지만 아버지께서…."

"용서하십시오, 공주님." 일행 중 가장 키가 큰 칼카리브가 말했다. "폐하께서는 이미 승하하셨을 수도 있습니다. 공주님께서 돌아가시지 않으면, 다른 이들이 권리를 주장할 것입니다. 혈통을 내세울 수 없다면 무력을 쓰는 것도 마다하지 않을 것입니다. 우기가 끝나기 전에 공주님이 돌아오실 거라는 생각을 누구도 하지 못할 것입니다. 빨리 움직인다면 전쟁을 막고 공주마마께서 왕좌에 오르실 수 있습니다."

"사바는 지난 몇 세기 동안 여왕이 통치한 바가 없어요!"

"알마카 신께서 허락하시면, 다시 여왕이 다스리게 될 겁니다. 우리 부족은 준비되었습니다. 우리는 몇 년 동안 이 순간을 준비해 왔습니다."

한 시간 전만 해도 나는 푼트에서의 생활에 한껏 만족한 채로 잠에 취해 있었다. 사바는 멀리 떨어져 있었고 그곳의 억수같은 비는 꿈에서나 기억할 따름이었다. 그런데 이제 사바가 나에게 왔다. 커져가는 나슈샨의 영향력에 맞서 북쪽 부족들이 벌인 투쟁. 권력을 유지하려는 내 부족의 열망과 새로운 특혜를 얻으려는 남쪽 부족들의 시도. 그들은 정말 움직임이 빨랐다! 무엇을 위해서? 향후에 받을 특혜의 약속? 여왕과의 혼인동맹?

그때 나는 깨달았다. 그들이 바라는 것은 사바 여왕의 통치가 아니라 그 여왕이 그들 중 한 사람을 왕으로 세우는 것이었다.

그리고 여기 마카르가 서 있었다. … 이 년 전, 아버지의 지시로 한 무리의 용사들과 함께 딱 맞춰 와 있는.

나는 새로운 시선으로 그를 빤히 바라보았고 그는 간신히 알아볼 수 있을 정도로 살짝 고개를 가로저었다. 말을 하지 않아도 그의 생각을 알 수 있었지만, 내 눈에 들어온 것은 사랑스러운 얼굴을 한 낯선 사람이었다.

'나는 누구인가, 그의 연인이 아니라면?'

'여왕?'

'꼭두각시.'

"지금 우리 쪽 사람들이 항구에 모여 있습니다." 나바트가 다른 사람들에게 말했고, 그와 동시에 그들은 돌아갈 때의 식량에 대해 일제히 말하기 시작했다.

"폐하께서 아직 살아 계실 수도 있어요!" 나는 그들의 말을 잘랐다.

칼카리브는 내가 거기 있다는 사실이 방금 기억난 듯 나를 쳐다보았다.

"공주님, 우리가 돌아갈 무렵에는 살아 계시지 못할 겁니다. 하갈라트와 냐슈산 족 평의원들이 연맹왕국의 왕좌를 차지했을 테고 그것을 지키기 위해 병력을 모으기 시작했을 겁니다. 우기가 다가오고 있습니다. 알마카 신께서 우리에게 미소를 지으셨습니다. 그러나 당장 떠나야 합니다."

***

그날 밤, 나는 마카르에게 따졌다.

"뭘 또 숨겼어? 이 년 동안 내 등 뒤에서 또 어떤 음모를 꾸민 거야?"

내가 그를 때리려 들자 그는 내 손을 잡고 나를 가슴으로 끌어당겼다. 내 여종 자비브는 눈에 띄지 않으려는 듯 몸을 웅크린 채 방안을 바쁘게 돌아다니며 보석과 가운, 다량의 귀한 두루마리들을 쌌다. 동이 트고 있었다. 새벽하늘은 불길했다. 문밖에서는 궁전 노예들과 무장한 남자들이 내 물건을 궁전 안뜰에서 기다리는 호송대에게 날랐다. 얼마나 오래전에 준비되었는지 모를 호위대였다.

"내 남동생을 나슈샨 족의 꼭두각시라고 불렀지. 하지만 여길 보라고. 당신과 이 사람들은 나도 모르게 몇 년 동안 계획을 꾸민 다음에 나를 부르러 왔어! 당신들 중 누구라도 언제든 발각될 수 있었겠지. 하갈라트가 어떤 사람인지 당신은 몰라! 나도 모르는 새 내 목숨이 위험해진 지가 얼마나 된 거야?"

그가 나를 꼭 붙들고 다급하게 말했다. "마케다, 여기 있는 모든 사람이 공주님을 보호하겠다고 맹세했습니다. 주둔군, 궁전 수비대 전부. 공주님 방문 바깥에서 자는 야푸쉬도…."

"그 안에서 잔 당신도 말이지. 난 지독한 바보였어! 오늘 밤만 해도 당신이 나가자고 할 때 한동안 나는 비밀 결혼식을 올리려는 줄 알았어!" 그 말과 함께 나는 싸늘하게 웃었다. 그러나 참을 수 없는 모욕감에 눈을 가리고 말았다.

"그것은 저의 유일한 꿈이기도 했습니다."

"지금도, 당신의 말은 진심인 것처럼 들려." 나는 비통하게 말했다.

"사실이니까요! 하지만 제가 원하지 않더라도 언젠가 이런 날이 올 줄 알면서 어떻게 공주님과 결혼할 수 있었겠습니까?" 그가 나를 놓았다. "제가 어떻게?"

"당신은 줄곧 내게 거짓말을 했어!"

"아닙니다. 알마카 신께서도 아십니다. 지금 이 순간이라도 공주님께서 저를 택하신다면 저는 공주님과 결혼할 겁니다."

"그럼 당신은 쉽게 왕이 되겠군. 말해봐. 그것이 당신의 귀족 아버지의 의도였던 거야? 나를 유혹하는 방법도 알려주시던가?"

그의 표정은 번민에 차 있었다. "마케다, 이러지 마십시오….."

"그것이 당신 아버지의 계획이 아니었다고 말해봐. 나를 옹립하려고 다른 사람들과 모의할 때 그런 계획이 없었다고."

"동맹 부족들은 오래전에 협약을 맺었습니다. 하갈라트의 의심을 사는 일이 없도록 혼인 협정을 제안하지 않기로. 때가 되기 전까지….."

나는 그의 뺨을 후려쳤다. 어리벙벙한 잠깐의 시간이 지난 후 다시 한 번 후려쳤다.

"다들 똑똑하기도 하시네! 오늘 밤까지 나는 그동안 다들 나를 잊은 줄만 알았어. 그런데 당신은 한 시간 전에도 미리 말해주지 않았어. 숱한 밤 나를 당신에게 주었으니, 그 정도 도움은 줄 수 있었을 거 아냐."

그는 내게 언성을 높였다. "어떻게 말씀드립니까? 상한 제 마음이 안 보이십니까? 어떻게 해야 제 말을 믿으시겠습니까? 말씀해주십시오. 그대로 하겠습니다!"

"너무 늦었어. 그리고 저들이 나를 데리러 왔으니 나는 저들의 부름에 고분고분 따라야 하는 거야? 아니, 난 그렇게 하지 않을 거야!"

나는 자비브에게 짐 싸는 걸 중단하라고, 물건을 제자리에 갖다놓으라고 소리를 질렀다.

나의 피난처이자 서재, 평화로운 공간, 사랑하는 사람과 수많은 저녁을 함께 보낸 이 방이 온통 발가벗겨진 듯한 느낌이었다. 마카르가 도둑이 아니라 위로의 말과 손길과 한숨으로 나를 치료할 사람으로 처음 이 방에 왔을 때, 나는 그의 품에 안겨 울었었다. 나는 과거의 망령과 멀리 떨어진 채, 점점 늘어가는 두루마리 수집품들을 숙고하며 나른한 만족 가운데 이곳에서 남은 평생을 보내기를 바랐었다.

그런데 이제 그 모두가 내 눈앞에서 해체되고, 사바의 산들이 멀리서 모습을 드러냈다.

치욕스러운 눈물이 뺨을 타고 흘러내렸다. 기나긴 홍해처럼 뜨겁고 짠 눈물이.

"마케다⋯." 그는 내 두 손목을 쥐었다. "내 사랑."

"내게 사랑을 말하지 마. 부탁이야. 그 정도 자비는 베풀어 달라고."

그는 필사적으로 나를 끌어당겼다. "제가 어떻게 하면 좋겠는지 말씀해보십시오!"

그에게 가라고 말하고 싶었다. 이 사람들을 데리고 바다를 건너서 돌아가라고, 나를 평화롭게 내버려두라고 말하고 싶었다. 그러나 그 순간에도 그가 없는 이 공간을 생각하면 견딜 수가 없었다. 내가 유배를 받아들인 이유는 안전 때문이었다. 그러나 유배의 시간은 그로 인해 아름다웠다.

내가 말했다. "이 사람들 보내버려. 나와 함께 여기서 살자. 우리가 이전에 그랬던 것처럼. 모든 일을 예전처럼 돌리자. 당신의 말이 진심이라면, 내가 여왕이 되지 못한다 해도 내 곁에 있어줘."

"다른 사람이 왕좌에 있는 상황에서 제가 얼마나 오랫동안 공주님을 안전하게 지킬 수 있을 까요? 왕좌에 있는 사람의 최우선 과제는 경쟁자를 찾아내는 것일 텐데요? 동생이 왕관을 쓰면 공주님의 목숨이 안전할 거라고 생각하셨습니까? 진심으로 그렇게 생각하셨습니까?"

"그럼 시골로 숨어 들어가자. 우리가 궁전에서 살았던 기억은 다 잊어버리자! 과수원을 운영하고 작물을 심으면 되잖아. 우리는 평화롭게 살아가게 될 거야…." 그러나 그렇게 말하면서도 나는 알고 있었다. 지금까지 내가 자유로웠다는 환상만큼이나 잘못된 생각이라는 것을. 내가 간청하는 대상은 마카르가 아니라, 한때 사바에서 나를 벗어나게 해준 신, 그러나 이제 잔인하게도 다시 나를 그곳으로 불러들인 신이라는 것을.

"난 돌아갈 수 없어. 난 못해. 난 못해…." 떨리는 손으로 두눈을 가렸다. 그에게 하는 말인지 신에게 하는 말인지 알 수 없었다.

그는 내 어깨를 붙들었다. "원하신다면 저는 시골로 달아나 공주님과 숨어서 지낼 의향이 있습니다. 말씀만 하십시오. 그렇게 하겠습니다. 그러나 공주님은 결코 안전하지 못할 것입니다. 우리는 결코 평화롭지 못할 것입니다. 쫓아오는 사람이 없는지 항상 뒤를 돌아보며 살게 될 것이고, 공주님은 저를 원망하게 될 것입니다."

"그럴 리 없어."

"그럴 겁니다. 공주님이 안전한 곳은 왕좌뿐이기 때문입니다. 공주님이 진정 있어야 할 곳은 신들이 가리켰던 그곳이라고 생각하게 될 날이 올 겁니다. 공주님이 첫아이로 태어난 것이 실수라고 생각하십니까? 양친이 같은 왕족 출신이라는 것도? 공주님은 이곳에 안주할 분이 아니라는 것을 모르시겠습니까? 공주님은 꼭두각시가 되지 않을 겁니다. 그자들이 공주님을 꼭두각시로 만들지 못하게 하십시오! 공주님은 그들보다 영리하고, 그 어떤 현자보다 박식하십니다. 그리고 한때 사바를 사랑하셨고요."

그렇다. 나는 한때 사바를 사랑했다. 어머니가 나를 두고 저세상으로 떠나시기 전, 내가 목소리를 포기하기 전에. 사디크가 내 방을 더럽히고 푼트가 내 피난처가 되기 전에. 사바가 내가 알던 곳과 전혀 다른 장소가 되기 전에.

이날 아침 나는 사바에 비가 내리는 꿈을 꾸었다. 오랜 시간이 지난 후, 나는 그것이 징조였을지도 모른다고 생각하게 되었다. 나는 과거를 떨쳐버릴 수 없었고 늘 그 덩굴손을 두려워하며 살았다. 항구에서 온 무역상들을 식사에 초대해 그들의 이야기를 들을 때도 그랬다. 안전한 푼트의 궁전에 머물면서도 나는 왕실평의회의

업적들, 부족들간의 변화하는 정치 관계, 알마카 신앙의 득세와 아버지가 그 이름으로 건설한 신전들 소식에 귀를 기울였다. 알마카 신은 여러 해 전, 내가 자신을 바치겠다고 맹세한 바 있는 거대한 황소와 달의 신이다.

사바가 꿈속에서 나를 찾아냈다. 사바는 이곳에서 나를 찾아냈다. 나는 사바를 떠났지만, 사바는 결코 나를 떠난 적이 없었다. 그리고 나는 나의 일부, 나의 깨어 있는 정신보다 더 지혜롭고 통찰력 있는 일부가 줄곧 이 미래를 준비해 왔다는 것을 깨달았다.

바깥 어딘가에서 공중에서 잡힌 딱새의 날카로운 울음이 들려왔다. 나는 눈을 감았다.

"당신이 어떻게 했으면 좋겠는지 말하라고 했지."

"그렇습니다. 말씀만 하십시오!"

"내가 여왕이 된다면, 당신과는 결혼하지 않을 거야. 당신과 결혼하면 남은 나날 동안 줄곧 의문을 떨치지 못하고 살아야 할 테니까. 이 세상에 확실한 것이 하나는 있었으면 좋겠어. 그래서 당신은 내 남편이 못될 것이고, 왕도 되지 못할 거야. 여기에 뭐라고 답하겠어?"

"이전의 어떤 왕들보다 훌륭한 여왕님이 되실 것입니다."

나는 마카르의 어깨에 고개를 묻었다. 그의 팔이 전보다 더 부드럽게 나를 안았다. 마침내 그는 긴 숨을 내쉬었다. 그의 호흡이 떨렸다. 마치 죽 숨을 참고 있었던 것 같았다.

"내 곁에 있어줘." 내가 말했다.

"평생 동안 공주님을 섬기겠습니다."

한 시간 뒤, 나는 내 방에서 걸어나왔다. 그 방과는 이제 마지막이라는 생각이 들었다. 나는 여왕이 아니었다. 아직은 아니었다. 그러나 더 이상 공주도 아니었다. 그날 아침, 나는 좁은 바다의 끝자락에서 배에 올랐고 사바가 알던 이름 빌키스를 다시 내 이름으로 삼았다.

이름 없이 숨어 있던 나날은 그렇게 끝이 났다. 나는 열여덟 살이었다.

3

눈을 감으면 나무에서 유향 냄새가 풍기는 것 같았다. 사바의 향기는 홍해의 뱃사람들과 남쪽의 만灣까지 두루 퍼진다는 말이 있는데, 여기 마르카 계곡에서는 그 말이 믿어질 지경이었다.

"공주님."

눈을 뜨니 거대한 황야 끝자락에 천이백 명에 달하는 부족민들의 천막과 낙타들이 제멋대로 흩어져 있었다.

머리 위의 하늘은 잔뜩 찌푸린 상태를 유지하고 있었다. 알마카 신의 징조라고 며칠 전 남쪽 해안평야에서 사람들이 말했다. 푼트에서 함께 온 나의 사제 아슴은 거기서 낙타 한 마리를 희생제물로 바쳤다. 형편이 안 되는 상황에서 바친 제물이었으니 알마카 신도 귀하게 여겨야 할 터였다.

내 옆에서 낙타를 타고 있던 마카르가 손가락으로 한 곳을 가리켰다. 계곡 북쪽 끝에 낙타를 탄 사람들이 있었다.

"가자." 베일을 다시 단단히 여미고 내가 말했다. 그리고 낙타를 몰아 산등성이를 내려갔다.

사바에 어떻게 들어갈 것인지에 모든 것이 달려 있었다. 지옥처럼 뜨거운 해안평야를 건너가 위험천만한 산을 경로로 잡다가는 개코원숭이의 조롱거리가 되기 십상이었다. 모래사장이 바다처럼 펼쳐지는 동쪽의 거대한 황야는 이미 수많은 침략자들을 집어삼킨 무덤이었다. 횡단할 수 있는 유일한 경로는 자우프의 오아시스를 통해 북쪽에서 내려가거나(그러려면 그곳 부족들과 혈연 관계가 있거나 교역할 만한 풍부한 재물이 있어야 했다), 남쪽 항구에서 출발해 계곡을 통과하는 것이었는데, 그러자면 배가 있어야 했다. 사바의 요람과 부를 지켜준 것은 언제나 바다가 아니라 산과 모래였다.

나는 남쪽 항구에 도착해서 울었다. 우기 전에 바다를 건넜다는 안도감이나 남쪽의 우라마르 부족이 우리에게 절실했던 물자와 낙타를 가지고 우리를 맞아주었다는 데 대한 안도감 때문이 아니었다. 사바의 높은 산맥이 그렇게 반가우리라고는 생각도 못 했었기 때문이었다.

마카르가 옳았다. 한때 나는 사바를 사랑했었다. 그리고 이제는 돌아온 연인처럼, 그 모습을 보고 마음이 부서졌다.

그러나 나의 귀환에는 대가가 따랐다. 카타반의 산길에 접어들었을 때, 몇 년 만에 처음으로 사디크가 악몽으로 나를 찾아왔다. 나는 식은땀을 흘리며 뒤척였고 늦봄의 한기에 양모 망토 아래서 몸을 떨었다.

"나가!" 한밤중에 마카르가 깨어나 나를 위로하려 했을 때 내가 한 말이었다. 잠시 후 나는 그를 뒤따라 천막 밖으로 나가 바닥에 대고 헛구역질을 했다.

고원을 지나는 내내 하갈라트가 뇌리에서 떠나지 않았다. 거대한 바이한 계곡으로 내려가는 길에서는 아버지의 우울한 얼굴이 자꾸만 어른거렸다. 마카르는 성질을 부린 나를 용서하긴 했지만, 나를 만지지는 않았다.

나는 제정신이 아니었다. 푼트는 좁은 바다 너머의 그림자 땅이 되었고 사바는 귀신들을 보내 나를 맞이했다. 나로서는 열려 있는 유일한 방향으로 돌진할 수밖에 없었다. 북쪽으로, 수도를 향하여.

진영의 끝자락에 도착했을 때, 음울한 하늘을 배경으로 산 위쪽에서 움직이는 무엇인가가 보였다. 눈을 가늘게 뜨고 쳐다보니 구름이 펼쳐진 하늘 아래 독수리가 느릿느릿 날고 있었다.

진영 안에는 날카롭고 후음이 많은 여러 부족의 사투리들이 울려퍼졌고, 지평선 너머에선 우레가 일었다. 사령부 천막의 덮개 아래서 족장들이 다급한 대화를 나누었다.

번개가 번쩍하고 내리치며 주변 경관을 하얗게 질리게 했다. 계곡 안쪽에는 으스스할 만큼 바람 한 점 없었다.

내가 천막으로 다가가자 귀족들이 차례차례 입을 다물었다. 그들 중에 내 아버지보다 겨우 몇 살 적을 것 같은 처음 보는 인물이 조금 전까지 칼카리브와 빠른 속도로 대화를 나누고 있었다. 콜을 바른 열두 쌍의 눈이 재빨리 나를 평가했다. 그들 사이로 들어갈 때 내 발걸음이 흔들렸던가? 그들은 나를 어떻게 보았을까? 그들은 나의 혈통 외에 나에 대해 아는 바가 전혀 없었다. 그들 중에 내게서 여왕의 자질을 발견한 사람이 있을까? 아니면 자신들에게 권력을 안겨줄 수단으로밖에 보이지 않았을까?

나는 그들을 한 사람씩 쳐다보았는데, 새로운 사람이 제일 나중에 눈에 들어왔다.

칼라카리브가 말했다. "이쪽은 와하빌입니다. 공주님의 친족 출신입니다." 따로 말해줄 필요가 없었다. 그의 단검 칼집에 새겨진 샴스 여신의 옛 햇살장식을 보면 알 수 있었다. 나는 그에게 다가가 베일 덮인 코를 그의 코와 맞대었다. 친척끼리의 인사법이었다. 그는 다부진 체격에 키가 나 정도 되었고 눈동자 색은 보기 드물게 옅었다. 그의 성긴 턱수염은 늘어진 턱살을 가려주지 못했다.

"저희 사람들이 다음 계곡에서 기다리고 있습니다." 와하빌이 말했다.

"내 친족들의 소식을 갖고 왔나요? 소식을 받을 수 있을 거라 생각…."

"마리브에서 사람이 도착했습니다." 칼카리브가 끼어들었다.

나는 그를 쳐다본 후에 천천히 와하빌에게 고개를 돌렸다.

내 심장은 거세게 방망이질쳤다.

와하빌이 말했다. "선왕께서 돌아가셨습니다. 하갈라트가 아들을 설화석고 왕좌에 앉혔습니다. 우리는 그에게 충성을 바치기를 거부합니다. 공주님의 친족들이 지금 시르와에 모여 있습니다."

침묵.

와하빌은 천천히 몸을 앞으로 굽혀 두 손을 무릎에 댔다. "여왕폐하, 만세."

칼카리브는 건성으로 따라했고, 나바트와 아만에서 온 사람도 그렇게 했다. 그다음엔 야타와 우라마르의 족장들과 해안평야에서 합류한 동쪽 하드라마우트에서 온 사람, 그리고 갑자기 이름을 잊어버린 부족 출신의 네 사람도 그렇게 했다. 그들은 하나둘씩 몸을 숙였고, 그들의 중얼거림이 바람 한 점 없는 대기를 채웠다.

천막 덮개 바깥, 상황을 파악할 수 있을 정도로 가까이 있던 사람들은 큰 소리로 외치며 몰려와 몸을 숙였다. 그들의 웅성거림이 심상치 않은 하늘로 퍼지며 구름에 내 이름을 새겼다.

여왕폐하, 만세! 빌키스 여왕폐하 만세!

나는 본능적으로 마카르 쪽을 봤지만, 그는 메마른 와디 바닥에 거의 닿을 만큼 몸을 굽히고 있었다. 수많은 밤 내가 그토록 흠모하던 목이 저 아래로 내려가 있었다.

돌풍이 불어와 계곡을 휩쓸고 지나가면서 천막 덮개가 심하게 흔들렸고 남쪽 하늘이 갈라졌다.

몰려오는 폭풍우를 보며 칼카리브가 말했다. "병력을 모아라. 마리브로 진격한다."

그날 밤, 오랫동안 들리지 않던 어머니의 음성이 돌아왔다. 처음에는 노래가 잠든 내 마음의 귀에 들려왔다. 천막 출입구를 드나드는 바람소리 같은 노래, 우르릉대는 고지대 폭풍을 배경으로 똑똑 떨어지는 빗물 같은 노래. 그것은 사바의 자장가, 사바의 산들과 둥그런 고원들이 들려주는 자장가, 봄에 내린 폭우를 맞이한 사바의 계단형 언덕들이 들판과 과수원으로 물을 흘려보내며 만들어내는 음악이었다.

그것은 내 어머니의 노래였다. 나의 노래였다.

***

바이한 계곡에서 카하르 부족과 아우산 부족 사람들도 합류했다. 우리는 쇠물닭들이 차지한 오아시스들을 피해 신속하게 이동했다. 하갈라트는 분명 몇 주 전에 동맹자들을 소환했을 것이고, 내가 도착했다는 소식이 아직 그녀의 첩자에게 닿지 않았다 해도 그 시간은 그리 길지 않을 것이 분명했다. 외딴 마을들 사이로 이미 소식이 전해졌고, 그곳에서 온 부족민들이 우리 불가를 찾아와 함께 식사를 하거나 우리를 그들이 불가에서 벌이는 '비계와 고기' 식사에 초대했다. 새로운 소식이 궁금해서, 또는 여왕이 되려고 돌아온 공주를 직접 보고 싶어서였다. 그들 중 가장 부유한 자들이 염소와 양을 잡았는데, 우리를 위해 무려 열두 마리의 동물을 잡고 자기들은 아무것도 먹지 않는 경우도 있었다. 그중 한 사람은 아침에 네 아들을 우리에게 보내면서 이렇게 외쳤다. "폐하의 종 암미야타를 기억하소서! 암미야타를 좋게 기억하소서!" 한편 저지대에 내린 비로 작은 와디들은 거의 하룻밤 사이 강물을 이루었고, 이 물들은 사람들이 수로 보수 작업을 끝내놓고 물을 기다리는 목마른 들판으로 흘러갔다.

벌거벗은 아이들을 둔 과부들, 등이 굽고 이가 하나뿐인 노인들, 누더기나 다름없는 천으로 아랫도리만 간신히 가린 채 굶주리고 어린 동생들과 함께 방랑하는 소년들이 우리를 뒤따라왔다. 그들도 우리 불가를 찾아왔다. 먹을 것을 얻기 위해서였다. 질병에 걸리거나 겨울 동안 우물이 말라버려 생계가 막막해진 이들은 가장 가난한 잊혀진 동족이었다. 나는 그들도 뭔가 먹을 것을 받을 거라고, 하다 못해 거품나는 낙타 젖이라도 한 그릇 받을 거라고 생각했다. 하지만 몇 사람이 젊은 엄마와 그 아이들을 쫓아내는 광경을 보고 분개했다.

나는 와하빌에게 화를 냈다. "사바는 황금만큼 가치가 있는 유향이 넘치는 곳입니다. 어떻게 열국이 부러워하는 땅에 굶주린 사람이 있을 수 있나요?" 나는 그 젊은 여인과 아이들을 뒤따라가 내 천막으로 데려왔다.

나중에 마카르가 나지막이 말했다. "그들을 돌려보낸 것은 식량이 부족하기 때문입니다. 우라마르 사람들 중 일부는 벌써 낙타를 잡기 시작했습니다."

"그녀에게 줄 것이 없다면 내 몫을 줘. 내 담요 중 하나도 주고."

말은 그렇게 했지만 그날 밤 나는 굶지 않았다. 와하빌과 마카르가 자기들 몫의 음식을 그 여인에게 주었다는 것을 나중에 알게 되었다. 여인은 동트기 전에 슬며시 사라졌다.

처음 얼마 동안에는 내륙으로 들어가는 길이 장시간 낙타를 타는 데서 오는 허리 통증과, 두 다리를 묶인 채 웅크리고 요란하게 자는 낙타들에 둘러싸여 돌바닥에 눕는 것 사이의 끝없는 순환처럼 느껴졌다. 얼이 빠진 첫 며칠 동안 내가 느낀 거라곤 답답한 구름 아래 점점 뜨거워지는 봄의 열기, 안장의 딱딱함, 망토를 파고 드는 밤의 냉기뿐이었다. 그리고 벌레들. 놈들은 악착같이 달려들어 낙타와 사람을 가리지 않고 물어 댔다.

그러나 서쪽 고원에 이르러 낮아진 하늘이 비를 품고 무거워 보일 무렵이 되자, 나는 자리에 누워도 녹초가 되어 곧장 잠에 빠지지 않았고 저녁에는 인근에서 들려오는 치타의 기침 소리를, 동틀 녘에는 송골매의 요란한 우짖음을 들으며 깨어 있었다.

마리브까지의 거리가 보이지 않는 끈처럼 팽팽하게 느껴지자, 내게 부담으로 다가온 것은 지난 몇 주 동안의 여행이 아니라 앞으로 남은 결정적인 며칠이었다.

우리가 패할 경우 내가 어떻게 될지는 잘 알고 있었다. 나의 동족들, 동맹들은 자신들이 얻게 될 이익을 위해 이 도박판에 기꺼이 목숨을 걸었다. 그러나 나의 요청에 조수들을 거느리고 따라온 내 사제 아슴은 어떻게 될까? 내 천막 바깥에서 잠자는 내시 야푸쉬와 천막 안에서 조심스럽게 나와 같이 자는 마카르는? 우리가 실패할 경우 어떤 결말이 그들을 기다릴까?

알마카 신이여, 우리 모두를 구해주소서.

그러나 싸움터에서 결판날 우리의 운명 외에도 문제는 또 있었다. 나의 싸움은 진작에 시작되어 푼트 해안에서 출발할 때부터 반대에 맞서 싸워야 했다. 지난 육 년간 사바를 떠나 있었던 나는 여

62

왕이면서도 적이 누군지 몰랐고 동맹들의 진정한 충성도 알지 못했다. 귀족들은 내가 왕실평의회에서 권력을 중개하다가 그중 하나와 결혼하여 명목상의 여왕으로 물러나 주기를 바랐다.

나는 그들의 논의를 파악하기 위해 그들과 나란히 낙타를 타고 가기 위해서도 싸워야 했다. 아니, 낙타를 타고 가는 것조차 그들이 내게 가져다준 가마를 불태워버리겠다고 으름장을 놓고 나서야 쟁취할 수 있었다. 그들은 내 할아버지의 군대가 전투에 가져갔던 성궤 같은 존재로 나를 생각했던 것이다. 그것을 소유한 이들이 통치권을 주장할 수 있게 해주지만… 그 자체로는 아무 힘이 없는 상징물.

알마카 신이 다시 나를 사바로 부르셨다. 알마카 신은 나를 영리하게 만드셔야 한다.

나는 말을 거의 하지 않고 모든 것을 귀담아 들었다. 누가 내 예상 동맹자 명단에 들어갈지, 누구를 제외해야 할지 빠르게 익혔다. 누가 최고의 첩자들을 확보했는지. 다른 이들이 제일 먼저 바라보는 귀족들은 누구인지. 누구의 부하들이 최고의 낙타와 최고의 혈연을 갖추었는지, 또는 가장 많은 불화를 일으키는지.

나는 나도 모르는 채 몇 년 전부터 나를 중심에 놓고 짜여온 충성과 야망과 원한의 레이스 세공을 한 가닥씩 판독하기 시작했다. 그리고 우리와 합류한 모든 부족민 집단에 대해 벌써 몇 년째 해온 바로 그 일, 공부를 했다. 배웠다. 누구에게 가장 큰 영향력을 행사해야 하는지. 누구의 지지가 가장 필요한지. 누구를 믿을 수 있

63

는지. 누구를 믿어선 안 되는지.

그러나 지식을 갖추어도 내가 접근할 때마다 귀족들의 노골적인 생색은 여전했고, 그들이 고개를 숙인 채로 내놓는 딱딱한 대답도 달라지지 않았다. 그들이 내 왕권에 얼마나 큰 기여를 했는지 상기시키는 답변을 늘어놓을 때만 말투가 부드러워졌다.

카하르 부족의 족장은 강한 사바 억양을 구사하며 말했다. "카하르 부족민들은 도끼와 창과 칼을 들고 폐하께 왔습니다. 모두 육백 명이 왔습니다. 우리가 다시 우리의 영토로 돌아가고 여왕폐하께서 왕좌에 좌정하시면 폐하의 건강을 위해 알마카 신께 백 마리의 짐승을 제물로 바칠 것입니다. 폐하께서도 저희를 잊으시면 안 됩니다."

타고난 권리에 힘입어 원정에 나섰지만 대가를 바라고 주어지는 지원 목록이 길게 이어지는 것을 보면서 내 평생 처음으로 엄청난 빚을 진 부담을 느꼈다.

"야푸쉬." 어느 날 밤늦은 시간, 검은색 천막 출입구의 한쪽 끝을 말아올리며 속삭였다. 내 천막은 사위어 가는 화톳불과 웅크린 낙타들 곁에서 잠자는 남자들의 바다 한복판에 있었고 거의 오십 개에 달하는 다른 천막들과 사실상 구별되지 않았다.

내 얼굴을 절대 바라보지 않는 내시가 말했다. "제대로 쉬지 못하시는군요, 공주님."

누워서 보니 넓게 퍼진 그의 어깨가 별빛 아래의 서쪽 산맥 같았다. 그는 내 곁에서 멀리 벗어나지 않았고, 내가 쪼그리고 앉아

64

망토 밑으로 용변을 볼 때도 옆에 서 있었다. 사바의 남자들도 그렇게 용변을 봤는데, 야푸쉬는 그 모습을 볼 때마다 여자 같다는 말을 빠뜨리지 않았다.

내가 나지막이 말했다. "사람들이 나를 어떻게 보는지 알아. 난 물건이야. 다른 사람의 머리에 써야 할 왕관이지."

"그것은 좋은 일입니다."

"왜?"

"그들도 목숨 걸고 공주님을 지킬 테니까요. 적어도 당장은 그럴 겁니다."

근처의 화톳불에서 누군가 중얼중얼 잠꼬대를 했다. 다른 사람의 거친 불평과 함께 그 소리는 멈추었다.

"이집트의 하트셉수트 여왕 이야기를 해줘."

"그 여왕에 대해서는 이미 아십니다."

사실이었다. 나는 그 이집트 군주의 기록을 모두 읽었다. 홍해로 최초의 원정대를 보내어 푼트의 내 조상들과 거래를 트게 한 군주. 왕처럼 꾸몄던 여자 파라오. 나는 드문드문 그녀의 꿈을 꾸었는데 그녀의 가짜 파라오 수염과 파라오답게 도리깨를 쥔 섬세한 손, 그녀의 아버지 신인 태양신 아문이 등장했다.

"너의 민족 사람들이 그녀에 대해 뭐라고 하는지 말해봐." 내가 속삭였다.

마침내 그는 살짝 몸을 돌려 드러누웠다. 그러나 여전히 내 쪽을 보지는 않았다. "사람들 말로는 그녀가 자신을 남자처럼 만들었다고 합니다. 그리고 뒤를 이은 파라오가 그녀의 모든 형상을 지웠다고 합니다. 그런 일이 벌어지지 않게 하셔야 합니다, 공주님."

"죽고 나면 할 수 있는 일이 별로 없잖아."

"여자는 남자처럼 다스릴 수 없습니다, 공주님."

"왜 안 돼?"

"여자이기 때문입니다."

"네가 그런 말을 하는 거야? 너희 민족에도 여왕들이 있었잖아."

"여왕은 여자로서 다스려야 합니다, 공주님."

나는 잠시 침묵을 지켰다. 수수께끼 같은 누비아족 내시의 말을 마침내 이해했다.

"말해봐. 그녀가 아문 신의 딸이었다는 게 사실이야? 여자가 어떻게 신의 딸일 수가 있지?"

"그분은 파라오입니다. 그분의 아버지가 아니라 아문 신이 그분을 왕좌에 세웠다면, 그분이 누구의 딸이겠습니까?" 그가 미소를 짓자 어둠 속에서 이가 하얗게 드러났다.

나는 미소를 짓고 천막 출입구를 내렸다가 중간에 붙잡았다.

"야푸쉬 …."

"네, 공주님."

"이제 나를 '여왕'이라고 불러야 하지 않겠어?"

"공주님은 많은 이름을 가진 여인이십니다."

나는 어두운 천막 속에서 거의 동틀 때까지 깨어 있으면서 야푸쉬의 말을 곱씹었다. 내가 여자라서 무시를 당하지만 남성처럼 행동해서도 안 된다면, 완전히 다른 존재가 되어야 했다.

다음 날 나는 사제 아슴을 시켜 모든 사람들 앞에서 나를 알마카 신의 대여사제이자 딸로 선포하게 했다. 처음에 그 이야기를 꺼냈을 때 그는 인상을 찌푸렸다.

"공주님, 왜 이런 요청을 하십니까?" 그가 물었다.

"당신이 수석 사제가 될 때 누가 신전에 황금을 공급할 것 같아요? 난 지금 요청하는 것이 아니에요."

나는 남쪽 해안에 도착한 이후 처음으로 때문은 튜닉을 벗고 홍옥색 의복을 입었다. 머리를 풀고 무거운 초승달 목걸이를 목에 건 후 여러 개의 반지를 손가락에 끼웠다. 여행으로 마르고 갈라진 손가락에 실리는 무게가 낯설었다. 정교한 금줄 세공품이 이마에 드리워지는 황금 머리장식도 썼다.

오전의 서쪽 하늘이 점점 더 어두워졌다. 아슴이 내 머리에 도금한 뿔들을 씌우고 나를 달의 대여사제, 황소의 딸로 선포한 순간, 땅 끝에서 산들이 태어나기라도 하듯 저 멀리서 우르릉 하고 하늘이 울었다. 그 순간 나는 그것을 아무렇지도 않게 생각했다. 때는 우기였고 고지대에 구름이 모인 지 며칠째였으니까. 잔뜩 걸친 옷과 황금의 무게에 눌려 있던 터라, 오전의 무더위를 식혀줄 어떤 폭풍우라도 축복으로 여겼을 것이다.

그러나 부족민들 사이에는 전혀 뜻밖에도 놀라움의 파문이 퍼졌다. 수십 명, 수백 명이 무릎을 꿇었다. 나는 곁눈질로 보았다. 칼카리브는 어안이 벙벙해보였고 와하빌은 한껏 몸을 숙였으며… 나의 사제 아슴은 얼굴이 심각했다. 마카르는 내가 백날이 넘게 그의 품에 안겨 잠들었던 여인이 아니라 신이라도 되는 것처럼 손바닥을 펴고 있었다.

원래 아슴은 기다렸다가 그 의식을 마리브의 신전 구역에서 집행하고 싶어 했었다. 나중에 그는 그 순간이 징조였다고 선포했고 다시는 나를 의심하지 않겠다고 말했다.

"말씀해주십시오. 알마카 신의 따님이시여, 환상을 보셨습니까?"

내가 고개를 가로젓자 그는 다소 실망하는 듯했다. 나는 징조를 구하지 않았음을 그에게 밝히지 않았다. 내게 그 의식은 겁없는 주장이자 무서운 거래였다는 사실도. 알마카의 딸이라. 나 이전의 대사제였던 내 아버지도 감히 신의 아들로 자처하지는 못했다. 그럴 필요가 없었다. 아버지는 왕권을 알마카 신앙의 도구로 삼았지, 그 반대가 아니었기 때문이다.

이제 성공하건 실패하건 나는 달의 신과 운명을 같이하게 되었다. 이 행군의 결과에 따라 앞으로 몇 세대에 걸쳐 알마카 신의 이름도 돌이킬 수 없이 빛나거나 더럽혀질 판이었다.

내가 달의 신의 노예라면, 그 역시 나의 노예였다.

천막을 걷고 행군을 시작하기에 앞서 나는 값진 비취목걸이를 빈터에 묻었다.

'저를 왕좌까지 인도하소서.'

그날 오후, 산들 위에서 하늘이 요동치고 갈라졌다.

***

하리브 계곡 동쪽 끝에서 내게 충성을 맹세하는 부족민 거의 칠백 명을 만났다. 그중 절반은 나의 친족이었으나, 내가 한때 알았던 사촌, 노예, 삼촌 등 소수의 얼굴은 낯설기만 했다. 마카르의 아버지 살반이 이끄는 칼카리브와 마카르의 친족들이 나머지 절반을 구성했다.

나는 그들이 안 보는 척하면서 베일 뒤의 내 얼굴을 몰래 살피는 것을 보았다. 그중 하나는 내 눈을 응시한 다음에야 손을 들어 올렸다. 그들도 내가 대여사제로 취임한 이야기를 들었던 것이다. 어쩐지 그 때문에 우리의 만남이 더 낯설어진 느낌이었다.

그중 한 사람이 이렇게 말하자 안도감이 들었다. "우리는 사촌 지간입니다. 궁전에서 놀았던 기억이 나십니까? 공주님은 네 살, 저는 다섯 살이었고 제가 공주님을 위해 도마뱀을 잡아드리곤 했습니다. 이제 공주님을 위해 북쪽 사람들을 쓰러뜨리겠습니다!" 나는 기억난다고 말하고 그를 포옹했지만, 그 시절의 기억 일부는 사라진 지 오래였다.

우리는 이제 황야의 남서쪽 모퉁이에 해당하는 사이하드 사막 서쪽 끝자락으로 들어갔다. 이곳에는 낙타가 먹을 것이 있었는데, 목마른 모래가 큰 와디의 물을 흡수하여 덩굴식물, 위성류, 그리고 작년에 돋아난 사초를 볼 수 있었다.

여기에서 북쪽과 동쪽으로 여행하는 사람은 한달 내내 낙타를 몰아도 다른 사람을 한 명도 만나지 못한 채 모래언덕 사이에서 길을 잃고 헤매다 녹초가 되거나 탈수증에 걸리거나 미쳐 쓰러질 가능성이 있었다. 광대한 사막은 태곳적부터 사바의 동쪽 국경을 지켜주었고, 많은 침략자들이 모래가 만들어낸 거대한 파도 아래 묻혔다.

그날 밤, 부족민들이 식사하는 가문별로 나누어졌을 무렵, 몇몇 사람들이 사막에서 나와 평화의 뜻으로 공중에 모래를 뿌렸다. 그들은 황야의 척박한 은신처에 사는 이들로서, 한 번에 몇 달씩 사막에서 지낼 수 있었다. 다름 아닌 '사막의 늑대들'이었다.

"그 사람들 말이 이 근처에 우물이 있답니다. 이 무렵에 내리는 비로 물이 좋답니다." 아만 사람이 나중에 내게 말해주었다. 그는 사막 너머, 동쪽을 향해 고갯짓을 했다. "그곳에서 몇 달간 소금기 있는 우물물을 마시다 낙타에게 물을 먹이러 나왔답니다. 그러나 새로운 소식을 듣기 위한 목적이 더 크고, 폐하 아버님의 죽음이나 폐하가 이곳에 도착하셨다는 소식은 듣지 못했다고 합니다. 그들에게 낙타나 칼을 주시면 합류할 것입니다."

"그들과 이야기를 나눌 사람을 보내겠어요. 그런데 당신의 친족들로 구성된 내 동맹군은 어디 있나요?" 내 사촌, 즉 아버지의 조카가 하갈라트의 동맹군이 오천 명에서 칠천 명, 혹은 그 이상일 수도 있다고 말했었다.

"올 것입니다." 그는 그렇게 말하고 카트잎 한 묶음을 잎에 털어 넣은 뒤 내 화톳불 곁을 떠났다.

"저는 이제 그를 믿지 않습니다." 마카르가 은밀히 내 천막으로 들어와서 말했다. 달은 어두웠다. 매복하기 좋은 밤이었다. 그러나 아직까지 정찰병은 아무것도 보지 못했다. "그가 북쪽 사람이라서?" 그와 함께 안장주머니 더미에 비스듬히 기대면서 내가 말했다. 나는 그의 머리카락을 매만졌다. 며칠 만에 그를 처음 만진 것이었다.

"아닙니다. 그자가 폐하를 바라보는 눈길이 다른 사람들과 다르기 때문입니다."

나는 웃었다. "그 사람이 나를 어떻게 봐야 하는데?" 부족민들은 거칠고 산전수전 다 겪은 사람들이었다. 마카르도 전사였고 전사를 키우는 사람이었지만, 다른 사람들의 마음에 금세 전쟁의 불씨를 일으킨 부싯돌이 스물다섯 살의 그에겐 아직 영향을 미치지 못했다.

"깨닫지 못하시는군요, 그렇지요? 폐하는 딴세상의 존재 같습니다. 저번 날에 보여주셨던 그런 폐하의 모습은 본 적이 없습니다. 감히 만져도 되겠습니까, 알마카 신의 따님이시여?"

"만져야만 해." 나는 그에게 몸을 기대었고 그의 손가락이 호흡처럼 내 볼에 내려앉았다. 바깥에는 비가 내리기 시작했다.

"마케다…."

"이제는 빌키스야." 나는 입술로 그의 엄지손가락을 물고 속삭였다.

"하지만 저는 언제나 폐하를 마케다로 생각할 겁니다. 여왕이 되신 후에도, 폐하께서 어떤 귀족이나 심지어 이집트의 파라오와 결혼하신다 해도 그 이후에도 오래오래. 폐하께서 푼트와 저를 잊

71

어버리신 후에도 오래오래."

나는 살짝 그를 깨물었다. "그런 말 절대 하지마. 그건 그렇고, 내가 약혼자를 저주했는데 그가 죽었다는 소문 못 들었어? 그리고 내 천막을 드나드는 당신 모습을 칼카리브와 다른 사람들이 보지 못했을 것 같아? 그들은 내가 처녀가 아닌 줄 알아. 전에는 몰랐다 해도 지금은 안다고."

"여왕이 되시면 사람들이 두 가지 모두 금세 용서할 것입니다."

"상관없어. 상대가 당신이 아니라면 누구와도 결혼하지 않을 거야." 그와 결혼하지 않겠다던 나의 맹세를 다시 생각하고 있다는 말을 하지는 않았다. 그 얘기를 꺼낼 시간은 많았다.

그의 웃음은 부드러웠다. 왠지 슬퍼보였다. "지금은 그렇게 말씀하시겠지요. 하지만 평의원들이 폐하께 저보다 훨씬 강력한 사람과 동맹을 맺어야 한다고 조언할 것입니다. 그런 평의원이 없다면, 제가 그렇게 조언할 것입니다."

"내 곁에 있겠다고 맹세했잖아."

"그럴 겁니다. 폐하의 침실에서는 아니라 해도."

"왜 그런 말을 하는 거야?" 사바로 들어온 직후에 내가 너무 했었나? "동맹을 맺을 방법은 혼인 외에도 많아. 당신이 그랬잖아. 내가 영리하다고. 당신이 곁에 있는 줄 알면서, 내가 그렇게 쉽사리 다른 사람을 받아들일 것 같아? 아니. 난 당신을 놓아주지 않을 거야."

나는 그를 기대고 누웠지만 그는 말이 없었다. 하지만 그것은 중요하지 않았다. 내 말이 진심임을 차차 입증해 보일 테니까. 이곳이

건 푼트이건 다른 어떤 곳이건, 그가 없는 삶은 상상할 수 없었다.

그러나 그때… 갑자기 마음이 꼬였다.

나는 천천히 말했다. "이것 봐. 당신은 분명히 이 가능성도 고려했지? 당신이 의도한 대로 내가 여왕이 된다 해도, 내가 당신을 붙들 거라는 가능성."

"지금 정말 그것을 물으시는 겁니까?"

한동안 후두둑후두둑 둔탁한 빗소리만 들렸다. 내가 아무 말도 하지 않자, 그가 벌떡 일어나 앉았다.

"저를 왕으로 만들지 않겠다고 하셨고 저는 그 말씀을 받아들였습니다. 그러기 위해 저는 폐하께서 아시는 것보다 훨씬 많은 것을 감수해야 했습니다. 사람들이 저를 어떤 시선으로 바라보는지 안 보이십니까? 제가 나타날 때마다 폐하의 귀족들이 입을 닫는 것이 안 보이십니까? 조심하느라 드러내 보이지는 않지만, 그들은 저를 경멸합니다. 제가 폐하의 총애를 입고 있기 때문이지요."

"질투하는 거야!"

"그렇다 해도, 저는 폐하를 사랑하기 때문에 폐하께 정략결혼을 말씀드리는 겁니다. 제가 원하는 것은 폐하를 소유하는 것뿐인데 말입니다! 제가 뭘 더해야 저를 믿으시겠습니까? 저는 폐하께 저의 자부심과 몸, 생명까지 바쳤습니다."

나는 몸을 일으켜 그의 어깨를 붙잡았다. 그의 말을 들으니 부끄러워졌다. "용서해 줘." 내가 말했다. 그리고 다시 속삭였다. "용서해 줘." 한참이 지나자 그의 뻣뻣하던 몸이 조금씩 풀어졌다.

"이 부족들의 정치역학이 우리 둘 다를 오염시켰어. 그리고 당신과 나… 너무 오래 떨어져 잤어."

나는 그의 목으로 흘러내린 머리커락을 뒤로 쓸어 넘겼다. 그가 고개를 돌려 나를 바라보았다. 어둠 속에서도 나는 그 눈빛에 담긴 질문을 알아보았다. 그다음 나는 그의 품에 있었고 그는 나를 힘껏 안았다. 후두둑 빗소리에 그의 한숨소리가 묻혔다.

4

동틀녘에 사막 끝자락의 넓은 관목 지역에서 부족 지도자들과 만났다. 마리브의 신전 기둥을 조악하게 모방한 여섯 개의 돌탑으로 보아 그곳이 유목민들과 여행자들의 야외 성소로 쓰이고 있음을 알 수 있었다.

내 사촌 니만은 우리 앞쪽에 매어놓은 아이벡스 새끼를 내놓았다. 니만의 아버지가 아가보스 왕의 원정에서 살아남았다면 니만은 왕이 될 수 있었을 것이다. 그러나 아가보스 왕의 아들 중에서 살아남은 사람은 내 아버지뿐이었기에, 왕좌는 그에게로 넘어갔다. 새끼 아이벡스는 간간이 울어댔는데, 돋아나기 시작한 양쪽 뿔이 서로를 향해 살짝 휘어지면서 머리 위에서 완전한 초승달 모양을 이루었다.

니만은 내가 생각도 못했던 또 다른 물건도 내놓았다. 마르카브(안장)였다.

할아버지의 승리를 새긴 청동 신전문의 부조에서만 본 적이 있는 마르카브였다. 전설을 그려낸 그 조각에서 그대로 들어낸 듯, 그것이 지금 여기에 있었다.

아카시아 나무로 만들고 황금과 타조깃털로 장식한, 뚜껑 없는 상자 모양의 마르카브는 전투의 상징이자 전리품이었다. 양쪽 아래 부분에서 황금뿔이 솟아나왔는데, 그 과장된 초승달 모양이 달의 신의 친구인 황소를 떠올리게 했다. 할아버지는 그 배('마르카브'가 그런 뜻이었다)를 전장으로 가져갔고 그 위에 가슴을 드러낸 처녀를 태웠다. 어떤 부족의 군대도 그것을 빼앗을 수 없었다. 그러나 마르카브는 아가보스 왕 통치 말년에 자취를 감추었다. 적어도 나는 그렇게 들었다.

마르카브를 짊어진 열 명의 장정과 그 옆에서 같이 뛰어오는 스무 명의 모습을 보자 진영에 침묵이 내려앉았다. 전사들이 그것과 거기에 올라탄 처녀 전투의 여왕을 목숨걸고 지키기 위해 그 틀에 쇠사슬로 몸을 묶었던 그날을 떠올렸던 것이다. 그들은 마르카브를 빈터에 가져왔고, 그 옆에는 그것을 낙타 위에 실을 수 있는 용구가 있었다.

사제 조수가 양쪽에서 내 팔을 잡고 나를 빈터로 데려갔다. 한 시간 전에 아슴이 내게 쓰디쓴 독말풀과 밤메꽃 뿌리즙을 주었었다. 나는 일부를 마시고 바로 토했고 나머지는 마시기를 거부했다. 그다음 두 번을 더 토했다.

나는 마르카브 앞에 무릎을 꿇었다. 입이 매웠다. 풀린 머리의 일부가 허벅지에서 말렸고 일부는 땅바닥까지 드리워졌다. 내 위로 예복을 입은 인물이 버티고 서서 하늘을 가리고 있었다. 아슴이었다. 알마카의 황소의 도금한 해골이 그의 머리 위에 떠 있는 듯 보였다. 눈 부위가 시커멓게 뚫려 있어 속을 알 수 없었고, 코가 있어야 할 자리는 이를 드러내고 찡그린 입 같았다. 그 모습을 처음 보았을 때 나는 비명을 지를 뻔했다.

그가 말을 하자 서쪽 산의 우르릉 소리와 겹쳐 굵고 쉰 그의 목소리를 잘 아는 내가 듣기에도 황소 해골의 보이지 않는 입술에서 나오는 소리처럼 들렸다.

"피를 선물로, 물과 소금과 생명의 황토를 선물로 바치오니 따님의 간청을 들으소서. 달의 신이며 우레의 신이신 알마카여, 종의 기도를 들으시고 응답하소서!" 그의 한 손이 쫙 펴졌다. 다섯 개의 룬(rune, 룬 문자가 새겨진 뼛조각. 점을 치는 데 쓰였다. ─ 옮긴이)이 믿을 수 없을 만큼 한참을 공중에 떠 있다가 바닥으로 떨어졌다. 그중 둘이 위로 나왔다. 간肝 룬과 피 룬이었다.

"알마카 신이여, 들으시고 응답하소서." 공터를 에워싼 부족민들이 중얼거렸다. 해의 신 암, 달의 신 사인, 계명성의 신 앗타르, 밭과 비와 우레의 신 와드를 섬기는 자들이었다. 그 신들은 각 부족의 영토와 조상과 씨족의 신이었다. 그러나 모든 부족민은 그들이 방문한 땅의 신의 이름으로 맹세했다. 나도 해안평야에서는 사인에게 맹세했고 카타반에서는 암에게 맹세했다. 그러나 이제 우리는 사바의 영토에 있었다.

'사바와 알마카 신 만만세.'

사제는 창백한 은빛의 초승달이 사막 위로 떠오르기 시작한 동쪽을 바라보고 섰다. 그의 손에서 번뜩이는 초승달 모양의 칼은 하늘의 낫과 쌍둥이였다.

"알마카여, 당신의 따님에게 승리를 주시고 그 친족과 동맹의 칼이 신속히 움직이게 하소서. 이들이 오늘 마리브로 진군해야 하는지 알려주소서! 분명한 징조를 주셔서 당신의 백성에게 호의를 베푸시는 신으로 기억되소서. 승리를 주셔서 영원히 경배를 받으소서. 사바와 알마카 신, 만만세!"

나는 멍하니 이런 생각을 했다. '부족들은 신들과 나름의 계약을 맺지. 모두가 그래야 마땅하고.' 그러나 며칠 전에 맺은 계약은 알마카 신과 나, 둘만의 것이었다.

아슴은 새끼 아이벡스 앞에 무릎을 꿇고 그 머리를 잡고 있었다. 나는 그가 움직이는 것을 본 기억이 없었다. 칼이 믿을 수 없을 만큼 빠르게 아래로 번뜩였고, 다시 곡선을 이루며 천천히 위로 올라왔다. 정지된 한 순간, 피가 아이벡스의 크림색 목을 가로질러 섬뜩한 미소를 만드는가 싶더니 이내 뿜어져 나오면서 공중에서 붉은 아치를 이루었다.

사제 조수 하나가 무릎을 꿇고 황금 대야로 피를 받아냈다. 그 광경을 지켜보다 보니 내 시야에도 대야의 가장자리에 튄 것과 같은 선홍색 방울들이 점점이 어른거렸다. 바람 한 점 없는 날이었다. 피 특유의 금속성 냄새가 콧구멍에 스며들어 그 맛까지 느껴질 지경이었다.

나는 동물의 생명이 기괴하게 스러지는 광경에서 눈을 떼지 못했다. 뻣뻣하게 들려 있던 묶인 다리가 어느 순간 힘없이 땅으로 떨어졌다.

아슴이 배를 가르려고 움직일 때 나는 시선을 돌리라고 스스로에게 말했다. 시선을 돌렸던 것 같았는데, 그의 조수가 배의 벌어진 부위 양쪽 끝을 잡아당기는 것을 보고 말았다.

내장의 악취… 끊어진 수많은 실처럼 잘려나간 살… 팔뚝까지 피투성이가 된 채 간을 잘라내는 아슴….

나는 두려움과 놀라움에 사로잡힌 채 아슴이 아이벡스의 간을 살피고 섬세하게 베어서 연 다음 과일처럼 껍질을 벗기는 모습을 지켜보았다.

그가 선언했다. "징조가 좋다. 오늘 마리브로 진군한다!"

부족민들 무리에서 함성이 터져나왔다. 진작부터 빠르게 쿵쿵대며 내 귀를 울리던 심장의 맥박이 갑작스러운 함성에 움찔했다.

"결과는 어떻습니까?" 한 사람이 외쳤다.

사제는 붉은 간 덩이를 한 조수에게 건네고 피가 담긴 대야를 다른 조수에게서 받았다. 그가 다가와 내 앞에 무릎을 꿇은 것을 뒤늦게 깨달았다.

"알마카의 따님이여, 대야 안을 보시고 그 안의 형상을 말씀해주소서."

나는 해골의 검은 눈구멍에서 시선을 돌렸다.

앞에 대야가 있었다. 그 안에 가득한 피. 몸을 앞으로 굽혀 붉은 우물을 들여다보았다. 생명과 죽음이 굽이치고 있었다. 순간, 내가 공터나 사막의 가장자리가 아니라 궁전에 있는 것 같은 착각이 들었다. 나는 죽은 어머니를 붙들고 있는 소녀, 어머니의 머리카락 몇 가닥을 손에 쥔 소녀였다. 나는 구원을 절실히 바라던 열두 살로 돌아갔고, 어머니의 목걸이에 박힌 루비들은 그 황금 대야 가장자리에 얼룩얼룩 묻은 피처럼 진한 선홍색이었다….

시야가 가려져 앞이 잘 보이지 않았다. 날카롭게 울리는 소리에 귀가 멍멍했다.

"여왕폐하, 무엇이 보이십니까?" 아슴의 목소리가 저 멀리서 들려왔다.

"향, 유향." 나는 그렇게 말하고 있었다.

아슴을 향해 손을 뻗었지만 그는 이미 일어선 후였다. 나는 앞으로 고꾸라지면서 뭐라도 붙잡으려고 팔을 휘둘렀다. 양손이 대야 끝에 떨어지며 그 안의 것이 쏟아졌다.

"향료길이다." 아슴의 목소리가 저 멀리서 들려오는 것 같았다. "향료길!" 그가 고함쳤다. "알마카 신께서 번영의 통치를 허락하신다!" 부족민들이 함성을 터뜨렸다. 마카르만 예외였다. 그는 내 어깨를 붙잡았고, 쭉 뻗은 내 손 끝에서는 피가 뚝뚝 떨어졌다.

그는 나를 품에 안고 물을 가져오라고, 여왕폐하께서 드실 것을 좀 가져오라고 소리쳤다. 그가 고개를 숙여 나를 내려봤을 때, 그 얼굴에 서쪽 하늘처럼 구름이 끼어 있었다. 나는 그의 얼굴을 만졌다.

우리는 천막 안의 침대에서 절박하게, 하지만 소리 없이 화해했다. 밤새, 그리고 동트기 전에 다시 한 번. 고요한 일출의 순간, 나는 여름이 끝나기 전에 그와 결혼하겠다고 다짐했다. 마카르 아버지의 원래 의도 따위는 상관없었다. 자기 뜻대로 되었다고 만족하겠지만, 그건 중요하지 않았다. 나에겐 마카르를 얻는 것이 손해가 아니었다.

진영에서 한 사람이 달려왔다. 일어나려고 하다 보니 내가 마카르의 볼과 가슴에 칠해놓은 피가 눈에 들어왔다. "부족민 출현, 북쪽에서 옵니다!" 그가 외쳤다. "수백 명입니다!"

주위 모든 사람의 손이 본능적으로 칼집으로 향했다. 그때 아만 사람이 큰 소리로 선언했다. "보십시오, 여왕폐하!" 그는 지평선에 보이는 큰 무리를 턱으로 가리켰다. "저희 사람들이 왔습니다."

***

사람들이 전열을 가다듬는 동안, 나는 마르카브 옆에 멈춰서 도금된 뿔을 손가락으로 어루만졌다. 타조 깃털을 하릴없이 잡아당겼다. 황금 나뭇잎은 대단히 정교하고 부드럽고, 흠 하나 없었다. 아카시아 나무도 마찬가지였다. 깃털은 깨끗했다. 오래전에 전장에 투입된 물건이라고 보기에는 너무 깨끗하고 새 것이었다.

'대단히 영리해.'

***

우리는 서쪽으로 낙타를 몰고 가 마리브 평원에서 아만 부족민들을 만났다. 아만 사람이 말한 대로 수백 명이 있었다. 그들은 우리 무리에 합류해 우측을 채웠다. 시간은 정오가 다 되었고 비가 내리기 시작했다. 머리카락이 머리에, 베일은 얼굴에 달라붙었다. 오전 내내 가까운 마을들에서 더 많은 사람이 합류했고 우리의 수는 거의 사천 명에 이르렀다. 이 정도의 연합 여왕 호위대라면 군사적 공조를 과시하기에 충분했다.

우리 앞쪽, 즉 우리 왼쪽으로 나란히 흐르는 와디 다나 건너편에는 마리브의 남쪽 오아시스 끝자락이 사막의 모래와 선명하게 대비되며 푸르게 펼쳐져 있었다. 내 심장이 서서히 뛰기 시작했다.

그 땅을 다시 보게 될 거라고는 생각도 하지 못했다. 다시 보게 된다해도 그것을 축복으로 여길 거라는 생각은 더더구나 한 적이 없었다. 그러나 넘실대는 와디, 꿈속의 그 물길이 다시 한 번 현실로 나타나자 마음이 들떴다. 그리고 저기, 남쪽 오아시스 안의 신전은 수로 양옆의 좁은 둑길로 수도와 이어져 있었다.

좀더 규모가 작은 북오아시스의 동쪽 가장자리에 이르렀을 때, 니만이 갑자기 낙타를 돌렸다. 그는 창을 들고 이렇게 외쳤다. "사바와 알마카 신, 만만세!"

가까이 있던 사람들이 그 구호를 그대로 외쳤고, 몇분 만에 그 구호는 사천 명이 내지르는 커다란 함성이 되어 빗소리와 물소리를 잠재웠다.

서쪽 지평선에서 마리브의 성벽들이 모습을 드러내야 할 때가 되었다 싶을 무렵, 지평선이 흔들렸다. 꼭 먼지투성이 도로 위로 뜨거운 파도가 이는 것 같았다. 한동안 나는 그것이 아슴이 준 차의 후유증인 줄 알았다. 몇 방울이 아직 내 몸에 남아 있는 거라고 생각했다. 그런데 그때 보았다.

북쪽 사람들의 대열. 줄줄이 나아오는 사람들.

나바트가 멈추라는 신호를 보냈다. 대열의 중간에 위치한 뿔나
팔이 짧은 나팔소리로 명령을 전달했다.

마카르가 내게 가까이 다가와 나지막이 말했다. "사제의 안내
를 받아 둑길을 건너 신전으로 들어가십시오." 그리고 야푸쉬에게
말했다. "여왕폐하를 안전하게 모시도록."

나는 손을 들어 야푸쉬를 제지했다. "아니."

마카르는 내게 몸을 바짝 기대고 절박하게 말했다. "전투 결과를
안전하게 지켜보실 수가 없습니다. 적이 너무 많습니다!"

"다들 내 이름을 걸고 싸우고 있어. 건물 안으로 달아나지 않
을 거야."

"아직 기회가 있을 때 가셔야 합니다." 그가 위협하듯 말했다.

"그래서 뭐, 거기서 보고나 기다리라고? 내가 여왕인지 아닌지
말해줄 사자의 보고를?"

"폐하께서 목숨을 잃으시면 이 싸움은 무의미합니다! 전투가
끝나면 제가 직접 모시러 가겠습니다. 폐하께서는 당당하게 수도
로 들어가실 것입니다. 그러면 어쨌거나 폐하께서 저 신전을 성역
으로 삼으실 수 있을 것입니다."

그가 말을 더하지 않아도 생략된 부분을 알 수 있었다. 우리가
지더라도?

"그러면 내가 성역에서 무엇을 한단 말이야? 다시는 밖으로 나

오지 못하고 여사제로 평생을 살라고?" 나는 고개를 가로저었다. "나는 내 마르카브를 떠나지 않을 거야. 그리고 당신을 떠나지 않을 거야."

"저는 잊으십시오! 이제 폐하께 저는 아무것도 아니어야 합니다! 사바를 위해서…"

그 순간, 너무나 오랫동안 잠재해 있었고, 너무나 오랫동안 잊혀져 있던 그 무엇이 내 속에서 솟구쳐 올랐다. 맹렬한 의분이었다. 다시는 수치심이나 두려움 때문에 내 이름이나 생득권을 부정하지 않겠다는… 위축되지 않겠다는 의지였다. 모든 수치스러운 생각, 과거에 대한 모든 두려움이 껍질처럼 내게서 일시에 떨어져 나갔다.

"내가 사바로 돌아오는 데 동의했을 때 위험을 몰랐을 것 같아? 내가 해변에 발을 내려놓는 순간, 아니 이후 언제라도 살해당할 수 있다는 사실을 몰랐을 것 같아? 나는 내 어머니의 딸이고 절대로 숨지 않을 거야." 나의 목소리가 점점 더 높아졌다. 나는 베일을 뜯어버렸다. "나는 왕의 딸이며, 알마카 신의 기름부음 받은 자이다!" 그다음 주위 사람들을 향해 다시 소리를 쳤다. "나는 아가보스 대왕의 손녀이며, 사바를 통합시키는 존재이다! 저것이 누구의 마르카브라고 생각하는가? 저것은 아가보스 대왕의 것이었다. 이제는 내 것이다. 우리의 것이다!"

내 뒤 여기저기에서 함성이 들려왔고 사람들이 검을 높이 들어 올렸다. 내 앞에서는 칼카리브 및 다른 사람들이 고개를 돌리고 나를 빤히 쳐다보았다. 그것이 내 할아버지의 잃어버린 마르카브가 아니라는 사실은 중요하지 않았다. 지금은 바로 그것일 테니. 나는 안장 위에서 몸을 꼿꼿이 세웠다.

"사람이 신들의 선택을 받은 자를 이길 수 있겠는가? 우리는 알마카 신의 자손이다. 알마카 신께서는 측량할 수 없는 번영을 약속하셨다. 사바! 알마카! 만만세!"

외침은 더 커져서 포효가 되었다.

내 옆에 있던 마카르의 얼굴이 굳어 있었다. 그의 입이 움직이고 있었다. 속삭임은 들리지 않았지만, 어떻게 해서인지 나는 그의 입술에서 나온 말을 들었다.

'당신은 누구십니까?'

나팔소리가 울렸다. 북쪽 사람들의 대열이 진군을 시작하여 우리와의 거리가 절반으로 줄었다. 나바트가 그들을 열심히 살피며 뭐라고 혼잣말을 하는 듯했다. 그의 옆에 있는 칼카리브가 안장 위에서 몸을 앞으로 내밀며 나바트에게 빠르게 뭐라고 말했다.

나바트는 소음을 뚫고 뒤돌아보며 외쳤다. "적들의 수는 얼마 안 된다! 우리가 우세하다!"

니만이 음흉하게 웃으며 말했다. "우리는 모든 면에서 우세하다. 사바와 알마카!"

우리 군대가 돌진하기 직전의 짧디짧은 순간, 들판이 시야에서 사라졌다. 내 눈에는 마카르만 보였다. 그는 잘 알던 상대가 낯설게만 보이는 상황에 처한 사람 특유의 착잡한 표정으로 나를 바라보고 있었다.

그리고 우리 측 대열이 앞으로 돌진해 나갔다. 모든 것, 모든 사람을 휩쓰는 그 모습은 고지대의 계곡을 타고 내려가는 몬순 호우를 연상케 했다.

우리는 북쪽 오아시스를 가로질러 앞으로 달렸다. 낙타를 탄 천 명의 전사가 나를 제치고 앞으로 나아갔다. 그리고 삼천 명의 보병이 그 뒤를 따랐다. 길들인 짐승이 피냄새를 처음 맡고 야성을 되찾듯, 도시와 마을의 정착생활에 익숙해졌던 부족민들이 순식간에 사나운 유목민의 근성을 회복했다.

어쩌면 독말풀의 영향이 남은 탓이리라. 내 평생 그렇게 힘껏 낙타를 몰아본 적이 없는데도—더할 나위 없이 맹렬하게 나를 추월하는 부족민들만큼 빠르지는 않았고 그들과 그 뒤를 따르는 낙타의 색깔이 어우러져 만들어 낸 강렬한 모자이크를 앞에 두고 달려서인지—한 순간 나는 물결에 떠밀려 둥둥 떠가는 것 같았다. 나를 태운 암낙타가 몇 주간 함께해 온 거북한 교통수단이 아니라 널뛰는 파도처럼 느껴졌다….

야푸쉬가 옆쪽으로 바짝 따라붙으며 내 낙타의 고삐를 잡으려 했고, 마카르는 반대쪽에서 칼을 빼들고 달렸다. 아마포와 비단 갑옷을 입은 나는 단검 하나로만 무장하고 있었다.

앞에서는 북쪽 사람들의 첫 대열이 비틀대는가 싶더니 한쪽이 무너졌다. 뿔나팔이 짧게 두 번 울리자 우리 쪽 궁수들이 안장 위에서 무릎을 꿇고 일제히 화살을 쏘아 댔다. 적의 대열에 있던 사람들이 여기저기 쓰러지면서 대열은 이가 빠진 것처럼 되었다.

그러나 그들은 선회하는가 싶더니 언덕에서 내려오는 흙처럼 대열을 유지한 채 왼쪽 측면으로 미끄러졌다. 나바트가 칼카리브에게 고함을 치고 있었는데 칼카리브는 들리지 않는 듯했다. 우리 측에 혼란이 돌풍처럼 퍼져나갔다.

나는 느려지고 있었다. 속도가 줄어드는 것이 고통스러웠다. 불가에 앉아 아끼는 애완동물처럼 낙타를 예뻐하던 사람들이 이제 전쟁구호처럼 낙타 이름을 외치며 저 앞으로 달려갔다.

뭔가 잘못되고 있었다. 나는 우리 측 대열에 생겨난 거대한 간격을 돌아보았다. 간격은 낙타를 탄 사람들과 보병들 사이가 아니라 우측과 가운데 사이에 있었다. 혼란스러운 순간이 한참 동안 이어지더니… 싸움이 일어나선 안 될 지점에서 갑자기 칼과 칼이 부딪치고 철이 번득였다.

마카르가 떠들썩한 그쪽을 향해 소리를 질렀다.

나는 눈을 꼭 감았다가 다시 떴다. 상황을 제대로 보기 위해서였다. 오른쪽 대열의 속도가 줄어들면서 대열이 흐트러진다 싶더니 뒤돌아 카타반 사람들과 대치하는 모양새로 바뀌었다. 무슨 일이 벌어진 거야?

그러다 깨달았다.

아만의 사람들이 우리를 배신한 것이다.

앞에서는 낙타 돌격대가 북쪽 사람들을 공격하기 위해 왼쪽으로 선회한 상태였다. 이제 우리는 꼼짝없이 측면 공격을 당할 판이었다.

"공주님!" 며칠이 지나도록 한번도 못 듣고 지나가기 일쑤인 야푸쉬의 목소리에 나는 화들짝 놀랐다. 그의 목소리가 그렇게 높이 올라간 것은 처음이었다. 그는 나를 잡으려 했다. 북쪽 사람들이 둑길에 도착해 도피로가 막히기 전에 나를 전장에서 빼내려는 것임을 알 수 있었다. 나는 고삐를 단단히 쥐었지만 너무 늦었다. 내 낙타가 앞으로 내달리는 순간, 거대한 누비아 족 내시가 내 튜닉의 끝자락을 붙잡았던 것이다.

나는 그의 팔에 붙들린 채 허공에 떴다가 그의 낙타 옆에 세게 부딪혔다. 우리는 대열 뒤로 물러났고, 그때 마카르가 우리 쪽으로 고개를 돌렸다. 그는 나를 마지막으로 쳐다본 후 아버지의 군사들을 거느리고 갑자기 오른쪽으로 방향을 틀었다.

야푸쉬는 몸을 숙인 채 그의 낙타 위로 나를 끌어올렸다. 그때 화살이 날아들었고 내 주위에 있던 사람들이 비틀거리며 땅에 쓰러졌다. 그들의 가슴과 넓적다리, 목에는 화살이 꽂혀 있었다.

나는 목을 길게 빼고 전장을 살폈다. 나바트와 사바 사람들이 북쪽 사람들과 격돌하고 카타반 사람들이 배신자 아만 부족에게 밀리면서 우리 군대 내의 간격이 점점 크게 벌어지고 있었다.

숨을 쉬기가 힘들었다. 낙타가 발을 한 발 내디딜 때마다 충격을 느꼈다.

야푸쉬는 좁은 둑길로 방향을 잡았다. 한 무리의 북쪽 사람들이 우리 쪽으로 달려왔다.

'마카르. 마카르는 어디 있지?' 시야가 트인 곳을 보니 사람들이 쓰러져 있었다. 낙타들이 움직이지 않는 주인의 몸에 코를 들이대거나 부상자들 사이를 헤매고 있었다. 예복을 입은 아슴이 다리를 움켜쥐고 있는 광경이 눈에 들어왔다.

그리고 그때, 나는 보았다. 마르카브를 실은 하얀 숫낙타가 머리를 한쪽으로 떨군 채 정처없이 걷고 있는 것을.

나는 거칠게 몸을 비틀었다. 그러자 가운의 어깨 부분이 찢어지며 몸이 자유롭게 되면서 아래로 굴러 떨어졌다. 이번에는 공중에 머무는 시간이 없었다. 그대로 땅에 부딪치면서 숨이 턱 막혀 왔다. 나는 진흙탕을 더듬으며 공기를 들이쉬려고 입을 벌렸지만 폐가 말을 듣지 않았다. 갈비뼈 전체로 통증이 지나갔다. 한동안 나는 궁수의 화살에 맞았다고 생각했다.

어디선가 들려오는 외침. 사바와 알마카!

내 눈에 비가 내렸다. 존재하지 않는 황혼과 있을 리 없는 별이 보였다.

나는 북쪽 사람들에게 둘러싸인 야푸쉬를 보았다. 칼이 부딪치는 소리가 먼 세상의 일처럼 서서히 아득해졌다. '죽는구나.' 하갈라트의 궁으로 끌려가는 것보다는 차라리 이렇게 끝나는 편이 나았다. 볼이 진창에 닿았다.

그러나 마카르가 저 전장에 있었다. 아슴, 야푸쉬, 그리고 내가 알마카와 맺은 계약에 참여한 수천 명의 사람들도.

'일어나.'

숨을 쉴 수 있게 되자 견딜 수 없이 고통스러운 호흡이 짧게 이어졌다. 말을 듣지 않던 폐가 이제는 끊임없이 움직였다.

전장의 시끄러운 외침이 다시 요란하게 돌아왔다.

나는 몸을 굴렸다. 고통이 양팔을 타고 내려왔고, 심장이 방망이질치면서 귀가 울렸다. 몸을 일으켜 세우자 무게감과 가벼움이 동시에 느껴지며 발 밑에서 땅이 빙글빙글 돌았다. 내 앞의 오아시스에는 시체들이 피문은 룬처럼 흩어져 있었다.

그 모든 것 위로 우뚝 솟은 한 가지 물체. 하얗게 번뜩이는 낙타 위에 놓인 황금 궤. 그 아래로 낙타의 고삐가 바닥에 끌리고 있었다. 나는 비틀대면서… 마르카브를 잡으려고 달렸다. 그 순간이 악몽처럼 느리게 느껴졌다.

굴레를 잡으려고 손을 뻗었지만 낙타가 으르렁대며 목을 갑자기 피하는 바람에 놓치고 말았다. 그다음에는 고삐를 잡으려고 몸을 날렸다. 나는 있는 힘을 다해 녀석의 목을 내쪽으로 돌리고 아래로 숙이게 했다. 녀석을 말로 달래서 올라탈 여유는 없었기에, 간신히 발디딜 곳을 찾아 녀석의 목에 발을 걸쳤다. 영겁의 시간이 지나는 듯했다. 그리고 마침내 몸이 들려 올라갔다. 나는 아카시아 궤를 꽉 붙들고 그 안으로 헤집고 들어가 자리를 잡았다. 그리고 한 손에 고삐를 감아쥐었다.

"알마카 신의 따님이여!" 처다보았더니 부족민 중 한 명이었다. 그의 칼집을 처다볼 틈은 없었다. 그는 고통스러워하면서도 내게 낙타를 때리는 막대기를 건넸다.

막대기를 받아든 나는 아카시아 궤를 붙들고 낙타의 볼기를 힘껏 내리쳤다.

주위는 혼돈 그 자체였다. 쿵쾅대는 심장을 안고 흐트러진 대열 쪽으로 달려갔다. 마카르를 찾아 소리를 질렀다. 그가 보이지 않자 내가 아는 모든 신의 이름을 외쳤다. 구호가 울려왔다. 내 앞에서 새로워진 외침이 들려왔다.

"알마카 신이여!"

나는 북쪽 사람들의 대열이 흐트러지는 것을 보지 못했다. 내 혈족들의 뿔나팔 소리도 듣는 둥 마는둥 했다. 나는 온 힘을 다해 마르카브에서 일어섰다.

지금 내게 중요한 것은 한 광경, 한 얼굴뿐이었다.

마지막 순간에야 나는 피투성이 얼굴에 머리카락이 달라붙은 마카르가 쓰러지는 것을 보았다. 아만 부족이 무너지기 시작할 때였다.

***

사람들은 내가 초승달 뿔 모양을 한 마르카브의 받침대가 왕좌인 것처럼 거기서 알마카 신의 능력을 불러내렸다고 말한다. 내가 옛 전쟁 처녀들처럼 가운을 찢고, 북쪽 사람들이 쓰러질 때까지 내 전사들에게 격려의 구호를 외쳤다고.

진실은 이렇다. 야푸쉬가 낙타에서 떨어지는 나를 받았다. 동족들이 나를 도성으로 데려가 여왕으로 선포한 후에도, 나는 갈비뼈가 부러진 채 몇 주 동안 자리에 누워 깨어나지 않았다.

내 사랑이 죽었다. 그리고 왕관은 내 것이 되었다.

신임 총리대신 와하빌의 명령에 따라 하갈라트, 이복동생 다마르, 그리고 그들의 힘 있는 귀족들은 교살되었다. 나는 니만과 우리의 혈족들에게 나슈샨, 아만 및 그 동맹 지역들을 습격하여 응징하도록 허가했다. 그들은 그 지역의 우물을 둘러싸고 수천 마리의 낙타를 빼앗았다. 수많은 사람들을 노예로 삼아 첫 번째 상인들의 대상에 붙여 멀리 다마스쿠스까지 내다 팔았다.

나의 친족들은 의기양양하게 돌아왔지만 나는 승리의 기쁨을 조금도 맛보지 못했다. 왕국을 손에 얻었지만 내 마음속엔 회한만이 가득했다.

나는 의식을 되찾았다가 의사의 물약에 이끌려 자비로운 수면에 빠지기를 반복했다. 잠들었을 때 종종 마카르와 이야기를 나누었는데, 그가 아이벡스로 바뀌고 그의 피가 황금 대야에 담겼다.

마침내 나는 깨어났고 약물병을 바닥에 쏟아 버렸다.

아슴이 신전에서 오백 마리 황소와 삼백 마리 아이벡스로 축하의 희생제사를 주관했을 때, 나는 내 대신 어린 처녀를 보내어 소름끼치는 가마솥 안을 들여다보게 했다. 아슴이 내가 다시는 점을 치지 않을 것인지 의아하게 여긴다는 것을 알았지만, 그에게 진실을 말하진 않았다. 나는 그날 공터에서 거의 기절할 것 같은 상태로 향을 봤다고 말했지만, 대야 안을 들여다보았을 때 내 눈에는 아무것도 보이지 않았다.

5

사바의 보석 마리브는 세계의 교차로에 자리잡고 있었다. 마리브의 대상로隊商路는 남쪽 하드라마우트의 고지대에서 북쪽으로 다마스쿠스까지 뻗어 있고, 해양로는 오빌에서 동쪽의 인더스 강까지 이어진다. 향신료, 은, 금, 상아, 향, 직물, 보석, 이국적 동물들을 실어 나르는 일에 종사하는 사람이라면 누구나 사바의 도로와 항구를 지나며 거래를 해야 했다. 그것은 그들이 이제 나와 거래를 한다는 뜻이었다.

여왕이 되고 처음 몇 달 동안 나는 사바의 주민들을 북쪽의 자우프 계곡으로 보냈다. 그들에게는 배신자 부족 나슈샨과 아만의 부족민들의 소유였던 최고의 밭을 지급했다. 그 대가로 그들은 오아시스에 요새를 세우고 새로운 신전을 건축했다. 이로써 통일왕국 사바의 심장을 관통하는 더없이 중요한 동맥인 무역로의 안전이 확보되었다.

나를 위해 싸운 부족과 혈족 중에서 나를 섬길 사람들을 주로 뽑고 사막의 늑대들 중에서도 소수의 인원을 뽑았다. 부족 왕국들의 가장 힘 있는 귀족들을 불러 신전 안에서 벌이는 제의적 축제의 일부로 연맹협정을 맺게 했다.

비는 넉넉히 내렸고, 밭은 수수와 기장으로 푸르렀다. 사막의 가장자리에는 타마리스크와 미모사가 핑크빛으로 활짝 피었고, 모래밭에는 파란 헬리오트로프가 가득했다.

나는 기술자들에게 자금을 대어 수로들을 수리하고 지긋지긋한 토사가 쌓이지 않게 했다. 무역과 재무 신임대신, 부대신 및 바다 건너 푼트 식민지의 평의회 의원들을 임명하는 문제를 놓고 와하빌과 상의했다.

마카르의 청동상을 신전에 헌정했고 어머니와 아버지의 청동상 맞은 편에 설치하게 했다. 하갈라트와 이복동생의 청동상은 저주를 없애는 의식을 거친 후에 제거했다. 아버지의 동상에는 알마카 신앙에 기여한 많은 업적을 나열했고, 어머니의 동상에는 그녀의 아름다움에 대해 신의 영광을 칭송하는 내용이 담겼다. 그러나 마카르의 동상에는 '심장'이라는 글자만 새겨놓았다. 알마카 신이 나에게서 거두어간 것을 기억하겠다는 뜻이었다.

낮에는 마카르 생각이 떠오를 틈이 없이 바쁘게 살았다. 그러나 밤에는 소꿉친구 샤라가 터져버린 흙댐처럼 눈물을 쏟아내는 나를 안아주어야 했다. 나는 그의 무덤 흙이 담긴 설화석고 항아리를 품에 꼭 안았다. 슬픔을 달래는 용도로 포도주에 섞어 마시라는 것이었지만, 차마 그럴 수는 없었다. 잔에 담긴 포도주는 대야 속에 담겨 있던 피와 너무나 비슷했다.

평의회가 모일 때마다 나이 든 마카르의 눈이 그의 아버지 살반 의 얇은 눈꺼풀 아래에서 나를 바라보는 것도 도움이 되지 않았다. 그가 말할 때면 눈을 마주치기도 힘들었다. 평의회 위원들이 최근 내가 받은 청혼의 장단점과 상속자 문제를 논할 때도 마찬가지였다.

어느날 내가 말했다. "나는 이제 막 왕좌에 올랐어요. 내가 왕 좌에서 빨리 내려오길 바라는 것인가요? 그래서 나의 죽음을 준 비하는 거예요?"

약간 뚱뚱한 아우산의 아바마르가 고개를 숙였다. "결코 그렇지 않습니다, 여왕폐하. 백 년은 다스리시길 기원합니다."

"하오나." 살반이 차분하게 말을 꺼내서 나는 화들짝 놀랐다. 지 금까지 그 문제에 대해서는 고맙게도 침묵을 지켜오던 그였다. "폐 하께서는 일전에 다른 씨족과의 동맹을 고려하신 적이 있으십니 다. 다시 한 번 고려해 보심이 어떠하온지요?"

나의 손이 차갑게 얼어붙었다.

마카르와 결혼할 마음이 있었다는 사실을 그에게만 털어놓은 적이 있었다.

"그러니까… 내가 어릴 때 잠깐 약혼했던 일을 말씀하시는 거 군요." 나는 아주 조심스럽게 말했다. 사디크의 이름을 입에 올릴 생각이 없었다.

그는 한참 지나서야 살짝 고개를 숙였다. 마카르가 죽기 전날 밤부터 오랫동안 묻어두었던 의문이 다시 고개를 쳐들었다.

"알마카 신께서 나를 이 자리에 앉히셨습니다. 내가 여러분을 각자의 자리에 앉힌 것처럼." 나는 그들 한 사람 한 사람을 의미심장하게 바라보았다. "알마카 신께서 미래를 알리실 것입니다. 당장 우리에겐 그보다 훨씬 시급한 문제들이 있습니다."

그해 여름, 언덕의 나무들에서 수지가 흘러나오고 향유 농사꾼들이 얇은 나무껍질에 상처를 내러 나갈 무렵, 나는 사바와 아우산의 귀족 가문에서 젊은 여자들을 데려와 내 방들을 관리하도록 했고, 남자들에겐 마구간을 맡겼고, 만신전의 신들을 섬기는 사제와 여사제들 중에서 몇 명을 뽑아 나를 수종들게 했다.

하루가 어떻게 가는지 헤아릴 수도 없는 시간들이었다. 매일 밤 자리에 누우면서 창으로 비쳐드는 변화무쌍한 달의 모습을 보고서야 시간이 어느 정도 지났는지 알 수 있었다.

그해 가을, 유향나무에서 눈물 같은 하얀 수지가 나고 다시 우기가 되자 더 이상 밤마다 슬픔에 잠기지 않았다. 슬픔이 떠난 자리에 의무가 남았다. 나는 거의 잠을 자지 못했고, 간신히 잠들면 시신이 흩어져 있는 들판과 빈터의 아이벡스 꿈을 꾸었다. 가끔은 궁전 기둥 아래 놓인 돌사자들의 입을 거쳐 포효하는 바람 소리에 잠이 깼다. 그 소리가 영혼들의 곡소리 같았다. 그런 날이면 땀에 젖은 채로 탁자에 앉아 내 이름으로 해결된 다툼의 기록과 공공사업을 위해 걷은 신전의 십일조 내력을 살폈다.

"여왕폐하." 내 옆에서 자는 샤라가 침대의 비단 베개에서 몸을 일으키며 말했다. "쉬셔야지요. 기록은 내일이 되어도 달라지지 않을 겁니다."

"조금 있다가." 나는 매일 밤 그렇게 말했다.

차마 잘 수가 없다는 말은 할 수 없었다. 납으로 된 망토처럼 나를 누르는 이 직책, 너무나 비싼 값을 치르고 산 것이었기에 달갑지 않은 권력이지만 지혜롭게 운용해야 했다. 게다가 살반이 한 말은 내가 오래 전에 묻어버렸다고 생각했던 마카르의 의도에 대한 의문을 아프게 다시 일깨웠다. 천 번이나 살반을 부르러 사람을 보낼 뻔했다. 그를 불러 체면상 차마 물을 수 없는 질문들에 대한 답을 요구하고 싶었다. 하지만 그것은 어쨌거나 답이 없는 수수께끼였다. 마카르의 이중성이 확인된다 한들 그의 사랑을 의심할 수는 없었고, 살반이 부인한다 해서 내 마음에 안식이 찾아올 리도 없었다.

어느 쪽 답이 나오건 마카르가 내게 돌아올 것도 아니고.

내가 확실히 아는 것은 내가 이제 여왕이라는 사실 하나뿐이었다. 쉴 새 없이 일하는 것 외에는 할 수 있는 것이 없었다. 그것이 아니면 미쳐버릴 것 같았다.

***

"여왕폐하." 어느 날 저녁 추밀원 회의 시간에 와하빌이 나를 불렀다. 나는 흠칫 놀라 고개를 들고는 그제야 내가 앉은 자리에서 깜빡 졸았다는 사실을 깨달았다.

"용서하세요. 계속하시지요."

"저희가 폐하를 너무 오래 붙잡아 두었습니다. 잠깐 쉬시는 것이 어떠하신지요." 그는 그렇게 말하고 구석에 앉은 서기에게 고갯짓을 했다. 내 좌우에서 사람들이 일어나려 했다.

"아닙니다." 나는 날카롭게 말했다가 이렇게 덧붙였다. "아브야다 위원은 신혼이시잖아요. 회의를 마무리하고 빨리 젊은 부인께 보내줍시다. 안 그래도 마음은 이미 그리로 가 있을 테니." 탁자 여기저기서 웃음이 터져 나왔다.

나는 미소를 지으면서 이렇게 말했다. "회의를 계속하겠습니다."

저 아래쪽에서 니만과 칼카리브가 시선을 교환했다. 야타는 깍지 낀 양손을 살폈다.

"하실 말씀이 있나요?" 내가 말했다.

와하빌이 탁자 반대쪽 끝에 있는 그의 자리에서 천천히 일어나 걸어오더니 내 앞에서 몸을 숙였다. 그의 몸에 가려 다른 사람들이 시야에서 사라졌다.

"여왕폐하." 그는 탁자의 반질반질한 흑단에 반지 낀 손을 올려놓으며 조용히 말했다. "많이 지치셨습니다."

"무슨 말씀이세요. 의원이나 야타 의원이 그렇게 좋아하는 양질의 카트 잎을 못 씹어서 그런 것뿐이에요."

다른 사람들 사이에서 점잖은 웃음이 터져나왔다. 그러나 와하빌은 몸을 꼿꼿이 세우고 고개를 가로저었다.

"저희는 폐하를 염려하고 있습니다. 자신을 혹사하고 계십니다. 시종들 말이 폐하께서 거의 주무시지 않고, 식사도 아주 조금밖에 하시지 않는다고⋯."

"내 시종들은 여자들이에요, 위원. 위원들의 어머니와 아내들도 위원들에 대해 똑같은 말을 할 걸요. 그들은 토지 분쟁이나 댐이나 남쪽 수로들의 상태나 엄청난 양의 몰약과 이집트산 말의 교역에 관심이 없어요."

"하지만 저희가 보기에도 너무 분명합니다. 여왕폐하, 혹시 식사나 수면을 방해하는 어떤 문제가 있다면, 의사를 부르도록 허락해 주십시오. 간청합니다."

회의장은 조용했다. 내게로 쏟아지는 눈길이 나를 짓눌렀다. 사촌 니만. 아브야다. 칼카리브와 야타. 경호대장 나바트. 아바마르. 그들의 관용과 조바심이 교차하고 있었다.

"분명히 말하지만 난 괜찮아요. 결국 휴회를 해야 하나 보네요."

"폐하께서는 사바의 통합자이십니다. 폐하의 옥체는 왕국에 소중합니다. 왕위 계승자가 없으시니 더욱 그렇습니다. 폐하께서는 건강을 잘 볼보셔야 합니다. 폐하를 위해서뿐 아니라…."

나는 탁자를 두 손으로 내려치며 벌떡 일어섰다.

"내게 뭘 바라는 건가요? 내가 여러분 앞에, 사바 앞에 내놓아야 할 것 중에 내놓지 않은 것이 있습니까? 내가 여러분을 실망시켰다고 나무라시는 건가요? 나의 의무! 나의 복종! 수많은 목숨! 뭘 더 요구하는 겁니까?"

와하빌이 말했다. "여왕폐하, 폐하께서 혼인을 하신다면, 폐하의 부담을 줄일 수 있을 것입니다. 그리고 왕위 계승자도 확고하게…."

"결혼 이야기는 하지 않겠어요!" 그렇게 말하며 나는 두루마리

더미와 황금잔을 바닥에 내동댕이쳤다.

이해할 수 없는 분노로 온몸이 떨렸다. 오래 전에 말라버린 줄 알았던 샘에서 솟아난 분노였다.

"당신들은 나슈샨의 꼭두각시를 왕좌에 앉히기 싫어서 나를 불러냈어." 나는 각 사람을 차례차례 응시했다. "나를 통해 당신네 귀족 중 한 사람을 왕으로 만들 생각하지 말아. 나는 여왕이고, 알마카 신의 뜻에 따라, 내가 통치할 거야!"

탁자 주위를 마지막으로 둘러본 후 나는 의자를 뒤로 밀쳤다. "회의는 끝났어요."

***

그날 밤, 아슴이 내 사실私室로 찾아왔다. 선왕인 아버지가 사실로 쓰던 바로 그 장소였다.

"와하빌이 보냈군요." 나는 지친 목소리로 말했다. 바깥에서 보슬비 내리는 소리가 단조롭게 들려왔다. 우기가 끝나감을 알리는 그 소리는 사자 형상의 돌출받침들을 두드리며 둔탁한 포효를 만들어냈다.

"알마카 신의 수석 사제를 마음대로 부릴 수 있는 사람은 없습니다." 그가 말했다. "하지만 요청을 하긴 했습니다."

나는 그의 시선을 외면했다.

"당신도 날 꾸짖으러 온 건가요?"

푼트에서는 달이 뜨지 않을 때 신전을 방문해 알마카가 하늘에 돌아오기를 바라는 밤의 제사를 지켜보곤 했었다. 그러나 몇 달

전 제의 축제를 지낸 이후 나는 그 좁은 신전 둑길을 걷지 않았다.

"무엇 때문에 제가 폐하를 꾸짖겠습니까? 알마카 신의 따님은 뜻대로 행하셔야 합니다."

나는 가볍게 웃었다.

"제 말을 믿지 않으십니까?"

여왕이 되면 고독이 사형선고를 받는다. 그러나 그것을 설명할 수가 없었다. 내가 홀로 내리는 결정 및 남들과 공유할 수 없고 그럴 엄두도 나지 않는 내 생각을 가장 가까운 사람들과도 나눌 수 없었다. 그들과의 점점 멀어지는 거리가 뼈저리게 느껴졌다.

지금처럼 내가 신들의 노예라는 느낌이 강하게 든 적은 없었다. 지금처럼 신들에게 잊혀졌다고 느낀 적도 없었다. 그러나 나는 이런 얘기들을 아슴에게 할 수 없었다.

그래서 아무 말도 하지 않았다.

"자신이 누구인지 기억하셔야 합니다."

내 옆에 놓인 낮은 의자에 느긋하게 앉아 있는 아슴을 살펴보았다. 그는 다른 사제들처럼 옷단이나 후드를 은색으로 만들지 않았다. 그의 소박한 예복은 어떤 화려함보다 무게감을 더해주었다. 그는 언제나 젊어 보였고 전장에서 다리를 다친 그날 이후 계속 남을 절뚝거림을 제외하면 거의 불멸의 존재처럼 보였다. 우리 사이에 놓인 황금 탁자, 하갈라트의 손에서 되찾은 어머니의 탁자 위의 등불이 은은하게 깜빡이며 그의 진한 흙빛 피부를 비추었다. 그것은 푼트와 그곳에 있는 내 친족의 피부색이며, 내 피부도 그들 못지않게 검었다.

"여왕이지요." 마침내 그렇게 말하고 나는 포도주 잔으로 손을 뻗었다.

"그리고 백성들에게 사랑받고 계십니다."

"내가 그들을 위해 해줄 일이 있으니까 나를 사랑하는 거죠. 토지와 무역관세를 원하고 분쟁에서 그들에게 유리한 판결을 원하기 때문이에요." 나는 고개를 들었고 그는 동의한다는 뜻으로 어깨를 살짝 으쓱했다. "신들도 우리를 보면서 같은 말을 하지 않을까요? 우리도 비슷하게 탄원의 기도를 바치잖아요. 불임의 여인은 자녀를, 병자는 건강을, 농부는 비를, 상인은 좋은 날씨와 안전을 구하죠."

"여왕께서는 총애를 구하셨고 이미 듬뿍 받으셨지요."

나는 잠시 침묵했다가 입을 열었다. "총애의 대가가 그렇게 큰 줄 몰랐어요."

사제가 차분하게 말했다. "모든 일에는 대가가 있습니다. 폐하께서는 누구에게 총애를 베푸십니까? 가장 값비싼 방식으로 충성을 입증한 사람들이 아닙니까? 죽음의 위험을 무릅쓰고 폐하의 옹립을 위해 사람들을 보낸 이들… 폐하께서 분부하시면 요새를 지으러 가고, 자신들의 땅을 통행로로 내놓고 오아시스도 부담 없이 쓰게 하는 이들이 아닙니까?"

"당신의 말이 사실이라면, 우리의 경배는 거래 행위에 불과하군요. 내 홀에 들어오는 이들은 누구나 모종의 이득을 바라지요. 우리가 신들에게 뭔가를 바칠 때는 늘 원하는 것이 있구요. 신들이 우리의 경건을 경멸하는 것은 당연해요. 그 모두가 신들을 조종하려는 시도에 불과하니까요. 우리가 신들을 조종할 수 없다는 것을 입증하기 위해서, 신들은 전혀 뜻밖의 순간에 우리를 치는 거예요. 당연한 일이지요." 나는 비통하게 말했다.

"정말로 신들이 그렇게 옹졸하다고 생각하십니까?"

"그렇지 않고서야 말이 안 되니까. 신들이 돌출행동을 하는 이유는 우리가 그들이 정말 원하는 바를 바친 적이 없기 때문이라고 볼 수밖에요."

"그것이 무엇입니까?"

나는 어깨를 으쓱했다. "우리는 신들의 마음에 대해 묻지 않아요. 신들이 과연 알려지고 싶어 하는지도 묻지 않지요. 우리는 신들의 이름으로 피를 쏟고, 신들의 이름을 무시무시한 것으로 만들어요. 그러나 신들을 알려고 하지는 않지요. 우리는 사랑을 내놓지 않아요. 이제 그 정도는 분명히 알겠어요." 나는 그렇게 말하고 탁자 위의 설화석고 향로를 무심히 바라보았다. 향에서 가느다랗게 피어오른 덩굴손이 내 눈앞에서 온데간데없이 흩어졌다.

"신들은 가장 외로운 존재들이 분명해요." 나는 부드럽게 말했다. "아니, 어쩌면. 신들에게는 누가 알아주길 바라는 마음이 없을 수도 있어요. 그렇다면 나의 고민은 전적으로 인간적인 고통이겠지요." 바깥에서 내리던 비는 어느새 그쳐 있었다.

아무 말도 없기에 사제를 쳐다봤더니 그는 전에 없던 놀라움이 담긴 눈으로 나를 빤히 쳐다보고 있었다.

"폐하께서는 어떻게 그런 생각을 다 하십니까? 어떻게 신들의 마음속에 들어가시는 겁니까?" 그가 말했다.

나는 눈을 깜빡였다. "내가 늘 하는 생각이에요! 이런 생각이 밤낮으로 나를 떠나지 않아요! 하지만 이런 생각이야 당신도 해봤을 테고 얼마든지 내게 말할 수도 있잖아요. 그러니 말해 봐요. 신들은 어떻게 우리가 알아줬으면 하는 마음을 벗어버리고 그 대신 우리와의 거래를 받아들였는지. 어떻게 하면 내가 신들에게 '왜?'냐고 외쳐 묻지 않고 한 시간이라도 지낼 수 있을지. 알마카 신은 왜 마카르를 데려가셨나요? 나를 알아주는 그가 있다면 나를 진정 아는 사람이 없다 해도 참을 수 있을 텐데, 도대체 왜!"

마카르에 대한 나의 애정은 아슴도 모르는 바가 아니었지만, 막상 그 앞에서 그렇게 말하고 나니 당황스러웠다. "당신이 뭐라고 할지 알아요. 마카르를 남겨 두었다면 나는 알마카 신께서 내가 원하는 바를 주셨기 때문에 그분을 사랑할 거라고 하겠지요. 그건 사실이에요. 하지만 그것은 사랑이 아니지요. 나도 다른 사람들과 똑같아요. 내 쪽에서 내놓을 마음이 전혀 없는 것을 받지 못한다고 투정하고 있으니까."

아슴은 아무 말도 하지 않았다. 침묵이 흘렀고 내 심장의 쿵쿵거림만 들려왔다.

"그렇지 않나요?" 내가 답변을 요구했다.

그는 살짝 고개를 가로저었다. "신들은 알 수 없습니다. 중재자로서 우리가 맡은 임무는 알마카 신의 변덕을 예측하고 달래는 것뿐입니다."

"그렇죠. 동상을 세우고 축제를 열고 제단에 피를 쏟지요. 그래요, 그래요, 알아요." 나는 입도 대지 않은 포도주를 내려놓으며 말했다. "하지만 왜죠? 우리의 온갖 분투가 신들에게 무슨 소용이 있는 걸까요? 우리의 겁에 질린 흠모를 요구하는 것은 신들이 오만하기 때문일까요? 아니면 우리가 그들의 이름으로 노래하고 찬양하고 많은 신전을 건축하지 않으면 더 이상 존재하지 못할 거라는 두려움이 있는 걸까요? 이유가 무엇이건, 신들이 우리가 사랑하는 대상을 거두어가는 것은 우리가 신들을 찾아야 하기 때문이고, 이런 상황 가운데 의미를 추구하게 하려는 것이겠다 싶어요. 하지만 왜? 왜? 이 질문이 밤낮으로 나를 떠나지 않아요!"

나를 바라보는 그의 얼굴에는 신탁을 전하는 사제를 바라보는 듯한 당혹감과 경외감이 묘하게 뒤섞여 있었다. 우리 둘은 팔을 뻗으면 닿을 만한 거리의 두 배 정도 떨어져 있었지만, 그 거리는 보이지 않을 만큼 아득하게 느껴졌다.

그는 아주 부드럽게 말했다. "처음으로, 폐하께서 무겁게 짊어지신 직책이 부럽습니다. 그 때문에 폐하께서는 우리 중 그 누구보다 신들의 마음을 잘 이해하실 수 있게 되었으니까요."

정말 최악의 대답이었다. 그가 아니라면 이제 나는 누구를 바라본단 말인가?

"모르겠어요? 난 아무것도 몰라요! 신께 묻지만 들리는 건 침묵뿐이에요. 내가 아는 한, 알마카 신은 나를 버렸어요. 그분의 이름으로 여러 신전을 짓는 나를. 내가 그분의 심기를 불편하게 만든 것일까요? 내가 어떤 일을 했기에 마카르를 데려가신 걸까요?"

아니면 마카르가 한 일 때문일까? 그가 나를 속였기 때문에? 그의 이중적인 모습 때문에 알마카 신께서 그를 죽이셨을까? 그러나 나는 그의 얼굴에 마지막으로 떠오른 표정을 보았다. 그는 아수라장으로 자진해서 뛰어들었다. 왜 그랬을까? 속죄를 위해? 사랑 때문에?

최악의 사실은 따로 있었다. 진실을 끌어낼 수 있는 그 어떤 신탁도, 희생의 간도, 별이나 떠오르는 별자리도 없다는 것. 그리고 내 앞에 있는 사제는 나 못지않게 알마카의 마음을 해독할 능력이 없었다.

"이 모두가 내가 샴스 신앙을 버린 후에 스스로에게 했던 이야기예요." 나는 볼에 흘러내린 뜨거운 눈물을 닦아냈다. "해는 열기로 생명을 주지만 그 열기 때문에 생명체가 시들 수 있어요. 달은 차가운 밤에 와서 연인들과 꿈을 주재하고 땅속에서 잠든 씨앗에게 생명을 주지요. 그러나 이제 나는 알아요. 씨앗들은 어두운 땅속에서 썩고, 달은 농부와 여왕을 똑같이 비추지요. 해와 마찬가지예요. 그렇다면 신들은 누구도 편애하지 않고 그들의 뜻대로 할 뿐인데 우리가 그들의 행동에 의미를 부여한다는 뜻이에요. 그런 것이거나… 아니면 신들이 아예 존재하지 않는 것이거나."

아슴은 말이 없었다.

"신성모독이라고 말하지 않을 건가요? 나는 사제에게 말하고 있어요. 당신은 내게 상투적인 말조차 하지 않는군요. 나를 정죄하지 않나요?"

"상투적인 말로 주제넘게 폐하를 가르치려 드는 일은 없을 겁니다." 마침내 그가 차분한 목소리로 말했다. "폐하께서는 알마카 신의 따님이십니다. 그분의 은총을 입고 계십니다. 폐하가 아니라면 신께서 누구에게 말씀하시겠습니까?"

아슴은 그렇게 말하고 얼마 후 크게 동요한 얼굴로 자리를 떴다. 내가 그에게 혼란을 전염시켰다는 생각이 들었다. 그가 우리 두 사람을 대표하여 답을 추구할 테니 좋은 일일까, … 그냥 평화롭게 보냈어야 할 사람에게 답 없는 질문을 쏟아내 걱정만 안겨준 것은 아닐까? 나는 알 수가 없었다.

그날 밤, 이단적인 고백의 형태로 여과 없이 쏟아낸 질문들이 동틀 녘까지 나를 괴롭힐 거라고 생각했다. 그러나 나는 누운 채로 몇 달만에 처음으로 한 번도 깨지 않고 잘 잤다. 내 안의 의문들을 말로 표현함으로써 그 가시까지는 아니라도 독소는 어느 정도 뽑아낸 것 같았다.

6

화해의 손짓이었을까. 와하빌은 주요 무역상들을 위해 여는 궁중 만찬의 감독을 맡겠다고 나섰다. 가을이었다. 곧 대상들은 사바의 유명한 향과 서쪽의 오빌, 동쪽의 히두쉬에서 수입한 직물과 향신료, 보석들을 싣고 북쪽으로 떠날 터였다.

그 행사를 위해 나의 시종들과 금고를 와하빌의 손에 맡겼다. 내가 구상을 설명하자 그의 눈이 커졌다.

"여왕폐하, 만찬의 비용만 해도…."

나는 그를 가까이 오게 한 후 말했다. "이것은 만찬이 아니라 전갈이에요. 세상 구석구석까지 보낼 전갈."

리비아 족은 여러 해 동안 성장을 거듭해 이집트에서 강력한 군사력을 확보했다. 앗시리아와 바빌로니아—엘람 왕 이후의 진짜 바빌로니아—왕들은 15년에 걸쳐 정책을 확립했다. 페니키아 왕은 그보다 더 오랜 기간 동안 백향목과 기술자를 팔아 곡식과 기름을 확보했다. 내가 읽은 모든 기록에서 왕권에 대해 배운 바가 하나 있다면, 여러 해 동안 안정된 왕권을 유지하며 명성을 날리는 통치자와 동맹을 맺고 교역을 하는 것만큼 매력적인 일은 없다는 것이다. 반대로 최근에 왕좌에 오른 통치자만큼 불확실한 것도 없다.

그 통치자가 여왕이라면 상황은 더 안 좋다.

내가 이름을 듣고 기록으로 읽기만 했던 무역상들을 직접 만나야 했다. 그들이 사바를 세상에 전하는 이들이었다. 길을 나서기 전에 그들을 궁정에 불러 모아 고기와 기름을 대접할 생각이었다. 적어도 그것이 내가 와하빌에게 말한 내용이었다.

그러나 진실은 따로 있었고, 와하빌도 그것을 이해했다. 나는 교묘한 군사 작전을 세우고 있었다. 무기는 칼과 도끼가 아니라 호화로움이며, 전장은 들판이 아니라 궁전이었다.

나는 그날 빈터에서 알마카 신의 이름으로 무심코 번영을 약속했다. 그리고 이제 황금 대야의 예언을 실현시킬 생각이었다. 알마카 신의 개입이 있건 없건 상관없었다. 직물, 포도주, 철, 말과 바꾼 사바의 유향이 수많은 이름 없는 신들의 신전을 향기롭게 할 것이고 몰약은 이집트의 죽은 신들의 시체를 썩지 않게 보존해 줄 것이었다.

그러나 나는 전혀 새로운 방식으로 사바의 부를 더할 참이었다.

우리가 가진 최고의 물품을 물과 모래의 바다 건너로 보내고 그 대가로 열국의 부富만이 아니라 학자들과 장인들을 데려와 사바의 전설적인 왕국을 경험하게 할 생각이었다. 금과 은이 내 궁전을 환하게 장식하듯 타국의 시인들과 천문학자들이 내 궁전을 꾸밀 날이 올 것이다. 우리는 이집트의 유명한 밀밭 농부들, 바빌로니아의 수학자들, 페니키아의 석공들, 히두쉬의 직물 제작자들과 지식을 맞바꿀 것이다. 내 할아버지의 특징은 통일이었고, 아버지의 유산은 알마카 신 숭배였다. 이제 나의 유산은 지식과 학문이 될 것이었다.

***

"날 예쁘게 만들어줘야 해." 그날 밤 샤라에게 말했다.

그녀가 웃었다. 그 작은 소리에 나는 깜짝 놀랐다. 푼트에서 돌아온 후 처음 듣는 샤라의 웃음이었다. 내가 없는 몇 년 동안 그녀는 힘든 시간을 보냈고 심각한 사람이 되어 있었다. 마른 땅에 수로가 파고들 듯 그녀의 눈가에 미세한 선들이 그려졌다. 가는 두 손은 뭔가를 하고 있을 때가 아니면 두 마리 새처럼 떨렸다. 나는 그녀에게 어머니가 죽은 후에 무슨 일이 있었는지 묻지 않았고, 그녀도 잠시 어떤 남자의 첩으로 있었다는 사실 외에는 아무 말도 하지 않았다. 하갈라트가 어떻게든 손을 썼을 것이다. 그녀의 잔혹함을 보여주는 이야기는 많았다. 궁전으로 돌아온 악몽 같은 첫 몇 주 동안, 두 번이나 샤라의 감사 기도가 내 꿈속으로 흘러들었다. 몸이 회복된 후, 나는 샤라에게 원하는 삶을 살게 해주겠다고 말했고, 그녀는 내 곁에 있겠다고 대답했다.

"해를 더 밝게 빛나게 해볼까?"

샤라는 내 보석함에서 팔찌, 귀걸이, 반지를 이것저것 골라냈다. 그녀의 두 손이 보석으로 빛났다.

"그리고 샤라, 네가 좋아하는 수수한 옷을 입게 내버려 두지 않을 거야. 그건 내가 기억하는 샤라의 모습이 아니야. 그래, 샤라는 내 옷장에서 가운을 한 벌 골라 입는 거야. 내가 샌들과 보석을 골라 줄게. 사자와 무역상들 앞에서는 사바의 가장 천한 노예들도 최고의 아마포를 입게 될 거야. 그리고 샤라 너는 다른 나라의 여왕처럼 보이게 될 거야. 사람들이 너에 대한 이야기를 왕들의 궁전에 전할 거야!"

샤라의 얼굴에서 핏기가 가시며 들고 있던 장신구 몇 개를 떨어뜨렸다. 나는 그녀에게 다가가 어깨를 붙들었다. 그녀는 떨고 있었다.

"샤라, 무슨 일이야?"

그녀가 고개를 들었다. 눈빛이 어두웠다.

"한 가지만 맹세해 주세요. 여왕폐하로서가 아니라면 젖동생으로서."

나는 눈을 깜빡이며 말했다. "뭐든지 말해."

"저를 다른 곳에 넘기지 마세요."

"너를 다른 곳에 넘겨?"

처음으로, 빨리 말하라고 샤라에게 소리칠 뻔했다. 하갈라트가 네게 무슨 짓을 저질렀느냐고. 너를 첩으로 맞았던 남자가 네게 무슨 짓을 했느냐고. 그놈은 지금 어디에 있느냐고. 네가 나를 이렇게 바라보도록 만든 그놈에게 대가를 치르게 하겠다고.

하지만 그 대신, 나는 그녀의 손에서 장신구들을 받아다 옆에 내려놓았다. 부르르 떨고 있던 두 손을 꽉 붙들었다. "널 다른 곳에 넘기지 않을 거야. 맹세할게. 나에게는 이 세상에 너밖에 없는걸." 그다음에 나는 그녀에게 입 맞추고 끌어안았다. 한 손을 그녀의 머리카락에 대었을 때, 날카롭고 격렬한 어떤 것이 내 속을 가르고 지나갔다. 마카르에게서는 한 번도 느끼지 못했던 감정이었다. 돌아온 이후 나는 샤라가 위로를 받고 안전하기만 바랐다. 그러나 그날 밤, 내가 본 것은 이용당한 후 버림받은 여자였다. 과부, 고아, 관절염 환자였다. 뜨겁게 내리쬐는 태양 아래에서 힘들게 밭일을 하는 농부였다. 아기를 낳다 죽음을 맞이하는 여인이었다. 무심한 신에게 징조를 구하며 하늘을 올려다보는 사제였다.

나는 태양을 식히거나 땅이 소출을 내게 할 힘은 없었다. 죽음을 막아 내거나 신들이 말을 하게 만들 수도 없었다.

그러나 나는 샤라의 여왕이었고 그녀를 보호할 수 있었다. 아니, … 그 이상을 할 수 있었다.

그 순간 내 안에 있던 씨앗이 뿌리를 내렸다. 사바를 학문적으로 드높이겠다는 결심이었다. 여왕으로서 유산을 남기기 위해서만이 아니라, 그렇게 해서 사바의 가장 비천한 사람들의 수준도 높이게 될 것이기 때문이었다. 언젠가 샤라와 같은 여자들이 외국의 어떤 사절 앞에서도 자부심을 잃지 않고 스스로가 우월하다고 여기게 될 것이다. 그녀는 부유함과 지혜가 흘러넘치는 왕국에 살기 때문이다.

나는 이런 생각에 놀라면서 샤라를 풀어주었다. 그러고 나서 자수 망토를 샤라의 가운 위에 걸쳐 주고 자수정 팔찌를 팔에 걸어

주고 벽옥반지들을 손가락에 끼웠다. 그녀는 잠자코 내게 몸을 맡겼다. 그녀는 다른 사람 같았다.

"저도 폐하밖에 없습니다." 그렇게 말하는 샤라가 여왕처럼 보였다.

***

그날 밤, 내 앞의 문이 열리면서 피리와 탬버린의 음악이 귀를 가득 채웠다. 나는 홀 안으로 발을 들여놓았다. 홀을 가득 채운 사바의 가장 부유한 상인들과 무역상들은 멀리서 거래하는 이국적인 물자들로 새로운 여왕에게 깊은 인상을 심어 주기 위해 그 자리에 와 있었다. 그러나 나는 형세를 뒤집어 놓았다. 나는 그들이 목을 빼고 바라보는 모습을 놓치지 않았다. 새 떼를 따라가며 놀라운 광경을 연이어 보는 사람들처럼 그들의 목이 이쪽저쪽으로 돌아갔다.

나는 눈앞의 광경을 그들의 입장에서 보려고 노력했다. 머나먼 비단 나라들에서 수입한 수많은 등燈은 멀리 있는 백 개의 태양처럼 천장에서 빛났고… 작은 집처럼 보이는 설화석고 발광체들이 왕좌가 자리 잡은 연단으로 이어진 계단에 놓여 반짝거렸다. 그 빛으로 왕좌 뒤에 놓인 거대한 은원반이 추수철의 오렌지색 달처럼 빛났다.

홀 한복판에는 길고 낮은 탁자가 놓여 있었다. 탁자에는 청금석이 박혀 있었고 그 위에 터키석 뚜껑이 달린 은포도주병과 은잔이 가득 놓여 있었다. 홀의 거대한 기둥을 장식한 재스민과 하얀 장미는 향기롭고 하얀 구름기둥을 이루었다.

맞은편 벽에는 다양한 악기를 든 음악가들이 늘어서 있었다. 튜닉부터 피부에 이르기까지 모든 것이 도금된 모습이 마치 빛나는 신들을 보는 듯했다. 수금을 연주하는 사람의 긴 머리도 빛을 받아 희미하게 반짝였다.

아이벡스와 황소 모양으로 만들어진 거대한 청동 향로에서는 순수한 유향의 하얀 연기가 풍겨 나왔다. 연기가 아이벡스와 황소의 콧구멍에서 빠져나오는 걸 보니, 알마카의 우상들이 살아 있는 것 같았다.

나는 눈을 들어 천정에 달린 등들을 보았다. 저녁 하늘의 별자리 모양으로 배치되어 있었다. 영원히 밤하늘에 매달린 칠자매별. 저기 저것은 사냥꾼별. 그리고 저기, 가장 큰 별은 천랑성.

참으로 설화석고 홀은 경이로움 그 자체로 바뀌어 있었다.

내가 들어설 때 조신들의 눈에 선명하게 드러난 경이감도 나는 놓치지 않았다. 내 양쪽 귀에서 늘어진 은 장신구는 정교하게 세공되어 빗줄기처럼 반짝였고 허리띠에서 흘러내린 황금 비늘들은 무릎까지 내려왔다. 가운의 가장자리는 200개의 눈처럼 보이는 공작 깃털로 장식했다. 나는 초승달 왕관 대신 은빛 아이벡스 모양의 더욱 화려한 투구를 썼다. 커다란 루비 눈이 번뜩이는 은빛 아이벡스의 우아한 두 뿔 사이에 초승달이 새겨진 태양원반이 있었다.

베일을 쓴 샤라를 본 사람들은 사바를 찾은 외국 왕족으로 생각하고 공손하게 목례를 했다. 내 방을 관리하는 여인들까지도 값비싼 염색 가운을 걸쳤고 벽옥과 이집트산 채색자기 장신구를 목과 팔목에 걸었다. 두꺼운 팔찌를 팔뚝에 찬 야푸쉬는 그 어떤 조신도 본 적이 없는 이국적인 내시였다.

스무 명의 경비병이 쪽빛 조끼 차림으로 연단 양옆으로 늘어섰다. 알마카의 은빛 초승달이 그들의 가슴 위로 낮게 걸렸고 칼자루에도 박혀 번쩍거렸다.

홀을 벗어나 격자문 너머 바깥뜰에는 수백 개의 눈이 가득했다. 화려한 행사를 구경하고 대추와 양고기로 실컷 배를 채우러 온 이들이었다. 그러나 그들의 더 중요한 목적은 혈족에게 돌아가서 들려줄 이야깃거리였다. 하인들이 빵, 무화과 열매, 과자가 담긴 접시를 들고 대기하고 있는 모습이 보였다.

연단으로 올라서니 은을 주렁주렁 늘어뜨리고 이마에 빛나는 별 모양의 머리띠를 두른 소녀가 내게 잔을 가져왔다.

"귀빈 여러분." 내 목소리는 조용해진 홀의 구석구석까지 퍼졌다. "오늘 밤은 여행의 밤입니다. 우리는 대상들과 함께 세계의 각 지역으로 갑니다. 그러나 그 여행은 평범하지 않습니다. 우리는 알마카 신의 아들딸이니까요! 우리는 열등한 신들의 백성처럼 땅에서 나오지 않았습니다. 우리는 달과 그 배우자인 해의 자손입니다. 그래서 우리의 여행이 시작되는 자리는 알마카 신의 품입니다. 천상의 영역에서 펼쳐지는 향연장입니다." 내가 잔을 들자 환호성이 터져 나왔다. 그와 동시에 음악이 다시 시작되었다.

하인들이 은으로 된 손대야들에 물을 부었고 내 시종이 직접 손님들의 자리를 챙겼다. 스물네 명의 평의회 위원 전부가 왕좌에서 가장 가까운 식탁 중앙에 앉았고, 왕좌 좌우편에는 무역 대신들이 화려한 머리두건을 쓰고 앉았다. 그들 뒤로는 수를 놓아 장식한 양모를 입은 사람들이 있었는데, 그들의 단검 손잡이는 둥글게 연마한 보석과 레몬빛 햇살장식으로 꾸며져 있었다. 내 무역상들이었다. 그리고 양쪽으로 길게 뻗은 하늘색 식탁을 따라 수많은 상인들이 앉아 있었다.

"여왕폐하." 와하빌이 왕좌 앞에 와서 섰다. 입을 열어 그를 치하하려는데 그의 옆에서 단순한 사롱과 조끼 차림으로 서 있는 남자가 눈에 들어왔다. 그의 허리띠에 걸린 단검의 은 손잡이는 오래된 물건처럼 보였다. 오랜 족보와 자랑스러운 혈통을 갖춘 씨족의 표시였다.

"폐하께 가반 족의 탐린을 소개합니다. 가반 족 샤르의 아들입니다. 폐하의 수석무역상이고, 아버지의 대를 이어 선왕폐하의 수석무역상으로 일했습니다."

남자는 정중하게 인사했다. 그가 몸을 폈을 때, 나는 그의 우아한 콧수염과 턱수염, 눈가에 까맣게 칠한 콜, 그리고 피부색을 찬찬히 살폈다. 농부의 피부처럼 햇볕에 검게 그을린 줄 알았던 그의 피부는 놀랍게도 윤이 나는 따스한 구릿빛이었다. 손가락엔 반지가 보이지 않았고 손목에 두른 넓은 황금 팔찌를 제외하고는 장신구가 아예 없었다.

"여왕폐하, 부디 저의 친척 일랴파 위원이 했던 말을 그대로 반복하여 아만의 수치스러운 행위를 규탄하는 것을 허락하소서. 그리고 그들에 대한 폐하의 정의로운 처분을 찬양합니다. 알마카께

서 폐하의 통치에 복을 내리시고 폐하의 이름을 위대하게 만드시
기를 기원합니다."

나는 잠자코 그를 살펴보았다. 나보다 고작 몇 살 많을 것 같았다.

"말씀해 보세요. 아버지는 어떠신가요?" 내가 말했다.

"노역의 세월을 마친 후 풀려나 자유롭게 풀을 뜯는 낙타와 같
습니다. 살이 찌고 만족합니다." 그가 빙그레 웃었다.

"가반 족, 아주 강력한 부족이지요." 나는 생각에 잠겨 팔걸이
끝에 새겨진 아이벡스 머리를 손가락으로 톡톡 치면서 말했다.
"그리고 참으로… 중립적이지요." 분명한 사실을 진술할 필요는 없
었다. 그들은 마리브 진격 때 도울 사람들을 보내지 않았다. 그것
은 와하빌과 내가 꽤 길게 이야기를 나눈 주제였다.

탐린이 고개를 숙였다. "여왕폐하?"

"영리한 정책이에요. 가반 족은 오아시스의 부족들과의 정치 관
계에 의존하고 있으니까." 나는 그를 쳐다보았다. "하지만 중립적
인 입장이 더 이상 필요하지 않을 때, 충성을 알아보기가 얼마나
어려운지 몰라요."

"여왕폐하께서는 지혜로우십니다. 어떻게 하면 가반의 충성을
가장 잘 표현할 수 있을지 폐하께서 일랴파 위원과 상의해서 알려
주신다면 기꺼이 따르겠습니다. 저로 말하면 일개 무역상에 불과
합니다. 유목민 무리 중의 한 사람일 뿐이지요."

그는 얼굴을 붉히지도 말을 더듬지도 않았다. 궁정에서 처신하
는 훈련이 잘 되어 있는 사람이거나 바보이거나, 둘 중 하나였다.

바보 같지는 않았다.

"오늘 만찬을 어떻게 생각하시나요, 가반 족의 탐린?"

홀에 가득한 손님들은 둘둘 말린 달콤한 빵을 카다몬과 회향 소스에 적셔서 먹는 틈틈이 짧게 이야기를 나누었다. 그들은 지체하지 않았다. 너무 천천히 먹으면 식탁에 악령이 틈탈 수 있었다.

탐린은 등으로 만든 별자리들을 가리켰다. "경이로울 따름입니다. 저는 이 이야기를 평생 되풀이할 테고 과장이 심하다는 비난을 들을 겁니다. 그런데 괜찮으시다면, 지금 폐하께 선물을 드리고 싶습니다."

어린 남자가 탐린에게 긴 직각 상자를 건넸고, 탐린은 그것을 받아 두 손으로 내게 내밀었다.

"소박한 존경의 표현입니다만, 아주 먼 곳에서 가져왔습니다. 폐하의 학문 사랑은 저의 아비도 알고 있습니다."

샤라가 상자를 받아서 열고는 내게 보여주었다. 양쪽으로 펼치는 식의 고급 피지로 된 두루마리였다.

"누구의 글인가요?" 내가 물었다.

"북쪽 이스라엘의 왕입니다. 저의 아비가 번역했습니다. 사람들의 말로는 그 왕이 그의 신에게 비밀 지식을 배웠다고 합니다."

반세기밖에 안 된 이 신생왕국에 대한 약간의 기록은 읽어본 바 있었다. 대규모로 모여 살기 시작한 지 얼마 안 되는 부족 연맹 국가였다.

"당신은 신들이 사람에게 비밀 지식을 가르친다고 믿나요, 가반 족의 탐린?"

그는 미소를 지으며 말했다. "모든 주권자에 대해 그렇게 말하지 않습니까? 솔직히 저는 그의 신이 이해가 안 됩니다만, 그가 세상의 부와 희귀한 물건들에 굶주려 있다는 것은 압니다."

"그렇지 않은 왕이 있나요?"

"아, 하지만 그 왕은 그것을 사들일 부를 가지고 있습니다. 사바의 부에 비길 만합니다."

나는 웃었다. 웃음소리가 연단 위에 울려 퍼졌다. 탐린 옆에서 와하빌도 점잖게 웃었다. 그의 눈가에 피로가 깃들어 있었다. 만찬을 감독하는 일이 많은 부담을 주었던 모양이다. 어떻게든 보상을 해줘야 할 터였다. 달리 보상할 것이 없다면 좀 쉬게라도 해줘야지.

"모든 무역상은 이야기꾼이기도 하지요. 당신이 과장한다는 비난을 받는 이유를 알 것 같군요."

그는 동의의 뜻으로 살짝 고개를 숙였다.

"하지만 사바의 부에 맞먹을 나라는 바빌로니아와 이집트뿐이에요. 이집트인들조차도 우리의 몰약을 사기 위해 그들이 그토록 좋아하는 새 가발까지 싹 내놓아야 하잖아요."

와하빌이 빙그레 웃었고 탐린도 웃었지만, 그가 예의 바른 겉모습 뒤에서 나를 살피는 것이 느껴졌다.

"이스라엘은 이집트와 강력한 동맹을 맺었습니다."

"그런가요."

"그는 파라오의 딸과 결혼했고 홍해와 '왕의 대로'의 교차로에 있는 게셀 성을 지참금으로 받았습니다. 그래서 남쪽으로는 이집트, 북쪽으로는 페니키아로 가는 무역로를 관할하게 되었습니다."

나는 고개를 갸우뚱했다. 딸을 다른 나라에 시집보내는 것은 파라오의 관례가 아니었다. 왕자를 낳기 위해 외국의 공주들을 받아들일 뿐이었다. 신출내기 왕에게서 무엇을 보았기에 파라오가 이집트의 정치적 자존심마저 버린 것일까?

와하빌의 가벼운 헛기침이 들려왔다. 그 너머를 보니 손님들이 거의 식사를 마친 상태였다.

"나와 같이 가요." 그와 함께 나는 일어섰다. 그러자 손님들이 서둘러 일어섰다. "이집트에 대해서는 우리가 직접 알아보기로 하지요."

나는 두 사람에게 함께 가자고 손짓을 하고 수행원들과 함께 궁정 정원으로 나갔다. 우리를 따라 정원으로 나온 손님들의 입에서 감탄의 소리가 터져 나왔다. 천여 개의 등으로 밝혀진 정원은 전혀 다른 곳이 되어 있었다. 거대한 쪽빛 천이 정원을 동서로 나누며 부풀어 올라 저녁 미풍에 파도처럼 일렁였다.

쪽빛 해협의 서쪽에는 사향고양이와 사자들이 과일나무 아래 놓인 우리 안에서 나른하게 바깥을 응시하고 있었다. 큰 울타리 안에서는 타조들이 거닐고, 내 개인 알현실만 한 크기의 식물원에서 각양 새들과 앵무새들이 경쟁하듯 소리 내어 울었다. 아까시나무에는 얼룩말이 매여 있었다. 두 그루의 아카시아 나무 사이에 매달린 얇은 황금 원반들이 반짝였다. 검은 피부의 하인들이 강

황소스로 요리한 생선, 양고기와 렌틸콩 스튜, 으깬 치즈와 양념에 버무린 채소들이 담긴 그릇들이 가득한 식탁에 납작한 빵을 놓았다. 푼트의 별식들이었다.

'푼트'의 북쪽에는 사람의 키 다섯 배 높이의 피라미드들이 세워져 있었는데, 그 배경이 되는 두꺼운 천 원반은 뒤에서 비추는 여러 개의 횃불 때문에 떠오르는 라Ra(태양)처럼 빛났다. 검은 양털 가발을 쓰고 채색자기 목걸이를 한 벌거벗은 노예들이 이시스 여신의 신전 앞 나일강 둑에서 항아리에 든 이집트 맥주를 들고 서 있었다. 내 꼼꼼한 지시 사항을 뛰어넘는 광경이었다. 나는 인공의 강 끝에서 저녁 미풍에 파피루스가 흔들리고 가마만큼 큰 거룻배가 느릿느릿 떠가는 광경을 기분 좋게 감상했다.

정원의 나머지 동쪽 절반에는 오아시스들이 죽 이어져 있었다. 향료길에 대상들이 머무르는 곳인 야스리브, 드단, 데마였다. 최고 혈통의 낙타들이 대추야자 아래 발이 묶인 채 풀을 뜯거나 침을 뱉어도 닿지 않는 거리에서 되새김질을 하고 있었다. 검은 색 천막 사이로 세 마리의 하얀 암낙타가 웅크리고 있었는데, 천막들의 열린 입구로 밝은 색으로 짠 넓은 양탄자들 위에 생선과 파, 절인 야채, 다양한 색깔과 크기의 이국적인 알들이 담긴 접시가 보였다. 진짜 '사막의 늑대'가 달갑게 입기에는 지나치게 화려한 복장을 한 하인들이 내 '여행자' 손님들을 환영하기 위해 기다리고 있었다.

도처에 춤추는 사람들이 보였다. 푼트에는 발을 구르며 춤을 추는 사람이, 오아시스에는 머리에 그릇들을 얹고 균형을 맞추는 사람들이 있었다. 음악가들은 손북과 현악기 우드, 이집트의 타악기 시스트룸을 연주했다.

입구 근처에는 유향수지가 가득 든 커다란 황금솥이 있었다. 그리고 '홍해' 한복판에 있는 섬에는 궁정 홀에 있는 왕좌와 똑같이 생긴 설화석고 왕좌가 놓여 있었다. 아이벡스 발굽 모양의 다리와 팔걸이에 드리워진 표범가죽까지 똑같아서 손님들은 손가락으로 가리키며 무슨 수로 왕좌를 그렇게 빨리 옮겼느냐고 물었다.

나는 손뼉을 쳤고 음악가들이 조용해졌다.

"우리는 하늘에서 신으로 내려왔고 홍해를 건너 오빌에 이르렀습니다. 거기서 푼트의 황금과 이국적인 야생동물들을 보고, 새들의 음악을 듣고, 진미를 맛보았습니다. 우리는 북쪽 이집트로 가서 파라오의 맥주를 마시거나, 이시스 여신 앞에서 향을 태우며 라가 다시 떠오르기를 기도할 수도 있을 것입니다. 또, 대상들과 함께 바다 이쪽으로 건너와 드단과 야스리브를 거쳐 팔미라까지 갈 수도 있습니다!"

나는 황금솥으로 다가가 거기 놓인 많은 은잔 중 하나로 유향을 한웅큼 떴다. "그러나 푼트의 황금, 라의 은총, 오아시스의 환대를 기대한다면 잊지 말고 사바 최고의 물건을 가져가십시오! 그대들이 방문하는 곳마다 그곳 신들의 이름으로 맹세하고 그 앞에 향기로운 제물을 바쳐 신들도 부러운 눈으로 사바를 바라보고 사바를 칭찬하는 노래를 부르게 하십시오. 사바와 알마카 신, 만만세!"

뒤를 잇는 외침이 메아리치며 밤하늘을 채웠고, 나는 하늘에 있는 둥그렇고 하얀 달을 올려보았다.

들뜬 외침과 주연이 정원을 가득 채웠다. 음악이 시작되자 평의회 위원들도 젊은 사람들의 열정에 동참했다.

나는 의기양양하게 수석무역상을 돌아보았고 그의 반응에 실망하지 않았다. 그는 손님들이 향을 집어든 다음 곳곳에 펼쳐진 즐거움을 찾아 이리저리 거니는 모습을 보며 신나게 웃었다.

그가 내 쪽으로 살짝 몸을 기울였는데 나의 내시의 노여움을 살만큼은 아니었지만 그의 중얼거림을 내가 들을 수 있을 정도로는 가까웠다. "진정, 여왕폐하께서는 놀라운 일을 행하십니다."

"선물 고마워요." 내가 말했다.

"다른 저녁, 저의 대상이 북쪽으로 떠나기 전에 폐하께서 이 몸, 소박한 무역상을 불러 이야기를 들어주시고 제가 가서 전해야 할 이야기를 알려주시면 어떨까 합니다. 물론 오늘 밤에 본 것만 이야기해도 저는 거짓말쟁이라는 말을 들을 것이 분명합니다만, 제가 가반 족의 충성과 무역상 탐린의 충성을 입증할 방법이 있다면 불러주시기를 간청합니다. 가반 족이 일단 마음을 정하면 그 충성은 확고합니다. 언젠가 그것을 입증할 영광을 허락해 주셨으면 합니다."

나는 그의 옆모습을 보았다. 곧은 코, 눈가의 주름진 피부. 가늘게 뜨고 해를 들여다보는 데 익숙한 눈.

"그러지요."

그날 밤, 정원의 왕좌에 올랐을 때, 내 마음은 푼트와 이집트, 오아시스, 술에 취해 노예 소녀들을 꼬집고 나일 강으로 휘적휘적 들어가는 손님들에게 있지 않았다.

나의 마음은 가장 멀리 있는 등의 빛으로도 비춰지지 않은 구석의 땅에 가 있었다. 데마 오아시스 북쪽의 땅, 에돔 너머에 있는 다른 세계.

이스라엘. 그 이름이 혀로 맛본 단어처럼 내 머릿속을 돌아다녔다. 손님들의 아수라장 속에서 무역상 탐린을 찾았지만 보이지 않았다. 탐린의 이야기는 그가 보여준 궁정 예절 못지않게 세련된 것이었다. 그러나 반세기밖에 안 된 왕국이 그가 말한 것과 같은 영향력을 행사하거나 그만한 부를 자랑할 수는 없었다. 어떤 통치자도 늘 변덕스러운 신들에게 그렇게 총애를 입을 수는 없었다.

몇 시간 뒤, 나는 오늘 밤의 여행이 모두 끝났고 사바는 그 어느 때보다 부유하다고 선언했다. 황금 원반과 이집트 풍뎅이와 인더스 계곡에서 들여온 밝게 염색한 옷감을 마지막 하나까지 손님들에게 나눠 주고, 은잔을 하나씩 담은 천 개의 곡식 꾸러미를 안뜰에 모인 모든 사람에게 분배한 다음이었다. 나는 내 방으로 물러났다. 녹초가 된 샤라를 잠자리로 손짓해 보낸 후, 나는 새로 얻은 두루마리를 가지고 소파에 앉았다. 페니키아 서체로 정교하게 써내려간 아람어가 눈에 들어왔다.

두루마리를 읽다보니 어느새 동이 텄고 오전도 상당히 지나 있었다.

7

"말해보세요. 이것은 웬 자만인가요?" 나는 내 사실私室의 자리에 앉은 채 말했다. 나를 사디크에게 주지 말아달라고 아버지에게 간청했던 곳이 바로 여기였다. 나를 다른 곳으로 보내달라고 요청한 것도 이곳에서 있었던 일이었다. 그 사이 얼마나 많은 것이 변했는지.

고개를 숙였다가 드는 탐린의 얼굴에 놀란 기색이 역력했다. "여왕폐하?" 이번에도 그는 수수한 차림이었다. 손목의 팔찌와 깔끔하게 다듬은 턱수염이 유일한 장식이었고 머리는 단순한 가죽끈으로 묶은 상태였다. 방 건너편에는 야푸쉬가 문 근처에 서 있었다. 그의 코와 목에서 황금이 빛났다. 흑요석 동상처럼 묵묵히 서 있는 야푸쉬는 화려하고 아름다웠다. 두 남자는 더할 나위없이 달랐다!

샤라가 포도주를 따랐고 나는 새긴 의자에 등을 기대고 앉았다. 탐린은 관례상 한모금을 마셨는데, 잔 위로 드러난 얼굴만 보

125

아도 당황한 것이 분명했다.

"그대가 나에게 준 두루마리를 읽어봤나요?" 내가 물었다.

탐린의 눈썹이 올라갔다. "저는 안 읽었습니다. 그러니까 일부만 봤습니다. 그 왕의 글은 이스라엘 법정에서도 때때로 인용됩니다."

"그렇군요."

지난 밤 나는 두루마리를 태워버리고 싶었다. 이 격언집은 대체로 이집트 격언들의 영향을 받은 것이 분명했다. 이런 식의 지혜의 문서들은 원래 그렇게 만들어지고, 계시랄 것까지는 없지만 영리한 요약본이라는 점은 그럭저럭 인정할 수 있었다. 그러나 내 기분을 상하게 만든 것은 그의 격언이 아니었다.

"이 왕이 왕위에 오른 지가 얼마나 되었지요?"

"십 년입니다, 여왕폐하. 십일 년일 수도 있겠습니다. 부디 말씀해주십시오. 무엇 때문에 그렇게 마음이 상하셨습니까?"

"여기 이 왕이 노래 두 편을 실어놓았더군요."

나는 옆쪽의 상아탁자에 놓인 두루마리를 집어올려 읽었다. "그가 통치하는 동안에 의로운 자들이 번성하고 달이 다할 때까지 번영이 지속되게 하소서." 나는 탐린을 올려다보았다.

"아, 여왕폐하." 그는 안도감 같은 것을 내비치며 말했다. "분명히 말씀드리지만 그에게는 폐하의 신을 무시하려는 의도가 없습니다. 그의 아내들과 딸린 식구들은 도성 바깥에서 많은 신을 섬기고 있습니다."

"확실한가요?" 나는 그가 대답하기 전에 말을 이었다. "그가 바다에서 바다까지, 이 강(유프라테스)에서 땅 끝까지 다스리게 하소서! 사막에 사는 자들이 그 앞에 허리를 굽히고 대적자들이 그 앞에서 바닥의 먼지를 핥게 하소서. 다시스와 섬나라 왕들이 그에게 조공을 바치게 하시고…." 나는 두루마리에서 눈을 들어 그에게 시선을 고정했다. "스바와 시바 왕들이 왕에게 예물을 드리게 하소서."

선 채로 그의 얼굴이 창백해졌던가?

"무지한 자들이 내 왕국을 '스바'라고 부른다는 사실은 잘 알고 있어요. 그렇지 않은가요?"

"말씀하신 대로입니다."

"그럼 시바는 어디인가요?"

그는 주저했다. "푼트입니다. 여왕폐하."

나의 눈빛이 차가워졌다. 그는 즉시 깊숙이 고개를 숙였고 나는 다음 구절을 읽었다.

"그는 가난한 자들을 구하고… 힘없는 자들을 불쌍히 여기오니… 오래오래 살게 해주십시오. … 왕이 스바로부터 금을 받게 하소서!"

두루마리를 그의 발치에다 던졌다.

"여왕폐하, 용서해 주십시오. 저는 그 내용을 모르고…."

"이새의 아들 다윗의 기도라고 적혀 있군요." 나는 심드렁하게 말했다. "누군가요?"

"솔로몬 왕의 아버지입니다."

"사람들이 그를 그렇게 부르나요? '이새의 아들'이라고?"

그가 몸을 곧추세웠다. "그렇습니다. 솔로몬 왕의 아버지는 왕족 출신이 아니었습니다."

나는 재미있다고 느끼며 물었다. "그럼 어떻게 왕이 된 건가요?"

그는 잠시 입술을 오므렸다. "그곳 예언자 중 한 사람이 이새의 아들들 중에서 그를 선택했습니다. 그는 목동이었고… 막내아들이었습니다."

나의 웃음소리가 방 전체에 울려퍼졌다.

"그래, 그 목동의 아들이 이 위대하고 부유한 왕이라는 거군요." 나는 베일을 쓴 얼굴을 가리는 샤라를 쳐다보았다. 그 속에 감춰진 보기 드문 미소가 상상이 되었다.

무역상이 두 손을 펼쳤다. "그렇습니다. 그의 아버지는 예상 밖의 왕이었습니다. 그러나 이런 이야기가 전해집니다. 그는 전쟁영웅이었습니다. 오랜 세월 의적으로 지냈고 많은 사람을 죽였습니다. 이스라엘 부족들을 통일시킨 장본인이 바로 그입니다."

사바의 통치자들도 여러 부족의 통합자들이었다. 오늘날에도 백성들은 사바를 중심으로 네 개의 큰 왕국을 하나로 묶어낸 내 할아버지의 전통을 이어 나를 '무카리브'(통합자)라고 부른다.

"그러니까 이 목동 왕이 사바가 자기 아들에게 금을 바치게 해달라고 기도하는 것이로군요."

"여왕폐하, 스바의 부는 전설적입니다. 선왕이 자기 아들에게 극도의 존경을 가져다줄 대상으로 사바를 선택한 것은 폐하의 왕국에 대한 찬사입니다."

"자, 탐린, 이제 솔직히 말해봐요."

내가 연단에서 내려와 낮은 소파쪽으로 가도 그는 그대로 서 있었다. 나는 탐린에게 옆에 있는 소파에 앉으라고 손짓하여 그에게 자문관의 지위를 부여했다.

"왕위에 있은지 십 년, 어쩌면 십일 년이라고 했지요?" 내가 그렇게 말을 꺼냈을 때 샤라가 대추 접시를 우리 앞에 가져다놓았다.

"그렇습니다, 여왕폐하."

"그의 아내는 파라오의 딸이고요. 그러나 이번 파라오가 약하다는 사실은 잘 알려져 있어요."

"그의 첫 번째 아내입니다."

"아내가 몇이나 됩니까?" 나는 잔을 들었다. 내 아버지도 몇 명의 첩을 두신 바 있었다.

"정확한 수는 모르겠습니다. 마지막으로 세었을 때 2백 명 정도 되었습니다."

하마터면 입속의 것을 뿜을 뻔했다.

그는 살짝 미소를 지었다. "사실입니다. 파라오의 딸은 그에게 게셀을 안겨주었습니다. 암몬 족속의 신부는 홍해부터 다마스쿠스에 이르는 '왕의 대로'의 지배권을 가져왔습니다. 부인은 많습니다. 그의 나라 열두 부족에서 온 첩들, 속국인 모압, 에돔, 아람, 하마스, 소바, 가나안, 히타이트 족속, 아말렉 족속에서 온 아내들도 있습니다."

"이 사람에 대한 기록은 다 이렇게 지독히 과장되어 있나요? 땅부터 부, 심지어 아내까지?" 이번에 그를 바라봤을 때, 나는 빤히 쳐다볼 뻔했다. 그의 눈 색깔이 짙은 파랑이라는 것을 어째서 여태 못 봤을까?

무역상은 고개를 살짝 가로저었다. "그렇지 않습니다. 저는 그의 수도와 신전 건축 현장을 보았고, 수비대가 유프라테스강부터 시나이 반도, 홍해에서 팔미라까지의 도로를 지키는 요새화된 도성들을 보았습니다. 게셀을 통과하는 무역로의 지배권도 갖고 있으니, 그는 아나톨리아와 이집트 사이에서 말과 전차 무역을 중개하는 역할도 합니다."

나는 눈을 가늘게 떴다.

그가 말을 이었다. "사람들은 그를 무역왕Merchant Prince이라고 부릅니다. 그는 사치품과 이국적인 상품 및 동물들을 다 좋아합니다."

"여자도 좋아하는 것 같군요."

"그런 것 같습니다." 그가 살짝 웃으며 말했다.

"그 사람이 그렇게 힘이 있고 부유하다면, 어째서 내가 그나 그의 아버지에 대해 듣지 못한 겁니까?" 산적왕 다윗에 대해서라면 몇 년 전에 한두 마디 들은 것이 전부였다.

"북쪽으로 그렇게 멀리까지 가는 대상은 거의 없습니다. 드단의 오아시스까지 가서 다른 무역상들에게 가져간 물건을 팝니다. 제 아비는 몇 달에 걸쳐 에돔과 예루살렘까지 몇 번이나 다녀왔고, 저도 그곳에 두 번 가봤습니다. 그래서 제가 직접 본 내용을 말씀드리는 것입니다. 선왕폐하께서도 이 왕과 거래를 하셨습니다. 이 왕이 사랑하던 어머니가 노쇠해지자 매장을 준비하는 데 쓸 몰약을 보내셨지요. 제가 마지막으로 갔을 때, 그녀가 그림자 세계로 떠났다는 소식을 들었습니다."

나는 내 앞에 있는 남자를 다시 살폈다. 그의 보석같은 눈과 잘 빠진 몸의 윤곽, 두툼한 윗 입술, 굳은살 박인 손과 호리호리한 손가락을 눈여겨보았다. 내 생각이 옳았다는 것을 알 수 있었다. 이 사람이야말로 사바의 상업적 힘을 전 세계에 선포할 만한 인물이었다. 그는 소파에 완전히 기대지 않고 두 발을 여전히 바닥에 딛고 있었다. 현실감각을 잃지 않고 절대 긴장을 완전히 풀지 않는 사람이었다.

궁정생활을 편안한 모습으로 감내할 줄 알지만 적정선을 벗어나지 않는달까.

"어제 만찬장을 일찍 떠났더군요."

그가 고개를 숙였다. "저는 소박한 무역상인지라 호화로움에 익숙하지가 않습니다. 용서하십시오."

나는 소매에 붙은 실을 떼어내는 시늉을 했다. "선왕비의 매장에 쓰일 향을 보낸 대가로 아버지는 무엇을 받으셨지요? 이 왕의 어머니도 양치기 여인은 아니었겠지요?"

"왕의 감사와 좋은 조건이었습니다."

"왕의… 감사라."

"네, 그리고 좋은 교역 조건이었습니다, 여왕폐하." 탐린은 그렇게 말하고 내 쪽으로 몸을 기울였다. "폐하의 왕국, 폐하의 부와 백성들의 충성에 대한 이야기들을 전하겠습니다. 그 외에 원하시는 바가 있다면 말씀해주십시오. … 그대로 전하겠습니다."

그의 눈에 모종의 기대와 희미한 갈망이 담겨 있다는 느낌이 든 것은 나의 착각이었을까? 나의 시선이 그의 손등에 내려앉았다가 손목을 타고 힘줄이 불거진 튼튼한 팔뚝으로 옮겨갔다.

나는 쿠션에 등을 기댔다.

"그대는 내 목적을 이해하고 있어요. 그러니 이것을 알아두세요. 나는 우리의 언어와 신들과 치수治水 기술자들의 위업이 페니키아 너머 북쪽까지 전해졌으면 합니다. 세상이 우리의 댐과 운하와 낙타 육종에 대해 듣기를 바랍니다. 마리브의 쌍둥이 낙원인 우리의 오아 시스들과 우리의 수도 성벽도시, 그리고 다층 주택들에 대해서도."

"그리고 여왕님의 아름다움에 대해서도?"

나는 재미있어 하며 미소를 지었다. "그대는 내 얼굴을 보지도 못했잖아요."

"그러함에도, 여왕폐하, 제가 폐하에 대한 이야기를 하면 과장 한다는 비난을 받을 것입니다. 폐하께서 솔로몬 왕의 이야기를 들 으시고 과장이라고 말씀하셨던 것처럼 말입니다. 그런데 왜 사바 의 경이로움을 세상에 알리려 하십니까? 마땅히 자랑할 것을 자 랑하는 것만이 이유는 아닐 것입니다."

"맞아요. 하지만 우리는 자랑해야 해요. 나는 세계에서 가장 학 식이 풍부한 현자들과 기술 좋은 장인들을 사바의 수도로 유혹하 고 싶어요. 페니키아의 청동 기술자들과 건축가들, 바빌로니아의 천문학자들, 비단의 비밀을 아는 동쪽 먼 땅의 직물 기술자들이 사바로 몰려와 우리를 풍요롭게 해줄 날을 고대하고 있어요. 그들의 지식은 풍부한 보상을 받을 겁니다."

탐린은 천천히 숨을 들이쉬었다. "아, 이제 알겠습니다. 사람들이 사바의 이름을 말할 때는 신의 이름인 듯 신비와 경이감을 느끼게 하고… 여왕님의 이름을 말할 때는 여신에 대해 이야기하듯 하게 만들겠습니다."

그 말에 나는 웃었다. 아까의 웃음과는 많이 달랐다.

"이제 우기가 그쳤으니 폐하께서는 이집트로부터 많은 선물을 받게 되실 것입니다." 탐린이 나를 바라보며 말했다. 그의 눈길이 내 베일에 내려앉았다.

"이집트의 황금시대는 지났어요." 내가 말했다.

"그러나 이집트의 리비아 용병들은 날이 갈수록 강해지고 있습니다. 이집트는 누비아를 잃었지만 곧 더 전투적인 새 왕국이 될 것입니다."

"우리는 늘 이집트와 관계가 좋았어요. 그러나 이제는 사제들이 이집트를 다스리지요. 테베의 신전에 선물을 보내는 게 좋겠어요."

"분부대로 하겠습니다, 여왕폐하. 폐하의 구상을 실현하려면 비용이 많이 들 것입니다."

"그러겠지요. 그리고 그대도 많은 이익을 볼 겁니다. 내가 그대를 부자로 만들어 줄 거예요. 지금보다 더 부자로." 아무것도 입증할 필요가 없는 재력의 소유자만이 지극히 수수한 차림으로도 자연스럽게 처신할 수 있다. "그럼 이제 말해봐요. 솔로몬 왕은 어떤 신들을 섬깁니까?"

"그의 선조들의 신입니다."

"어떤 신이지요?"

"그들은 그 신을 '스스로 있는 신,' '나는 나다'(I Am)라고 부릅니다."

내 한쪽 눈썹이 치켜올라갔다.

"그 신의 이름이 무엇입니까?"

"발설할 수 없는 이름을 가진 신입니다. 그들은 그 신이 모든 신들 위에 있다고 믿습니다."

"그 왕은 실패할 일만 남았군요!" 내가 빙그레 웃었다. "그런 시도가 이집트에서 어떤 결과를 낳았는지 모른답니까? 아크나톤은 아톤 신만 섬기는 종교를 선포했어요. 아톤 신은 그나마 이름이라도 있었지요. 그 종교는 비참하게 실패했고, 아크나톤은 이집트인들의 기록에도 '원수'라고 남아 있어요!" 나는 아크나톤이 죽은 후 오랜 세월 방치된 신전들과 이집트를 휩쓸었던 전염병에 대한 기록을 여러 해 전에 읽은 바 있었다. 신들을 진노하게 만든 그를 역사가 미워하는 것은 당연했다.

"말할 수 없는 이 신의 상징은 무엇입니까? 우상을 하나 가지고 왔나요?"

그가 주저했다. "이 신은 상징이 없고, 우상도 없습니다."

그야말로 웃음밖에 나오지 않았다. "부를 수도 없고 볼 수도 없는 신이라."

"그들의 율법은 모든 신에 대한 새긴 우상을 금하고 있습니다. 그들의 신에 대해서도 마찬가지입니다."

"신들의 이름과 얼굴을 완전히 없애버리다니, 그것은 무신론 아닙니까?"

그가 진지하게 말했다. "분명히 말씀드리지만 이 왕의 사제들은 경건합니다. 하지만 그의 부인들은 그가 도성 바깥에 지어준 산당에서 자신들의 신을 섬깁니다."

나는 어깨를 으쓱하며 말했다. "그는 이 세상에서 오래 살지 못하겠군요."

"옳은 말씀이십니다." 탐린은 고개를 숙였다. "하지만 그가 아직 살아 있는 동안에는 어떤 선물을 준비하면 좋을까요?"

나는 탐린을 똑바로 쳐다보고 말했다. "아무것도 준비하지 마세요."

그의 두 눈썹이 올라갔다.

"최고의 물건들을 평소와 같은 양만 가져가세요."

"틀림없는 말씀이십니까, 여왕폐하?"

"사바는 향료 무역을 독점하고 있습니다. 그가 푼트나 히두쉬나 그 너머 동쪽 지역의 물품을 원한다면 우리와 거래를 해야 해요. 최고의 유향을 얻고 싶어도 우리와 거래해야 합니다. 나는 그가 거래를 해야 하는 새로운 여왕이에요. 그가 우리에게… 선물을 보낼 수는 있겠네요."

탐린은 주저했다. "알겠습니다. 그럼 무역왕에게 어떤 전갈을 전할까요?"

"그대의 이야기와… 가격만 말하세요."

"제가 예루살렘에 가서 사바와 그 위엄 있는 여왕의 이야기를 평화동맹에 굶주려 있는 이 왕에게 들려줄 때… 혹시 그가 사바와의 혼인동맹을 제안한다면 어떻게 답변할까요?"

"그에게 줄 딸이 없다고 하세요."

"여왕폐하, 제 말은 폐하와 말입니다."

나는 그를 노려보았다. "나는 이 나라의 통치자입니다. 그의 하렘에 보내질 공주가 아니에요."

"폐하의 통치가 백 년 동안 이어지기를 바랍니다." 그가 고개를 숙이며 말했다.

탐린이 하직인사를 하고 떠나자 나는 베일을 벗고 포도주 잔을 죽 들이켰다.

나는 샤라의 곁눈질을 놓치지 않았다.

"무슨 생각하는지 다 알아." 내 방들을 관리하는 귀족의 딸들을 각자의 침소로 돌려보낸 후, 침실에서 내 옷을 벗겨주는 샤라에게 말했다.

"말씀해 보시지요. 그 사람이 얼마나 잘생겼는지, 그가 폐하를 어떻게 쳐다보는지 눈에 들어오지 않았다고."

"눈에 들어왔을 수도 있겠지."

그녀는 웃었고, 나는 그 웃음소리가 고마웠다.

그날 밤, 샤라가 잠들고 그녀의 숨소리가 바다의 파도소리처럼 규칙적으로 들려올 때, 나는 탐린의 호리호리한 손가락과 근육질의 팔뚝을 다시 떠올렸다. 그가 웃을 때 윗입술의 윤곽이 넓어지던 것도.

그러나 내게 필요한 것은 연인이 아니라 솜씨 좋은 협력자였다. 세상에 나를 알릴 대변인.

그 입이 아름다운 것은 분명했다.

***

탐린은 삼 주 후에 다시 찾아와 신전에서 작별인사를 했다. 달이 차오르는 첫날, 새출발과 여행의 때였다. 그는 보호를 위해 주문이 새겨진 무역상들의 청동 부적을 두르고 있었다. 알마카 신의 월주기의 화신인 여사제가 찬양을 읊조리는 동안 아슴의 조수가 신성한 우물 앞에서 아이벡스의 피를 그릇에 받았다. 나의 명령으로 신전에 임명된 어린 처녀는 무릎을 꿇은 채 몸을 흔들고 있었다. 아슴이 준 독말풀 차에 취해 있는 것이 분명했다.

"사자가 포효하리라." 그녀는 그 말을 되풀이했다. 아슴은 해석해주지 않았다. 징조는 무역상만을 위한 것이었다. 그 홀로 의미를 분별해야 했다. 물론 징조가 주어진다면 말이다.

내가 두 손을 들고 무역상을 축복했을 때, 처녀는 나를 올려다보고 비명을 지르며 눈을 가렸다. 나는 그녀를 무시했다. 반쯤 정신이 나간 상태라는 걸 알았기 때문이다. 나는 탐린에게만 관심이 있었다. 내가 더없이 신뢰해야 할 사람. 어느새 나는 이상하게도 그의 여행을 부러워하고 있었다.

탐린도 나를 올려다보았다. 그는 나를 여자나 여왕이 아니라 뭔가 다른 존재로 보는 듯했다.

나는 우리의 간격이 점점 더 멀어지는 것을 예민하게 느꼈다. 전에 나의 의문들로 아슴에게 짐을 지웠던 날, 그러나 내가 곱씹는 생각들과 답을 찾기 위한 끔찍한 모색은 그의 눈에서 찾아볼 수 없었을 때 받았던 느낌과 비슷했다.

나는 손가락을 피가 담긴 그릇에 담갔다. "내년에 안전하고 신속하게 내게 돌아오라." 그 말과 함께 그의 이마에 위로 불룩하게 초승달을 그렸다.

그는 바닥에 엎드려 내 샌들 끈에 입 맞추었다.

잠시 후 그는 물러갔다. 삼백 필의 낙타와 그만한 수의 사람들로 이루어진 대상에 합류하러 떠난 것이다.

겨울이 찾아왔고, 나는 그 이스라엘 왕을 잊어버렸다.

8

나는 여러 결혼식을 축복했다. 박해를 피해 신전에 몸을 의탁하려는 사람들에게 사면을 선언하고, 속죄의 뜻으로 죽은 친척들의 무덤에서 낭독해야 할 맹세문을 선포했다. 이웃 부족의 낙타를 습격하는 것으로 알려진 한 부족을 재판하고, 두 형제와 결혼했다가 그중 하나와 이혼한 뒤 지참금의 절반을 돌려받지 못한 여인의 사건을 재판했다. 그리고 아이를 갖지 못하는 한 남자가 여행객을 집에 들이고 아내만 남겨둔 채 집을 비웠다가, 그 여행객이 다음 해에 찾아와 그 집에 새로 난 아이가 자기 아이라고 주장하는 사건도 재판했다.

"누구 천막에서 아이를 갖게 되었느냐?" 내가 물었다.

"저의 천막입니다." 남편이 말했다.

"그렇다면 그 아이는 그대의 아이다. 그대는 이 남자가 돌아올 때마다 그를 형제로 환영해야 한다."

나는 스무 살이었고 평의회가 상속자 문제에 끊임없이 집착한다는 사실을 잘 의식하고 있었다. 사바의 강력한 모든 부족이 내게 청혼을 했고, 청혼자 중에는 사촌 니만도 있었다. 나는 전부 거절했다.

와하빌은 내 달거리만큼이나 정기적으로 한 달에 한 번씩 나를 괴롭혔다.

어느 날 저녁 그가 절박하게 말했다. "정략혼인을 원치 않으시면, 사제들 중에서 남자를 택하십시오. 아니, 둘 이상의 사제를 택하는 것이 더 좋겠습니다. 아이가 태어나면 알마카 신의 아이가 되게 하십시오. 과거에는 그렇게 했습니다. 여왕들은 신들의 아이를 낳게 되는 것입니다. 부디 폐하의 왕국을 위해 그렇게 하십시오. 그렇지 않으면 폐하께서 돌아가실 때에도 전쟁이 일어날 것입니다."

그런 임무를 수행하는 사제와 여사제는 차고 넘쳤다. 하지만 나는 마카르와 동침했던 2년 사이에 한번도 아이가 들어선 적이 없다는 사실을 어떻게 말해야 할지 몰랐다. 생리를 시작하기 일 년 전에 사디크에게 학대를 받으면서 아이를 가질 수 없게 된 걸지도 몰랐다. 확실하진 않았지만, 와하빌이든 다른 누구든 내가 직접 그 이야기를 꺼내는 수모를 감내할 생각은 없었다.

"생각해 보겠어요." 나는 그렇게 말했다. 그를 편안하게 해주기 위해서라도 뭔가 약속을 할 수 있기를 바라면서.

"내시가 된다는 건 말이야," 그날 밤 나는 정원에서 한걸음 뒤처져 걸어오는 야푸쉬에게 물었다. "이성의 손길이 전혀 기억나지 않아서 그것을 갈망하지도 않게 되는 건가?"

그가 차분하게 말했다. "공주님, 내시가 되는 것은 갈망이 없어지는 것이 아니라 갈망을 채울 수단이 없어지는 것뿐입니다."

나는 그를 기다렸다가 그의 팔을 잡았다. "그런 일을 당하다니 안됐어. 그것은 죄인 것 같아. 신들에 대한 죄가 아니라면 몸에 대한 죄."

"저보다 공주님이 더 어려운 상황인 것 같습니다."

"너는 언제나 위안을 주는구나, 야푸쉬."

"언젠가 여자로서의 몸을 다시 기억하게 되실 것입니다. 그리고 몸이 공주님을 기억할 것입니다."

나는 제의적 축제들을 주관했다. 다시 한 번 대야 속을 들여다보았는데… 설령 존재한다 해도 무심할 뿐인 신들에게 바쳐진 동물의 생명이 보일 뿐이었다. 어쩌면 그것이 신들의 기능일지도 모를 일이었다. 신들은 한 민족을 왕좌보다 큰 어떤 것 아래 결집시키기 위해 만들어진 존재, 합의하에 만들어진 허구인지도 몰랐다. 그렇게 생각하자 크게 우울해졌다. 겨울이 찾아왔다. 해는 차가워졌고 생기와 신비감을 잃어버렸다.

***

서쪽의 고지대에 첫 번째 구름들이 모인 날, 와하빌이 북부 자우프에서 사절이 도착했다고 보고했다.

무역상 탐린이 돌아왔다는 소식이었다.

엿새 후 설화석고 홀에서 그를 맞이했다.

"여왕폐하." 그가 고개를 숙이자 그의 수행단도 같이 절을 했다. 그의 피부는 검게 그을렸고 손가락에는 처음 보는 황금 반지가 끼워져 있었다.

"여행의 수익이 많이 났으리라 믿어요." 나는 왕좌의 팔걸이에 팔을 내려놓으며 말했다.

그가 몸을 바로 했다. "그렇습니다. 제 대상이 가져온 최고의 물품들 중에서 자그마한 선물들을 보여드리고 싶습니다."

내 옆의 연단에 선 와하빌이 탐린의 부하들을 향해 다가오라고 손짓을 했다. 나는 앉은 자리에서 몸을 앞으로 내밀었다.

"여왕폐하, 페니키아에서 온 선물입니다." 두 사람이 몇 필의 옷감을 가지고 앞으로 나왔다. 왕족들이 매우 탐내는 티레(두로)의 귀한 자주색 옷감이었다. "페니키아 해변 앞바다에서만 볼 수 있는 바닷고둥으로 물들인 옷감입니다. 은만큼이나 가치가 있는, 왕들과 여왕들의 귀중한 색상입니다."

나는 더 가까이 가져오라고 손짓을 해서 옷감을 두 손가락으로 비벼보았다. 옷감은 해가 갈수록 더 고와졌다.

"큰 내해 건너편 해변에서 온 선물입니다." 그러자 한 사람이 금붙이들이 든 상자를 가져왔다. 와하빌이 그 안에서 몇 가지를 골라 내게 건넸다. 보석을 박아넣은 장신구들이었는데, 그중 몇 개의 특이한 나선형 누금세공은 처음 보는 정교함을 갖추고 있었다.

"이집트에서 왔습니다." 탐린이 진열해놓은 이집트 가발을 가리키며 말했다. 좀더 자세히 살펴보니 양모 일부가 미세한 금 비즈로 땋여 있었다.

그때 홀의 끝에서 작은 소동이 일었다. 경비병들이 뒤로 물러섰다. 그들 중 일부는 빠르게 한쪽으로 물러났다. 조신들이 탄성의 소리를 질렀다.

나는 웃음을 터뜨리며 자리에서 일어섰고 두 손을 꼭 쥐었다. 한 사람이 홀의 거대한 문을 지나 말 한 마리를 끌고 오고 있었던 것이다. 황금색 말은 머리를 한쪽으로 돌렸는데, 고삐를 쥔 사람이 간신히 말을 이끌고 오는 동안 굴레에 달린 빨갛고 파란 술들이 춤을 추었다.

"조심하십시오, 여왕폐하." 와하빌이 조심스럽게 한쪽 팔을 뻗은 채 말했다.

나는 긴 가운의 끝단을 들어올리고 와하빌을 지나 말을 직접 보러 갔다. 사바에는 말이 귀했다.

나는 황홀하게 바라보며 말했다. "이 동물을 데리고 여행이 가능했어요? 정령이 그대를 순식간에 데려왔다 해도 믿겠는데요."

대상은 며칠씩 물을 보지 못하기도 하는데, 낙타에게는 그것이 특별히 문제가 되지 않는다. 먹을 것이 있다면 더더구나 그렇다. 하지만 말은 문제가 다르다. 내 마구간에 있는 말들은 배편으로 푼트까지 실어 나른 후 다시 좁은 바다를 건너서 사바로 온 놈들이었다.

"여왕폐하, 오아시스들은 푸릅니다. 낙타 두 마리가 그 사이사이 말이 먹을 것을 날랐습니다." 탐린이 웃었는데, 다소 안도하는 것이 느껴졌다. 이 동물을 사바까지 데려오는 뛰어난 솜씨와 그에 따른 비용에 나는 깊은 인상을 받았다.

나는 말의 옆쪽으로 돌아가 그 모습에 감탄하다가 숨을 멈추었다.

"이건 종마군요!" 나는 소리쳤다.

"그렇습니다. 여왕폐하의 마구간에서 말들을 낳아 기를 수 있게 하려는 것입니다."

나는 한 손을 천천히 들어 말의 머리를 만졌다. "정말이에요, 탐린. 당신은 기적을 베풀었어요."

"아, 하지만 아직 끝난 게 아닙니다." 그가 그렇게 말하자 몇 사람이 항아리를 짊어지고 앞으로 나왔다.

나는 항아리들 사이를 걸으며 내용물에 대해 무역상 탐린의 설명을 들었다. 카더몬, 코리앤더, 회향. 희귀하고 값비싼 사프란 한 상자. 순수한 올리브유로 채운 암포라.

"폐하의 창고로 열아홉 개의 암포라를 이미 보냈습니다." 그의 눈가 주름이 더욱 두드러져 보였다. 해 아래에서 몇 시간씩 눈을 가늘게 뜨느라 어두워진 피부 탓이었다. 대상 길에서 막 돌아온 탓인지 그의 태도가 미묘하게 달랐는데 정확히 어떤 부분인지는 딱 짚어 말할 수가 없었다.

"만찬 때 여행에 대해 들려주세요."

그는 정중하게 인사를 했고 말은 사람에게 이끌려 홀을 나갔다.

* * *

"이번 여행은 정말 수익이 많았군요." 그날 저녁 정원, 쿠션에 몸을 기댄 채 내가 말했다. 화려한 볼거리는 전혀 없었고, 우아하지만 소박한 식사가 우리 앞에 차려져 있었다. 수많은 밤을 화톳불 옆에서 노숙한 무역상들이 흙벽돌 집에 적응하는 데 어려움을 겪는다는 얘기를 들었었다. 그래서 돌아오기 전 몇 주 동안 성벽 너머 혈족의 천막에서 밤을 지내거나, 아니면 돌아와서 몇 주 동안 바깥 낙타 떼 사이에서 지낸다고 한다. 내가 그를 사적으로 접대하는 두 번째 자리였다. 물론 수족처럼 늘 붙어 있는 샤라와 야푸쉬는 제자리를 지켰다.

"그렇습니다." 탐린은 미소를 지으며 몸을 앞으로 기울였다. 꿀에 절인 대추 하나가 들어간 볼이 불룩했다. 이야기를 어떻게 시작할지 따져보는 듯 대추를 신중하게 씹고 야자술을 길게 한 모금 마신 후 그가 말을 꺼냈다. "세상은 사바의 최고급 물자에 굶주려 있습니다. 그러나 세상 사람들을 가장 매혹시킨 것은 우리의 최신 희귀 수출품입니다."

나는 한쪽으로 고개를 기울였다. 많은 양의 향신료와 향수, 발삼수지, 다양한 무늬의 직물들. 사바가 수출한 모든 품목은 비쌌다. 푼트의 금부터 하드라마우트의 유향까지 모든 물품이 그것을 보호하기 위한 수행단과 함께 육로로 먼 거리를 이동해야 하기 때문에 시장에 도착할 무렵이면 그 가치가 금값에 맞먹었다.

"그 새로운 수출품은 사바의 새로운 여왕에 대한 목격담입니다." 그가 씩 웃으며 말했다.

그 말에 나는 웃었고, 웃음소리는 무화과나무까지 올라갔다.

"오아시스에 머물 때마다 온갖 부족들이 우리의 물품을 얼빠진 채 바라보고 우리 불 옆에서 먹기도 했습니다. 하지만 그들은 무엇보다 새로운 소식을 듣기 원했습니다."

"그래요. 그건 나도 좀 알지요."

"우리는 그들을 궁금한 채로 내버려두지 않았습니다. 얼마 후면 폐하의 아름다움과 부에 대한 이야기가 세상 끝까지 퍼질 것입니다."

"아첨하는군요."

탐린은 과장된 한숨을 내쉬었다. "폐하께서는 제가 아첨한다 하시고, 사람들은 사바에 대한 제 얘기가 과장이라고 말합니다. 저는 이렇게 자랑하지요. 별들이 폐하의 홀로 내려오고, 그 안에서는 밤낮으로 향이 타올라 궁정에서 가장 천한 노예들의 코에도 신들의 향기가 밤낮으로 떠나지 않는다. 마리브에서는 상아가 대리석과 같고, 설화석고는 석회석과 같으며, 계피는 땔감처럼 흔하다. 여왕의 시녀가 너무나 곱게 차려입어서 여왕으로 혼동될 정도이다. 그러나 여왕을 대면하는 자가 그분을 못 알아볼 일은 없다." 그의 눈빛이 나른해졌다. 그의 아랫입술에 묻은 포도주가 반짝였다. "그렇습니다. 그분 앞에 서기만 한다면, 불의 여신의 얼굴처럼 사람들의 마음에 깊이 새겨지는 그 아름다움을 못 알아볼 수는 없습니다. 크고 놀라운 그 아름다움은 너무나 강렬해서 한번 슬쩍 보기만 해도 낱낱이 기억됩니다."

나는 한숨을 쉬며 가망 없는 사람이라는 뜻으로 고개를 가로저었고, 그는 빙그레 웃으며 어깨를 으쓱했다.

내가 말했다. "사바의 무역상들은 사바에 대해 마음대로 이야기를 늘어놓는다더니, 그 말이 사실이군요. 그도 그럴 것이, 무역상들 외에는 그 먼 거리를 가서 그 말이 사실인지 확인해 볼 사람이 없을 테니까요."

"제가 한 말이 사실이 아니라면 사람들은 저를 거짓말쟁이에 사기꾼이라 부를 것입니다." 그는 잔잔한 미소를 머금고 말했다.

내 얼굴을 본 적도 없는 남자가 이런 말을 하고 있다.

"나도 소식이 궁금하군요. 사바 너머 세상의 이야기를 해보세요. 그대가 보고 들은 대로."

"아, 알겠습니다. 서쪽 바다 건너편에 있는 도시 아테네에는 새로운 왕이 들어섰습니다. 페니키아인들은 아테네인들과 교역을 하고 그들을 좋아합니다. 아테네인들도 나름대로 장사에 능합니다."

"페니키아인들은 어때요?"

"그들은 바다를 따라 매년 점점 더 멀리 나가고 있습니다. 그들의 항해사들은 타의 추종을 불허합니다. 그 점은 바뀌지 않았습니다."

설명을 하는 탐린의 마음이 딴 곳을 배회하는 듯했다. 마치 완전히 다른 생각을 하고 있는 것 같았다. 오랜 여행 끝에 마른 얼굴 탓인지 야성적이기만 하던 그의 파란눈에 부드러움이 깃들어 있었다.

"그대의 선물은 정말 대단해요. 값을 치러야지요. 말과 말사료는 정말이지 그냥 넘어갈 수 없어요. 말만 하세요. 낙타, 염소, 황금, 뭐든지 줄 테니."

"그러실 필요 없습니다." 그는 그렇게 말하며 대추접시에서 아무엇이나 집고는 기름 바른 아몬드도 하나 집어들었다.

"내가 하고 싶어요."

"그러실 필요 없습니다. … 왜냐하면 값을 치를 것이 없기 때문입니다. 자줏빛 옷감과 향신료는 공물로 가져온 것입니다. 황금과 보석, 기름과 종마, 그리고 그 말의 먹이와 먹이를 실어 나를 낙타 두 마리는 모두 이스라엘 왕 솔로몬이 보낸 선물입니다."

나는 그를 미심쩍은 얼굴로 바라보았다.

"폐하께서 이 사실이 공개적으로 알려지는 것을 원하실지 아닐지 몰라서 홀에서는 밝히지 않았습니다. 용서하십시오. 폐하의 조신들이 폐하 사업의 수익에 놀라는 것이 해로울 게 없다고 생각했습니다."

영리한 사람이었다.

"그대는 선왕폐하 때도 궁에서 그렇게 많은 것을 보여주었나요?"

그는 고개를 가로저었다. "아닙니다. 폐하의 첫 수가 큰 이득이 되었습니다. 침묵으로 대화를 시작하시다니, 폐하께서는 이미 노련한 정치가이십니다."

"내 첫 수라…"

"전갈도, 선물도 보내지 않으신 것 말입니다. 그 왕은 크게 당혹스러워했습니다."

"그럼, 말해봐요."

"저는 그에게 선왕폐하께서 돌아가셨다는 소식을 전했습니다."

"그와 대면해서 말을 나눴나요?"

그는 고개를 끄덕였다. "그렇습니다. 그런데 왕의 신하들 앞에서 책망을 당해 처음에는 어떻게 대답해야 할지 몰랐습니다."

"그대를 책망해요? 그대는 나의 신하입니다. 그대의 예법은 칼날처럼 날카롭고 매끄러워요. 그대의 말대로라면 그는 나를 책망한 것이군요."

탐린이 눈을 들었는데 표정이 심각했다.

"전부 다 말해봐요. 숨김없이."

"선왕폐하께서 돌아가셨다는 소식을 전했습니다." 그가 다시 말을 시작했다. "폐하의 왕권을 지지하는 동맹자들과 폐하께서 왕좌로 진군하신 이야기도 했습니다. 폐하께서 적들을 완전히 정복하시고 그들의 땅에 주둔군을 배치하시고 달의 신에게 바치는 새로운 신전들을 건축하신 이야기도 했습니다. '여왕이 전갈이나 선물을 보내거나 동맹을 청원하지 않던가?' 그 왕이 말했습니다."

나는 크게 웃음을 터뜨렸다. 신출내기 왕에게 청원?

"왕은 흥미로워하다 못해 불쾌한 지경이 되었습니다. 여왕폐하, 폐하께서는 제가 어떤 입장인지 모르십니다. 이 왕은 자신의 요구가 다 이루어지는 데 익숙한 사람입니다. 주변의 모든 왕국과 멀게는 다시스까지 온갖 왕국이 바치는 최고의 공물에 익숙한 사람입니다. 제가 이 세상에서 가진 모든 것과 제 부족 재산의 절반에 해당하는 화물 전부를 바치면서 그것이 사바 왕국의 선물이라고 주장하고 싶은 마음이 간절했지만, 그 마음을 간신히 눌렀습니다." 그의 이마에 살짝 주름살이 생겼다. "저는 폐하께서 몸짓이나 말로 말씀하시는 분이 아니라 눈으로 군대에게 명령을 내리신다고 말했습니다. 사바의 여왕은 어떤 남자도 풀 수 없는 신비라고 했습니다." 그는 잠시 말을 멈추더니 살짝 미소를 지었다. 자기도 모르게 그러는 것 같았다.

"드디어 그대가 대놓고 늘어놓는 거짓말을 잡아냈군."

"아닙니다." 탐린이 고개를 가로저었다. "그 말은 사실입니다. 폐하께서 가장 지혜로운 왕들 못지않게 말씀을 잘하신다는 말을 하지 않았을 뿐이지요. 그러자 그는 폐하에 대해 더 말해보라고 했습니다. 일 년 전 폐하께서 그 왕에 대해 말해보라고 하셨던 것처럼 말입니다. 그래서 저는 폐하의 아름다움과 사바의 부를 노래했습니다. 황금과 귀중품이 넘쳐나 은이 아무 가치가 없는 나라라고 했습니다. 사바는 물론이고 바다 건너 식민지도 그렇다고 했습니다. '사바의 영토는 바다 건너 푼트의 금광과 신전들, 밭들까지 아우릅니다.' 그렇게 말했지요. 그러자 왕은 여러 날 동안 궁정에서 같이 지내자고 했습니다."

그제야 나는 탐린에게 느꼈던 변화가 무엇인지 이해했다. 그는 아직도 이 왕의 관심을 즐기고 있었던 것이다!

"여러 날 동안 저는 그가 황금과 상아 왕좌에 앉아 재판하는 모습을 지켜보았고, 열국의 공물이 그의 식탁, 마구간, 무기고에 들어가는 것을 보았습니다."

"공물이 얼마나 되던가요?"

"여왕폐하, 그가 폐하께 보낸 선물들은 아무것도 아닙니다."

"그래요?" 그러나 그 순간, 종마를 제외한 나머지 물품들도 사바 왕국의 부에 비하면 아무것도 아니라는 생각이 들었다. 그렇다면 이 무역상에게 그토록 깊은 인상을 남긴 것은 무엇이었을까?

"그의 부는 날마다 늘어납니다. 그는 블레셋의 철 독점을 이미 깨뜨렸습니다. 에돔 근처에 큰 광산들이 있어서 거기서 나온 많은 구리를 수출합니다. 그는 자기 소유의 페니키아 배들을 갖고 있고, 야포의 항구에서 서쪽 바다로 나가 프리기아, 트라키아, 다시스와 교역을 합니다. 그의 신전은 페니키아 건축가들과 장인들과 돌 자르는 일꾼들이 7년의 노동 끝에 완성했습니다. 신전이 위치한 도성 바깥 사람들은 영적인 존재가 그 일을 했다고 말합니다. 신전터에서는 끌 소리 하나 없이 조용한 가운데 건축이 진행되었기 때문입니다. 실상은 많은 돌들을 산 아래 있는 터널에서 다듬었다고 하는데, 그래도 그의 전설은 나날이 커져갑니다."

"페니키아의 히람 같은 왕이 도대체 신생국가에서 얻을 게 무엇이 있다고 그렇게 많은 사람을 보내어 이 왕을 위해 배를 만들고 신전을 짓게 한단 말입니까?" 나는 믿을 수가 없었다. 그 사실이 나를 괴롭혔다. 페니키아의 히람 왕이 풋내기에게 관대함을 베풀 이유가 없었다. 게다가 이름도 없고 얼굴도 없는 그의 신을 생각해보라. 그는 실패할 것이 분명한 왕이 아닌가. 탐린의 이야기가 사실이라면, 왜 그렇게 많은 사람이 이 왕과 유대를 맺으려고 너도나도 딸을 내어주는 걸까?

"이스라엘 왕국은 페니키아의 동쪽 국경과 죽 맞닿아 있어서 솔로몬은 히람에게 보답으로 일부 영토를 이양했습니다. 그리고 히람의 식탁에 많은 양의 밀, 보리, 올리브기름을 보냅니다. 페니키아인들은 식량을 온전히 자급하지 못하기 때문입니다." 이 대목에서 그는 고개를 가로저었다. "제가 지난 번에 예루살렘에 다녀온 이후 그는 사십 명의 아내를 추가했습니다."

"사십 명?"

"그렇습니다. 그리고 그때 짓던 신전은 완성되었고, 지금은 자신을 위한 큰 궁전과 파라오의 딸을 위한 궁전을 건축하고 있습니다."

나는 탐린을 빤히 바라보았다. 무역상이 이런 이야기를 다 꾸며낼 수 있을까 싶었다.

"여왕폐하, 맹세컨대 제가 하는 말은 모두 사실입니다."

"자, 자. 솔직히 말해봐요. 한 남자가 그렇게 많은 여자들과 동침하는 것이 가능한가요? 미안하지만, 이제 당신의 이야기는 과장이라 부를 수 있는 정도도 벗어났어요."

"분명히 그들은 왕을 거의 보지 못할 겁니다. 주요 아내들이 그의, 뭐랄까, 관심을 대부분 차지합니다. 이 왕의 영토를 넓혀주고 그의 고속도로를 더 안전하게 해주는 지참금과 더불어 온 신부, 이스라엘 외곽에서 도성들을 건축할 인력을 제공하는 신부, 주변 부족들의 평화를 공고히 하기 위해 온 신부들입니다. 이 왕은 아들을 얻는 일에는 집착하지 않지만 부와 무역을 확장하는 데는 집착합니다. 다마스쿠스에 그에게 맞서는 적이 있는데 그의 북쪽 국경을 자꾸 침범…"

"그의 북쪽 국경이 멀리 유프라테스강까지 이른다고 했지요?"

"네, 그렇습니다. 그 땅이 지금 분쟁에 휩싸인 것 같습니다. 그의 영토는 다마스쿠스의 북동쪽 끝까지 이르는데, 다마스쿠스가 시리아의 새로운 왕 르손에게 넘어갔습니다. 그래서 솔로몬 왕은 주요 도성들을 더욱 요새화했고 사막에도 요새를 하나 건설하고 있습니다."

그렇군. 이 신생 왕국도 모든 것이 완벽하지는 않았다. 탐린이 말을 멈추자 나는 다시 등을 기댔다. 혼란스러웠다.

이 이스라엘 왕국의 남쪽 국경은 이집트와, 북쪽과 서쪽 국경은 페니키아와 접하고 있었다. 그 세 나라가 동맹을 맺는다면 못 이룰 일이 무엇일까? 이전에도 그 나라들은 이집트의 주도로 선물, 사절, 정략결혼, 상호 방위 등을 주고받으며 형제관계를 맺었었다. 사바도 이집트와 유대가 있고 예루살렘과 티레에 물건을 팔지만, 여기 이 왕은 파라오를 "장인"이라 부르고 히람의 식탁에 음식을 제공한다! 약해진 이집트지만 결혼으로 권력을 든든히 하고, 무역로를 안전하게 보장해줄 왕을 찾은 것이다.

나는 입술을 오무렸다. 이곳 사바에서 나는 틈만 나면 결혼하라는 압박을 받고 있었다. 나도 결혼으로 많은 조약을 맺고 내 왕좌는 고스란히 보존할 수 있다면 얼마나 좋을까! 하지만 몇 달 전 야푸쉬가 했던 말이 옳았다. 여자는 남자처럼 다스릴 수 없다.

아니, 여자는 남자들보다 훨씬 더 영리해야 한다.

"여왕폐하, 간단히 말하면 이렇습니다. 그는 모든 상황에서 자기 뜻을 관철시키는 것에 매우 익숙한 사람입니다. 그것도 그의 아버지처럼 전쟁이 아니라 무역으로 말입니다."

"지금 무슨 말을 하는 겁니까?"

"여왕폐하, 그는 제게 폐하와 폐하의 궁전과 폐하께서 백성들을 어떻게 재판하시는지에 대해 길게 물었습니다." 탐린은 잠시 주저했다. 앉은 자리에서 불편한 듯 자세를 바꾸었다.

"그래서?"

"그다음 그는 사바가 보내는 존경의 표시와 함께 폐하의 사절단을 보내라고 명령조로 말했습니다."

그 말에 나는 더없이 싸늘한 눈길로 탐린을 한참 노려보았다. 그러자 그는 몸을 굽히더니 무릎을 꿇고 이마를 바닥에 대고 엎드렸다.

"오, 그런 명령을 내렸단 말이에요?"

9

여자는 일 년에 걸쳐 상당한 정도로 속을 끓일 수 있다. 적의를 품은 여왕이라면 특히나 더 그렇다.

내가 그렇게 속을 끓인다는 사실이 신경에 거슬렸다. 그것은 이 이스라엘 왕에 대한 온갖 이야기를 믿는다는 뜻이기 때문이었다.

그 이야기의 일부분이라도 사실이라면, 특히 페니키아, 이집트와의 공고한 동맹관계가 사실이라면—말 그대로 잠자리를 같이하는 사이라면—나는 입 다물고 가만히 있을 형편이 아니었다. 그중 한 나라만 움찔해도 사바의 무역로나 시장의 안정이 영향을 받을 터였다.

이후 여덟 달에 걸쳐 나는 탐린을 여섯 번 궁정으로 불렀다. 그해는 그가 쉬는 해였다. 다른 소규모 대상들은 그가 가져가는 것과 같은 상품 중 상당수를 여왕의 주요 무역상이라는 지위 없이 북쪽으로 가져갔다. 주요 무역상의 경우 더 멀리까지 갔고 경유지마다 더 오래 머물렀다. 탐린은 겨울에 출발해 몇 달에 걸친 긴 여행에 나섰다. 중간에 여러 오아시스와 예루살렘, 다마스쿠스 등에서 몇 달씩 보내고 돌아오는 여정이 다시 몇 달. 귀향 후에는 거의 일 년 가까이 쉰 다음 다시 겨울에 출발하게 된다.

처음 내가 탐린을 소환했을 때, 그는 내게 새로운 두루마리를 내놓았다. "이스라엘 왕의 최신 저작입니다." 그는 조그맣고 신기한 물건도 주었는데, 페니키아의 아스타르테 여신이 대야를 들고 왕좌에 앉아 있는 동상이었다.

"이것은 페니키아인들이 섬기는 여신인가요?" 내가 물었다.

"그렇습니다. 다산과 성과 전쟁의 신입니다." 이 말을 하고 탐린이 잠시 뜸을 들였다. "이 모두가 다 같은 것인 듯합니다."

나는 웃었다.

"하지만 그대가 페니키아까지 가지는 않았겠지요…?"

그는 고개를 끄덕였다. "예루살렘에서 구했습니다. 아스타르테는 그곳에도 알려져 있습니다."

"스스로 있는 신의 백성이 아스타르테를 안다?" 나는 짐짓 있을 수 없는 일이라는 투로 말했다.

"그 도시에는 사바의 신전들에 있는 것보다 더 많은 신이 있습니다." 그가 말했다.

"그런데 여신이 뭘 하는 겁니까? 점을 치고 있나요?" 빈터에서의 그날 이후 대야는 결코 범상하게 보이지 않았다.

"아닙니다. 이제 보시게 될 겁니다. 이 움푹 꺼진 곳에 따뜻한 젖을 부으십시오. 놀라운 광경을 보시게 될 것입니다."

그날 밤, 이스라엘 왕의 최신 잠언을 읽었다. 지혜여인과 그 반대인 미련여인이 나오는 잠언이었다. 그는 정말 내 성질을 건드렸다.

나는 느긋하게 아스타르테 동상을 바라보다가 샤라에게 데운 젖을 가져오라고 했다. 내가 우상 안에 젖을 붓고 탁자 위에 다시 올려놓는 동안 샤라는 내 뒤에 있었다. 우리는 같이 염소처럼 멍하게 우상을 한참 쳐다보았다. 어느 순간 우상의 가슴에 젖이 한 방울 두 방울 맺히더니 대야로 똑똑똑 떨어졌다. 나는 우상을 자세히 살폈고 젖꼭지가 있던 자리에 두 개의 구멍이 있는 것을 발견했다. 우리는 그것을 보고 같이 웃었다.

"오, 젖꼭지가 밀납으로 막혀 있다가 따뜻한 젖에 녹았구나!" 내가 말했다.

내가 그 우상을 들어 가정우상을 보관하는 선반에 올리고도 한참이 지나 밤이 늦도록 샤라는 간간이 웃었다.

나는 두 번째로 탐린을 불러서 이렇게 말했다. "낙원의 이야기를 해보세요." 그는 최초의 남자가 흙으로 만들어지고 여자가 남자의 갈비뼈로 만들어진 이야기를 다시 들려주었다. 여자에게 신성한 열매를 먹어도 죽지 않을 거라고 말한 뱀 이야기도.

"이건 바빌로니아의 길가메쉬와 같은 이야기가 아닙니까? 길가메쉬는 정원에서 생명과 지혜의 여신—'생명열매를 지키는 자'—을 발견하지요. 이 여신이 이스라엘 왕이 말하는 '지혜여인'과 같은 대상이 아닌가요? 하지만 그대는 그 왕이 단 하나의 신만 섬긴다고 말하는군요!"

탐린이 고개를 가로저으며 말했다. "그들의 이야기는 제가 듣기에도 이상합니다. 그런데 제가 아는 사실이 있습니다. 저는 이스라엘 왕이 판결이 불가능한 사건들을 재판하는 것을 보았습니다. 그리고 그는 천 마리의 희생제물을 통째로 태워 바치는 번제燔祭로 드린 날 밤에 그의 신이 꿈속에서 그를 찾아와 무엇을 받고 싶으냐고 물었다고 했습니다. 왕은 백성을 다스릴 지혜와 분별력을 구했고, 신은 그것에 더해 그가 구하지 않은 부와 권력까지 주겠다고 대답했습니다. 그래서 이런 말이 생겼습니다. 이 왕은 사람의 마음을 신처럼 꿰뚫어본다. 자연과 동물들도 전혀 새로운 방식으로 이해하여 거미와 메뚜기, 수확하는 개미들의 습성을 이해한다. 일부 어리숙한 사람들은 그가 나무, 새, 물고기와도 이야기를 나눌 수 있다고 말합니다."

나는 비웃었다. "판결이 불가능한 사건에 대해 이야기해 보세요." 나는 피의 복수를 주고받는 두 가문의 분쟁 사건이 떠올랐다. 부족 내 최고회의와 인근 혈족의 최고회의에서도 중재하지 못해 내 판결실까지 넘어온 사건이었다.

"여왕폐하, 두 창녀가 나오는 거북한 이야기입니다."

"그렇다면 꼭 들어야겠군요."

"두 창녀 모두 아기가 있었습니다. 그런데 두 아기 중 하나가 밤중에 죽어버립니다. 두 창녀는 살아남은 한 아기를 데리고 왕의 궁정을 찾아옵니다. '이 여자가 밤중에 돌아눕다가 아기를 눌러서 죽였습니다.' 첫 번째 창녀가 말합니다. '아닙니다. 이 여자가 자기 아이를 죽여놓고 제 아기와 바꿔치기했습니다.' 두 번째 창녀가 말합니다. 왕은 거짓말쟁이를 어떻게 가려내겠습니까?"

내가 말했다. "왕은 그 아기를 신전의 소유로 주장할 수 있습니다. 그러면 거짓말하는 어미는 아이가 없는 셈이 되고, 진짜 어미는 자기 아들이 신을 섬기는 데 바쳐졌다는 사실에서 위로를 얻을 것입니다. 그것이 그녀가 받을 보상입니다."

무역상은 고개를 숙였다. "지당하신 말씀입니다. 그런데 이 왕은 경비병에게 칼을 뽑아 아이를 둘로 자르고 두 여인에게 나누어주라고 말했습니다. 마치 아기가 한 덩어리의 빵인 것처럼 말입니다."

"아…!"

"한 여인은 좋다고 말했지만, 다른 여인은 그대로 엎드려 아이를 첫 번째 여인에게 주라고 간청합니다."

"그렇게 해서 진짜 엄마가 드러났군요."

"그렇습니다."

"말해보세요. 지혜로운 남자는 정말 수백 명의 부인을 둡니까?" 나는 눈썹을 치켜세우며 물었다.

탐린이 씩 웃었다. "그런 것 같습니다."

그를 소환할 때마다 나의 요구 사항은 점점 더 많아졌다.

"그의 부모 이야기를 다시 해보세요." 그러자 그는 처음 말하는 것처럼 참을성 있게 이야기를 들려주었다. 그 왕의 아버지가 목욕하는 부하 아내의 모습을 지붕에서 훔쳐본 일. 그녀를 불러들여 임신을 시킨 일. 그녀의 남편을 불러 아내와 동침하라고 명령했지만 전장에 동료들을 두고 온 남편이 그럴 수 없다고 말한 일. 그래서 왕이 남편을 전장의 최전선에 배치하여 죽게 만든 일까지.

그날 오후, 나는 말했다. "그는 왕이 직접 내린 명령을 어겼어요. 거기에 대해서는 무슨 말이 없습니까? 그보다 덜한 불순종에도 신하들은 죽습니다. 이 왕은 사람들을 많이 죽였다고 그대 입으로 말했잖아요."

탐린이 말했다. "그렇습니다. 그러나 신하의 명령 불복종에 대한 말은 없습니다. 왕의 신이 왕의 행동을 불쾌하게 여겼고, 왕 자신도 그런 짓을 한 자는 죽어야 마땅하다고 스스로 인정할 뿐입니다."

나는 아브라함의 이야기도 다시 청했다. 신의 약속에 따라 아들을 얻었다가 그 아들을 제물로 바치라는 신의 말을 들은 이야기. 그리고 아브라함과 그의 후손들이 할례를 받게 된 사연.

"이 신은 자기를 섬기는 자들의 포피를 어떻게 생각하는 겁니까?" 나는 야푸쉬와 나눈 대화를 떠올리며 물었다. "신이 포피를 창조해놓고는 그것을 잘라버리라고요? 별처럼 많은 자손을 주겠다고 말해놓고는 다음 순간 아들을 희생제물로 바치라니요."

탐린이 어깨를 으쓱했다. "저도 이해가 안 됩니다만 이야기는 분명히 그렇습니다. 이 이야기의 교훈은 스스로 있는 신에게 의문을 제기하지 말라는 것이 아닌가 합니다."

"확실합니까? 이스라엘 사람들의 족장이 태어난 도시 우르는 나도 압니다. 세계에서 가장 큰 도시였지요. 아브라함이 우르를 떠났고 그의 자손이 오늘날 이스라엘 왕국이 위치한 가나안에 정착했다면, 여기에는 다른 교훈이 있을 것 같군요."

"그것이 무엇일까요?"

나는 잠시 뜸을 들였다가 내 생각을 소리내어 말했다. "이 이야기는 아브라함의 자손에게 주는 교훈입니다. 그의 새 이웃들은 신들에게 자녀를 희생제물로 바치는 사람들이거든요. 아브라함은 아들들에게 그들과 같이 되어서는 안 되고 그가 제시하는 방식대로 그들의 신을 섬겨야 한다고 말하는 겁니다. 그러나 내가 보기엔 그의 신이 그를 시험하는 것 못지않게 그도 자기 신을 시험하는 것 같군요."

탐린은 감명을 받은 얼굴이었다. "폐하께서는 참으로 가장 지혜로운 여인이십니다!"

"나는 관심이 있을 뿐입니다. 가나안 족속들이 자녀를 희생제물로 바치는 신은 누구지요?"

"몰렉입니다. 이스라엘 인근 암몬 족속의 신입니다." 그때 탐린은 턱을 가볍게 두드렸다. "이스라엘 왕에게는 암몬 족속에서 온 아내가 있습니다."

나는 생각에 잠긴 채 말했다. "궁금하군. 그의 신이 그것을 어떻게 생각할까?"

***

몇 달이 지나갔다. 봄. 여름. 비 내리는 가을. 마침내, 탐린이 작별인사를 하기 위해 궁으로 왔다.

"낙타들이 잘 먹어 살이 쪘습니다. 사바 최고의 인원들을 모았고 폐하께서는 자금을 넉넉히 지급하셨습니다. 제가 이스라엘 왕에게 폐하의 답신으로 무엇을 전하면 되겠습니까?"

나는 두 손을 폈다. "떠나겠다고 나선 평의회 의원이 있던가요?"

"어떤 선물이나 전갈을 전하시겠습니까?" 그렇게 말하는 그에게서 절박함 같은 것이 묻어났다.

"사바의 여왕이자 알마카 신의 따님이 발설할 수 없는 그의 신의 이름으로 문안한다고 말하세요." 나는 쓴웃음을 지으며 말했다. 신하들이 있는 자리 여기저기에서 나지막한 웃음소리가 들렸다. "그리고 둘만이 있는 자리에서 전하세요. 모든 왕에겐 동맹국들을 향해 미소 짓는 적이 있고, 국경 바깥의 모든 동맹국이 영원한 우방은 아닐 것이라고 말입니다. 사바와 이스라엘은 동맹관계도 없고 친구인 척하지도 않지만, 상호 이익이 되는 거래를 제안한다고 하세요. 내가 그의 신전을 위해 준비한 선물과 그의 왕비를 위해 준비한 사파이어를 가져가세요."

"폐하의 사절이 그의 궁전에 나타나지 않고 사바가 경의를 표하지 않은 이유를 그가 묻는다면 어떻게 대답할까요?"

"새로 난 뿌리를 자랑하는 나무에게 산이 일어나 절을 합니까? 사바는 태초부터 존재했습니다. 사바의 사절은 사바의 산과 다를 바 없습니다. 누가 부른다고 해서 가지 않아요. 우리는 스스로 원할 때만 움직이고, 우리가 움직일 때 그 아래 놓이는 자들에게는 화가 있을 것입니다. 그러니 가서 그가 여왕폐하의 심기를 크게 불편하게 했다고 전하세요. 그에게 우리의 황소와 아이벡스 상을 전달하여 우리의 신들과 사바의 여왕을 '딸'이라 부르는 신을 알게 하세요. 그의 새 궁전을 위해 황금 대야를 보내니 전달하고 그의 사절을 환영한다고 말하세요. 사바까지의 여행을 감당할 만큼 강인하다면 오라고 하십시오. 그들에게 경이롭고 놀라운 것들을 보여줄 것을 약속합니다. 왕에게 걸맞은 이야기가 될 겁니다. 하지만 그것도 그들의 나라로 돌아가야 들려줄 수 있을 텐데, 쉽지 않겠네요. 낙원에 발을 들여놓은 후에 그곳을 떠나고 싶어 할 사람은 없으니까 말입니다. 누군가를 사바로 초청하는 것은 사바의 향수에 사로잡혀 신들처럼 사바의 계단형 언덕에 머물라는 초청 아닙니까."

탐린의 과장된 절을 보아 그가 이미 이스라엘 왕의 분노를 예상하고 있음을 알 수 있었다.

나는 베일 아래서 미소를 지었다.

10

탐린은 우기가 시작되기 전 이른 봄에 돌아왔다. 그는 지난 번
보다 더 말랐고 표정은 지쳐보였다. 나는 홀에 밀려드는 선물들을
지나치며 보았다. 진주와 벽옥 보석, 구슬로 장식한 직물, 화장품,
값비싼 단지에 든 향수가 눈에 들어왔다. 우슬초, 감초, 계피, 사프
란도 있었다. 화려한 볏이 있는 송골매, 금빛 사슬에 매인 윤기 나
는 이집트 고양이도 있었다. 나는 이집트의 고양이 여신의 이름을
따라 녀석의 이름을 바스트라고 지었다.

"이것 보라니까. 신들도 우리 궁전에 찾아오잖아." 내가 그렇게
말하자 대신들이 빙그레 웃으며 동의의 뜻을 표했다.

"여왕폐하." 나중에 탐린은 둘만이 있는 자리에서 정중하게 인
사하며 말했다. "저는 폐하의 지혜와 학문의 이야기를 이스라엘 왕
국에 전했습니다. 사바의 자급자족에 대해서도 말했습니다. 사바
는 페니키아처럼 다른 나라에 식량을 의지하지 않고, 이스라엘 왕

처럼 다른 나라의 숙련된 일꾼들에게 의지하지도 않습니다. 물론 이렇게 드러내놓고 말하지는 않았습니다." 마침내 그의 얼굴에 짓 궂은 미소가 어렸다. 전부터 알던 그 미소였다.

"그 왕이 폐하께 이렇게 전합니다. '친애하는 여왕이여, 처음에는 침묵 속에, 그리고 이제는 말 속에 자신을 가리는군요. 그렇게 자신을 신비로 감싸도 이로울 것이 없소. 아무것도 필요하지 않다고 주장하고 대신도 보내지 않다니, 참으로 무례하오. 내가 보기에 당신은 여왕의 교육을 받지 않은 것 같소. 당신의 지혜가 더욱 자라나기를 바라오. 그곳 궁정의 향기는 이 먼 거리까지 흘러오는군요. 과연 신의 입김이라 할 만하오. 그러나 당신이 신들이 따로 떼어준 땅의 주권자라면, 나는 열 배나 더 그렇소. 내 땅을 내 손에 쥐어주신 분은 당신의 신을 밤하늘에 두신 바로 그분이기 때문이오.'"

"이자의 허영에는 끝이 없는가?" 나는 씩씩대며 말했다.

탐린의 입술이 돌로 새겨진 것처럼 굳어졌다. 그가 몇 달에 걸쳐 간직해온 이 전갈을 전하는 것을 달가워하지 않았음을 알 수 있었다.

"하지만 이것은 그대 탓이 아닙니다. 그의 자만에 대해 그대는 죄가 없어요." 나는 다소 부드럽게 말했다.

"여왕폐하, 이스라엘 왕이 제게 던진 질문들과 그의 궁전에 모여 있는 학자들의 질문을 폐하께서 들으셨다면 참으로 좋았을 것입니다. 그들은 사바에 대해 아는 바가 거의 없었고 다들 호기심을 보였습니다. 그들은 폐하에 대해 많은 것을 물었으며 저는 진실하게 대답했습니다. 폐하께서는 세상에서 가장 존귀한 여인이시기에 세계의 방방곡곡에서 사람들이 찾아와 폐하와의 동맹과 폐하의 침실을 구한다고 말했습니다. 또 그 수는 온갖 족속의 수만큼이나 많다고 했습니다."

나는 고개를 가로젓고 하늘로 눈을 들었다. "이런 그대의 건강을 염려했으니. 이제 보니 그대는 더없이 건강하군요."

"이스라엘 궁정에 모인 현자들은 제 나라의 궁전과 학교로 돌아가 사바의 여왕 이야기를 전할 것입니다. 곧 세상이 '사바'를 아름다움과 부와 같은 말로 여길 것입니다. 이것이 폐하께서 원하시던 바가 아닙니까?"

"맞습니다." 그러나 그들은 이스라엘 왕이 나를 가르치려 들었다는 이야기도 전할 것이다. 이 말은 입 밖에 내지 않았다. "내게 줄 다른 글은 없습니까?"

"없습니다. 그 왕은 점점 글을 적게 쓴다 들었습니다."

"걱정거리가 많은가 보네요."

"제게 털어놓지는 않았습니다. 그러나 그의 부족들 사이에서 마찰이 있다고 들었습니다. 그가 노역을 부과하는 북쪽 부족들과 그가 총애하는 남쪽 부족들 간의 마찰입니다."

"자기 부족 사람들에게 노동력을 징집한단 말입니까?"

먼저는 히람에게 영토를 이양하더니, 이제는 자기 부족 사람들을 인부로 징집한다?

"그런데 내게 지혜가 더 자라야 한다고 말했다는 겁니까? 그의

166

백성은 어찌하여 분개하지 않습니까? 옛날 이집트인들이 그의 백성에게 그렇게 했다고 그대가 말하지 않았나요?"

"이스라엘 백성은 참으로 분개하고 있습니다. 그러나 그들이 정복한 가나안 족속들, 히타이트 족속들, 아모리 족속만으로는 왕이 추진하는 많은 사업에 필요한 노동력을 다 해결할 수 없습니다."

이것은 내가 그 왕의 허울 아래 발견한 두 번째 틈이었다.

"자, 자리에 앉으세요. 다리에 힘이 없는 듯 보입니다."

"폐하, 허락해주신다면 오늘은 이만 돌아갔으면 합니다. 제 낙타와 부하들을 뒤에 남겨놓고 엿새를 쉬지 않고 달려왔습니다. 이스라엘 왕은 저를 참으로 엄히 책망했습니다! 그는 '여왕이 이렇게 묻거든 이렇게 말하라'며 폐하께서 알고싶어 하실 모든 것을 이야기해주었습니다. 그의 출생 순서부터 형제들의 운명에 이르기까지, 폐하의 모든 질문에 대답할 수 있게 했습니다. 하지만 지금은 돌아가 낙타들에게 물을 먹이고 쉬게 한 후 다시 폐하께 나오게 해주시길 간청드립니다. 여행은 쉽지 않았습니다. 돌아오는 길에 두 번이나 강도들의 습격을 받았습니다."

"누가 감히?"

그는 여전히 파리 떼를 쫓듯 고개를 가로저었다. "이스라엘 왕국이 팽창함에 따라 강도 떼가 끊임없이 움직이고 있습니다. 난민들이 도처에 있는데, 그중 상당수는 솔로몬의 아버지가 만들어놓았습니다. 그가 그들을 몰살시키지 않았기 때문입니다. 사바 너머는 혼란과 역경의 세상입니다." 그의 시선이 굳어졌다. "그러나 습격이 끝나기 전에 그중 열 명을 처치했습니다."

"다음 번에는 더 많은 무장 병력을 붙여주겠어요. 이 문제에 대한 염려는 내가 짊어지겠습니다."

"화물은 거의 지켰고 낙타만 몇 마리 잃었습니다. 훨씬 더 심할 수도 있었습니다. 그러나 여왕폐하, 폐하께서는 이스라엘 왕에게 여전히 신비로운 존재로 남아 계시니 안심하셔도 됩니다. 그곳에 머무는 동안 저는 폐하의 할아버님과 이전의 대사제셨던 폐하의 아버님에 대한 질문에 대답했습니다. 폐하의 어머니와 그 유명한 아름다움에 대해서도 말했습니다. 사바가 좁은 바다부터 '사막의 늑대들'만 살아남을 수 있는 내륙 사막에 이르는 독립된 세계라고 말했고, 사바에는 수많은 신과 신전이 있으며 그중에서 알마카 신이 최고신이라고 했습니다. 저는 여러 날에 걸쳐 사바와 여왕폐하를 찬양했습니다. 하지만 제가 떠날 준비를 하자 왕은 우리가 전혀 대화를 나누지 않았던 것처럼 말했습니다. '그대는 온갖 이야기를 했지만, 그대의 여왕이 다스리는 땅은 결국 산 몇 개와 황폐한 사막, 훈향목 숲이 전부 아닌가? 그런데 왜 그대는 내게 여왕 자랑을 늘어놓는가?'" 탐린은 이 말을 하면서 두 손을 들었다.

나는 한동안 탐린을 응시했다. 그 모든 대화를 나눈 후에! 혹시 그 왕이 미친 것일까? 그러나 그러고 나서… 나는 고개를 가로 저으며 시선을 돌렸다.

"여왕폐하?"

나는 그를 돌아보며 말했다. "그는 그대를 시험하고 있습니다.

그의 말을 순순히 받아들이는지 아니면 그대의 이야기를 방어하고 나서는지, 입을 열어 말하는지 아니면 안다는 미소만 지으며 입을 다무는지 보려는 겁니다. 두 가지 모두 그대가 하는 말이 과연 사실인지 어느 정도 말해줄 테니까."

그것이 그제야 눈에 들어왔다. 탐린은 미사여구에 능했지만, 그 왕은 미사여구에 질린 사람이었다. 비단으로 감싼 대화에 싫증이 났던 것이다. 그래서 여러 날 들었던 엄청난 선전을 잊어버린 체 하고 무례한 말로 대답을 요구한 것이다. 그는 몇 시간 동안 예의 바르게 행동하고 미소를 짓도록 강요받은, 그러나 결국엔 혀를 내미는 아이였다. 그렇게 생각하니 웃음이 났다. 그 기분을 잘 알았기 때문이다. 그는 아마 아침에도 싫증이 났을 테고, 내가 국경을 넘어갈 엄두를 못 내는 것처럼 직접 국경을 넘어 확인할 수 없는 것들로 조바심이 났을 것이다.

탐린이 정말 나를 빤히 바라보고 있었다.

"할 말이 있나요?"

"여왕폐하, 이스라엘 왕은 제게 말했습니다. '그대는 내 앞에서 어떻게 여왕을 찬양했는지 전한 후에 내 반응을 말하고 여왕을 지켜보도록 하라. 여왕이 빈틈없는 사람이라면 내가 그렇게 말한 이유를 궁금해할 것이다. 지혜로운 사람이라면 웃을 것이다. 그러나 어리석은 사람이라면 분개할 것이다.' 알마카 신께 맹세코, 그의 말이 옳음을 알겠습니다. 여왕폐하께서는 제가 생각했던 대로 참으로 지혜로운 분이십니다."

나의 지혜로움이 입증되었다고 우쭐해져야 하는 것인가? 아니면 나를 시험하도록 내 사람을 조종한 그에게 화를 내야 하나? 나는 재미있지 않았다.

"그러니까 그는 내 사람을 배심원으로 만들어 돌려보낸 거로군요." 나는 냉담하게 말했다. "마지막 그 말도 하라고 시키던가요? 대신들이 다 있는 자리가 아니라서 안타까울 뿐이군요. 일어나세요."

그는 몸을 일으키다가 얼어붙더니 다시 얼굴을 땅에 대고 바싹 엎드렸다.

"제가 농락을 당했습니다. 그리고 제가 어리석은 자임을 드러냈습니다."

"나보다 그대가 어리석은 쪽이 낫습니다. 어리석은 여왕을 섬기는 일에 그대의 대상과 그대의 목숨을 걸고 싶습니까?"

"저는 여왕폐하를 언제까지나 섬기겠습니다. 여왕폐하는 어리석은 분이 아니시기 때문입니다."

"그래요. 외국 왕이 그렇게 말해주었다 이거군요. 일어나세요."
그는 일어섰다.

"가서 낙타를 돌보세요. 음식을 먹고 쉬도록 하세요. 입 하나로 두 왕을 대변하느라 고생했습니다. 그대가 머릿속으로 진행했을 대화의 내용까지 알 수는 없지만요."

그는 숨을 내쉬며 살짝 고개를 가로저었다.

"가을에 입궁하도록 하세요."

***

한순간에는 그 왕의 뻔뻔함에 분개했다가… 다음 순간에는 당혹스러웠다. 나는 줄곧 그에 대한 생각에 몰두해 있었다. 교차로에 자리잡은 솔로몬이 이집트와 페니키아를 사로잡고 있다면, 나는 어떻게든 솔로몬을 사로잡아야 했다.

이후 몇 달에 걸쳐 나는 한 번에 몇 단어씩 머릿속에서 써나가는 답장 초안을 작성해나갔다. 쓰다가 멈추었다, 다시 쓰기를 거듭했다. 그리고 그해 가을, 나는 그 내용을 파피루스에 직접 옮겨 적었다.

어떻게 내가 아무것도 필요하지 않을 수 있는지 물으시는군요. 나는 이렇게 되묻겠어요. 왕께서는 어떻게 다른 모든 사람들에게 그렇게 의존할 수 있지요? 사바의 우리 부족들 사이에는 자신을 낮추고 자신이 가진 부를 가볍게 여기는 관습이 있습니다. "너무나 멋진 동물이군요!" 매우 희귀한 하얀 낙타를 두고 누군가 이렇게 말하면 주인은 이렇게 대답합니다. "아, 이거요? 글쎄요. 이건 그냥 염소예요. 젖도 못 내는 염소." 그러니 내 땅에서 그쪽 국경으로 넘어가는 새를 보거든 절제된 표현과 환대가 미덕인 나라에서 왔다고 생각하시면 됩니다. 바로 그 특성 때문에 우리는 최고의 소유물과 동물들, 심지어 우리가 들어가 자는 천막까지도 누군가 칭찬하면 아무것도 아니라고, 별것 아니라고 말하면서 건네줍니다.

그러나 이것은 그쪽의 관습이 아니지요. 그러니 돌려 말하지 않겠어요. 사바는 영토 안의 오아시스에서 나는 곡식으로 충분합니다. 신들의 향기가 우리의 정원에서 자랍니다. 향기 나는 식물을 정원에 심는 일이 신들에게 기쁨을 주거든요. 곡물과 신, 우리는 어느 쪽도 부족하지 않습니다. 다른 나라에서는 수확량을 감소시키는 해가 사바에서는 토양을 따뜻하게 할 뿐이고, 달은 씨앗들이 어둠 속에서 싹트게 만듭니다. 우리에게 황금은 그리 귀중하지 않습니다. 이곳에서 황금은 사막의 모래와 같아서 발에 채이고 눈꺼풀과 머리카락에 달라붙지요. 우리의 광산은 다함이 없고, 우리의 대추야자는 비길 바 없으며, 우리의 가축들은 헤아릴 수 없이 많습니다.

그리고 우리는 외적의 공격을 받지 않습니다. 우리를 향해 진군하는 어떤 군대도 모래밭에서 살아남지 못하고, 바다에 접한 절벽을 타고 오를 수 없지요. 신들이 우리 주위에 이런 요새를 지으셨기 때문에 왕의 나라의 사라진 에덴처럼 외부와 단절되어 있어요. 우리는 아주 작은 문들만 열어놓고 그리로 우리의 물자를 나누고 세계의 공물을 받아들입니다. 내 수도에는 낙원이 둘입니다. 우리는 모든 것을 두 배로 받았어요. 이곳 몰약의 향기는 신이 내린 것이에요. 파라오와 왕들의 영혼을 지하세계로 보내주고, 사바의 가장 가난한 사람도 그 향기에 힘입어 장수하며, 죽고 나면 불멸의 존재가 되지요. 어떻게 안 그럴 수가 있겠습니까? 왕국 전체에서 신의 향기가 풍겨나 모든 사람이 사제이고, 모든 곤충이 찬양을 부르는데 말입니다. 여기서 지상의 즐거움은 신적인 즐거움이 되고 우리는 호흡만으로도 숭고함을 아는 지식을 갖게 됩니다. 신들은 절대 공평하지 않습니다. 모든 좋은 것을 우리에게 넘치게 주셨으니까요. 그래도 우리는 사바의 배와 대상이 들여오는 다른 세계의 음식을 먹고 세계 최고의 비단과 쪽빛과 자줏빛 옷을 입습니다. 화려함에 익숙해진 나머지 소박한 곡물과 무화과와 아마포가 새롭게 느껴지지요.

어떻게 내가 아무것도 필요하지 않을 수 있는지 물으셨지요. 여기 그 답이 있습니다. 그러나 왕께서 진짜 묻는 것은 나라 얘기가 아니겠지요. 여자가 어떻게 아무것도 필요하지 않을 수 있느냐는 얘기지요. 대답은 간단합니다. 나는 내 땅의 산물이거든요. 나는 사바예요. 이집트에 나일강이 있다면, 우리에겐 몬순과 댐과 운하가 있어요. 댐과 운하의 설계는 신들이 우리 선조들에게 속삭여주었답니다. 그래서 태곳적부터 영원히 복된 삶을 이어오고 있어요. 우리가 치르는 전쟁, 우리가 이미 치른 전쟁은 우리 안에서만 이루어졌습니다. 복수나 열정에 있어서 우리와 비길 자가 없기 때문이지요.

그런데 왕께서는 왜 내가 신하라도 되는 듯 사절을 보내라고 명령을 하시는지요? 내 아버지를 이렇게 소환하셨습니까? 그분은 하늘 끝까지 뻗은 사바의 산맥 위로 떠오르는 신의 수석사제였습니다. 그리고 나는 세상의 어떤 왕에게도 귀 기울이지 않는 알마카 신의 대여사제, 그분의 딸입니다.

나는 여왕이나 여사제로서 편지를 쓰는 것이 아닙니다. 왕께 묻고 싶군요. 어떻게 다른 모든 신을 버리고 한 신만 섬기지요? 그것도 이름도 얼굴도 없는 신을? 어떻게 지혜로운 사람이 하나의 신만을 부르고 다른 신들의 질투와 분노를 초래할 위험을 감수하지요? 왕의 신은 왜 왕께 그런 것을 요구합니까? 어떻게 지붕으로 막힌 신전에서 신을 예배하지요?

우리 사이에는 비밀이 없어야 합니다. 내 무역상 탐린이 그러더군요. 조상을 따져 올라가면 우리는 홍수의 사람 노아의 자손이며 사촌지간이라고. 노아의 아들들이 땅끝까지 흩어진 것이라고. 왕께서는 제가 쓴 내용을 모두 이해하실 테고 이 모든 내용을 이미 다 알고 계시겠지요. 그래서 이 글을 써서 바람에 실어 보냅니다. 메아리를 기대하며. 신들이라도 누군가 알아주기를 바라는 법이니까요.

내가 마지막 문장을 왜 덧붙였는지 모르겠다. 그렇게 하도록 만든 것이 신들인지 내 마음인지도 모르겠다.

11

내 방을 관리하는 소녀들을 지켜보았다. 그들은 사소한 것에 집착하고 키득거렸다. 궁정에서 제일 잘생긴 남자 노예. 자신들을 침실로 데려가는 하급 관리들. 나에게 왔다가 상당수 그들에게 넘어가는 선물들과 그것들의 출처.

평의회 위원들을 지켜보았다. 그들을 몰아가는 복수심, 회의실에서 내놓는 안건들. 자기 뜻대로 되지 않으면 하늘에서 달이라도 떨어질 것처럼 호들갑을 떨며 벌이는 논쟁.

내가 새로 세운 사제 학교의 조수들도 그런 열정으로 가득 차 있었다. 그것이 그들의 깨어 있는 모든 순간을 좌우했다. 그들은 과연 무엇을 바라는 것일까? 나의 사제들은 속세와 분리되기에 그보다 우월한 위계 안에서 주어지는 신비한 존재감에 매달렸다. 그들은 신이 자기를 내려다본다는 것을 어떻게 알까?

나는 이 모든 것이 너무나 또렷하게 보였다. 농부들과 상인들은 풍요로움이 태양 그 자체라도 되는 듯 헛되이 추구했다. 임신한 아내들은 불룩한 배를 과시했고, 불임 여성들은 머리를 가렸다. 연인들은 사랑을 우상으로 섬겼다.

와하빌은 불확실한 미래를 견디지 못했다. 샤라는 과거의 감옥에 갇혀 있었다. 탐린은 늘 불안했다. 나의 신비한 내시만이 내가 정체를 알 수 없는 곳에 거하고 있었다. 그것은 평화일까? 현재일까? 우리 가운데 그 홀로 섬처럼 보였다.

믿기 어렵지만 사 년이 지났다. 나는 스물둘이었다.

"좋아요." 마침내 나는 와하빌에게 말했다. 가을이었고 한 해의 마지막 우기도 끝났고 그와 더불어 잘 익은 아몬드와 살구 향도 사라졌다. "아슴에게 가세요. 내가 신과 혼인하겠다고 전해주세요."

대신은 안도한 나머지 쓰러질 것만 같았다.

"월삭에 맞추어 준비하도록 하겠습니다." 그가 말했다.

알마카 신이 땅에서 얼굴을 가리는 그믐달에 맞춰 준비하는 것이 나을 거라는 말을 어떻게 해야 할지 몰랐다. 날짜는 문제가 안될 거라는 말도. 나는 그저 고개를 끄덕였고 그냥 그렇게 하라고, 그렇게 이른 것도 아니라고 말했다. 더 지체하는 것은 아무 의미가 없었다. 나는 더 이상 어리지 않았기 때문이다.

월삭의 밤, 나는 동틀녘까지 잠을 자지 않았다. 칠일 밤을 그렇게 했고 낮에는 쉬면서 금식을 하다가 해가 지면 삶은 메추리알과 석류로 식사를 했다. 청동상들과 설화석고 향로를 신전에 선물로 보냈고 사제들을 위해서는 희귀한 나드 향유 몇 항아리를 보냈으며, 신을 섬기는 여사제들에게는 황금 장신구를 보냈다.

팔일 째 밤, 나는 베일도 장신구도 없이 오아시스를 건넜다. 야푸쉬와 내 여인들을 둑길에 남겨두고 샤라에게 샌들을 맡긴 채 맨발로 수행원도 없이 청원자로 기름그릇을 들고 신전으로 들어섰다. 앞마당의 말 없는 사제들 앞에서 나는 제단에 기름을 붓고 신성한 우물에서 물을 마셨다. 그다음 왕복을 벗고 아마포 속옷만 걸친 채 열린 성소로 들어갔다.

다음 날 아침까지 나는 무릎을 꿇고 떨면서 기도했다. 그다음 궁으로 돌아와 혼자 있으면서 달이 차오르는 첫날까지 샤라 외에는 누구도 만나지 않고 물만 마셨다.

마지막 밤, 달이 얼굴을 가렸다. 펄쩍 뛰는 아이벡스 형상의 손잡이가 달린 청동향로에 향을 피우고 고개를 드니, 샤라가 나를 빤히 쳐다보고 있었다.

"두려우신가요?" 그녀가 속삭였다.

나는 하얀 연기를 바라보았다. 한 줄기의 생명, 그다음엔 아무것도 없었다. 잠시 있다가 금세 사라졌다.

다음 날이면 시녀들이 내 눈가를 콜로 칠하고 내 얼굴과 손을 헤나로 장식할 터였다. 나는 꿀과자와 과일과 기름을 먹을 것이다. 해가 지면 두꺼운 신부 베일을 쓰고 신전으로 들어가리라. 나를 위해 준비된 방에 머물면서 여사제들의 시중을 받고 매일 밤 수의를 입은 사제로 가장하고 찾아오는 신을 맞이하리라. 이 모두는 돌로 된 신방의 창으로 비치는 알마카의 은은한 눈길 아래에서 이루어지리라. 침대에 누운 내 위로 신이 올라오리라.

향이 흔들린다 싶더니 연기가 진해졌다. 숨쉬기가 거북할 만큼 공기가 탁해졌다. 덧창을 열었지만 온통 벽이 둘러싸고 있었다.

나는 숨을 쉴 수가 없어서 방을 가로질러 가 문을 밀어 열었다. 샤라가 내 숄을 집어들고 따라오면서 "여왕폐하!"와 "빌키스!"를 번갈아 외쳤다. 나는 복도를 달려 내려간 다음 계단을 거쳐 주랑현관으로 나가 경비병들을 제치고 지나갔다. 정원을 향해 서둘러 가는 동안 야푸쉬의 묵직한 발소리가 뒤에서 따라왔다.

협죽도 꽃밭과 줄기가 긴 아네모네, 밤하늘에서 떨어진 보라색 별 같은 개미취 꽃밭을 지나 달렸다. 지난 사 년에 걸쳐 오그라든 폐로 공기를 밀어넣느라 가슴이 들썩거렸다. 저 앞쪽, 등불이 켜진 길에 키 큰 야자나무의 길게 갈라진 잎들이 정원 연못 위로 흔들렸다. 물속으로 뛰어들어 백합 속에서 무릎을 꿇고 물속에 드러누워 그대로 잠기는 상상을 했다. 그래도 무감각한 상태에서 깨어날 수가 없었다. 나는 물가에서 멈춰서서 가쁜 숨을 내쉬며 달 없는 밤하늘을 응시했다.

계단을 달리는 발소리. 야푸쉬와 경비병들이었다. 나는 두 팔로 몸을 감쌌고 야푸쉬가 경비병들에게 자리로 돌아가라고 말하는 소리가 희미하게 들렸다. 그리고 샤라가 나타나 어깨에 양털 숄을 덮어주었다.

"난 괜찮아. 공기가 좀 필요했을 뿐이야."

그 순간 비틀거리면서 연못에 빠질 뻔했지만 야푸쉬가 나를 두 팔로 받았다.

나는 그의 기름 바른 가슴에 볼을 대고 눈을 감았다.

방으로 돌아온 나는 샤라가 준 액체를 마셨다.

"사제들은 알 필요 없어요." 그렇게 말하는 샤라의 얼굴이 등잔 빛 아래 창백했다. "어쨌거나 폐하는 금식을 깨지 않았을 테니까요."

나는 고개를 끄덕였고 더 이상 개의치 않고 잠이 들었다. 다행히도 꿈을 꾸지 않았다.

***

누군가 나를 부르고 있었다. 다시금 더 절박하게 내 이름을 부르는 소리를 듣고 몸을 움직였지만, 손발이 납처럼 무거웠다.

목소리들. 문밖에서 소란이 벌어지고 있었다.

"여왕폐하." 샤라가 나를 흔들었다.

'누구에게 말하는 거지?' 비몽사몽 그런 생각을 하면서 이렇게 말했다. "무슨 일이야?" 간신히 내뱉은 그 말은 내 귀에도 발음이 불분명하게 들렸다.

"탐린입니다. 무역상. 부하들을 데리고 앞마당으로 뛰어들어와 알현을 청하고 있습니다. 그의 낙타들은 그대로 주저앉을 것처럼 지쳐 있습니다."

나는 눈을 깜빡이며 샤라의 말을 이해하려 애썼다.

"탐린?" 나는 자리에서 일어났고 샤라가 왕복을 입혀 주었다. 그러나 그가 돌아오기에는 두 달이나 일렀다. 대상이 공격을 받은 것인가? 열한 달 전에 오십 명의 무장 병력을 그에게 딸려 보낸 터였다.

"와하빌 대신이 오늘은 폐하께서 어느 누구도 만날 수 없다고 하자 거세게 항의했습니다. 홀에는 고함소리가 가득했습니다. 탐린은 거의 실성한 사람처럼 폐하와 말씀을 나누어야 한다고, 오늘, 지금 뵈어야 한다고 말하고 있습니다."

나는 창을 바라본 뒤 물시계를 보았다. 오후가 절반이나 지났음을 깨닫고 깜짝 놀랐다.

나는 머리를 뒤로 넘기고 재빨리 핀을 꽂았다. 샤라는 내가 무엇을 하려는지 깨닫고 이렇게 말했다. "빌키스, 안 돼요!"

그러나 나는 방문을 확 잡아당겨 열었다. 문 바깥에는 야푸쉬가 서 있었고 외실에 내가 나타나자 시녀들이 새떼처럼 화들짝 놀랐다.

"가보시는 게 나을 것 같습니다, 공주님." 야푸쉬가 말했다.

***

내가 회의실에 들어서는 순간, 두 남자가 내쪽으로 머리를 홱 돌렸다.

"여왕폐하!" 와하빌이 외쳤고 탐린은 절박한 얼굴로 앞으로 다가왔다.

"여왕폐하." 탐린이 나를 부르며 내 앞에 몸을 낮추었다. 여행의 먼지가 그의 튜닉과 머리카락에 들러붙어 있었다. 그가 몸을 곧게 세웠을 때, 얼굴만 급하게 씻었다는 것을 알 수 있었다. 그의 뒤로 손도 대지 않은 음식 접시가 식탁에 놓여 있었다.

"폐하께서 저를 만나실 수 없다고, 폐하께서는 격리되셨다고 들었…"그는 머뭇거리다가 나를 빤히 쳐다보았다. 몽롱한 상태로 서

둘러 오느라 베일을 쓰는 것을 잊었음을 그제야 깨달았다.

와하빌의 두 손이 머리로 올라갔다.

"어떻게 이렇게 빨리 돌아왔나요?" 나는 그의 모습을 보고 놀라서 물었다. 그렇게 불안해 보이는 그는 처음이었다. "도중에 공격이라도 받았나요?"

그는 고개를 가로저었다. "그렇긴 합니다만 안전합니다. 저는 몇명만 거느리고 먼저 왔습니다. 폐하의 무장 병력은 저의 대상과 함께 몇 주 후에 도착할 것입니다."

"이 만남은 미뤄질 수도 있었…" 와하빌이 두 손을 들며 말했다.

"미루기가 두렵습니다." 탐린이 말했다.

"신들은 우리의 책략이 없어도 그들의 뜻을 이루실 겁니다. 또 다른 주기가 있을 거고요. 나는 아직 그렇게 나이가 많지 않아요."

"여왕폐하, 우리는 신들을 기다릴 형편이 아닙니다. 지금 행동해야 합니다." 탐린은 내가 자기에게 말한 것으로 생각한 것이 분명했다. 와하빌의 얼굴에 기괴한 표정이 지나갔다.

탐린이 왜 그런 상태인지 듣고 싶어 조바심 나는 상황이 아니었다면 그들의 얼굴에 어린 표정을 보고 웃음을 터뜨렸을 것이다.

"여왕폐하, 제 부하들과 저는 며칠 동안 쉬지 않고 달려 폐하께 왔습니다." 그는 다시 나를 빤히 쳐다보았다. 나는 그를 붙잡고 흔들고 싶었다.

"무슨 일이 있었나요?" 나는 답을 재촉했다. 무역상은 자기가 이끄는 대상을 떠나지 않는 법이다.

"이스라엘 왕이 저를 영접하지 않았습니다."

"무슨 말이에요?"

"왕의 시종장이 폐하의 선물을 대신 받았고 왕이 급한 업무가 있어서 우리를 만날 수 없다고 해명했습니다. 제가 왕께 드릴 전갈이 있고 직접 전달해야 한다고 말하자 기다리라고 했습니다. 닷새 연속으로 저는 폐하의 두루마리를 가지고 왕에게 탄원하러 온 사람들과 함께 기다렸습니다. 이야기에 나오는 두 창녀 중 하나처럼 기다렸습니다!"

나의 두루마리. 그를 분노하게 할 의도로 쓰기 시작했지만 결국에는, 암호의 형태이긴 해도 나의 큰 고립감을 드러낸 두루마리. 두 뺨이 확 달아올라 홍조가 번지는 것이 느껴졌다.

"마침내 왕이 신하들 앞에서 저를 맞이했을 때, 저는 이렇게 말했습니다. '폐하, 폐하께서는 시종장 편으로 사바의 선물을 받으셨습니다만, 사바가 보낸 가장 큰 보물은 받지 않으셨습니다. 사바의 보석이 직접 쓴 글입니다. 제 손으로 폐하의 손에 직접 전해드려야 할 보물입니다!' 그러자 왕이 말했습니다. '내가 요청한 것을 받지 못했다. 여왕의 사절은 어디 있느냐?'"

"제가 그의 사절이 사바로 오면 환대를 받을 거라는 여왕폐하의 전갈을 전하자 그는 이렇게 말했습니다. '그대의 여왕은 "당신의 사절들을 보내시오"라는 말이 허영심에서 나온 거라 생각하는 것인가?'"

나도 모르게 눈을 가늘게 떴다. "그건 무슨 말인가요?"

"저도 같은 질문을 했습니다만, 대답을 듣지 못했습니다."

"그다음 그는 신하들 앞에서 제게 이렇게 물었습니다. '그대의 여왕이 염소의 발을 하고 있다는 것이 사실인가?'"

"뭐요?"

"저는 깜짝 놀랐습니다. '폐하, 세상에서 가장 아름다운 여인에 대해 누가 그런 말을 한단 말입니까? 저는 여왕께서 모든 면에서 완전하다는 것을 본 목격자로서 말하고 있습니다. 어찌하여 달의 따님을 모욕하십니까?' 그러자 왕이 말했습니다. '그대는 여왕의 보좌관도 아니고 대신도 아니다.' 저는 이렇게 대답했습니다. '하오나 저는 폐하의 어전에 찾아온 여왕의 목소리로서 폐하의 신하들에게 저와 함께 낙원을 방문하자고 초대하러 왔습니다. 저는 사바와 그 신들의 영광을 위해 여기 왔을 뿐, 사바를 떠날 때마다 눈물을 쏟고 돌아갈 때마다 감사의 노래를 부릅니다. 그러나 왕께서 여왕의 말씀을 직접 판단하시길 바랍니다. 여왕의 말은 모두 지혜롭고 참되기 때문입니다."

"그리고?" 내가 물었다.

"왕은 저에게 물러가라고 했습니다."

나는 눈을 깜빡였다.

"두루마리는 어떻게 되었나요?"

"저는 그것을 왕의 시종에게 건넸고 저와 부하들은 망연자실한 채로 물러나왔습니다."

공개적 냉대. 내가 그에게 보낸 전갈을 다시 생각해보았다. 나는 그 내용을 외우고 있었다. 천 번이나 고쳐 썼고 일부 내용은 그와 직접 대화하듯 소리내어 말하기도 했다. 어쩌면 나는 그렇게 완전히 헛다리를 짚었을까?

"그는 내가 와하빌 위원을 직접 보내 그의 발밑에서 굽실거리게 하기를 바란 겁니까? 우리 물자를 구매할 새 시장을 찾아내겠어요. 그를 완전히 고립시킬 겁니다. 향을 배편으로 푼트로 보내고 낙타로 북쪽 이집트까지 실어 날라야 한다 해도, 그를 고립시키고야 말겠어요! 다마스쿠스에 있다는 그의 적과 거래를 트고 산을 넘어 페니키아로 가는 길을 개척할 겁니다. 우리의 부를 이집트와 나누겠어요. 적당한 때가 되면 내가 파라오와 결혼하는 것도…"

"그것만이 아닙니다." 와하빌이 체념한 투로 말했다.

"무엇이 더 있단 말인가요?"

"그 왕의 궁전에는 페니키아인들이 가득했습니다." 탐린이 말했다. "왕은 그들을 접대하느라 바빴습니다. 자주 그들과만 시간을 보내고 며칠씩 수도를 떠나 있기도 했습니다."

"페니키아인들이라고?"

"조신들의 잡담을 엿들었고 도성을 다니며 물어보았습니다. 이제는 그가 우리를 영접하지 않은 이유를 알겠습니다. 많은 페니키아 장인이 이스라엘에 도착했고 그들 중 상당수가 홍해만으로 내려갔습니다. 홍해만은 에돔과 아말렉 족속을 나누는 와디가 항구도시 에시온 게벨 옆 바다로 흘러드는 곳입니다." 탐린은 탁자로 가서 윤기 나는 표면에 손가락으로 지도를 그리고는 이스라엘과 이집트의 경계에 자리잡은 좁은 바다의 북쪽 만에 위치한 항구도시를 손가락 끝으로 눌렀다.

"페니키아인들이 홍해만에…." 나는 작은 소리로 중얼거렸다.

"이스라엘을 떠나 에돔을 지나오면서, 몇 사람과 함께 홍해만으로 가봤습니다. 여왕폐하…." 탐린은 이 대목에서 고개를 가로저었다. "그 왕은 그곳에 항구도시를 건설하고 있었습니다. 이스라엘 사람들은 레바논 숲에서 목재를 베어 지금도 배들을 만들고 있습니다. 상선 선단을 만드는 겁니다."

나는 한 대 맞은 것처럼 한 발자국 물러났다.

이제 그 왕이 히람에게 여러 도시를 준 이유, 부를 탐내면서도 사바의 부요함을 무시한 이유를 알 수 있었다.

이스라엘 왕 솔로몬은 사바의 교역을 무력화하고 우리의 대상들을 쓸모없게 만들 계획이었다.

나는 분개하여 그를 고립시킬 생각을 했지만, 그는 나에 대해 진작부터 그렇게 할 계획을 세우고 추진하고 있었다.

"와하빌 위원." 나는 탁자를 바라보며 말했다. "지도를 가져오세요. 평의회 회의를 소집해주시고요. 그리고 내가 오늘 밤에 혼례를 올리지 않을 거라고 신전에 알려주세요."

그가 회의실을 나선 후, 나는 욕을 내뱉고 몸을 돌렸다. 긴 탁자를 따라 걸음을 옮기다 그 위에 몸을 기대고 탁자 위에 그려진 보일락말락 희미한 바다의 윤곽을 들여다보았다.

"또 있습니다." 무역상 탐린이 내 뒤에서 말했다. 그 어조가 이상했다. "와하빌 대신이 있는 자리에서는 말할 수 없었던 내용입니다."

"내게 하는 모든 말은 와하빌 위원 앞에서 해도 됩니다."

"이것만은 그렇지 않습니다."

그렇게 말하고 그는 나를 한번 쳐다보더니 앞의 무늬 있는 벤치로 갔다. 그 위에 짐 싣는 안장이 있었다. 나의 시선은 그의 움직임을 좇았다.

"요새화된 도성 아라드 근처에서 진 치고 있던 우리가 떠날 준비를 할 때, 좋은 말을 탄 한 무리의 사람들이 우리의 화톳불 쪽으로 다가왔습니다. 그들의 굴레는 금빛 술로 장식되어 있었습니다. 왕이 보낸 사람들이었습니다." 그는 가죽으로 감싼 물건을 안장에서 꺼냈다. 가죽덮개를 벗기자 자주색 옷감으로 싸인 것이 나왔다.

향로의 크기 정도 되는 듯 보였는데, 각이 져 있는 것으로 보아 향로는 아닌 듯했다. "우리를 영접했던 시종장이 도성 바깥에 진을 친 제 부하들에게 장신구와 옷감, 향료 등의 관례적인 선물을 보냈습니다. 수금을 잘 타는 노예도 한 명 보냈구요. 이스라엘 왕의 아버지도 수금 연주를 잘 했다고 합니다. 그 노예가 궁정의 잡담에 대해 뭔가 알고 있을지도 몰라 이리로 데려왔습니다." 나는 그의 선견지명을 고맙게 여기며 고개를 끄덕였다." 그런데 그날 밤 저의 야영지를 찾은 사람은 단 한 가지만 전달했습니다. 이것입니다." 탐린은 다가와서 손에 든 것을 내게 내밀었다.

나는 그것을 받으며 말했다. "그들이 뭐라고 하던가요?"

"왕이 보내는 물건이라는 말과 폐하께 직접 전달하라는 말뿐이었습니다."

나는 천을 벗겼다. 페니키아인들의 자주색이었다. 그 안에 황금 사자가 수놓인 아마포로 한 번 더 싸인 물건이 있었다. 고개를 들어 탐린을 흘낏 쳐다보니 그가 나를 빤히 바라보고 있었다.

"여왕폐하, 이제 보니 참으로 제가 폐하의 아름다움을 과장한 것이 아니었습니다. 폐하의 아름다움에 대한 모든 찬사가 실제를 담아내기에 충분하지 못했다는 것을 이제 알겠습니다." 그가 부드럽게 말했다.

그러나 나는 아첨을 즐길 상태가 아니었다. 나는 아마포의 수놓인 모서리를 들어올렸다.

탐린이 인상을 찌푸렸다. "왕의 보좌 양쪽에도 저 사자가 새겨져 있습니다."

천을 벗기자 황소의 형상이 드러났다. 코에 금고리가 꿰어진, 흑단으로 만든 정교한 황소였다. 나는 그것을 멍하게 바라보다가 두 손으로 이리저리 돌려보았다. 그 왕에 대해 아무것도 몰랐다면 그것이 그가 섬기는 신이라고 생각했을 것이다. 그러나 그는 이름없는 신을 섬겼고, 우리 장인들은 이것과 거의 똑같은 우상들을 만들었다….

우상의 뒤쪽을 보니 알마카 신의 축복이 적혀 있었다.

내가 무역상 편으로 왕에게 보낸 바로 그 우상이었다.

"우리가 보낸 선물을 우리의 면전에 도로 던져? 이것은 무슨 뜻입니까?" 나는 아마포를 손에 쥔 채로 답을 요구했다.

"모, 모르겠습니다." 탐린은 어쩔 줄 몰라 하며 말했다.

"그는 내 무역상을 영접하지 않았습니다. 내가 보낸 우상을 돌려보냈고, 지금 이 순간에도 페니키아 선단을 건설하며 우리의 무역을 무력화시키려 하고 있습니다. 그러나 분명히 말해두지요. 이 작자는 사바의 여왕 빌키스의 이름을 들은 날을 후회하게 될 겁니다!"

나는 우상을 벽에다 집어던졌고 우상은 깨졌다.

"가세요!" 나는 탐린에게 말했다. "낙타들에게 물을 먹이고 식사를 하세요. 알마카 신의 이름으로 명합니다. 가서 몸을 씻으세요."

탐린이 물러난 후, 나는 가장 가까운 의자에 털썩 주저앉았다. 구석에서 줄곧 말없이 서 있던 야푸쉬는 아무 말도 하지 않았다.

나는 나지막이 말했다. "내가 자초한 일 같아."

"그가 선택한 일입니다. 공주님의 탓이 아닙니다."

나는 살짝 고개를 가로저었다. "정말 그럴까? 어젯밤 정원 연못을 들여다볼 때, 내 일부는 신과의 혼인을 면하게 해달라고 기도했어. 그리고 이제 내가 기도한 대로 되었어. … 너무 신답지 않아? 모든 기도를 수수께끼로 만들어버리고, 구한 것을 들어주되 너무나 큰 대가를 요구해 구한 것 자체를 물리고 싶게 만들다니. 이제 사바엔 왕위 계승자가 없고 번영도 위협받게 되었어."

어떻게 생겨먹은 인간인가. 지혜롭다고 하면서 그가 섬기는 신만큼이나 오만한 이 왕은? 신생국의 이 왕은 시간 자체만큼이나 오래된 나라의 여왕에게 명령을 내릴 수 있다고 생각한다. 왜? 자신은 왕이고 나는 왕이 없는 여왕이기 때문에? 내가 다른 이들처럼 그에게 사절을 꾸려서 보내지 않은 것을 불쾌하게 여길 만큼 그자가 오만하기 때문에? 내가 정략결혼의 신부가 되지 않았기 때문에?

나는 쏟아지는 질문들을 점치는 돌을 살피듯 하나씩 따져보았다. 적절한 점괘가 나오지 않을 때 마법사들이 원하는 내용이 그중에 있는지 살피는 것과 비슷했다.

그는 어떤 의도에서 우리의 육상 무역로를 쓸모없는 것으로 만들려는 것일까? 배가 있으면 사바의 남쪽 해안을 따라 항해하여 하드라마우트로 갈 수 있고 세계 최고의 향을 직접 거래할 수 있게 된다

아니. 그가 고립시키려는 대상은 사바가 아니라 오로지 그 여왕이었다.

그때 깨어진 우상이 놓인 벽 앞에 서 있는 야푸쉬의 모습이 눈에 들어왔다. 아무 소리도 내지 않고 움직였기에 곁눈질로 바라본 그는 혼자서 위치를 바꾼 흑요석 조각상 같았다.

"공주님, 와서 보셔야 할 것 같습니다."

나는 그를 외면했다. "알아. 배상으로 동물을 보낼 거야. 세 마리." 내가 말했다. 신성모독을 글로 써서 고백하고 아버지의 무덤에서 맹세를 해야 할 것이다. 참회의 뜻으로 멀리 나슈샨의 새 신전까지 가야 할지도 몰랐다.

"공주님, 와서 보셔야 할 것 같습니다." 야푸쉬가 다시 말했다.

다시 그를 바라보니 깨어진 우상을 빤히 쳐다보고 있었다. 그런데 거기, 황소의 깨어진 몸 사이로 뭔가 좀더 밝은 것이 보였다. 나는 일어나 그리로 가서 그 앞에 허리를 굽혔다. 우상을 바닥에서 들어올려 잡아 뜯자 선명한 쩍 소리와 함께 나무가 쪼개졌다. 우상

안에 빈 공간이 있었고 거기에 작은 두루마리가 있는 것이 보였다.

"이건 또 무슨 속임수야?" 나는 그렇게 말하며 우상 안에서 두루마리를 꺼냈다. 천에 있는 것과 동일한 사자 문양으로 봉인되어 있었다.

나는 급히 봉인을 뜯고 두루마리를 펼쳤다. 내 눈이 정교한 페니키아 문자를 훑어나가는 사이 심장이 뛰기 시작했다.

그때 문 밖에서 삐걱거리는 소리가 났다. 나는 두루마리를 말고 깨어진 우상을 수습한 뒤 수놓은 아마포와 자주색 천으로 감쌌다.

"빨리!" 나는 그렇게 말하고 꾸러미를 야푸쉬에게 건넸고, 그는 나를 따라 옆문으로 나갔다. 그 순간 큰 문이 열렸고 호기심과 분노로 한껏 높아진 평의회 위원들의 목소리가 뒤에서 들려오기 시작했다.

12

침실에 들어와 탁자 옆에 앉았다. 깨어진 우상은 쿠션 위에 던져놓자마자 잊어버렸다. 나는 떨리는 손으로 두루마리를 펼쳤다.

당신의 말은 바람에 실려 내게 왔소. 그것이 나를 크게 흔들어놓았소! 내가 그 울림을 갈망했기 때문이 아니라, 당신의 말은 내 말의 메아리이기 때문이오.

당신은 참으로 수수께끼군요. 대여사제, 여인, 여왕. 당신의 진짜 모습은 무엇이오? 당신의 숨겨진 이름은? 내게 사절단을 보내지 않고 듣기 좋은 말을 전하길 거부하는 이 여인은 누구요? 그녀는 용감하거나 무모한데, 내가 볼 때 무모한 것 같지는 않소. 당신은 여자로서 내게 편지를 쓴다고 말하지만 나를 유혹하려 들지는 않는군요. 계략에 의지하는 여인이 아니라 어려운 질문들로 나를 검증하고 있소. 푼트에서 당신을 부르는 이름의 뜻이 '불의 여인'이라 하더군요. 당신은 나를 불타게 하오.

당신이 이 글을 발견했다면, 자신이 믿는 신에 대해 의심을 품고 살펴본다는 뜻이오. 용감한 자나 무모한 자들만이 신들에게 의문을 품지요. 아니, 내가 말을 잘못 했소. 무모함이 아니라, 신적 광기에 이끌려 다른 이들이 위험하다고 여기는 것을 알고자 한다오. 그렇게 해서 우리도 위험한 존재가 되는거요. 다른 존재 방식을 모르니까.

나는 이곳에서 나 자신과 대화를 나누고 있소. 상대가 당신이라고 상상하면서. 아마 이 글은 숨겨놓은 곳에서 부스러지고 어둠 속에서 먼지로 변할거요. 그러나 우리는 어떤 식으로건 대화하게 될 거요. 내가 명령해서가 아니라, 그래야 하기 때문이오. 당신이 내게 무슨 일을 한 것인지 모르겠소. 어떻게 단 한 줄 만에 왕의 정신을 흐트러놓은 거요?

나는 완전히 등을 붙이고 앉아 계속 읽어나갔다.

선물 중에 딸려 보낸 또 다른 선물이 있소. 수금을 타는 노예요. 그의 이름은 마조르. '약'이라는 뜻이오. 내 아버지는 수금을 타셨는데, 전대의 선왕에게는 수금이 약이었소. 마조르는 음악가이지만, 무역상들의 아람어와 내 민족의 언어를 말하고 쓸 수 있소. 그는 우리의 이야기와 찬양을 알아요. 내 궁전에서 소중한 존재요. 그와 같은 사람은 없소. 그러니 당신의 궁전에서도 그가 소중하고 유용한 존재가 되기를 바라오.

당신은 나의 신과 성전에 대해 물었소. 사절단을 보내시오. 당신에게 전할 위대한 것들을 들려주고 보여주겠소. 나는 당신에게 대답하겠고 당신은 만족한 상태로 내 식탁을 떠나게 될 거요. 그러나 지금으로서는 이렇게만 말하겠소. 우리 성전이 하늘로 열려 있지 않은 이유는 그 신을 만물 가운데서 볼 수 있기 때문이오. 당신의 신은 우레와 달이지만 나의 신은 하늘을 창조하셨소. 그래서 그분을 하늘에서 찾아선 안 되오. 달과 별들은 그분의 지문이오. 우리는 그분이 만드신 작품을 섬기지 않고, 신의 두려운 능력과 약속을 섬긴다오.

사절단을 보내시오. 그래야 할 모든 이유를 제시했소. 사절단을 보내지 않으면, 내 상선들이 당신의 낙타 대상들과 바닷배들이 닿을 수 없는 먼 곳까지 항해할 테고 당신은 고립될 거요. 나는 당신에게 선택을 강요했소. 이제 당신은 용감해지겠소, 무모해지겠소? 사람들을 보내시오.

오만하게 행동하지 마시오. 당신에겐 동맹을 맺은 남편도 없지 않소. 당신네 교역이 위험에 처해 있소. 위협으로 하는 말이 아니라 사실이 그렇소. 당신은 나를 통해 얻을 것이 많아요. 이렇게 말해서 거부감이 든다면 다시 말하겠소. 당신의 왕국을 구하시오. 당신 말대로 사바는 외부 세계에서 아무것도 필요하지 않을 수도 있을 거요. 하지만 그렇게 되면 사바는 혁신에서 뒤처지게 될 것이오. 당신이 살아 있는 동안에는 그럭저럭 버틸지 모르나, 다음 세대는 분명히 그렇게 될 것이오.

결국 나는 왕도, 성인 남자도 아닌 소년일지도 모르겠소. 세상에 굶주렸으나, 조신들과 관리들에게 둘러싸여… 그 안에서 대부분 혼자 지낸다오. 당신도 이것을 이해하리라 생각하오. 나는 아버지의 하렘에서 백 명의 어머니에게 둘러싸여 살았소. 그래서 그들의 한숨에 담긴 의미와, 보는 이가 없다고 생각할 때 그들의 시선이 어디로 향하는지 안다오.

혼자 있을 때 당신의 시선은 어디를 향하고 있소? 모든 사람이 대여사제로 당신을 바라볼 때, 당신의 내면은 그 신으로 충만하오, 아니면 비어 있소? 답을 얻지 못한 당신의 질문은 얼마나 되오? 지금 당신의 나이였을 때 나는 숱하게 머리를 쥐어뜯었소. 사람들은 나를 지혜롭다 하지만, 지혜가 평안을 보장해주지는 않아요. 우리가 모르는 것, 알 수 없는 것과 우리의 허약함을 떠올려줄 뿐이오. 그래서 우리가 다스려야 할 세상에 대한 미련이 사라지는 드문 순간이 찾아오면, 그때마다 우리는 자신의 무지와 허약함을 받아들이고 마는 거요.

셀라, 빌키스 여왕.

셀라, 불의 여인이여.

셀라, 달의 딸.

내게 사절단과 함께 뭔가를 보내시오. 당신네 향은 제외하도록 하시오. 나는 최고의 향으로 둘러싸여 있으니. 당신의 곡물도 보내지 마시오. 내 식탁은 이미 가득 차 있다오. 당신네 현자들도 마찬가지요. 지혜는 이미 내게 주어져 있소. 그 대신 당신의 일부를 보내시오. 목마른 영혼을 위해 불을 보내시오.

– 솔로몬

나는 두 손을 탁자에 내려놓았다. 심장이 아주 빠르게 뛰고 있었다.

13

그의 편지를 읽고 또 읽고, 다 읽기도 전에 다시 처음부터 읽었다. 창가에서 읽다가 청동 아이벡스 등잔불 아래로 가서 읽었다.

알마카 신께 맹세코, 그는 대담했다. 오만했다. 뻔뻔했다. 이런 자가 나를 무모하다고 말해?

그는 거만했다. 스스로 위험한 사람이라고 칭하다니, 하! 그러나 한편으로 그는 자신을 소년이라 불렀고 길을 잃은 사람의 심정을 드러냈다.

여자를 안다고 여기는 남자. 그것은 사실인 것 같았다. 그는 나도 안다고 생각했다.

그런데 왜 그 말에 내 마음이 따뜻해질까? 어째서일까? 사바의 무역 독점권을 빼앗아가겠다고 하는 왕이… 뻔뻔하게 응답을 간청하고 있었다!

나는 이 왕을 이해할 수가 없었다!

처음 읽을 때 두 번이나 두루마리를 갈가리 찢어버릴 뻔했다. **나더러** 오만하게 굴지 말라고 해? **나에게** 지시할 수 있다고 생각하는 것인가? 생겨난 지 한 세대밖에 안 된 데다 이미 갈등으로 곪고 있는 부족국가의 왕이?

편지를 다시 읽고 두 번 더 읽었다. 탁자 모서리에 기대어 그의 입술에서 흘러나올 목소리를 상상했다.

'혼자 있을 때 당신의 시선은 어디를 향하고 있소?'

'당신이 내게 무슨 일을 한 건지 모르겠소.'

평의회 위원들이 모이고 있었다. 그들은 크게 동요하고 있을 터였다! 하지만 내면이 혼란스러운 상태로 그들을 만날 수는 없었다. 야푸쉬를 통해 내가 한 시간 늦을 테니 궁금한 것이 있으면 음악가 마조르에게 질문하라고 지시했다. 그다음에 다시, 두 번 더 시간을 미루었다.

이스라엘 왕의 말은 옳았다. 그는 참으로 나의 선택을 강요하고 있었다.

그러나 그의 건방진 편지의 행간에는 뭔가가 더 있었다. 내가 너무나 잘 아는 갈망과 허무가 있었다.

'나는 이곳에서 나 자신과 대화를 나누고 있소. 상대가 당신이라고 상상하면서.'

이 모두는 나를 유혹하기 위해 지어낸 말일까? 내게 명령을 내릴 수 없다면 동정심이라도 파고들자는 수작일까? 아니면 나의 어떤 욕구를 건드리려는 것일까? 무엇에 대한 욕구? 스승? 대등한 상대?

아니, 동맹 관계를 만들어줄 남편일 것이다. 그래서 그는 강압이 통하지 않을 경우 유혹을 해서라도 내게서 원하는 선택을 이끌어내려는 것이었다.

그렇다. 그는 위험했다. 사람을 조종하는 능력만으로도 충분히.

탐린을 부르러 사람을 보낼 뻔했지만 참았다. 그는 내가 이 두루마리를 발견한 줄 몰랐다. 이스라엘 왕은 내가 우상의 비밀을 발견하지 못할 경우에 대비해 다른 지시를 내려놓았을까?

만약 그렇다면? 그가 이전처럼 탐린에게 내가 이렇게 행동하면 이런 뜻이고 저렇게 행동하면 저런 뜻이라고 말해놓았다면? 그렇다면 그는 정보원 한 사람을 쓸모없게 만든 것이 된다. 적어도 나는 나의 의심을 산 탐린에게 이런저런 질문을 하지 않을 것이다.

그는 두루마리를 겹겹이 얼마나 잘 쌌던가! 이집트산 양파처럼 겹겹이. 그리고 그 중심에는 무엇이 놓여 있는가?

두루마리를 못 받은 척할 수도 있다. 잠자코 있으면서 그가 좀더 노골적인 글을 보내오는지 지켜볼 수도 있다. 내 쪽에서 그에게 선택을 요구하는 것이다. 그러나 그가 생각하는—심지어 바라는—것처럼 내가 위험하거나 영악하지 않다면, 그는 나를 어떻게 판단할까? 그때 그는 내게 어떻게 접근할까? 좀더 자신 있게, 아니면 좀더 조심스럽게?

창가로 갔다가 돌아오기를 스무 번 정도 반복했다. 배고픔도 잊었다. 그때까지 아무것도 먹지 않고 있었다. 모든 것을 잃을 수도 있는 상황인데, 어떻게 먹을 수 있겠는가?

하지만 이렇듯 살아 있는 느낌은 몇 년 만에 처음이었다.

결국 나는 포도주를 좀 따라놓고 앉아서 두루마리를 다시 읽었다. 그도 내 편지를 이렇게 여러 번 읽었으려나? 나는 어떻게 반응할 것인가, 이 질문이 내 앞에 놓여 있었다.

***

"이번 일은 전쟁으로 끝날 것입니다." 내가 들어서자 칼카리브가 벌떡 일어나며 말했다.

마음을 단단히 먹었다. 내가 없는 새 그들이 서로를 자극하여 광분 상태가 되었을 거라고 짐작하고 있었기 때문이다. 들어서기 전부터 전용문을 통해 그들의 높아진 언성이 들려왔다. 나는 새긴 나무문에 손을 댄 채 주저했다. 내 소매 안에 들어 있는 두루마리를 쓴 사람과 함께 이 방의 대화를 어떻게 진행시켜 나갈지 분명한 그림이 그려지지 않았다.

"두루마리에 대해서는 한 마디도 하면 안 돼." 나는 마침내 방에서 나오면서 야푸쉬에게 말했다. 그의 눈길은 차분했다. 긴장감이 드러난 샤라와는 전혀 달랐다.

"여왕폐하, 무슨 일이십니까? 왜 아무도 들이지 않고 혼자 계셨습니까?" 그녀가 내 두 손을 붙잡고 물었다.

"신출내기 왕이 큰소리 내는 것을 좋아해서 그래." 나는 그렇게 말하고 그녀의 볼에 입맞추었다. "모든 것이 잘될 거야. 하지만 알마카 신은 오늘 밤에 신부를 맞이하지 못하실 거야."

그런데 평의회 위원들이 내 앞에서 고개를 숙이고 그들 사이에

놓인 탁자 위로 몇 개의 지도가 흩어져 있는 것을 보자 이상하게
도 마음이 차분해졌다.

'이제 당신은 용감해지겠소, 무모해지겠소?'

내가 말했다. "우선 분명히 말해둡시다. 이번 일이 전쟁으로 끝
난다 해도, 전쟁으로 시작하지는 않을 것입니다."

"여왕폐하." 내가 자리에 앉는 순간 와하빌이 말했다. "저희가 판
단할 때 그 왕이 생각하는 경로는 이렇습니다." 그는 가장 큰 지도
를 가리켰고, 나는 그 위에 두 개의 진홍색 줄이 놓여 있는 것을 볼
수 있었다. 두 줄 모두 만灣의 에시온 게벨 항구에서 출발해서 좁은
바다의 남쪽으로 이어지다가 갈라져서 하나는 사바의 남쪽 해안을
따라 동쪽으로… 다른 하나는 오빌의 남쪽 해안을 돌아서 서쪽으
로 이어졌다. "이 경로입니다." 그는 서쪽 줄을 가리키며 말했다. "
그들은 이 경로에서 이집트의 어느 지점에 항구를 만들 것이고, 출
발할 때는 아니라도 회항할 때는 이곳을 이용할 거라 생각합니다."

"다른 경로는요?"

"저희가 볼 때 그들은 히두쉬로 항해하기 전에 우리의 남쪽 해
안 어딘가에서 보급을 받아야 합니다. 하지만 그들은 페니키아 항
해사들입니다. 육지를 보지 못한 상태에서 얼마나 멀리 항해할 수
있는지 누가 알겠습니까?"

"우리를 완전히 둘러갈 수는 없어요." 나는 그렇게 말하고 손
을 깍지 꼈다. 지난 몇 시간 동안 그렇게 감정이 요동치다가 갑자
기 동상처럼 침착해진 느낌이 너무 이상하다고 다시금 생각했다.

어쩌면 빈속에 마신 포도주 탓인지도 몰랐다.

나는 혼잣말하듯 말했다. "동쪽으로 가는 배는 항해 도중 어느 지점에서는 향을 실어야 할 거예요. 세상은 우리 유향 없이는 견딜 수 없을 겁니다. 그 왕도 마찬가지예요."

"하지만 그가 하드라마우트와 직접 교역하는 것을 어떻게 막을 수 있습니까?" 아브야다 위원이 말했다.

"그의 배들이 하드라마우트로 곧장 간다면, 사바는 북쪽 육로에 있는 모든 신전과 오아시스에서 십일조와 관세를 잃게 됩니다." 칼카리브가 말했다. "그로 인해 사바 전체가 어려움을 겪게 될 것입니다."

니만이 말했다. "그것이 바로 그가 의도하는 바입니다. 육상의 비용이 들지 않는다면, 그는 더 큰 수익을 올릴 테니까요."

"사바는 히두쉬의 향신료와 직물 시장의 독점권을 상실하고 통일왕국 내의 다른 지역들과 경쟁을 하게 될 것입니다." 칼카리브가 말했다. "이 배들의 존재 자체가 통일된 사바의 존속을 위협합니다!"

내가 침착하게 말했다. "그래요, 나도 알아요."

나는 턱을 한 손에 기대고 지도를 바라보았다. 탁자 너머로 대화가 이어졌다.

"푼트가 있습니다…."

"그의 배들이 푼트에서 설 거라고 가정하시는군요."

"배는 잊으십시오. 우리의 물자를 배편으로 푼트까지 나른 뒤, 대상 편으로 북쪽 이집트에 보내는 겁니다."

'당신의 왕국을 구하시오.'

"이집트는 우리와 거래하지 않을 거예요. 솔로몬과만 거래하려고 할 겁니다." 나는 그렇게 말하고 고개를 들어 방금 말한 사람이 누군지 보았다. 칼카리브였다.

"그럼 얘기 끝났군요. 그가 우리와 협력할 리가 없지 않습니까? 그는 한 마디 전언도 사절도 협정도 없이 이 사업을 시작했습니다."

'어떤 식으로건 우리는 대화하게 될 것이오. 내가 명령해서가 아니라, 그래야 하기 때문이오.'

니만은 고개를 가로저었다. "칼카리브 위원의 말이 옳습니다. 이번 일은 전쟁으로 이어질 것입니다."

"그는 우리와 거래하게 될 거예요." 내가 말했다.

"말처럼 그렇게 쉬운 일이 아닙니다!" 칼카리브는 내가 정신이 나갔다는 듯 고개를 가로저었다. 이 방에 들어온 이래 처음으로 그의 뺨을 후려치고 싶었다.

"만약 그가 동의하지 않으면 어떻게 합니까?" 니만이 물었다.

"동의하게 만들 겁니다."

"어떻게 하실 생각이십니까?" 칼카리브가 추궁했다. "그는 잃을 것이 없습니다. 어떻게 한단 말입니까? 듣기 좋은 말로 구슬립니까, 아이처럼 우는 소리를 합니까? 아닙니다. 우리는 무력으로 대응해야 합니다."

'당신 말대로 사바는 외부 세계에서 아무것도 필요하지 않을 수도 있을 거요. 하지만 그렇게 되면 사바는 혁신에서 뒤처지게 될

것이오. 당신이 살아 있는 동안에는 그럭저럭 버틸지 모르나, 다음 세대에서는 분명히 그렇게 될 것이오.'

"사제를 불러 제비를 뽑아야 합니다." 니만이 말했다.

"제비를!" 칼카리브가 동의했다.

나는 고개를 가로저었다. "하라", "하지마라", "기다리라"가 표시된 세 개의 화살은 지금까지 본 적이 없었다. 보고 싶은 마음도 전혀 없었다.

나는 일어섰다.

"위원들이여! 여러분은 전쟁에 빠르시군요. 하지만 사바는 내 할아버지 시대 이래로 전쟁을 겪지 못했습니다. 진짜 전쟁 말이지요. 우리의 성급함은 다급함으로 보일 뿐이고, 결국에는 시간을 벌어주지도 못할 겁니다. 여러분의 말대로 하자면 우리는 대륙의 구석구석에서 이스라엘 왕의 원수들을 동원하는 데 몇 년을 써야 합니다. 우리 대상들이 배급도 없이 값비싼 선물을 실어날라 그들의 마음을 사야 하고요. 그런 전쟁을 벌였다간 이집트 및 페니키아 군대와 손을 잡은 솔로몬은 별 영향을 받지 않고 우리만 파멸할 겁니다. 파라오는 약할지 몰라도, 이집트에는 리비아 용병이 가득합니다. 페니키아의 왕은 나이가 많지만 페니키아는 솔로몬 덕분에 먹을 것을 구하고 철과 구리를 확보하지 않습니까. 우리는 자존심 때문에 이런저런 말을 하고 있지만, 삼국과 전쟁하는 것 외에도 그를 정복할 방법은 있습니다. 와디 계곡에 비가 내리면 우리는 그에 맞서나요, 아니면 빗물을 받아 적절히 이용하나요?"

"옳은 말씀이십니다만, 그 빗물은 우리의 물인 반면, 배는 우리 배가 아닙니다."

나는 탁자 중앙 쪽으로 걸어갔다.

"이스라엘 왕은 페니키아인들의 기술을 바로 이용할 수 있어요. 그는 사바를 건너뛰고 그 아래에 있는 왕국들과 직접 거래하고 싶어해요. 제가 그의 입장이라도 똑같이 할 것입니다."

침묵이 흘렀다.

"제 눈에는 우리에게 열린 기회가 보여요. 먼 곳의 시장. 사막의 배 낙타 떼로만이 아니라 바다를 통해 실려올 이국적 수입품들."

칼카리브가 신랄한 웃음을 터뜨렸다. "그거 아주 좋습니다! 우리에게 페니키아 선단이 없다는 게 문제이긴 하지만 말입니다."

"그래요. 우리에겐 없어요. 하지만 그에게는 있지요."

와하빌은 고개를 가로저었다. "그는 우호적이지 않습니다. 설령 우호적으로 나온다 해도 우리에겐 그만한 배들을 수용할 만큼 큰 항구가 없습니다."

"그럼 만들어야겠지요."

"몇 년이 걸릴 수도 있습니다."

"충분한 인력만 동원한다면 전쟁보다는 빨리 끝날 겁니다. 그리고 그동안 우리 대상들은 방해받지 않고 평화롭게 다니게 될 거예요."

"그런 인력을 어떻게 모읍니까? 우리 부족민들은 밭에서 일하고 향을 수확하고, 운하를 보수하고 가축 떼를 돌보고 도성의 업무를 보고…."

"그러면 그것을 위한 조약을 맺어야겠지요. 이스라엘 왕은 페니키아의 히람과 바로 그런 일을 했어요. 우리라고 못할 이유가 있나요? 지금 만에서 페니키아 장인들이 수백 명을 나를 수 있는 배를 건축하고 있다고 여러분 입으로 말했어요. 기술을 갖춘 사람들이 우리를 도와 우리 항구를 확장해줄 겁니다. 항구를 통해 우리는 육로 대상만으로 나르던 것보다 훨씬 많은 양의 교역을 할 수 있을 겁니다."

"무슨 근거로 이스라엘 왕이 우리와의 교섭을 고려할 거라고 생각하십니까?" 칼카리브가 말했다.

나는 웃음을 터뜨리며 두 손을 깍지 꼈다. "신사 여러분. 사바는 가장 설득력이 뛰어난 나라예요. 가장 강력한 신들이 우리를 뒤에서 밀어주신다고 말할 수 있겠네요. 우리 평의회 위원들은 가장 영리한 정치가들이지요. 이것은 사실이에요. 그러나 우리의 논점은 그보다 훨씬 더 근본적인 데 있어요. 이스라엘 왕은 호화로움을 추구합니다. 그는 세계 최고의 것들을 부러워해요. 그리고 비용을 지불해야 할 선단이 기다리고 있어요. 따라서 그가 우리에게 얻고 싶어하는 것, 바로 우리의 부富로 그를 설득할 겁니다. 그는 동의할 거예요. 하드라마우트의 향을 얻지 못하거나 푼트의 황금을 잃는 것을 감당할 수 없을 테니까요. 신전에서 신들에게 기도를 바치는 한, 죽은 자들을 위한 매장의식이 존재하는 한, 황금이 귀중히 여겨지는 한, 사바의 부를 판매할 시장은 있을 겁니다. 그리고 우리는 하드라마우트에서 푼트에 이르는 하위 왕국들 개별적으로 움직이는 것보다 통일왕국 사바로서 그 모든 부를 훨씬 안정적이고 좋은 조건으로 공급하는 거예요."

와하빌이 털썩 주저앉았다. "여왕폐하, 이스라엘 왕은 영리하면서도 오만하다 합니다. 폐하께서는 이 왕에게 사절단을 보내기를 거부하셨고 왕위에 오르신 이래 계속 무시해 오셨습니다."

"그러니 그가 마침내 우리 사절단을 맞이하게 되면 더없이 흥미롭게 여기지 않겠습니까."

"하오나, 이스라엘 왕에 대한 모든 이야기를 종합해 보면 이 왕은 자신의 뜻을 다른 이들에게 효과적으로 전달하여 그들이 그의 뜻 외에는 다른 길이 없다고 생각하게 만든다고 합니다. 사람들은 그가 자기 신의 마법에 물들었다고 말합니다."

나는 다시 웃었다. "정말, 그 말을 믿는 건가요, 와하빌 위원?"

그는 고개를 가로저었다. "저는 탐린과 길게 이야기해 보았습니다. 그는 제가 여러 해 동안 알아온 충직한 일꾼입니다. 그런 그조차도 그 왕에게 거부당하면 괴로워하고, 그 왕이 일말의 관심이라도 보여주면 큰 활력을 얻습니다. 마치 그 왕이 태양라도 되는 것처럼 말입니다. 만약 그가 사람들이 말하는 그런 왕이라면, 그의 꾀에 맞설 사절로 누구를 보내실 겁니까?"

"그가 감히 돌려보내지 못할 사람이지요. 바로 나입니다."

나의 행동은 용감한 것일까 무모한 것일까?

둘 다일 것이다.

14

미처 예상치 못했던 대신들의 항의가 쏟아졌다.

"여왕폐하!" 와하빌이 탁자에 두 손을 내려놓았다. "안 됩니다!"

"누가 여왕에게 해도 된다 안 된다 말하는 것입니까?"

"너무 위험합니다." 니만이 말했다. 그 옆에서 아브야다가 고개를 가로저었다.

와하빌이 말했다. "폐하의 왕위가 불안해집니다. 폐하께서 자리를 비우시는 동안 왕위를 노리는 음모가 있다면 그것을 어떻게 막겠습니까?"

그들의 반대에 직면하자, 그 방에 들어온 후 처음으로 두려움이 엄습했다.

내가 무슨 일을 벌인 것인가? 무슨 말을 했고 무슨 일을 저질렀나? 그런 식의 호언장담은 일단 입밖에 내면 물릴 수가 없었다.

나는 영리해야 했다. 빠르게 움직여야 했다.

"내가 하려는 일은 아무도 할 수 없습니다. 이전에 그런 일을 한 사람이 있었나요?"

여자 파라오 하트셉수트도 직접 푼트로 가지는 못했다.

"없습니다. 독사가 아직 살아 있는데 독사를 먹는 사람이 어디 있겠습니까? 그래야 할 이유가 무엇입니까?" 와하빌이 말했다. "여왕폐하, 혼인조약을 맺으시려는 것이라면, 부디 폐하의 혈족들이 그 일을 추진하게 하십시오. 그 일은 그렇게 진행하는 법입니다."

또 혼인 타령.

웃어야 할지 그에게 소리라도 질러야 할지 알 수 없었다.

"이건 그런 조약이 아니에요. 나는 주권자로서 가는 겁니다. 한 나라의 왕이 다른 왕을 만나는 거예요. 누구도, 심지어 그대 칼카리브 위원도 왕들이 하는 식으로 나처럼 힘 있는 주장을 펼칠 수는 없어요. 하지만 그대는 나와 동행할 거예요. 그대와 니만 위원."

더 많은 항의가 들려왔다. 하지만 미리 생각한 것도 아닌데 그런 소란 속에서도 머릿속에서 조각들이 빠르게 맞춰지고 있었다. 나는 그 모든 것을 느끼며 의기양양했다.

와하빌은 두 손을 든 채 다시 앉았다.

"자, 자, 위원님들." 나는 그들 앞에 서서 말했다. "여러분이 말씀하시는 상대가 푼트의 해변에서부터 여러분과 함께했던 공주라는 것을 잊으셨습니까? 여러분과 같이 별빛 아래 누웠던 사람이 누구였나요? 그때 우리는 언제 북쪽 사람들의 습격을 당할지 몰라 밤마다 긴장하며 보내야 했지요. 우리가 잠든 사이에 와디가 넘쳐서 우리를 쓸어버릴 수도 있는 상황이었습니다. 우리는 하드라마우트의 해안평야에서 카타반 골짜기를 지나 사막 끝자락까지 함께 행진하지 않았나요?"

니만이 고개를 가로저었다. "그것은 다릅니다."

"그래요. 이번 여행은 그에 비하면 다리 뻗기 정도겠지요. 내 눈으로 북쪽 무역로를 직접 확인할 기회이기도 하고요. 물론, 위원께서 기나긴 여행을 감당할 수 없을 것 같다고 말씀하신다면…."

"폐하의 사촌이자 친족으로서 폐하 대신 기쁘게 가겠습니다." 니만이 말했다.

"그럼 우리는 친족으로서 함께 갈 거예요." 나는 다시 자리에 앉았다. "우리는 사바에서 안전하게 보호받고 있어요. 그러나 고립되어 있지요. 지금 우리는 무역상들을 매료시킨 이 외국 궁정의 소식을 접하고 그쪽에 우리 입장을 전달하는 데 무역상에게만 의지합니다. 이 왕의 권력과 위협을 우리가 직접 보고 평가하기로 합시다. 우리는 산맥과 와디로 눈을 돌려 비를 지배했습니다. 하늘로 눈을 돌려 신들에게 바치는 신전을 건축했습니다. 이제 우리의 시선을 세상으로 돌립시다. 고립된 채로 지내다 몇 년 후에 신화의 땅처럼 외떨어진 구시대의 낙원으로 전락하는 신세가 되지 맙시다. 언젠가, 몇 세기 후일 수도 있겠지만, 군대가 우리 국경으로 올 것입니다. 그때 가서 오랫동안 요람에서 지내던 어린아이처럼 아무것도 모른 채 침략을 당하지는 맙시다."

"여왕폐하, 이것은 다리를 뻗는 것 정도가 아니라 반년에 걸친 고된 여행입니다." 와하빌이 말했다. "탐린이 증언할 것입니다. 모래폭풍과 도적 떼…."

"그런 것쯤이야 이곳에도 있지 않습니까? 우리는 대상으로 살아온 나라예요. 우리 몸에 유목민의 피가 흐른다는 사실을 잊은 적이 있나요? 우리는 도시에 살지만 강인하고, 사치에 젖어 약해지지 않아요. 글쎄요. 어쩌면 약간은 약해졌는지도 모르겠네요." 그렇게 말하며 나는 미소를 지었다. 탁자 주위로 두어 명이 거북하게 웃었다.

나는 말을 이어갔다. "우리 선조들은 나약함을 허용하지 않았고, 그 점은 우리도 마찬가지입니다. 그러니 이것은 먼 나라로 가는 여행이라기보다는 우리가 누구인지 기억하기 위한 원정이라고 할 수 있어요. 부족한 자들은 가난이나 두려움 때문에 전쟁을 벌이고 이웃나라의 국경을 침범합니다. 우리는 두렵지도 않고 부족한 것도 없으며, 그 사실을 증명할 것입니다. 에돔 족속과 아말렉 족속의 족장들, 이집트의 파라오와 페니키아의 왕과 이스라엘의 왕을 놀라게 해줍시다. 솔로몬이 이런 여행을 할 수 있을까요? 감히 그럴 수 없습니다! 그랬다간 북쪽 부족들이 그가 아끼는 남쪽 부족들에 맞서 반란을 꾀할 테니까요. 여왕이 변함없는 왕권을 확신하며 자리를 비울 수 있다면, 그것은 그 나라와 여왕에 대해 많은 것을 말해주지 않을까요? 일 년의 여행이 아무것도 아니라니? 감히 말하지만 어떤 주권자도 그렇게 하지 못합니다!"

그들이 다시 항변하기 전에 손을 들어 막았다.

"이것은 어떤 전쟁보다도 영리한 군사작전입니다. 우리는 많은

210

것을 준비할 거예요. 휘황찬란하게 등장하는 우리의 모습에 이스라엘 왕은 우리와 교섭하는 수밖에 없음을 깨닫게 될 것입니다. 우리는 무기가 아니라 부富로 그에게 경외감을 심어줄 것입니다. 우리의 향이 창이 되고 우리의 황금이 불이 되며 우리의 상아가 화살이 될 것입니다. 이집트는 이스라엘 왕에게 땅과 수비대를 제공했습니다. 페니키아는 그의 신전과 궁전과 배를 건설할 물자와 장인들을 제공했지요. 그러나 사바는 그가 그토록 갈망하는 외국의 진기한 물품들을 상상도 못할 양으로 제공할 것이고, 왕좌를 떠나지 않은 채로… 세상 끝까지 닿을 수 있는 가능성을 제공할 것입니다."

와하빌은 고개를 가로젓고 있었다. "너무 위험합니다. 여왕폐하, 폐하께는 왕위 계승자가 없으십니다. 무슨 일이든 벌어질 수 있고, 그렇게 되면 사바는 폐하께서 그토록 반대하시는 전쟁에 휘말리게 될 것입니다. 그것도 국경 바깥이 아니라 이곳에서 말입니다."

"왕위 계승자를 마련해놓겠어요… 입양으로." 나는 그렇게 말하며 빠르게 머리를 굴렸다.

다들 크게 얼이 빠진 표정으로 나를 쳐다보았다!

"신전의 후원 아래 알마카 신 앞에서 왕위 계승자를 입양하겠어요. 그러나 비밀리에 할 겁니다. 여러분도 내가 누구를 선택했는지 모를 겁니다. 대상자의 이름을 봉인하고 세 신전에 있는 세 명의 사제의 보호 아래 맡길 것입니다. 여러분을 포함한 어느 누구도 그 사람이 누구인지 모를 것이고, 나의 죽음이 확인된 후에라야 그들이 마리브로 가서 봉인을 뜯고 그 이름을 발표할 것입니다." 나는 말을 하면서 즉석에서 이 모든 결정을 내렸다.

"그런… 경우는 없습니다." 와하빌이 더듬거렸다.

"여왕이 왕좌를 비우고 세상 반대쪽으로 가는 경우도 없지요. 하지만 나는 그렇게 할 겁니다."

"왕위 계승자의 입양은 전례 없는 일이 아닙니다. 친족을 입양한 선례가 있습니다." 니만이 말했다

"여러분은 그 사람이 누구인지 알 필요도 없고 편가르기를 하는 족장들에게 시달릴 일도 없을 겁니다. 내가 없는 사이에 내 왕좌를 지키고, 나와 함께 여행하는 분들은 나의 안전만 지키면 됩니다. 여러분에게는 참으로 다행한 일이지요." 나는 니만에게서 칼카리브로 눈길을 돌렸다.

그때 나를 자세히 바라보던 와하빌의 입가에 살짝 미소가 어리는 것이 보였다.

"하지만 부족들은 어쩝니까? 폐하께서 자리를 비우시는 동안 다른 부족들이 봉기하지 못하게 어떻게 막습니까?" 야타가 말했다. "폐하께서 실패하신다면 하드라마우트는 많은 것을 얻게 될 것입니다."

나는 한 손을 들었다.

"여러분이 막을 수 있습니다. 여러분은 그들을 제어할 수 없다고 생각하시는 겁니까?" 나는 회의 탁자 주위를 둘러보았다. "분명히 말합니다. 내가 자리를 비운 사이에 감히 반란을 꾀하는 자에게는 강력한 저주가 임할 것입니다. 내가 길을 나서는 그날에 신

전에서 직접 저주 의식을 집전하겠어요."

그들 앞에서 말하는 내내 내 안에서는 심장이 날아올랐다. 나는 이 여행길에서 죽을 생각이 전혀 없었고, 나의 일부는 지난 몇 년 동안 느끼지 못했던 것을 느꼈다.

자유였다.

"그러나 이제 나는 여러분 모두에게 침묵을 명합니다. 내가 그런 계획을 세웠다는 말이 이 회의실 바깥으로 나간다면, 나는 배신자를 찾아내고 말 거예요. 그리고 반역죄에 대해 목숨으로 값을 치르게 할 겁니다. 이 여행은 계획하는 데 여러 달, 어쩌면 일 년까지 걸릴 겁니다. 나의 계획은 아무도 몰라야 하고, 내가 떠난 후에도 한참 동안 비밀이 유지되어야 합니다."

그들은 나를 빤히 쳐다보았다. 내가 생각해도 나는 제정신이 아니거나 특별한 영감을 받은 것이 분명했다.

"그 일이 어떻게 가능합니까?" 야타가 불쑥 물었다.

"우리가 가능하게 만들 겁니다." 나는 아주 차분하게 말했다. "내가 자리를 비운 사이에 사바의 왕좌가 넘어간다면, 여러분은 내게 맞서 봉기한 부족들과 함께 저주를 받을 겁니다. 여러분이 죽어 그림자 세계에 가도 알마카 신께서 여러분이 있을 곳이 없게 하실 것입니다. 나는 이 내용을 사제들에게 알려 내가 떠나기 전에 저주를 내리게 할 것입니다."

니만은 보란 듯이 방을 두리번거렸고 칼카리브는 분개한 기색이 역력했다.

나의 말이 이어졌다. "그러나 사바가 번영하는 동안에는 여러분과 여러분의 부족들도 번영할 것입니다. 페니키아의 배들이 항해하는 동안, 여러분은 계절마다 최고의 물품 중에서 원하는 것을 가장 먼저 고를 수 있는 권한을 돌아가며 받게 될 것입니다. 여러분의 암낙타들은 내 낙타우리에 있는 최고의 숫낙타들의 씨를 받게 될 것이고, 여러분의 자녀의 자녀들은 먼 나라 왕들의 궁정에서 공부하게 될 것입니다. 여러분의 가장 비천한 노예도 다른 부족의 족장에게 존중을 받을 것이고, 여러분의 아들들은 내 뒤를 이을 네 왕국 통합자의 친구이자 평의회 위원이 될 것입니다. 여러분이 얻지 못할 것은 단 하나. 굶주리고 땅이 없고 겁에 질린 자들은 절대 신께 물을 수 없는 질문에 대한 답입니다. 여러분의 가장 큰 고민거리는 조상들에게 돌아갈 때가 될 때 수많은 후손들을 어떻게 두고 떠나며 그동안 쌓아온 엄청난 부를 어떻게 분배할지가 될 것입니다. 그러나 지금은…."

나는 야푸쉬에게 손짓을 했고 나의 내시가 가까이 다가왔다. 이른 저녁 시간이었다. 원래 이 시간에 나는 신전으로 가는 둑길을 건너 신과 혼인하러 갈 계획이었다. 그러나 월삭은 다른 과제를 내밀었다.

"여러분은 회의실을 나서기 전에 나의 내시의 칼날 아래 내게 맹세를 해야 합니다."

야푸쉬는 칼을 뽑아 들어올리고는 칼끝을 내려 와하빌의 목덜미를 겨누었다.

"여왕폐하." 와하빌이 고개를 숙인 채로 말했다. "제가 혹시 충성을 의심받을 만한 일을 했다면…"

"그런 적 없습니다, 친구여. 그러니 알마카의 딸 앞에서와 다시 태어난 신의 임재 앞에서 목숨을 걸고 맹세를 하세요."

"제가 폐하를 배신한다면 알마카 신께서 친히 저를 죽이실 것입니다." 와하빌이 말했다.

야푸쉬는 야타에게 옮겨 갔다. 야타는 고개를 숙인 채 속눈썹 사이로 나를 빤히 쳐다보았다.

"맹세합니다." 그가 말했다.

그들은 한 명씩 내게 충성을 맹세했다. 당연한 일이었다. 나는 이것이 거창한 시늉일 뿐이라는 것을 알고 있었다. 지금부터 일 년 후 내가 자리를 비운 사이에 그들 중 누구라도 맹세를 어길 수 있었다. 그러나 내 마음은 이미 향료길에 나서 야트리브와 드단의 오아시스를 향해, 이스라엘을 향해 북쪽으로 가고 있었다. 그 왕 때문이 아니라, 여기서는 더 이상 견딜 수가 없기 때문이었다.

모두가 맹세를 마치고 야푸쉬가 다시 뒤로 물러섰을 때, 와하빌이 당당하게 소리쳤다. "여왕폐하, 폐하께서 떠나신 것을 어떻게 아무도 모를 수 있겠습니까?"

"내가 어떻게 할 계획인지 알려드리지요. 얼마 후 우리는 엄청난 장관으로 이 왕을 무릎꿇게 만들 겁니다."

***

맙소사, 내가 무슨 일을 벌인 것인가?

잠이 오지 않아 창가와 침대 사이를 서성거렸다. 샤라가 잠들었기에 등잔을 켜고 두루마리를 다시—열 번째, 아니면 열한 번째 읽는 것이 되나—읽을 생각은 없었다.

이 대담한 계획은 나의 왕국을 위한 것이라고 스스로에게 말했다. 그러나 사실인즉, 솔로몬의 편지는 나의 마음 깊숙한 곳을 정확히 건드렸다. 그 편지가 없었다면 나는 그의 적들에게 구애할 생각을 했을 것이다. 그러나 이제 나는 한 왕의 야심에 호소하고 그것을 돌려놓아야 한다.

내일이면 그 왕의 술책에 덥썩 걸려든 자신을 나무라게 될지도 모를 일이었다. 나는 평의회를 위협했고, 지킬 수 있을지 모를 거창한 약속들을 해버렸다. 이름 없는 다른 신의 땅으로 여행을 떠날 계획을 세우느라 내 신의 침실을 버렸다. 아마 솔로몬은 이런 성급한 행동이 내 안에서 불붙기를 바랐을 것이다. 만약 그렇다면, 그의 기대를 저버리지 않고 그대로 질주하여 뛰어넘어볼 생각이었다.

의심할 시간은 나중에도 많았다. 사바를 떠나 푼트의 해안으로 가던 날 이래로 오늘 밤처럼 신이 난 적이 없었다. 내 인생의 큰 전환점은 늘 여행이었다. 그리고 이제 새로운 여행을 시작할 때가 되었다. 더 큰 여행을.

그날 밤, 동트기 몇 시간 전, 나는 이스라엘 노예 마조르를 불렀다. 분명히 자다 일어났을 텐데 전혀 표시가 나지 않았고, 내 외실에서 정중하게 인사할 때 그의 머리는 목덜미에서 깔끔하게 뒤로 넘어가 있었다. 소년처럼 동글동글한 얼굴에서 나이를 드러내는 것은 희끗희끗한 턱수염뿐이었다.

"낙타를 타고 고된 여행을 하느라 녹초가 되지 않았느냐?"

"잘 먹고 잘 쉬었습니다. 그러나 그렇지 않다 해도, 저는 저의 신을 찬양할 때 활력을 되찾습니다."

그의 확고한 신앙이 너무나 부러웠다. 이름 없는 신이 그 대상이라 해도.

"그럼 날 위해 연주와 노래를 해다오." 나는 그렇게 말하고 비스듬히 누웠다.

"공통어로 할까요, 아니면 제 민족의 언어로 할까요?" 그가 물었다.

"네 민족의 언어로."

그는 정중하게 인사하고 연주를 시작했다. 그의 목소리에는 아름다운 비애가 가득했다. 나는 눈을 감고 그 소리를 기름처럼 빨아들였다.

그의 연주는 동녘의 첫 햇살이 비치고 오전이 한참 지나도록 계속되었다. 낯선 언어로 이어지는 노래를 듣다가 반복되는 '야' 소리, 입천장에서 울려나 혀를 거쳐 부드러워지는 긴 모음들에 진정이 되면서 마침내 잠이 들었다.

그날 아침, 수수께끼가 나오는 꿈을 꿨다. 명령하면서 회유하는 외국 왕들과, 내버려두어야 강해지는 왕좌에 대한 꿈이었다. 발설할 수 없는 이름을 가진 얼굴 없는 신들에 대한 꿈이었다.

몇 년 만에 처음으로, 내 앞에 놓인 길을 확신하며 잤다. 몇 년 만에 처음으로, 미래를 간절히 기다렸다.

　그러나 앞으로는 과거의 어떤 수완과도 비할 수 없는 탁월한 수완을 발휘해야 할 터였다.

15

무역상 탐린이 쉬는 해였던 그해 겨울, 아우산의 샤라 부족에서 강인한 무역상 한 사람을 지명하여 궁으로 불렀다. 그의 통상적인 경로는 이스라엘까지가 아니라 에돔의 남쪽, 데마의 오아시스까지였다.

"그대의 대상을 보호하도록 오십 명의 무장 병력을 붙여주겠다. 데마에 이르거든, 그중 스무 명을 이스라엘 왕의 궁정으로 보내라. 그들이 돌아오길 기다렸다가 호송을 받아 안전하게 남쪽으로 돌아오라." 호송부대 대장에게는 황금 항아리를 맡겼다. 내가 특별히 만들게 한 그 항아리에는 아이벡스 머리 모양의 주둥이 두 개가 서로 다른 쪽을 바라보고 있었는데, 우아한 뿔이 곡선을 이루며 하나로 이어져 있어 이중 손잡이를 이루었다. 한쪽 손잡이 아래에는 '용감한'이, 다른 손잡이 아래에는 '무모한'이 새겨져 있었다. 나는 항아리를 모래로 채우게 하고, '무모한'의 주둥이를 밀랍으로 틀어 막았다. 다른 주둥이는 다음의 짧은 글을 쓴 두루마리로 채웠다.

당신의 질문들은 거울일 뿐입니다. 스스로에게 그런 질문을 던져 본 사람만이 다른 사람에게 그것을 물을 수 있어요.

나는 용감할까요, 무모할까요? 둘은 한 그릇의 두 측면입니다. 한 쪽에서 부으려면 다른 쪽에서 끌어와야 하지요.

나의 사절단이 일 년 후에 왕실 무역상과 함께 떠날 것입니다. 낙 원을 떠나야 하는 그들은 슬퍼 웁니다. 그러나 당신이 세상 밖으 로 나갈 수 없으니, 내가 사바를 당신에게 보내겠어요. 그날, 해가 남쪽에서 떠오를 겁니다.

내가 누구냐고요? 관심을 끌고자 하는 소년에게 머리카락이 잡 힌 소녀지요. 글쎄요, 관심을 끄는 데는 성공했군요. 이제 소녀가 어떻게 나올까요?

내 이름은 수수께끼예요. 나의 질문들은 모래알만큼이나 많아요.

일찍 일어나 궁정 업무를 끝냈다. 평의회와 만났고 와하빌과는 몇 시간씩 만나 의견을 나누었다. 그는 내가 없는 사이 왕국을 운 영해야 할 사람이었기 때문이다.

샤라는 내게 나타난 변화를 즉시 알아챘다.

그녀가 두 손으로 내 얼굴을 감싸며 소리쳤다. "너무 달라지셨 어요! 양볼의 색깔이 폐하의 장신구 못지않게 고와요!" 그러나 그 말이 사실이라면 볼 색깔은 전염성이 있었다. 내가 앞으로의 계획

을 말해주자 죽마고우 샤라는 두려워하며 울었고 같이 가도 된다
고 말해주자 또 울었다. 그다음부터 그녀는 오랜 잠에서 깨어난
사람 같았다. 발걸음이 가벼워지고 움직임도 빨라졌다. 그녀가 내
방 금고에서 가져온 몇 필의 옷감을 펼치며 노래를 부르는 것도 두
번이나 들었다.

그 노랫소리를 듣기 위해서만이라도, 나는 기꺼이 땅끝까지 여
행을 떠났을 것이다.

그해 봄, 우기가 끝났을 무렵, 나는 사람을 보내 탐린을 불렀다.
그는 예전보다 조용했고 눈은 끊임없이 흔들렸다.

"내가 장담하지요. 다음번에 그의 도성에 발을 들여놓을 때는
왕이 그대를 영접할 거예요. 그들은 다가오는 여행을 몇 세대에 걸
쳐 두고두고 이야기할 겁니다. 그러나 지금은 많은 준비를 해야 해
요. 더 많은 보물을 나를 것이고 보물을 나를 낙타도 더 많이 필요
해요. 더 많은 무장 병력을 붙여주겠어요." 그는 나를 꼼꼼히 살펴
더니 두툼한 입술을 열었다.

"그 왕의 새로운 항구에 대한 대응입니까?"

나는 고개를 끄덕였다. "우리는 그와 협상에 임하고 엄청난 선물
로 설득해 우리가 원하는 모든 것을 내놓게 할 거예요."

"그럼 사절단을 보내실 겁니까?" 그의 얼굴에 생기가 밀려드
는 듯했다.

"내가 이 왕과 관련해서 그대를 아주 곤란한 처지에 빠뜨렸어
요. 이번은 다를 거예요. 내가 같이 갑니다."

그 말과 동시에 그의 얼굴에서 핏기가 사라졌다.

"여왕폐하…."

"그 배들이 사바뿐 아니라 그대의 대상에게 어떤 의미가 있는지 오랫동안 생각해봤을 거예요."

그는 고개를 끄덕였고, 나는 그의 눈가에 새로 생긴 주름들을 보았다. "제 아비가 손을 가만두지 못하고 그렇게 자주, 그렇게 심각하게 고민하는 모습은 처음보았습니다." 그는 우울하게 웃으며 덧붙였다. "저도 마찬가지입니다."

그것은 여행이 가져다주는 부 때문이 아니었다. 결코 아니었다. 그는 왕과 여왕의 관심을 듬뿍 받았지만 황금 같은 세속적인 것에는 큰 관심이 없던 사람이었다. 그가 잃어버릴까봐 두려워한 것은 부富가 아니라 무역로가 주는 거친 자유였다.

"내가 상황을 바로잡겠어요. 그대를 위해, 사바를 위해."

나는 눈을 들고 묵직한 그의 하늘색 시선을 받아냈다. "나는 그대를 의심한 적이 한 번도 없어요."

"하지만 그대는 여왕이 왕과 협상할 특사를 보낸다는 말만 해야 해요. 그리고 한 번도 움직인 적이 없었던 많은 부를 전 병력을 동원하지 않고 실어 나를 준비를 해야 합니다."

"여왕폐하, 저는 폐하가 가실 길의 어려움을 덜어드릴 수가 없습니다. 그리고 더 많은 사람과 더 많은 낙타가 간다면 참으로 부대 하나는 따라가야 할 것입니다."

"마침… 내겐 이끌고 갈 부대가 있지요."

그는 들어왔을 때와 완전히 다른 사람이 되어 나갔다. 우리 둘 다 달라졌다. 다가오는 모험에 기운을 얻었고 비밀의 기운을 나누었다. 와하빌조차도 염려보다는 목적의식에 이끌리는 듯했다. 시종장과 큰소리로 이야기를 나누고 시종을 야단칠 때면 이마의 주름도 사라졌다.

잠깐씩 불안이 나를 사로잡기는 했다. 너무나 많은 약속. 너무나 많은 거창한 주장들. 나는 실패할 수 없었다. 실패하면 안 되었다. 나는 와하빌 및 평의회와 만난 자리에서 당당히 고개를 들었다. 그러나 궁전이 사방에서 나를 죄어오는 것 같아 숨이 막혀 정원으로 나갈 때면, 내가 백 가지 방법으로 실패할 수 있다는 생각이 엄습했다. 나는 이스라엘에 도착하기도 전에 실패할 수 있었다. 그럴 때면 세계의 모든 것을 집어삼키는 이 왕을 생각할 때 느끼던 자신감도 사라졌다. 사바의 부가 부족하면 어떻게 하지? 그것을 의심해 본 적은 없었지만, 어느새 나는 처음으로 낙타의 수와 금광, 밭과 포도원, 진주 같은 유향을 생산하는 옹이투성이 나무들이 얼마나 되는지 조사하고 있었다. 지혜롭다고 소문난 이 사람, 수수께끼를 반기던 이 왕의 마음을 사로잡는 데 실패하면 어떻게 하지? 내가 영리한 것일까, 혹시 그는 정략결혼을 통해 사바의 부를 얻어내고 만족을 모르는 자신의 금고를 채울 마음뿐인 것은 아닐까?

나는 석류나무 가지 사이와 화사하게 피어 있는 빨간 수선화 너머로 달을 찾았다. 그러나 추운 날 나온 달은 나를 빤히 쳐다볼 뿐이었다.

나의 부재가 알려질 피할 수 없는 그날을 대비해 모든 것을 보는 커다란 흑요석 눈을 가진 거대한 내 설화석고 동상의 제작을 맡겼다. 모든 부족에서 낙타와 무장 병력을 징집했다. 나바트가 가장 신뢰하는 근위병이 아니라, 야망이 있는 자들이 내가 없는 사이에 마리브로 진군할 때 동원될 수 있는 사람들과 여행할 참이었다. 그렇게 되면 그들과 혈족들은 여왕의 대상이 성공하기를 기도할 수밖에 없다.

여름이 끝나고 비가 내렸다. 오랫동안 넉넉히 내렸다. 사바의 겨울작물이 잘 자랄 징조가 도처에 보였다.

그해 여름 순례철에는 그 어느 때보다 많은 여행자가 신전으로 밀려들었다. 나는 제의적 축제를 관장하면서 좋은 징조가 있다고 선언했고 나라에 전례없는 부가 쌓일 거라고 예언했다. 축제의 신성한 손님들인 가난한 자들, 잊혀진 자들, 나그네들의 수가 너무나 적어 그들이 유명한 특권층이 될 날이 올 거라고 말했다.

더 많은 주장들. 더 많은 약속들. 축제의 분위기와 함께 선포한 것들이—와하빌과 칼카리브와 샤라의 모습으로 이 분위기는 계속 이어졌다. 샤라의 피부는 어린 소녀처럼 광채가 돌았다—점차 소리 없이 내 속을 갉아대기 시작했다.

매일 밤 마조르를 불렀다. 그 무렵엔, 목구멍 뒤쪽에서 소리 나는 부드러운 자음들이 많은 이스라엘 언어를 상당 부분 익힌 터였다. 나는 시인 왕이 지은 많은 노래의 가사도 알았고 그 내용을 열심히, 나중에는 광적으로 공부했다. 출발을 두 달 앞두고는 마조르의 수금 연주를 들으면서 내 방을 관리하는 소녀에게 내 손발을 맡겨 기름을 바르게 했다. 얼마 후면 여행으로 갈라지게 될 테니.

그러던 어느 저녁, 떠났던 호송부대가 이스라엘에서 돌아왔다.

"좋은 소식입니다. 여왕폐하." 내가 사실에서 그를 영접하자 그가 말했다. "이스라엘 왕은 친히 우리를 영접했고 며칠 머물라고 강력히 권했습니다. 너무나 낯설고 이국적인 음식들, 대단한 향연은 제가 처음 보는 것들이었습니다."

"그래, 그래." 나는 조바심이 나서 계속 말하라고 손짓을 했다. 심장이 속에서 두근거렸다.

"왕에게 폐하의 선물을 내놓았더니 그는 조심스럽게 그것을 이리저리 돌려보았습니다! 두루마리를 발견했을 때는 소년처럼 의기양양하게 소리를 질렀습니다. 그러나 두루마리를 읽으면서는 모든 신하들이 보는 앞에서 그의 이마에 주름이 잡혔습니다. 왕이 항아리를 기울이자 고운 모래가 흘러나와 바닥에 쏟아졌습니다. 저는 그가 우는 줄 알았습니다. 그는 그 광경에 너무나 감동한 듯 보였습니다. 왕이 말했습니다. '너무나 많은 질문. 그래.' 그리고 이렇게 덧붙였습니다. '그녀는 알아.' 왕은 항아리를 옆에다 놓고 저희에게 여행에 대해 물어보면서 자주 그것을 쳐다봤습니다.

다음 날 저녁, 왕은 저희를 잔치에 불러들였습니다. 그는 폐하께서 어떤 사절을 보내려 하시는지, 그들이 속한 부족의 이름은 무엇인지 물었습니다. 저희는 알지 못했기에 모른다고 대답했고 그는 거의 먹지 않았습니다. 우리가 도착하고 셋째 날에 월식이 있었고 도성에서는 큰 소리가 났습니다. 왕은 그의 방으로 사라졌는데 저희를 부르진 않았지만 가도록 허락하지도 않았습니다. 그래서 저희는 이틀을 더 머물렀고 그는 저희를 불러 잘 돌아가라고 빌어주었습니다. 왕은 저희에게 칼과 가죽을 많이 선물했고 제게는 히타이트 족속의 훌륭한 활을 주었습니다. 그리고 폐하께 이것을 전해 드리라고 했습니다."

그는 허리춤에서 포장된 두루마리를 꺼냈다.

심장이 쿵쿵 울리다 못해 몸 밖으로 튀어나왔던가? 직접 그의 두 손에서 그것을 낚아채고 싶은 마음이 간절했지만, 야푸쉬에게 그것을 받으라는 신호를 했다.

그를 곧장 내보낼 생각으로 고맙다고 말하려는 순간, 그가 다시 말을 꺼냈다. "여왕폐하, 한 가지가 더 있습니다. 저희가 떠나려고 할 때, 페니키아의 사절들이 도성으로 들어왔습니다. 그래서 저희는 하루 더 지내면서 그들에 대해 왕궁 곳곳을 누비며 물어보았습니다. 여왕폐하, 페니키아의 히람이 죽었습니다."

내 입에서 믿기지 않는다는 한숨이 새어나왔다. 이 소식을 접하기에 이보다 더 상서로운 때가 있을까.

이제 그 왕은 페니키아의 새 왕과 새롭게 수교를 맺어야 했다. 어쩌면 이전에 합의한 내용들이 무효화될 수도 있었다.

방에 혼자 남은 나는 봉인을 뜯고 떨리는 손으로 두루마리를 펼쳤다.

수수께끼 여인에게.

침묵으로 나를 괴롭히더니 이제는 말로도 나를 괴롭히는군요. 참으로 나를 시험하는군요. 당신은 진정으로 나를 기쁘게도 하고 화나게도 만드오.

당신의 상업적 이익이 위기에 처해 있는 줄 모르겠소? 물론 당신은 알고 있소. 그래서 짧은 답장과 영리한 선물로 나를 벌한 것 아니오. 편지는 내 화를 돋우고, 선물은 기쁨을 선사할 줄 알고 말이오. 내가 당신의 왕국을 꼼짝 못하게 만들 수 있음을 모르오? 이 왕을 소년으로 오인하지 마시오. 소년 같은 생각을 하는 남자일 뿐이니. 나는 당신의 머리카락을 잡아당겼고 당신은 내 정강이를 걷어찼소. 내 눈에 침을 뱉지 않도록 조심하시오.

당신의 사절을 간절히 기다리지만, 나는 알고 있소. 나는 실망하게 될 거요. 당신의 가장 지혜로운 사람이나 영리한 사람이나 노련한 사람을 보내지 마시오. 나는 아첨과 가식과 억지웃음에 질렸소. 사바의 사절들은 억지웃음을 짓지 않는다고 말했소? 나는 궁전의 초석들처럼 정확한 논리로 제시되는 합의에도 질렸소. 음악과 황금과 향연에도 질렸소. 나는 식탁에서 물러나는 순간에도 배가 고프다오.

하지만 이것은 당신도 알 거요. 당신도 이것이 지루할 테니까. 내 말은 거울이오. 이것도 당신은 아는 바요. 확실히 그렇죠. 나 자신에게 하는 말이 될 줄 알지만 다시 한 번 주장을 펼치겠소. 말해보시오. 당신은 내 얼굴을 한 번도 본 적이 없지만, 당신의 신들이 이런 나보다 당신을 더 잘 안다고 생각하시오?

계속 나를 기다리게 하는군요. 당신은 나를 제대로 짚었지만, 나를 알지는 못하오. 당신은 위험한 도박을 하고 있소. 용감함과 무모함은 궁극적으로 어리석은 일이오. 당신은 어리석은 사람인가요, 여왕?

당신이 지혜롭다면 조심할 것이오. 영리하다면 복잡하게 행동하지 않을 거요.

그리고 당신에게 자비가 있다면, 사절들에게 당신이 전할 긴 말의 한 단어씩을 맡겨 내게 보낼 것이오. 그래서 이 굶주린 왕이 그 내용을 한 번에 삼켜버리지 않게 할 거요.

- 솔로몬

나는 두루마리를 읽고 분개했고, 다시 읽고 나서는 의기양양해졌다. 그가 자신은 알 수 없는 존재라면서 나를 안다고 생각하게 내버려두자. 이 왕은 사람의 마음을 알아본다니 그러려니 하자.

그래 봤자 여기서 말하는 사람은 남자. 나는 남자가 아니었다. 그리고 우리는 곧 참으로 오랫동안 대화를 나누게 될 터였으니.

16

솔로몬의 편지를 받고 나서 두 주 후, 장막이 태양을 가렸다.

나는 와하빌과 함께 정원을 거닐고 있었다. 그곳에서 낮게 이야기하면 누구도 엿듣지 못했다. 야자나무의 길게 갈라진 잎이 잔잔한 바람에 바스락대며 우리의 속삭임을 가려주었다. 나는 내가 없는 사이 와하빌이 살펴야 할 마지막 문제들을 확인하고 있었다. 닷새 후면 마침내 북쪽으로, 이스라엘로 여행을 떠날 것이었다.

대화에 몰두한 나는 하늘이 뿌옇게 된 것을 알아채지 못했다.

"공주님." 야푸쉬였다. "하늘을 보십시오."

그의 목소리에 나는 화들짝 놀랐다. 그림자처럼 나를 따라다니는 누비아 출신의 내시는 다른 사람이 있는 자리에선 거의 말을 하지 않았기 때문이다.

눈을 들어 하늘을 보니 바로 앞에서 하늘이 어두워지고 있었다. 나는 베일을 얼굴 위로 걷어 올렸다. 일 년에 한두 번, 사막에

차가운 공기가 일어나 평야와 언덕에 며칠간 녹색 장막을 드리우
곤 했었다.

옆에 있던 와하빌은 눈을 가늘게 뜨고 곡명을 짚어낼 수 없는
가락에 귀를 기울이듯 고개를 한쪽으로 기울였다.

그때 나는 들었다. 희미한 진동, 멀리서 들리는 윙윙거림.

하늘에서 날개 달린 우박이 떨어지기 시작했다.

메뚜기 떼.

그날 나는 몇 시간 동안 내 방의 격자 창가에 서 있었고, 궁전
뜰에는 잘려나간 날개들이 하얗게 깔렸다.

아침이 되자 겨울 작물의 연한 순은 애초에 씨앗을 뿌리지도 않
은 것처럼 사라지고 없었다. 메뚜기 떼가 지나간 자리에는 휑한 그루
터기뿐인 줄기와 뼈다귀 같은 관목, 가지밖에 보이지 않았다. 멀쩡
한 나무들이 있기는 했지만 목초지의 풀과 덤불은 씻은 듯이 사라
졌다. 배고픈 낙타들이 날개를 잃고 뒤처진 메뚜기들을 잡아먹었다.

"이것은 무슨 의미인가요?" 나는 폐허가 된 정원을 내다보며
아슴에게 물었다.

"놈들은 단비를 좇아 왔습니다. 여왕폐하, 폐하의 이익을 위협
하는 적이 있습니다만 폐하의 이익은 몇 배로 불어날 것이고, 먹힌
것은 더욱 무성하게 되돌아올 것입니다."

믿기 어려운 말이었다.

도성 사람들이 떼로 몰려나와 메뚜기들을 잡았다. 참기름과 고
수로 메뚜기를 요리하는 냄새가 궁전 주방을 가득 채웠다. 야푸

쉬는 메뚜기가 정말 맛있다고 했지만 — 놈들이 쓸어버리다시피 한 비옥한 작물 탓임이 분명했다 — 나는 복수심을 발휘해도 도저히 먹을 수가 없었다.

나는 피해 상황을 살펴보게 했고 창고에 보관한 곡물과 마른 생선으로 낙타들을 먹이라는 명령을 내렸다. 지금 낙타들을 굶길 수는 없었다!

며칠 뒤 탐린이 궁전을 찾았다. 그의 시선은 사막의 모래언덕처럼 한시도 가만히 있지 않았다. 내 눈을 쳐다보고 있기도 힘들어 보였다. 우리에 갇힌 맹수에게서 그와 같은 눈빛을 본 적이 있었다.

"메뚜기 떼는 북쪽에서 왔습니다." 그는 그렇게 말하고 야자주를 더 마셨다. 한 번에 그렇게 많이 마시는 모습은 처음이었다. "메뚜기 떼는 좁은 바다를 건너 바카로 들어갔다가 오아시스를 싹쓸이한 후 내려온 겁니다. 바카와 사바 사이에 있는 오아시스들은 황무지로 변했습니다. 상인들은 말할 것도 없고 낙타 몇 마리 먹일 것도 충분하지 않습니다."

그는 굳이 말하지 않았지만, 우리 둘 다 알고 있었다.

그 해에는 누구도 북쪽으로 여행하지 않을 것임을.

이전에 내가 펼쳤던 모든 주장은 비밀 회의실 안에서 맥을 추지 못했다. 평화로운 나의 보좌관 아브야다조차도 이스라엘 왕과 평화 교섭을 하러 갈 것이 아니라 쳐들어가 전쟁을 벌여야 하는 것 아니냐고 반문했다.

칼카리브가 위협하듯 말했다. "모르시겠습니까? 이것은 우리가 사절이 아니라 메뚜기 군대처럼 쳐들어가야 한다는 징조입니다."

"징조를 해석하다니 사제라도 되십니까?" 나는 짜증스럽게 말했다. "메뚜기 떼는 남쪽에서 와서 우리 땅을 공격했습니다. 그 반대가 아니에요. 여기서 바카까지 대상이 먹을 것이 없다면 군대는 말할 것도 없겠지요. 이 일로 이스라엘 왕도 수입과 관세를 잃었으니 우리 못지않게 어려움을 겪고 있을 겁니다. 신들이 분명히 보여주신 것은 우리에게 물길이 그 어느 때보다 필요하다는 사실입니다. 우리는 씨앗을 잃었습니다. 선박이 있다면 유향을 가져가 씨앗과 바꿔 와 다시 심을 수 있을 것입니다. 씨앗 대신 향을 뿌릴 수는 없지요. 이런 우리의 사정을 알마카 신께서는 다 아시는 겁니다."

설상가상으로, 나는 북쪽으로 전갈을 보낼 수 없었다. 두세 명이 낙타를 타고 간다면 사료 정도는 구할 수 있을 테지만, 이내 도적들이 떼 지어 나타나 식량과 동물을 닥치는 대로 빼앗을 것이다. 당장 그들이 가진 동물이라도 잡아먹어야 할 판이기 때문이다. 해안에서 멀리 벗어날 수 없는 사바의 몇 안 되는 배들은 이미 히두쉬와 푼트의 항구로 떠나고 없었다. 그 배들이 돌아올 무렵에는 홍해의 바람이 겨울의 북풍에서 여름의 남풍으로 바뀔 테고, 우리는 바람을 이용할 줄 아는 페니키아인들이 아니었다.

이스라엘 왕은 내게 더 많은 말을 요구했다. 그런데 나의 침묵이 이어진다면 그는 어떻게 받아들일까? 이런 평범한 재앙의 먹이가 되다니, 사바가 얼마나 약하고 신들의 미움을 받는 나라로 보이겠는가? 신들이 사바를 지구상 어떤 나라보다 애지중지한다고 내 입으로 주장했건만!

봄철에 사바의 무역상이 오지 않는 것은 또 어떻게 생각할까? 페니키아의 새 왕은 지금쯤 이스라엘과의 유대를 새롭게 했을 테고, 솔로몬의 선단도 거의 완성되어 세계의 구석구석으로 다닐 준비를 마쳤을 것이다. 그런데 나는 떠날 수도, 다른 사람을 보낼 수도 없는 처지였다.

나는 원대한 꿈에 사로잡혀 수많은 약속을 해버렸다. 그 꿈은 나를 위한 것이자 내 백성을 위한 것이었다.

나는 감히 희망을 품었으며, 그것이야말로 나의 가장 큰 죄였다.

'말해보시오. 당신은 내 얼굴을 한 번도 본 적이 없지만, 당신의 신들이 이런 나보다 당신을 더 잘 안다고 생각하시오?'

그날 밤, 나는 과수원으로 달아났다. 내 발은 빠르게 움직였다. 점점 더 빨라져 급기야는 야푸쉬도 따라잡을 수 없었다. 가장 가까운 근위병도 보이지 않을 만큼 멀리 나간 뒤 나는 돌아서서 하늘을 향해 소리쳤다.

"내게 뭘 바라는 겁니까?" 나는 분노했다. "어디에 계시기에 신의를 저버린 연인처럼 등을 돌리십니까? 당신이 요구하시는 피를 제가 바치지 않은 적이 있습니까? 저의 희망이란 희망은 다 가져가시지 않았습니까? 뭘 더 원하십니까? 말씀하세요. 말씀해보세요. 여기서 끝을 보십시다!" 그러나 달은 잠잠했고, 과일나무들의 벌거벗은 가지들이 그 얼굴 앞에서 검은 번개처럼 삭막하게 서 있었다.

이후 몇 달은 내 평생 가장 긴 시간이었다. 낮에는 궁전의 여러

홀과 폐허가 된 정원의 산울타리를 서성였다. 밤이면 창가에 몇 시간이고 서 있었다. 머릿속으로만 쓰고 받은 백여 통의 편지가 속에서 아우성쳤다.

큰비와 더불어 봄이 왔고 농부들은 평소보다 배나 깊이 땅을 갈았다. 나는 그동안 한사코 피해왔던, 그러나 머릿속에서는 천 번도 넘게 읽고 또 읽었던 두루마리를 다시 꺼내들었다.

'침묵으로 나를 괴롭히더니 이제는 말로도 괴롭히는군요. 참으로 나를 시험하는군요. 당신은 진정 나를 기쁘게도 하고 화나게도 만드는군요!'

'계속 나를 기다리게 하는군요…'

내가 그에게 쓴 글에는 오만한 도전과 초청이 가득했고, 그는 그것에 분개하고 분노한다고 밝혔다. 그러나 나는 그가 결코 참지 못할 것이 무엇인지 알았다. 바로 침묵이었다. 여름의 무더위가 채 한 달도 남지 않았다는 것은 중요하지 않았다. 그는 묵살을 감수할 사람이 아니었다. 자신을 낮추어 글을 청했는데 아무것도 받지 못하는 상황을 결코 용서하지 않을 테고, 나는 왕의 신경을 건드리는 기회로 삼았던 서신교환이 이대로 중단되도록 방치할 형편이 아니었다.

나는 마침내 양피지와 잉크를 꺼내 자리에 앉았다. 몇 달간 그와 이야기를 나누듯 내 속에서 수많은 대화가 오고갔지만, 영리한 꾀는 더 이상 없었다.

수수께끼 여인이 말합니다. 나는 백만 개의 입으로 삼킵니다. 그리고 한입에 삼켜집니다. 나에겐 왕이 없지만 열을 지어 행진합니다. 나는 누구일까요?

나는 혼자입니다. 나의 말을 들을 사람이 없습니다. 나는 스스로에게 말하는 여자입니다.

여왕이 왕에게 말합니다. 사바의 과일을 싹쓸이해가는 음모를 꾸민 것은 나의 신인가요, … 아니면 질투에 사로잡혀 우리 사이의 통로를 막아버린 왕의 신인가요? 어떤 식으로건 우리는 신들의 호의가 필요합니다. 그래야 내가 왕께서 갈망하는 많은 말을 전할 사절을 보낼 수가 있습니다. 나는 나의 신에게 부탁할 수 없지만, 왕께서는 연인에게 하듯 왕의 신에게 부드럽게 말해보세요. 부당한 결심을 한 그 불멸의 심장을 누그러뜨리게 해보세요. 나는 "사바를 왕에게 보내겠어요"라고 말했습니다만, 해가 남쪽에서 뜨려면 일 년이 더 있어야 하겠군요. 이렇게 신들은 나를 거짓말쟁이로 만드는군요. 하지만 우리가 그 몇 달이 며칠에 불과하다고 뜻을 모은다면, 그 기간은 꿈처럼 지나 왕께서 마침내 잠에서 깨어날 때 왕의 도성 안에 사바가 와 있을 겁니다. 해의 맞은편에 떠오른 달처럼 말이지요. 그것은 페니키아로부터 히람을 앗아간 월식의 달이 아니라, 세상의 정지를 알리는 달일 것입니다. 그때 시간은 자신을 망각하여 아이벡스가 밤에 풀을 뜯고 사자가 낮에 사냥을 다닐 겁니다.

왕께서는 음악과 황금과 향연이 싫증났다고 하셨지요? 그럼 그날엔 잔치도 없고, 황금도 없다고 생각하기로 해요. 하지만 음악은 있어야 합니다. 왕께서는 갈대로 만든 피리를 불고 나는 손뼉을 치는 거예요. 그날, 왕께서는 왕이 아니고, 나는 여왕이 아닐 겁니다. 궁전도 없는 겁니다. 정원만 있고 우리는 머리에 꽃으로 만든 관만 쓰는 겁니다.

그날까지 왕께서는 다시 한 번 지혜로운 자의 망토를, 나는 불의 베일을 집어 들어야 합니다.

나는 빌키스입니다.

나는 고개를 숙여 두 팔에 머리를 묻고 울었다. 그리고 잠시 후, 두루마리를 봉인했다. 영리한 선물은 없었다. 아마포로 감싼 처녀처럼 소박한 두루마리 하나가 전부였다.

그해 여름 뜨거운 태양 아래 밭에는 작물이 무성했다. 그러나 나는 집중하지 못하고 긴장도 풀지 못했다. 자주 도로를 살피며 내가 보낸 작은 무리의 '사막의 늑대들'이 나타나길 기다렸다. 가혹한 모래밭에서 사는 불가사의한 이들은 이제 나를 섬긴 지가 꽤 오래되었다. 그동안 낙타 한 마리 혹은 솥 몇 개를 보수로 받고 다시 모래언덕이 있는 곳으로 사라지곤 했다. 나는 그들에게 두루마리를 맡겼고, 가반에 들러 탐린의 부하 두 사람의 길 안내를 받으라고 지시했다.

지난 몇 년치보다 더 많은 풍성한 수확이 끝나갈 무렵, 나는 상상 속에서 그들과 함께 열 번, 열두 번, 스무 번도 넘게 북쪽을 다녀왔다.

"여왕폐하, 듣고 계십니까?" 와하빌이 말했다. 그는 메뚜기 떼 이야기와 놈들의 알이 엄청나게 쌓인 땅을 불태운 이야기를 하러 온 터였다. "폐하가 걱정이 됩니다. 이스라엘 왕 때문에 너무 마음을 쓰십니다."

샤라도 나의 체중이 줄고 혈색이 안 좋아 걱정스럽다고 말한 바 있었다. 하지만 그럴 수밖에 없지 않은가? 궁전에 갇혀 작물의 작황, 메뚜기 떼의 출현 여부와 규모, 기장 줄기에서 짝짓기 하는 모습이 관찰된 메뚜기의 수 등에 대한 보고를 받고 있는데!

그해 가을, 탐린이 궁전으로 찾아왔다.

"내가 보낸 늑대들은?"

굽혔던 허리를 펴는 그의 얼굴에서 눈썹이 올라가 있었다. 여행을 쉬는 동안 팔뚝과 목에 불끈 솟아난 핏줄이 사라지니 그 어느 때보다 말쑥한 모습이었다. 그러나 눈에 어린 불안이 그의 실상을 드러내주었다. 나도 그 해가 고문과 같았는데, 뼛속까지 유목민이라 할 그는 오죽했겠는가?

"제가 모시는 여왕폐하께 인사를 드렸는데 저를 보시자마자 '내가 보낸 늑대들'을 찾으시는군요?" 웃음을 머금은 그의 목소리는 데운 꿀 같았다. 물론 나는 그 소리가 연출된 것임을 알았다.

"미안하게 됐군요. 어서 와요. 그런데 내가 보낸 '늑대들'을 봤어요?" 나는 상냥하게 웃었다.

"아쉽지만 못 봤습니다." 그는 고개를 가로저었고 이른 저녁의 차가운 공기가 들어오도록 덧창을 활짝 젖힌 창을 내다보았다. 그

역시 부하들이 가져올 소식, 또는 왕이 직접 보낼 전갈을 초조하게 기다리고 있었다. "그들이 돌아오기에는 아직 너무 이릅니다. 왕이 그들을 얼마나 붙들어둘지, 아니 그들을 영접하기나 할지 누가 알겠습니까?"

미처 생각하지 못한 가능성이었다. 새로운 불안이 속에서 솟아올랐다.

"그대가 그들을 직접 호송하지 않아서 놀랐어요." 내가 말했다.

그는 왔다 갔다 하면서 목덜미까지 내려온 머리카락을 감싸 쥐었다. "정말이지 그들을 쫓아갈 뻔했습니다!" 이 말을 할 때 그는 이를 악물고 있었다. "그러고 싶었습니다. 하지만 저에게는 사료를 책임져야 할 낙타들이 있었기에 도시에 갇혀 여왕폐하의 대신들 중 하나처럼 업무를 봐야 했습니다!" 그가 걸음을 멈추었다. "용서하십시오."

나는 개의치 말라는 뜻으로 손을 저었다.

기다리는 일이 지긋지긋했다. 많은 것에 싫증이 났다. 나는 이곳에서 시간을 낭비하지 않을 거라고 혼잣말을 했다. 솔로몬의 편지들이 가운의 끝자락처럼 나를 따라다녔다. 어쩌다가 세상의 반대쪽에 있는 왕이 깨어 있는 내내 나를 쥐고 흔들도록 허락했을까? 그는 어떻게 우리 두 사람에게 이런 영향을 끼치는 걸까?

"전할 소식이 없다면 왜 찾아온 건가요?" 눈을 가늘게 뜨고 그를 바라봤다.

"제가 왜 왔는지 저도 모르겠습니다." 그가 차분하게 말했다.

"올해, 저희 부족은 엄청난 타격을 입었습니다. 사바의 모든 부족이 어려웠지요. 폐하께서 저를 영접해주신다면, 늘 보는 낙타들과 똑같은 질문이 담긴 눈으로 저만 바라보는 십장들, 노예들의 얼굴에서 벗어날 수 있으리라 생각했습니다." 그는 고개를 가로저었다. "그러나 제 기억에 문제가 있습니다."

"무슨 문제가 있나요?"

그는 시선을 들었다. "제가 잊은 것이 있습니다. 여왕폐하께서 저를 따로 맞아주실 때 더 이상 베일을 쓰지 않으신다는 것. 폐하의 존전에서 물러날 때, 들어올 때보다 마음이 더 산만해진다는 것입니다."

바깥에서는 창틀 위로 오렌지색 달이 크게 떠올랐다.

"아내가 없나요, 탐린?" 그때까지 나는 모르고 있었다. 그의 부족에서 온 청혼도 거절한 바 있지만 상대가 그는 아니었다.

"없습니다." 그는 유감스럽다는 듯 미소를 지으며 자리에 앉았다. "앞으로도 없을 겁니다. 두 번째로 사랑받기를 바라는 여자는 없으니까요."

"결혼의 핵심은 사랑이 아니에요." 내가 말했다.

"그렇습니다만, 모든 여인은 최고로 사랑받기를 바랍니다. 여왕조차도 예외는 아니라고 생각합니다. 저는 아내를 만족시켜 줄 수는 있을지 모르지만 행복하게 해주지는 못할 것 같습니다. 그리고 제게 의무감을 느끼는 아내를 미워하게 될 것입니다. 저도 아내에게 의무감을 느껴야 한다는 뜻일 테니까요."

그가 그렇듯 대담하게 말하는 것은 처음이었다.

"그럼 그대는 첫 번째 사랑을 누구에게 주었나요?" 내가 물었다.

"준 것이 아니라 빼앗겼습니다."

나는 시선을 돌렸다.

그가 부드럽게 말했다. "아, 제가 말한 상대가 폐하라고 생각하시는군요. 물론 저는 폐하를 사랑합니다. 그러나 방금은 그런 의미에서 한 말이 아닙니다."

이제 나는 그를 쳐다볼 수 있었다. "누가 그대에게서 사랑을 빼앗았나요?"

그는 길을 잃은 사람처럼 고개를 가로저었다. "공기와 태양의 신들입니다." 그는 힘없이 웃었다. "도로와, 모래와, 오아시스의 신들. … 그들이 저를 이스라엘로, 다마스쿠스로, 티레로 몰아냅니다. 왕들의 궁전으로, 다음에는 가반의 집으로. 떠나 있을 때는 눈물이 날만큼 그리운 집이지만 돌아오는 순간 경멸하게 됩니다. 모래와 오아시스의 천막들도 마찬가지입니다. 저는 그것들을 갈망하지만 막상 거기에 이르면 떠나지 못해 안달합니다. 제가 평안을 얻는 순간은 어떤 장소에 있을 때가 아니라 목적지와 목적지 사이에 있을 때입니다."

그다음 그는 눈을 들고 나를 바라보았다.

"저는 떠나게 되리라는 것을 알면서 어쩔 수 없이 폐하께 돌아옵니다. 폐하께서 제게 '가라' 하실 줄 믿고서. 폐하께서는 제게 머물라고 명령하실 수 있고 저는 그 명령에 순종하겠지요. 그런 강요

된 행동을 제가 원하는 것이 아님을 알면서."

이럴 수가. 그의 고뇌를 들으니 야성적인 눈이 더욱 아름답게 보였다.

"야푸쉬." 내가 탐린에게서 눈을 떼지 않고 말했다.

내시는 한마디 말도 없이 물러나더니 소리 없이 문을 닫고 나갔다.

탐린은 가만히 앉아 있었다.

나는 이스라엘 왕의 편지들을 생각하며 잠시 머뭇거렸다. 그 안에 담긴 심각성이 깨어지지 않은 마법처럼 나를 사로잡았다. 그리고 그 왕을 생각했다. 괴로워한다고 주장하지만 그는 그동안 숱한 밤을 혼자 눕지 않았을 것이 분명했다.

"머물라고 명령하지 않겠어요." 나는 속삭였다.

순식간에 그는 우리 사이의 짧은 거리를 넘어왔고 맨 팔뚝으로 나를 끌어안으며 내게 입술을 포갰다.

그동안 나는 따스한 사향 같은 살 냄새를 잊고 있었다. 그에게서 백단향과 기름 냄새가 났다.

탐린은 가을 우기가 끝나기 전에 두 번 더 마리브를 찾았다.

그리고 '사막의 늑대들'이 돌아왔다.

당신은 사절단이 아니라 늑대들을 보냈고 나는 그들에게 문을 열어주었소. 무자비한 태양 아래 그 먼 거리를 달려온 그들에게 넉넉한 선물을 주고 싶었지만 그들에겐 선물을 실어 나를 동물이 없었소. 이제 나는 당신이 흥미로운 후투티 새와 같은 무역상, 사막의 늑대들, 그리고 그들 모두를 이리로 데려올 정령까지 부릴 수 있다는 것을 알겠소. 그러나 나까지 부릴 수 있을 거란 생각은 마시오. 그들에게는 나의 눈물을 감추었소. 정원에 대한 단순한 이야기로 내 마음을 그렇듯 찌르다니. 피 한 방울 내지 않고서. 이것은 나의 눈물이 아니라 당신의 눈물이요. 당신이 나의 수수께끼라면, 나는 당신의 거울이니.

하지만 나는 한입에 삼켜진 사람이고 당신은 이스라엘의 원수인 메뚜기요. 그럼 당신은 나의 원수인가? 오직 귀신들만 그런 흥미로운 말을 구사하오. 귀신들만 사람의 숨겨진 갈망을 이용해 사람을 혼란스럽게 만든다오. 당신은 내 생각을 가득 채우고 사로잡아버렸소.

그러나 내가 당신의 오만함을 느끼고 "당하지 않을 거야"라고 말하는 순간, 당신은 부드러워지고 우울해하오. 그러니 나도 부드러워질 수밖에 없소. 당신의 괴로움 때문에 나는 눈물을 흘린다오. 그것은 나의 괴로움이기 때문이오.

이제 당신은 내가 당신의 정체를 알아냈다고 화가 났군요. 내 마음이 흔들리는 것을 기뻐하는 거요? 물론 그렇겠지요. 당신은 여자니까.

조심하시오, 빌키스. 내가 당신의 이름을 얼마나 많이 속삭였는지 아시오? 많은 여자들이 왕의 마음을 가지고 놀았지만, 좋게 끝난 경우는 드물다오.

그러나 조심하라고 명하면서도 당신에게 간청하오. 부디 내 마음을 모른 체하지 마시오. 그래서 내가 가장놀이를 조금만 더하게 해주시오.

사절을 보내시오. 나를 삼킬 메뚜기 떼 같은 말과 함께.

그날 늦게 나는 와하빌에게 말했다. "탐린에게 전갈을 보내세요. 떠날 때가 되었습니다."

17

우리가 떠나던 날, 사제들은 동틀 녘에 마리브 신전의 뜰에서 황소 한 마리를 희생제물로 바쳤다. 공기가 차가웠다. 두꺼운 양모 숄을 걸쳤는데도 어슴푸레한 새벽빛 속에서 몸이 떨렸다. 아슘은 김이 나는 간을 판독한 후, 잠시 주저하다가 우리의 여행에 큰 수익이 있을 거라고 선언했다. 그러나 그의 이마가 굳어 있었다.

나중에 나는 그를 따로 불러냈다. "무슨 일이에요?"

"돌아오는 길 말입니다, 여왕폐하. 가는 길보다… 더 어려울 것입니다."

그 정도면 감당할 수 있는 징조였다.

나는 신전에서 와하빌과 작별했다. 누가 봐도 그가 노예 소녀와 코를 부비는 장면처럼 보였을 것이다. 나는 자주색 가운과 양홍색 비단옷을 벗고 소박한 튜닉으로 갈아입었다. 머릿수건과 베일로 눈의 극히 일부를 제외한 온몸을 가렸기 때문에 샤라나 다른 노예들과 구분되지 않았다.

"내 왕국을 부탁해요." 내가 속삭였다.

"폐하의 눈길이 늘 제게 머문다고 생각하고 왕국을 살피겠습니다. 내년에 안전하게 돌아오십시오, 여왕폐하. 알마카 신께서 폐하를 속히 이끌어주시기를. 알마카 신께서 폐하께 호의를 베푸시기를. 폐하를 태우는 낙타에게 축복을."

그는 충직한 위원이자 친구로서 내게 귀중한 존재가 되어 있었다. 나는 그를 안고 아버지께 하듯 입맞춤했다.

신전을 떠나기 전에 능묘 앞에 멈추어 어머니 무덤의 석회석 판과 그 안에 설화석고로 만들어진 어머니의 장례가면 앞에 섰다. 나는 한숨을 쉬고 얼굴상의 공허한 눈을 만졌다. 차가웠다.

스물네 살. 이제 나는 돌아가실 무렵의 어머니와 같은 나이였다. 어머니는 내가 여왕인 걸 아실까? 나는 어머니의 새긴 볼을 어루만졌다.

어머니의 목소리가 다시 들려오기를 바라며, 기대를 품고 잠시 더 머물렀다. 그러나 멀리서 이는 바람소리와 낙타들의 으르렁거림만 들려올 뿐이었다. 마침내 그 자리를 떠나 다른 이들을 따라 둑길을 건넜다. 많은 사람과 낙타들이 나를 기다리고 있었다. 사백 마리의 낙타. 칠백 명의 사람. 무리 중에는 스무 명의 '사막의 늑대들'도 있었다. 우리는 탐린의 부족 땅으로 가서 삼백 마리에 달하는 낙타, 삼백 명의 사람들과 합류할 예정이었다.

겨우 육 년 전에 내가 건너왔던 오아시스를 지날 무렵, 와하빌과 그의 노예들이 수도로 돌아갔다. 나는 구불대는 그 작은 행렬을 뒤돌아보았다. 아침 해가 돋으면서 마리브의 벽돌 건물들에 금빛 온기가 스며들었고, 왕궁의 설화석고 창들이 오십 개의 새로운 태양처럼 붉게 변했다. 그 광경을 기억 속에 새겨 넣고 나는 북쪽으로 고개를 돌렸다.

**

탐린은 나의 존재를 숨기고 샤라와 나, 그리고 내가 데려온 다섯 명의 시녀를 먼지가 적게 이는 대상 행렬의 앞쪽에 배치할 구실을 찾느라 애를 썼다.

"저 여자들은 낙타를 바로 탈 만큼 강인하지 않아." 나는 그가 십장 중 한 사람에게 큰 소리로 한숨 쉬며 말하는 것을 엿들었다. 십장은 소녀 둘을 태운 가마를 보고 고개를 가로저었다. 그렇게 해서 우리는 니만과 칼카리브의 목소리가 들릴 만한 거리에 자리를 잡았다. 두 사람은 각기 열 명의 부하와 열다섯 마리의 낙타를 데려왔다.

야푸쉬를 위장하는 일이 가장 어려웠다. 누비아 족 내시가 늘 내 옆에 있다는 사실을 다들 잘 알고 있었기 때문이다. 야푸쉬는 머릿수건을 썼고 칼카리브는 그가 자기 노예라고 말하고 '마나쿰'이라는 이름으로 불렀다. 하지만 여행 둘째 날에 벌써 그가 자기도 모르게 야푸쉬를 본명으로 부르는 것이 내 귀에 들어왔다.

이런 위장을 영원히 계속할 수는 없었지만, 적어도 자우프 계곡을 통과하고 며칠이 지날 때까지는 내가 떠난 사실을 숨길 수 있기를 바랐다. 궁전에서는 와하빌이 내 키 정도 되는 노예를 특별히 골라 여인 구역의 격리된 방에 안전하게 숨겨두었다. 그녀는 매일 한 번씩 내 베일과 가운을 걸치고 회랑을 지나가야 했다. 그녀는 심지어 재판홀에서 내 왕좌에 앉아 있다가 협의하는 것처럼 와하빌 쪽으로 몸을 기울여 그가 내리는 판결이 내가 내린 것인 듯 보이게 했다. 빈틈없는 계책은 아니었지만 그 정도면 내가 없다는 사실이 공식적으로 알려지는 시기를 한동안 늦출 수는 있을 터였다.

나는 탐린의 대상을 본 적이 없었다. 그의 대상은 통상 삼백오십 마리의 낙타와 비슷한 수의 사람으로 이루어져 있었는데, 처음 몇 날, 나는 그 규모만으로도 깜짝 놀랐다. 하지만 대상의 규모는 두 배로 불어날 터였다.

무리는 정말 소란스러웠다! 사람들의 말이 끊이지 않았다. 십장들이 각 무리의 선두에 명령을 내리는 소리, 낙타몰이꾼들이 연인을 달래듯 자기 낙타에게 다정하게 말하는 소리가 이어졌다. 낙타는 밤낮으로 가르랑대고 으르렁댔다. 사료에 다가갈 수 없게 발을 묶거나 젖을 내도록 구슬릴 때, 밤에 자리에 주저앉힐 때, 짐 싣는 안장과 주머니들을 다시 실을 때도 울음소리를 냈다.

거의 백오십 마리의 낙타가 황금, 직물, 향료로 이루어진 선물더미를 짊어졌다. 사바의 통상적인 상품이었지만 나도 본 적이 없는 엄청난 양이었다. 어떤 낙타에는 상아를 가득 실었다. 흑단을 실은 낙타도 있었다. 코뿔소 뿔과 타조 깃털, 채색 후 보석으로 꾸민 타조알을 절묘하게 쌓은 짐을 나르는 낙타도 있었다. 또 다른 낙타에는 알로에와 연고, 고약, 도금양 연고와 유향이 든 약상자, 콜과 화

247

장품이 든 상자를 실었다. 장신구, 잔, 보석으로 꾸민 황금상자, 양모, 대마, 다양한 색상으로 물들인 아마포들은 세 마리의 낙타에 나눠 실었다. 내가 들은 이스라엘 왕의 이야기가 사실이라면, 삼백 명에 가까운 아내와 후궁들에게 돌아가기에 충분한 선물이었다.

내가 데려온 시녀들을 태운 들것이 실린 내 가마였다. 이전의 가마보다 호화롭게 만들었지만 기발한 구조로 되어 있어서 황금 버팀목과 깃털 달린 덮개를 분리하고 양털담요로 싼 뒤 뒤쪽에 있는 낙타에 실었다. 내 옷장과 장신구 상자를 운반하는 데 다섯 마리의 낙타, 샤라와 야푸쉬와 다른 시녀들을 위해 여덟 마리의 낙타가 더 필요했다.

밧줄로 한데 묶인 스무 마리 낙타가 금은 장식술, 안장 장식품, 정교한 못, 천막, 양탄자, 담요, 향로를 날랐다. 아슴은 본인과 조수 사제들을 위해 낙타 여덟 마리를 챙겼고 우상들과 그의 신비한 의식에 사용할 물건들을 실었다.

서른 명의 음악가가 우리와 동행했고 그중에는 마조르도 있었다. 한동안 나는 그를 데려갈지 말지 마음을 정하지 못했었다. 그가 사바의 궁전에서 벌어지는 일들을 밀고할 수도 있는 상황이었기 때문이다. 그래서 몇 주 전에 칼을 뽑아들고 그의 맹세를 받기로 했다. 내가 고향을 다시 보고 싶으냐고 물으니 그는 엎드려 내 발등에 입 맞추고 울었다.

"너는 힘든 여행 끝에 이곳에 도착했다. 이스라엘에 갔다가 돌아오는 여행을 다시 감당할 수 있겠느냐?"

"천 번이라도 왕복할 수 있습니다. 이스라엘을 다시 볼 수 있다면." 그의 두 뺨은 눈물로 젖었고 아이처럼 콧물 범벅이 되었다. 그날 밤, 그는 내가 잠든 후에도 지칠 줄 모르고 노래를 불렀다. 아침에 눈을 뜬 나는 그때까지도 부드럽게 수금을 뜯고 있는 그를 보았다.

대상의 한복판에는 내가 아끼는 흰색 낙타 '사자'가 있었다. 그 뒤를 따르는 또 다른 암낙타는 아마포와 양털 담요로 감싸 여분의 가마로만 보이는 '마르카브'를 싣고 있었다. 그것을 두고 간다는 것은 생각도 못할 일이었다. 그 아카시아 궤를 빼앗기는 것은 왕좌를 빼앗기는 것과 같았다. 일 년 전, 와하빌은 그것을 안전하게 보관한다는 명목으로 내 개인 접견실에 공개적으로 가져다 두었다. 지금 그 자리에는 금으로 수놓은 천으로 덮인 소박한 가짜가 놓여 있다.

마르카브 뒤에 따라오고 있는 또 다른 여왕의 상징물은 천으로 덮인 채 큰 숫낙타에 매여 있었다. 그것은 이제는 악명을 얻은 내 연회의 밤, 정원에 놓여 있던 복제품 왕좌였다. 원래 가져갈 생각은 아니었지만, 일 년이 더 주어진 여자는 많은 것들을 추가로 꾸릴 수 있다.

동물들이 고리버들 우리에 실려 그 뒤를 따랐다. 모래고양이, 노래하는 새들, 공작, 펠리컨, 노랑머리 앵무새. 낙타 두 마리가 쉭쉭 소리를 내는 검은 표범 우리를 날랐고, 또 다른 낙타는 푼트에서 온 원숭이 두 마리를 실어 날랐다.

거의 백 마리의 낙타가 밀가루, 말린 고기, 대추, 물, 참기름과 기타 기름, 염소가죽에 든 낙타 젖을 운반했다. 하루가 끝날 무렵에는 거품이 이는 낙타 젖이 응어리져 버터가 만들어졌다. 이 낙타들 뒤로 칠십 마리의 낙타가 비상 사료를 날랐다.

무장한 사람들이 행렬의 양쪽에 죽 늘어서서 달렸는데, 보물이 있는 가운데와 식량이 있는 먼지 나는 끝 부분에 집중 배치되었다. 네 사람이 행렬 곳곳에서 사바의 아이벡스 깃발을 들었는데, 이 깃발과 왕실 깃발의 다른 점은 아이벡스의 두 뿔 사이에 은빛 초승달이 없다는 것뿐이었다.

여행이 시작된 지 고작 두 시간 만에 감각이 마비되는 통증을 느꼈다. 지난번 낙타 안장에 앉았을 때 얼마나 아팠는지 그제서야 기억이 났다. 그래서 첫째 날 밤에 낙타에서 내렸을 때 나는 늙은 여자처럼 걸었다. 샤라와 내가 할 수 있는 거라곤 두 번째 날 아침에 여분의 머릿수건으로 허리를 단단히 동여매는 것밖에 없었다. 그렇게 하고서야 다시 낙타를 탈 수 있었다.

탐린은 전혀 다른 모습을 보여주었다. 한때 그가 아부한다는 느낌을 받았다면, 대상 가운데서 그는 완전히 다른 사람이었다. 아첨하는 조신朝臣은 사라지고 없었다. 그는 '대상의 대장'으로서 소리쳐 명령을 내리고, 십장과 협의하고, 사료를 찾으러 먼저 달려가고, 이 년 전에는 상태가 괜찮았던 인근 우물의 물을 직접 맛보았다. 가끔 그가 노래를 부르면 그의 십장이 금세 따라 불렀고 그 소리가 들리는 곳에 있는 부하들이 노래를 받아 줄 끝까지 노래가 이어졌다.

여행이 시작되고 처음 며칠은 내 마음이 고삐 풀린 망아지처럼 내달렸지만, 정신없이 바빴던 막바지 여행 준비 속도에 익숙해진 터라 끝없이 이어지는 도로가 지루하기 짝이 없었다. 우리의 여행은 왕좌를 향해 필사적으로 달려가는 여왕의 행군이나 골짜기와 언덕을 몰래 지나며 와디의 물처럼 사람들을 끌어들이는 행군이 아니었다. 행렬은 하루에 걸쳐 길어지는 그림자처럼 천천히 조금씩 앞으로 나아갔다.

안장에서 무릎을 꿇고 낙타를 타는 '사막의 늑대들'이 그렇듯 이야기를 많이 하고 아무것도 아닌 문제로 맹렬히 말싸움을 하면서 시간을 보내는 이유를 이해하게 되었다. 안장을 얹는 뱃대끈이 끊어지거나 동물들이 다리를 다치거나 동료가 병드는 사고가 없는 한, 앞뒤로 끝없이 이어지는 단조로운 땅을 끊어놓을 것이 없었던 것이다.

혼란의 도가니를 이룬 수백 명에 둘러싸여 있었지만 그 안에 있으면 사람이 고립되는 효과가 있었다. 그동안 혼자 있는 시간이 전혀 없었던 나는 끊임없이 소리를 내거나 혼자만의 생각에 빠져들어야 했다. 삼 일 내내 야푸쉬는 한 마디도 하지 않았고, 칼카리브와 니만은 서로 말을 하거나 부하들에게 말을 하기는 했지만 묘하게 사색에 잠긴 듯 보였다.

거의 매일 인근 거주지에서 몇몇 사람이 찾아와 우리의 불가에서 함께 식사를 했다. 그들은 세상의 소식과 이번에 유난히 낙타가 많은 이유를 물었다. 사바가 전쟁을 나가는가? 어떤 신이나 왕국이 사바를 위협했는가? 여왕이 마침내 결혼 약속을 했는가? 와드, 사인, 샴스, 알마카 신이 여왕이 결혼하게 만들 수 있겠는가?

"여왕의 결혼에 왜 그렇게 관심이 많으세요?" 어느 날 밤, 베일을 쓴 나는 아랫도리만 간신히 가린 차림으로 우리 불가에 와서 앉아 있던 노인에게 물었다. 불가에는 칼카리브와 그의 '노예'인 야푸쉬, 내 시녀들, 탐린, 그리고 내가 앉아 있었다.

"결혼을 안 한 여자의 영혼은 떠돌거든." 노인은 쪼글쪼글한 목소리로 말했다. 불빛으로 그의 한쪽 눈이 뿌연 것이 보였다. "그런 영혼은 자기를 지키지 못하고 다른 영들에게 휘둘려. 그렇게 나이가 들다보면 사람이 미치지."

그 말에 나는 큰 소리로 웃었다. "정말로 그렇게 생각하세요?"

"물론이지. 도처에 증거가 있어. 그런 여자들은 달의 영향을 받아서 완전히 다른 사람이 되지. 여자가 결혼을 안 하는 것은 좋지 않아."

"남자들의 경우도 그런가요?"

"아냐, 아냐." 그가 고개를 가로저으며 말했다. "천만의 말씀이지. 남자가 결혼을 안 하면 야심만만하고 거칠어져. 하지만 그것도 젊었을 때 이야기야."

"나이가 들면 어떻게 되는데요?"

"나이 들어서 아내가 없으면 굶는 거지." 그 말을 하고 노인이 웃었는데 이가 세 개밖에 남아 있지 않았다.

정체를 숨기고 여행을 하다 보니 오아시스 부족들이 사료값과 수많은 낙타에게 물을 먹일 노예를 데려다 쓰는 비용 문제를 놓고 탐린과 흥정하는 모습을 멀리서나마 지켜볼 수 있었다. 실랑이가 끝나고 나면 그들은 웃음을 터뜨리고 탐린의 등을 툭툭 쳤다.

그동안 탐린은 조심스럽게 행동했다. 죽 내 눈을 피했고 나를 전혀 보지 않는 것처럼 보였다. 그저 아침에 떠나기 전, 가끔은 한낮에 와서 내 시녀들이 타는 가마의 뱃대끈을 확인하는 정도였다. 칼카리브의 말대로 그들이 정말 노예인 것처럼 그중 한 사람에게 자기 그릇을 건네긴 했지만 내게는 그러는 법이 없었다.

나슈산에 도착하자 탐린의 부하들은 향 꾸러미 하나와 금붙이 몇 개를 가지고 새로 지은 신전을 찾았다. 어떤 낙타건 오아시스 신전에 십일조를 바치지 않고는 길을 나설 수 없는 것이 법이었다. 이것은 사바의 제의적 축제와 공공사업의 자금원이 되는 일종의 관세와 같았다. 몇 시간 뒤 그들은 염소 몇 마리를 줄줄이 꿰어서 끌고 왔다. 그날 밤, 우리가 염소를 잡자 어떻게 알았는지 손님들이 우리 불가로 떼 지어 몰려왔다. 그중에는 염소를 판 사람도 있었다. 우리는 염소의 위를 그릇삼아 불 아래 묻어놓고 그 안에서 요리한 수프와 빵, 고기를 나눠먹을 수밖에 없었다.

낮에 움직이는 대상의 행렬에서 사생활이 없다면 밤에 진중에서는 더했다. 밤새 끊어졌다 이어지기를 반복하는 대화를 듣지 않을 도리가 없었다. 사소한 말싸움, 담요 위에 갑자기 나타난 전갈을 욕하는 소리, 누군가 허공에 대고 기억을 늘어놓는 소리. 그들은 어둠을 채우기 위해 발버둥치는 것 같았다. 끝없는 별 아래에서는 적막한 대지의 광활함을 견딜 수가 없게 되는 것처럼.

그러나 나는 정반대의 상황에 시달렸다. 밤마다 뜬눈으로 검은 양털로 된 천막만 바라봤는데, 흑요석처럼 새까만 직물에 수놓인 별처럼 보이는 환한 달의 파편들이 숨통을 조여 오는 듯했다.

***

내 평생 북쪽으로 가장 멀리 가본 나지란 지역에 도착했을 때, 나는 우리 무리에 앞서 보낼 간단한 전갈을 몇 사람의 손에 들려 칼카리브에게 건넸다.

> 모순덩어리 왕이여! 당신은 괴로워하면서 명령을 내립니다. 간청한 다음 요구합니다.
> 나는 왕을 기쁘게 합니다. 나는 왕을 화나게 합니다.
> 내가 지혜롭다면 조심할 거라고 하셨지요. 지혜로운 사람과 조심스러운 사람은 말이 적은 법인데, 왕께서는 나의 말을 바라시는군요.
> 내가 영리하다면 단순할 거라고 하셨지요. 그러면서도 왕께서는 수수께끼를 좋아하십니다.
> 왕이 만족할 만큼 충분히 많은 말을 보내라고 하시면서 가장 지혜롭거나 영리한 사람 편으로 보내서는 안 된다니요.
> 좋습니다. 그 모두를 보냅니다. 사람을 보내지 않겠습니다. 왕께서 물 위에 빵을 던지듯, 나는 모래 위에 내 빵을 던지겠어요.
> 나를 위한 자리를 준비하세요.

여행의 첫 몇 주 동안 나는 해방감을 맛보았고 작은 것 하나하나에 흥미를 느꼈다. 사막에 불어오는 모래구름을 맞이할 준비를 하던 날에는 기운이 솟았고, 모래폭풍이 지나간 다음 우리 위에 깃들었던 신비한 장막에 경이로움을 느꼈다. 생계와 사랑을 떨쳐버릴 수 없듯 귀와 머리카락과 음식에서 떠날 줄 모르는 모래조차 경이로웠다.

그러나 선발대를 보내고 나자 마음이 가라앉지 않았다. 더 이상 안장 위에서 멍하니 사색에 빠져들 수 없었고, 굴레에 매달려 춤추는 부적과 장식들의 쨍그랑 소리에 마음이 편안해지지도 않았다. 내 앞에 끝없이 펼쳐진 세계에 지쳐버린 느낌이었다. 무엇보다 낙타 똥 타는 냄새에 질렸다.

우리 불가에 와서 앉던 부족민들조차도 더 이상 나를 매료시키지 못했다. 얼마 전 그중 한 사람이 나를 가리키며 솔로몬의 이집트 왕비에게 바칠 선물이냐고 큰소리로 물어 나를 화나게 만들었다. 그들 중 많은 이들은 너무나 좋은 숫낙타들을 보고 발정기의 암낙타를 끌고 와 씨를 받아 갔다. 가끔은 암낙타들뿐 아니라, 남편이나 어머니의 손에 이끌려오는 여자들도 있었다. 그들이 누구의 불가로 가는지 지켜보지는 않았지만, 탐린도 그런 여자들에게 씨를 주었는지 궁금하기는 했다.

땅은 갈수록 건조해졌고, 용암이 굳어져 만들어진 기이한 땅의 변두리에는 아카시아와 향나무의 키가 더욱 작았다. 창백하고 노란 토양으로 이루어진 바카 남쪽의 비옥한 평야에 들어설 무렵에는, 사막의 늑대들만이 잔뜩 굳은 야푸쉬의 긴장을 풀어줄 수 있었다. 그들이 갑자기 대상의 무리에서 빠져나가 때로는 종일 보이지 않다가 가젤 한 마리를 잡아서 밤에 불가로 돌아오는 것을 나는 몇 번이나 보았다. 그런 밤이면 그들이 고기를 분배하는 특이한 의식을 진행하는 소리가 들려왔다. 그들은 각 부위가 요리되어 나오는 대로 제비를 뽑아 나누었는데, 이것은 대단한 일이었다. 다른 천막에서는 누가 고기를 많이 받았다며 고기가 다 차갑게 식어버릴 때까지 계속 말다툼을 하는 일이 비일비재했기 때문이다.

"이건 냄새가 제일 지독한 사람 몫이야." 제비를 뽑는 사람이 이렇게 말하고 사람 이름이 표시된 갈대 하나를 손에서 뽑았다. 웃음소리와 어깨를 치는 소리가 이어졌다.

"이건 가장 정력이 넘치는 사람 몫이야." 또 다른 제비. "이건 아랫도리가 불룩 솟아 염소들이 겁먹고 달아나게 만드는 사람 몫이야." 불 주위의 사람들이 요란하게 웃어댔다.

나는 음식을 나누는 문제를 그렇게 효과적이고 유쾌하게 해결하는 것을 본 적이 없었다.

그들은 언제나 사냥감 일부를 우리 화톳불로 보내왔다. 나는 그것이 탐린 때문이려니 했다. 대상에서 그의 지위는 사바의 귀족보다 훨씬 높았기 때문이다.

바카 북쪽으로 사흘 길을 갔던 밤, 한 청년이 들쥐 몇 마리를 움켜쥐고 와서 주저앉아 그 자리에서 가죽을 벗겼다. 사막의 늑대들 중 내가 제일 좋아하는 아브가일이라는 청년인데, 낙타를 보면 어느 부족의 소유인지 귀신같이 알아 맞추는 재주가 있었다.

"좋은 칼이네요." 내가 그를 지켜보며 말했다.

"왕이 제게 주었습니다." 그는 칼이 맘에 드는 것이 분명했지만 더러워질까봐 쓰지도 못할 정도는 아니었다.

"어떤 왕 말인가요?" 나는 베일을 쓴 채로 말했다. 내 말에 그는 손을 멈추더니 정신 나간 사람 보듯 눈을 가늘게 뜨고 나를 쳐다봤다.

"폐하께서 저를 그 왕에게 보내셨습니다."

나는 한숨을 내쉬고 마침내 두건을 풀었다. 화톳불 건너편에 있던 샤라도 그렇게 했는데, 거의 두 달 동안 낮에는 볼 수 없었던 희미한 미소가 그녀의 얼굴에 어려 있었다.

"어떻게 알았느냐?" 나의 말에 아브가일은 고개를 한쪽으로 기울였다. 마치 내가 정말 답을 요구하고 있는 것인지 되묻는 듯했다. 나는 웃음을 터뜨렸고 그 소리가 불가로 울려 퍼졌다. 그가 그때까지 나의 정체에 대해 함구하고 심지어 내게도 아는 체하지 않은 것이 고마웠다.

"다른 늑대들도 내가 여기 있는 줄 아느냐?"

"물론입니다." 그 말과 함께 그는 첫 번째 들쥐를 모래바닥에 던지고 작은 가죽을 조심스럽게 옆에 두었다. "하지만 제가 제일 먼저 알았습니다."

"물론 그렇겠지." 나는 미소를 지었다.

그날 밤 탐린이 불가로 돌아와 내 얼굴을 빠르게 두 번 살피더니 무릎을 꿇고 또렷하게 말했다. "여왕폐하, 초라한 저의 대상을 찾아주시니 영광입니다!"

이 말은 무리 전체에 격렬한 파문을 일으켰다. 무장 병력과 십장들이 우리 불가로 몰려와 처음에는 멀뚱멀뚱 쳐다보다가 곧 내 앞에 엎드려 절을 했다. 십장들은 내가 어떻게 용암층에서 곧장 걸어 나온 것처럼 불쑥 나타났는지 물었고, 다른 이들은 여왕이 무리 안에 있다는 것을 십장들과 탐린이 알았는지 물었다.

다음 날 아침, 깃발을 든 사람들이 사바의 깃발을 왕실깃발로 바꿔 달았고 나는 수수한 튜닉과 베일을 벗고 단순한 갈색과 붉은색의 깨끗한 튜닉을 입고 베일을 썼다.

야스리브에 도착한 우리는 종려나무 아래서 오아시스 부족민들의 환영을 받았다. 그렇게 많은 천막 거주자들과 벽돌집은 참으로 오랜만이었다.

"폐하를 이곳으로 불러주신 신의 이름으로, 환영합니다, 백 번이나 환영합니다." 지역의 족장인 사바후무가 말했다. "위대하신 여왕이시여, 부디 저의 불가에 와서 드시옵소서. 그렇지 않으면 저는 첫 번째 아내와 이혼할 것입니다." 나는 동의할 수밖에 없었다. 거절하면 그가 아내와 이혼해야 하는데, 그가 아내를 좋아할 것 같았기 때문이다.

우리는 야스리브에서 닷새를 머물렀다. 마지막 날, 내가 보낸 사람들이 북쪽에서 도착했다.

"여왕폐하." 소규모 호송부대의 대장이 말했다. "왕이 한 말이다 사실이었습니다! 그는 칼카리브 위원의 전갈을 읽고 저희에게 많은 질문을 쏟아냈습니다. 저희는 왕실 대상은 분명하지만 폐하께서 무리 중에 계시지 않다고 설명했는데, 그는 폐하의 여행이 어땠느냐고 물었습니다. 그는 세 번이나 저희에게 물었고, 저희는 폐하께서 대상 안에 계시지 않다고 그의 신에게 맹세했습니다. 왕이 우리 행렬의 노예들과 음악가들에 대해 네 번째로 물었을 때, 저희는 칼카리브 귀족이 다섯 명의 여자 노예를 데려왔다고 말하자 왕은 웃기 시작했습니다. 저희는 아주 어리석은 사람이 되었습니다!"

"진정하라." 나는 그렇게 말하며 그가 건네는 왕의 전갈을 받았다. 두루마리를 너무 꽉 쥐지 않으려고 애를 썼다.

> 해가 어둠을 가장하고 떠오르고, 지평선이 해의 베일이군요.
> 동틀 녘의 희망을 잃은 잠 못 이루는 왕이 등잔의 불빛을 모았소.
> 그는 끝없는 밤에 그 불길 앞에 웅크린 거지와 같소.
> 파수꾼이 외치지만 그 말을 믿는 사람이 없소. '천 개의 불꽃이 내는 빛이 남쪽에서 떠오른다!'
> 내 사람들이 그리로 갈 것이오. 우리 땅의 경계까지 가서 낮을 맞아들일 것이오.

야스리브를 지나 드문드문 방목지가 이어지고 토사가 쌓인 우물들이 며칠씩 반복적으로 보이는 나날이 계속되었다. 그 사이에 두 번, 행렬 뒤쪽에서 경고 신호가 울렸다. 우리는 두 사람을 잃었지만 열 명의 강도를 죽였고 그들의 머리를 장대에 달아 높이 세우고, 그들의 이마에 저주를 새겼다. 밤에는 소용돌이 형태로 진을 쳤다. 우리 무리는 땅에 만들어진 은하수 같았고 화톳불들은 그 안에 흩어진 별 같았는데, 진 한복판에 우리 여자들의 검은 천막이 있었다. 강도들은 어스름에 약탈에 나서 낙타 두 마리를 적당히 구슬려 데려가는 데 성공했지만, 두 낙타가 나르던 짐—그중 하나는 많은 양의 황금이었다—을 이미 치운 다음이었다.

드단의 오아시스에 도착할 무렵, 우리는 벌써 다섯 달 째 여행을 계속하고 있었다. 내가 원하는 것은 낮에 시원한 물을 마시고 밤에 뜨거운 죽을 먹는 것이었다. 말린 고기와 눌린 대추과자, 모래투성이 빵과 곰팡내 나는 치즈만 아니라면 무엇이라도 좋았다. 그리고 한 주 내내 자는 것이었다. 지역 족장의 천막에서 푸짐하게 먹고 그의 아들들에게 향과 칼을, 그의 아내들에게 팔찌를 선물한 후, 나는 내 천막으로 돌아와 거의 쓰러지다시피 누웠다. 독사나 자칼을 두려워할 필요 없이 누울 수 있다는 것이 고마웠다. 전갈과 어디에나 있는 거미만 조심하면 되었는데, 샤라와 시녀들은 여행을 떠난 날부터 줄곧 거미에 시달리며 잊을 만하면 한 번씩 비명을 질러댔다.

사막의 늑대들만이 몇 달씩 지속되는 역경에 동요하지 않는 듯 보였다. 그들은 낙타 뱃속의 내용물을 마시기 위해 낙타를 토하게 만들었다거나, 짭짤한 낙타젖을 기수(汽水, 바닷물과 민물이 섞여 염분이 적은 물)에 섞어 마실 만하게 만들었다는 등의 이야기를 했다. 또 그들의 여인들은 낙타 오줌에 머리를 감는데, 그 냄새가 허브처럼 향기롭다고 주장했다. 하지만 단언컨대, 낙타 오줌 냄새는 결코 그처럼 향기롭지 않다.

드단을 떠난 다음 날, 탐린의 십장 중 한 사람이 낙타에게 걷어 차여 다리가 부러졌다. 그가 비명을 질러대는 가운데 탐린은 낙타 를 저주했고, 십장이 기절한 다음 그의 다리를 묶는 암울한 일에 착수했다. 나는 십장이 부리는 사람들에게 그를 가마에 실으라고 말했고, 그는 가마 안에서 며칠 동안 신음을 하더니 급기야 의식 이 혼미한 상태에 빠졌다. 그를 도울 것이라고는 아슴이 준 허브뿐 이었는데, 그것을 먹은 후 그는 눈을 부라리고 허공을 향해 손을 휘둘러댔다. 그동안 일행 중에서 많은 이들이 다치고 뱀에게 물린 경우도 많았는데, 대부분은 연고와 알로에와 향으로 치료되었다. 그러나 이번 경우는 예루살렘에 도착하기 전까지 그를 도울 길이 딱히 없었다. 그때까지 버텨주기만 바랄 뿐이었다.

며칠 뒤, 황금을 싣고 가던 낙타 한 마리가 다리를 절었다. 우리 는 그날 저녁에 녀석을 도살했고 낙타 주인은 사람들이 보는 앞에 서 흐느껴 울었다. 보상이 있을 거라는 사실도 아끼던 '아네모네' 를 잃은 그의 슬픔을 달래지 못했다. 그는 녀석을 탈 때 쓰던 용구 를 며칠 동안 목에 걸고 다녔다.

아브가일이 고개를 가로저으며 말했다. "전에도 이런 일을 본 적 이 있습니다. 너무 안됐어요."

나는 며칠 동안 말이 없어졌다. 샤라는 속삭임으로, 야푸쉬는 침묵의 눈길로 무슨 일이냐고 물었지만 나도 그 변화를 설명할 수가 없었다. 베일이 벗겨지듯 여행 도중에 내게 무슨 일이 일어났다. 나는 내 나라의 여왕에서 이웃 나라의 여왕이 되었다가, 이제는 낯선 이름으로 달을 숭배하는 먼 나라의 이국적인 여왕이 되었다. 헤그라와 타부크의 오아시스를 벗어나면서는 도마뱀처럼 허물을 벗은 느낌이 들었다. 주위를 둘러보면 내 얼굴보다 사람들의 얼굴이 더 친숙하게 느껴졌다.

여행의 마지막 단계에 들어서면서, 나는 하늘에서 알마카의 얼굴을 찾았다. 그러나 그곳에선 달조차도 다르게 보였는데, 히스마 부족민들은 알마카 신의 사촌에 해당하는 이곳의 달을 '신SINN'이라고 불렀다.

사막을 빠져나와 람 오아시스의 품에 들어선 날, 사바의 산들은 다른 세상, 꿈나라처럼 멀게 느껴졌다. 그날 저녁, 이상한 번갯불이 하얀 선을 그리며 하늘을 밝혔고, 나는 밤이 되어도 더 이상 춥지 않다는 사실을 뒤늦게 알아차렸다. 폭풍우가 후두둑 떨어지기 시작할 때, 나는 봄이 되었음을 깨달았다.

그날 밤, 기적을 목격했다. 우리 불가로 온 사람들 중 어린 여자아이와 동행한 한 가족이 있었다. 그들은 아이를 '하늘'이라 불렀다. 그렇게 아름다운 이름은 들어본 적이 없었다. 내가 그런 이름을 받았다면 얼마나 좋을까, 내게 딸아이가 있다면 그 이름을 주고 싶다는 생각이 들었다.

하늘이 우리 가운데 왔을 때, 음악가 중 한 사람이 북을 꺼내 두드리기 시작했다. 서너 살 정도 되었을 그 여자아이는 불가에서 춤을 추기 시작했다.

아이는 누구도 의식하지 않았고, 우리의 대화는 점점 뜸해졌다. 그리고 독말풀이나 포도주, 다시 어린아이가 되게 해주는 물질의 도움 없이 황홀경에 빠져 아이가 춤추는 모습을 바라보았다. 아이는 북소리에 맞추어 몸을 흔들고 발을 구르고 뛰어올랐다. 나는 우리 귀에 들리지 않는 악기 소리에 맞춘 동작인지도 모른다는 상상을 했다. 우리의 귀는 천상의 영역에 완전히 닫혀 있지 않은가. 그러나 아이들은 바로 그곳에서 왔고 그 나이까지는 어느 정도 기억이 남아 있을 것 같았다.

나는 여러 모습을 가장한 두려움을 많이 보았다. 예방, 조심, 보호, 자의식. 그러나 '하늘'은 그 모든 것의 반대였다. 눈을 감고 춤을 추는 아이의 천진함은 너무나 매력적이었다. 아이는 신도, 부족민도, 달도, 공기도 바라보지 않았다. 그 아이가 부러웠다!

우리는 그 오아시스에서 사흘을 머물렀다. 나는 매일 저녁 '하늘'을 찾았지만 그 아이를 다시는 보지 못했다. 마지막 날 밤 다시 폭풍우가 내렸다. 나는 밖으로 나가 고개를 들고 비를 맞았다.

"여왕폐하!" 니만이 말했지만 그의 목소리는 사바만큼이나 멀게 느껴졌다. 발밑에는 모래뿐이었고, 비가 내 얼굴로 내려와 물을 튀기며 세례를 주었다. 물줄기가 두피를 타고 흘러내려가면서 거의 6개월 동안 내 몸에 쌓인 먼지를 씻어 내렸고 아마포 튜닉이 몸에 딱 달라붙었다.

그날 밤 나는 여왕도, 빌키스도, 마케다도 아니었다. 연인도,

달의 대여사제도 아니었다. 그보다 더한 존재이자 못한 존재였다.

나는 '하늘'을 생각하며 새로운 상태로 에돔으로 들어섰다.

나는 왕을 만날 준비가 되었다.

18

번쩍거리는 금, 반짝이는 은, 화려한 색깔로 빛나는 보석은 잊고 지냈다. 모래밭을 지나는 동안 그것들은 쓸모가 없었다. 먹을 수도 없고 몸을 가려주지도 못하고 약으로도 쓸 수 없는 하찮은 것이었다.

그러나 그것들을 배와 항구와 바꾸면 나라를 지탱할 수 있었다.

시녀들이 내 머리를 매만지고 구슬이 박힌 가운들을 꺼냈다. 샤라는 향을 재가 될 때까지 태운 후 기름과 잘 섞어 내 눈에 아이라인을 그렸다. 그 전날 밤에는 내 손을 헤나로, 내 발은 화려한 레이스로 종아리까지 장식했다.

무장한 군인들은 보석이 박힌 칼집을 찼고, 상체를 드러낸 나의 내시는 왕자도 부끄럽게 만들만큼 황금으로 몸을 감쌌다. 내 음악가들은 연회가 있던 그 밤처럼 다시 한 번 천상의 영들로 바뀌었다.

그보다 더 위엄 있는 광경을 본 적이 있던가? 귀족들은 부족 고유의 화려한 옷과 보석을 걸쳤고, 여자들의 몸에서는 황금 장식이 빗줄기처럼 무심하게 떨어졌다. 어두운 사제복에 은빛 칼라를 두른 사제들이 차고 있는 낫 모양 칼의 손잡이가 희미한 새벽빛에 은은히 빛났다. 낙타들도 둥글게 연마한 보석으로 장식했고, 움직일 때마다 안장에 매달린 술이 흔들렸다.

탐린은 내게 아이벡스 머리 장식은 안 된다고 경고했었다. 이스라엘 사람들은 그런 형상은 물론 모든 우상의 형상을 혐오한다고 했다. 그는 내가 이미 초승달 면류관을 선택한 것을 알지 못했다. 은으로 된 달이 태양 원반을 가린 모양이었다. 나는 그것이 모든 것을 다스리는 알마카 신이 부족 여신 샴스를 가린 이야기를 담고 있다고 사람들에게 말했다. 그러나 그것이 수수께끼이고, 훤히 보이는 광경에 가려진 비밀임을 이스라엘의 왕만이 알아보리라.

샤라는 내가 이때를 위해 제작을 의뢰한 무거운 초승달 목걸이를 내 어깨에 둘러주었다. 목걸이에 매달린 석영들이 폭포수처럼 허리까지 떨어지며 반짝였는데, 달이 뿜어내는 빛줄기를 형상화한 것이었다. 샤라는 황금 허리띠를 내 가운 위에 두르고 내 베일을 단단히 고정시킨 후 그 위에 입 맞추었다.

"폐하는 여왕 중의 여왕, 왕 중의 여왕이십니다. 참으로, 폐하는 달의 따님이십니다." 그녀는 그렇게 말하고 내 앞에 깊숙이 고개를 숙였다.

칼카리브가 직접 내가 가마에 오르는 것을 도왔다. 향로에 불이 붙고 하얀 연기가 공중으로 피어오르기 시작했다.

사바를 떠난 이후 처음으로 마르카브가 온전한 모습을 드러냈다. 그 아카시아 나무는 산뜻한 황금 잎사귀로 덮여 있었다. 그에 비길 만한 것은 내 가마뿐이었다. 마르카브에 새겨진 그림과 네 기둥 꼭대기의 황금 장식은 각각 달의 네 단계를 나타냈는데 차오르는 달, 보름달, 저무는 달, 마지막으로 흑요석 원반이 있었다. 내 암낙타 '사자'가 그렇게 아름다워 보이는 것은 처음이었다. 몸통 양옆으로 은으로 된 술을 늘어뜨렸고 마구는 벽옥으로 번쩍였다.

복숭아빛 첫 기운이 찾아오면서 별들이 창백해졌다. 해가 지평선을 뚫고 나오는 순간, 그 빛이 하늘로 퍼져나갔고 뜨겁고 새빨간 원반이 동쪽을 불태웠다.

우리는 어제 이스라엘로 들어왔고 어둠 속에서 움직여 예루살렘 바로 남쪽의 에담 근처 좁은 계곡에 도착했다. 헤브론 근방에서 만난 소규모의 사람들은 이곳이 왕의 유원지와 정원에 물을 공급하는 수원이라고 했다. 아침에 등장하기에 여기보다 더 적합한 장소가 있을까 싶었다.

탐린이 휘파람을 불고 팔을 앞으로 내밀었다. 그러자 열두 명의 사람이 내 가마를 에워쌌고, 그늘진 동쪽 경사면에 있던 대상이 꿈틀대며 천천히 앞으로 나가기 시작해 빛 속으로 들어섰다. 다시는 보지 못할 광경이었다. 나는 뒤를 돌아보았고 금빛 뱀의 자태가 눈부셔 눈을 가렸다.

우리는 골짜기에서 나왔다. 우리가 두른 번쩍이는 장식 위로 쏟아지는 햇빛이 점점 강해졌다. 어젯밤에 내린 굵은 비가 고마웠다.

몇 달 전 같았으면 지독한 먼지기둥이 일어났을 길이 비 덕분에 향기둥만 피어 올릴 것이었다. 수금과 현악기 우드가 이른 아침의 정적을 깨뜨렸다. 아름다운 목소리가 그 모든 소리를 뚫고 솟아올라 이름이 없는 신을 찬양했다. 마조르였다.

저 앞에서 백 명 정도 되어 보이는 대규모 기마 호위대가 우리를 맞으러 나오는 것이 보였다. 그리고 그 너머로 수도가 솟아올랐다. 어젯밤 도착했을 때만 해도 그 자리에는 북쪽 하늘의 별처럼 깜빡이는 등불들만 보였다.

"저 사람이 브나야입니다. 왕의 군사령관이자… 근위대장입니다." 내 옆에서 가던 탐린이 말했다. 그의 두 볼이 상기되어 있었고 눈은 반짝반짝 빛났다. 그는 이 순간을 즐기고 있었다.

"왜 그가 와서 나를 맞이하지 않는 건가요?" 호위대가 돌아서서 우리를 도성 안으로 인도하는 광경을 보면서 내가 물었다.

"왕은 본인이 폐하를 첫 번째로 맞이해야 한다는 명령을 내렸습니다. 그렇게 되면 모두가 폐하를 받아들여야 합니다."

"나를 받아들이지 않을 사람들이 있을 거라는 말처럼 들리는 군요." 그렇게 말하고 나는 다시 팔꿈치를 괴고 흔들리는 가마에 몸을 맡겼다.

"이스라엘 사람들은 궁전에 있는 외국인들에게 익숙합니다." 탐린은 어깨를 으쓱하며 말했지만, 나는 그가 단어를 신중하게 골랐음을 감지했다. "그들은 많은 외국 여인들이 예루살렘 성벽 안에 들어와 머무는 것을 보았습니다. 그러나 폐하와 같은 여왕이나…

이렇게 화려한 등장은 본 적이 없습니다."

내가 예루살렘에 도착하는 날로 이보다 더 완벽한 때는 있을 수 없을 것이다. 한 시간 가까이 해가 구름에 가려 있어서 열기를 면하게 해주었다. 그러다 우리가 골짜기를 지나 성문으로 들어가기 직전, 해가 얼굴을 드러냈고 그 환한 빛이 우리 행렬의 보석과 장식술과 고정핀, 그 외 잘 닦인 모든 표면을 맹렬히 비추어 번쩍번쩍 빛을 내게 했다.

왕의 수도는 산에서 이리저리 뻗어나갔고, 남쪽과 동쪽을 둘러싼 골짜기를 가득 채운 올리브 나무와 경작한 식물들은 갓 내린 비와 성벽 홈통에서 떨어지는 물방울들로 푸르렀다.

북동쪽으로 솟은 왕의 궁전은 내가 있는 자리에서 잘 보였다. 옥상의 파릇파릇한 정원들도 보였다. 그 너머로 하늘로 오르는 연단 같은 포장된 안뜰이 있었고 연기의 장막 뒤로 하늘로 우뚝 솟은 신전이 눈에 들어왔다. 궁전 옥상에서 자줏빛 옷을 입은 형체가 움직였던 것 같은데, 제대로 본 것일까?

큰 무리가 도로에 죽 모여 있었다. 호기심이 많은 이들은 내 호위대 곁으로 바싹 다가왔고, 가난한 사람들은 두 손을 내밀었다. 그들은 마지막 남은 대추과자와 빵을 받았고, 부모의 품에 안겨 있던 아이들이 달려 나와 내 시녀들이 건네는 단 것들을 받았다.

성문 바로 앞에서는 가죽 갑옷과 아마포 옷을 입은 또 다른 무리의 사람들이 기다리고 있었다. 탈린이 소리 질러 명령을 내리자 귀족 일행이 대상의 대열 앞으로 나섰다. 향로에서 향기로운 흰 연기가 피어오르는 가운데 마조르의 목소리가 그의 수금 연주를 뚫고 올라왔다. 그동안에는 한 번도 들어보지 못한, 종소리같이 청아하고 아름다운 목소리였다. 귀족 일행 뒤로 탐린과 부하 오십 명이 나무 상자들과 동물의 우리들을 장대에 꿰어 들고 따라나섰다.

우리 무리는 규모가 작아진 호위대를 따라 이중문을 통과했고 좁은 도로를 가득 채웠다. 예루살렘의 규모는 마리브의 성벽 안에 통째로 집어넣을 수 있을 정도에 불과했고 그 사실에 나는 만족했다. 그러나 그렇게 많은 집들이 빽빽이 들어차고 사람들이 옥상까지 모여 있으리라고는 미처 예상하지 못했다. 왕궁은 사바의 왕궁보다 컸다. 신전은 뜻밖에도 성벽 안에 자리 잡고 있었고 도금된 많은 양의 금 때문에 햇살 아래에서 휘황찬란하게 빛났다. 내가 있는 자리에서도 다듬은 돌의 멋진 모습이 속속들이 보였고 부러운 생각이 들었다. 페니키아인들이 솔로몬을 잘 섬겼다는 뜻이니까.

우리가 상부 도시로 이동하는 동안 사람들이 탐린에게 인사를 건넸다. 그가 이스라엘과 동맹관계를 잘 구축했음을 확인할 수 있었다. 그를 보자 사람들의 얼굴이 환해졌고, 그다음에 그들의 시선은 어김없이 내 일행과 나에게로 향했다.

나는 호기심을 품고 이 모든 광경을 지켜보면서 마조르와 함께 익혔던 언어로 혹시 아는 단어가 들리는지 귀를 기울였다. 항아리를 든 여자들이 어디로 물을 뜨러 가는지 궁금하기도 했다. 그러나 왕궁으로 들어서자, 심장이 쿵쾅대며 뛰기 시작했다.

'용감해지겠소, 무모해지겠소⋯.'

바깥뜰에서 궁전 노예들이 몰려와 우리 낙타들을 앉혔다. 나는 부하들이 내 가마의 양쪽 기둥을 어깨에 메기 위해 작업하는 동안 기다렸고, 탐린은 암낙타 '사자'의 주문 제작한 안장에 가마를 붙들어 맸던 튼튼한 뱃대끈을 직접 풀었다. 가마가 기울자 나는 가장자리를 꽉 붙들었다. 궁전 계단에 이르기도 전에 사바의 여왕이 바닥에 엎어져서는 곤란하지 않겠는가!

잠시 후 가마 전체가 들려올라갔고 나는 가마를 탄 채로 앞으로 나아갔다. 탁 트인 뜰 곳곳에 서 있는 기둥들이 눈에 들어왔다. 과일나무들은 금세 꽃이 활짝 필 기세였고, 꽃이 만발한 두 관목 사이에서 공작이 우리의 소란을 지켜보았다. 고개를 들어보니 테라스들에서 초록의 덩굴손이 벽을 타고 내려오는 광경이 보였다. 이 왕은 자신을 위해 낙원을 지어놓은 것이 분명했다. 그러나 공사가 끝나지 않은 부분도 있었다. 신전에서 멀리 떨어진 서쪽 지역에 지구라트처럼 돌이 쌓여 있었다.

다른 이들보다 더 멋지게 차려입은 사람이 다가와 인사를 하고 탐린과 짧은 대화를 나눈 뒤 우리 행렬을 이끌고 안쪽 문으로 들어갔다. 돌로 된 아치 길이 우리의 음악으로 가득 찼다. 마조르가 그의 신에게 부르는 찬양이었다. 우리는 향을 피우며 궁전으로 들어갔다.

외실은 삼삼오오 모여 있는 사람들로 가득했다. 투박한 옷을 입은 농부들, 잘 차려입은 상인들, 서기관들, 예복 차림의 사제들이었다. 우리가 나타나자 주위에서 펼쳐지던 대화가 침묵으로 바뀌었다. 앞쪽에 왕의 홀로 들어가는 큰 문들이 열려 있었다. 저곳이 바로 왕이 창녀들—나는 그들이 창녀가 아니라 미혼 여성들이라고 확신하지만—에게 유명한 판결을 내렸던 그곳일까? 여행 도중의 나는 수많은 밤에 마조르를 불러 그의 민족의 이야기, 의례, 엄격한 법에 대해 들었고, 탐린은 내게 자신을 포함해 남자와 둘만 있는 모습을 보여서는 안 된다고 주의를 주었다. 나는 이 민족의 행태를 이해할 수 없었지만 그들의 감정을 상하게 할 마음도 없었다.

외실에 있던 사람들의 노골적인 호기심과 크게 뜬 눈을 마음에 새기기도 전에, 외국인의 눈으로 이스라엘 사람들을 살피고 거기 모인 사람들 중 내가 그토록 탐내던 천문학자와 기술자들이 있을지 가늠하기도 전에 우리는 커다란 출입구를 통과했다.

왕의 홀이 그 활기찬 모습을 드러냈다. 그곳은 거대한 백향목 기둥들이 숲을 이루고 있었고, 그 사이로 사람 키만 한 등불과 향로가 보였다. 바닥에는 둥그런 햇살무늬와 꽃, 종려나무가 새겨져 있었다. 그리고 백 명은 될 것 같은 조신들이 홀의 양쪽을 채우고 있었다. 군인들, 멋지게 갖춰 입은 귀족들, 학자들. 튜닉의 해어진 끝단과 오랜 시간 두루마리를 들여다보느라 가늘어진 눈만 보아도 학자임을 금세 알아볼 수 있었다. 사람들은 홀로 들어서는 우리 행렬을 보려고 이리저리 몸을 기울이고 목을 길게 늘였다.

나는 흘낏 바라보고 이 모든 상황을 파악했고 넘치는 호화로움을 인지했다. 그러나 나의 시선은 홀의 정점에 붙박여 있었다. 거기, 양옆에 보초를 서듯 사자들이 서 있는 넓은 계단 여섯 단 위에 등받이가 높고 둥그런 왕좌가 놓여 있었다. 내 아버지가 은색 달로 바꾸기 전에 아버지의 왕좌를 장식했던 태양 원반과 같은 모양이었다. 그리고 거기에 바로 그 사람이 앉아 있었다.

마침내 그를 보게 되니 너무나 이상했다!

그는 나보다 열 살 정도 연상으로 보였고 마조르처럼 턱수염을 깔끔하게 다듬은 얼굴이었다. 진한 눈썹 아래서 그의 눈이 반짝였다. 그는 용사의 아들답게 어깨가 넓었고 손가락에 반지를 잔뜩 끼고 있었다.

사람들이 내 가마를 내렸다.

칼카리브와 니만은 나보다 앞서서 갔는데, 많이 걸어 나가지는 않았다. 왜 곧장 연단으로 가지 않는 것일까? 그들은 공손하게 인사하고 똑바로 섰다. 니만이 말했다. "이스라엘의 솔로몬 왕이여, 폐하의 신의 이름으로 문안드립니다. 우리는 폐하의 위대함을 전하는 이야기를 듣고 우리 눈으로 직접 보고자 세상 끝에서 이렇게 왔습니다."

왕이 일어섰다. 내가 있는 위치에서 보았을 때 그는 키가 컸다. 목소리도 잘 들렸다. "이스라엘에 온 것을 환영합니다. 거룩한 도성 예루살렘을 방문한 것을 환영합니다. 스스로 있는 분이신 야훼의 이름으로 평안의 인사를 전합니다. 여러분을 보니 우리 눈이 기쁩니다."

그의 목소리를 듣고 나는 놀랐다. 울리는 중저음을 기대했는데, 마조르처럼 노래에 잘 맞는 부드러운 음색이었다.

"오늘 아침, 나는 왕궁의 옥상에 서 있었습니다." 그렇게 말하며 그는 오른쪽을 봤다가 왼쪽을 보았다. "정말 놀라운 광경을 보았습니다! 세상이 시작된 이후 처음으로 해가 동쪽이 아니라 남쪽에서 떠올랐습니다." 그는 이 대목에서 한 계단을 내려왔다. "그러나 다시 보니 그것은 해가 아니라 낮에 떠오른 달이었습니다. 내 평생 처음 보는 놀라운 광경이었습니다. 그런데 말해보세요, 스바의 니만. 가마에 올라 나의 홀을 빛내는 이 보물은 무엇입니까?"

내 심장이 속에서 요동쳤다.

니만은 다시 한 번 공손하게 인사했다. "폐하께 저의 혈족, 스바의 여왕이자 보물이며 푼트의 영광을 소개합니다. 달의 딸 빌키스님입니다."

나를 알마카의 딸이나 대여사제로 소개하지 않기로 미리 니만과 합의해둔 상태였다. 우리는 예의를 갖추어야 했다. 게다가 사바의 알마카 신이 여기까지 나를 따라왔을 것 같지는 않았다. 물론 이 말을 니만에게 하지는 않았다.

왕은 연단을 내려왔다. 그러나 그가 중간에 멈추고 더 이상 내려오지 않자 니만은 주저했다. 기다림의 시간이 끔찍이도 길게 느껴졌다. 왕은 왜 앞으로 나와 나를 맞이하고 내게 손을 내밀지 않을까? 그는 연단의 마지막 계단에 붙박인 듯 서 있었다. 석조 궁정 안은 시원했지만, 내 가슴 사이로 땀이 구불구불 흘러내렸다. 누군지 몰라도 여자의 얼굴에 베일을 처음 드리운 사람이 처음으로 무척 고마웠다.

판단에 능한 여왕이 되려면 많은 것에 전문가가 되어야 하지만,

그중에서도 사람을 평가하는 것이 빨라야 한다. 마리브의 재판홀보다 더 큰 이 홀의 모든 얼굴이 솔로몬에게 향하고 있었다. 그가 다음에 어떻게 나올지 보려는 것이었다. 그는 그들을 완전히 사로잡고 있었다! 탐린이 왕의 영접을 받지 못했을 때 충격을 받고 수척해지기까지 한 것이 금세 이해가 되었다.

마침내 니만은 바로 이 순간을 기다려왔다는 듯이 움직였다. 그는 샤라가 얼어붙은 듯 서 있던 가마 옆으로 돌아왔다. 샤라는 제때 잘 물러났고 니만은 손을 내밀어 나를 도왔다. 나는 가마에서 나오려고 가마의 덮개를 피해 천천히 몸을 일으켰다. 내 가슴께에 있던 수정들이 물방울 같은 경쾌한 소리를 냈다. 니만이 옆으로 물러났는데, 그 사이에 두 가지가 동시에 내 눈에 들어왔다. 첫째, 왕 바로 앞의 바닥이 모자이크로 장식된 나머지 부분처럼 윤기 나는 대리석이 아니라 물이 채워진 야트막하고 네모난 웅덩이였다.

둘째, 왕좌에서 폭이 넓은 계단 몇 단을 내려오면 그보다 소박한 두 번째 자리가 놓여 있었다. 그곳에 한 여인이 앉아 있었다. 아무 소리도 내지 않고 꼼짝하지도 않아서 칠해놓은 동상처럼 보일 정도였다. 그녀는 내 아마포 옷에 비길 만큼 하얀 아마포 옷을 입고 있었고 머리에는 정교한 검정색 가발을 쓰고 있었다.

파라오의 딸. 왕비였다.

나는 앞으로 걸어갔고 궁정 사람들이 공손하게 인사를 하느라 고개를 숙이는 사이―그러나 왕의 눈은 분명 나를 향하고 있었다―, 얕은 웅덩이 바로 앞에 섰다. 왕좌에 앉아 있지 않고 청원자처럼 왕좌가 놓인 연단으로 다가가는 나의 처지가 너무 낯설었다!

불가에서 춤을 추던 하늘이 생각났다. 나는 치맛단을 들어올렸다. 뒤에서 내 시녀들 중 하나가 급히 숨을 들이쉬는 소리가 들려왔다.

슬리퍼를 벗자 왕의 시선이 내 발가락으로 떨어졌다. 맨발로 소리 없이 걸어가는데, 발밑의 대리석 바닥이 시원했다. 나는 주저없이 웅덩이 안으로 들어갔다. 물이 발목까지 삼켰다. 끌려 들어온 치마 아랫단이 흠뻑 젖었다. 나는 왕에게서 눈을 떼지 않았고 그의 한쪽 입꼬리가 올라가는 것, 다른 사람들을 대신해 나를 주의 깊게 바라보던 그의 눈이 춤을 추기 시작하는 것을 보았다. 열 걸음. 열다섯 걸음.

나는 웅덩이에서 나와 왕 바로 앞의 바닥에 섰다. 나를 따라 물속에 들어갔던 치마 아랫단도 따라 나왔다.

그는 나보다 머리 하나는 더 컸다. 너그러워 보이는 그의 입술 끝이 말려 올라가며 미소를 만들었다.

"환영하오, 수수께끼 여인이여." 그리고 그는 나만을 위해 나지막이 말했다. "달과 해가 드디어 한 하늘 아래서 만났군요."

19

내 숙소로 정해진 화려한 방을 둘러본 후 왕의 궁내대신 아히
살—이쪽 이름들은 너무나 이상했다!—에게 과하지 않은 찬사를 보냈
다. 포도주와 수수주, 빵과 올리브, 온갖 크기와 색깔의 치즈와 삶은
알, 무화과, 석류, 겨울멜론과 포도에 대해서도 고마움을 표했다. 무
엇보다 대추가 보이지 않아 고마웠다. 대추는 정말 지긋지긋했다!

테라스에 있는 장미, 여러 가지 태피스트리와 수입 아마포들에
대해서는 잠자코 고개를 끄덕이는 것으로 감사를 대신했다. 성벽
바깥에 진을 친 엄청난 규모의 내 대상에게 밀가루와 기름, 황소와
염소, 굴, 포도주, 가금류를 어느 정도나 보내야 하는지 그와 상의
했다. 내 귀족들은 잘 있는지 물었고 그들의 숙소가 가깝다는 말에
안심했다. 궁내대신은 그들의 숙소와 연결된 복도와 홀, 주방, 그리
고 본인의 집무실을 찾을 수 있는 회랑을 알려주었다.

나는 그에게 왕의 부인들에게 보내는 선물과 후궁들에게 전할

선물이 있으니 탐린과 논의하라고 말했다.

"여왕님, 이곳은 경비가 철저합니다. 여기 계신 동안 해를 당할 우려는 안 하셔도 됩니다." 그는 그렇게 말하고 야푸쉬를 흘낏 쳐다보았다.

"고맙습니다. 그리고 나의 내시 말이에요." 나는 그 단어에 힘을 주어 말했다. "그도 나를 경호할 겁니다. 늘 그러듯이. 그런데 내 일행 중에 의사의 도움이 시급히 필요한 사람이 있습니다." 궁내대신은 다리가 으깨진 사람 이야기는 탐린에게 들었다며 지금 의사의 치료를 받고 있다고 말했다.

마침내 협의가 다 이루어지고 아히살이 떠나자, 나는 샤라에게 이스라엘 노예들을 내보내라고 손짓을 했다.

숙소 바깥에서 예루살렘의 소리들이 테라스로 올라왔다. 아래 도시의 시장에서 나는 소리, 멀리서 개 짖는 소리, 포도주틀에서 포도 으깨는 소리. 불어오는 미풍에 휘장이 부풀어 올라 실내로 밀려들었다. 그 끝단이 고운 양털 양탄자 위로 소리 없이 스치는가 싶더니 빵 굽는 냄새가 장미향과 섞여 밀려왔다.

나는 소파 위로 쓰러졌다. 나의 임무는 이제 시작되었는데 몸은 이미 녹초가 되어 있었다.

시녀들은 방 안을 돌아다니며 물건을 하나씩 일일이 만져보고 침대와 소파의 털, 베개와 비단 쿠션을 보며 탄성을 질렀다. 등잔을 난생 처음 보기라도 하듯 심지가 많은 등잔을 가지고 호들갑을 떨었다. 멍청한 것들.

생각이 잘 정리되지 않았다. 머릿속이 뿌연 상태였다.

나는 홀에서의 기억을 떠올렸다. 왕과 나는 홀의 웅덩이 주위를 짧게 거닐며 내가 가져온 선물들 중 일부를 살펴보았다. 나는 그의 금고, 지하창고, 주방, 신전에 전달하거나 궁내대신이 보관해야 할 선물의 양을 일일이 밝히면서 별 것 아니라는 듯 말했다. 내가 양을 잘못 알고 있는 것처럼 솔로몬이 금의 양을 다시 물었을 때는 기분이 좋았다. 그가 흑표범 앞에서 아이처럼 쭈그리고 앉아 사육사가 건네는 말린 고기를 받아 먹이를 주는 모습도 보기 좋았다. 그것은 탐린의 제안이었다. 표범 다음에는 변덕쟁이 원숭이들에게 견과류를 건넸다. 그중 한 놈은 여행 기간 내내 똥을 던지는 것으로 유명했는데, 다행히 그런 일은 일어나지 않았다.

사실, 특별한 일은 없었다. 왕이 내게 나지막이 한 말 외에는, 내 옆에 서 있는 그가 그동안 내가 그토록 많이 읽은 편지들의 발신자라는 사실을 확인시켜줄 증표가 없었다. 나는 그와 나 사이에 묘한 긴장이 있을 것이라고 생각했다. 엄청난 시적 분노를 담은 편지를 몇 년간 주고받으며 쌓인 둘만의 비밀과 해소되지 않은 논쟁에 따라오는 긴장. 그러나 아니었다. 우리는 세계의 물자들을 살피는 두 주권자로서, 한 사람은 외교적 사명을 띠고 그 자리에 왔고 다른 한 명은 손님을 외교적으로 맞이하고 있었다. 그는 길고 고된 여행을 마친 후이니 기력을 회복하고 그의 왕국이 제공하는 최고의 것들을 누릴 시간이 필요할 거라고 말했다.

"날짜를 딱 맞춰 오셨습니다. 내일 해가 지면 안식일이 시작됩니다. 스스로 있는 분이신 야훼께서 명하신 사색과 휴식의 시간입니다. 여왕님의 진영에 있는 이들에게 필요한 물자를 넉넉히 공급하고, 여왕님을 모시는 데 필요한 모든 것을 종들에게 제공하겠습니다. 그리고 우리는 곧 다시 만날 것입니다."

나는 그의 신하들 앞에서 그렇게 순순히 물러날 수 없었다.

"우리 쪽 일을 살피는 데 닷새가 꼬박 필요합니다. 안전한 여행을 허락하신 우리 신께 감사의 희생제사도 바쳐야 하고요. 도성 바깥에 나의 사제가 달의 집을 세울 공간이 있을 거라 믿습니다."

그렇게 신경전이 시작되었다.

한마디로 거만한 요구였다. 하지만 없는 얘기를 지어낸 것은 아니었다. 사흘만 있으면 달이 뜨지 않을 테고, 그 기간에 아슴이 달의 부활을 위해 제사를 드려야 했다. 그것은 알마카 신께서 요구하신 일이요, 땅의 들판이 요구하는 일이었다. 게다가 아슴은 그런 경건한 행사를 위해 존재하는 사람이었다.

닷새는 아무것도 아니라고 스스로를 다독였다. 나에게는 여섯 달이 남아 있었다. 그 기간 동안 배, 항구, 협상 조건 등을 내 쪽에 유리하게 돌리고 남쪽으로 돌아갈 준비를 하면 되는 것이었다.

그러나 나는 곰곰이 생각했다.

시녀들에게 내 옷을 털라고 이르고 석양에 물든 테라스로 나갔다.

아래에는 고관들의 집인 듯한 큰 집들이 미완성된 왕궁의 벽 바로 앞에까지 빼곡히 들어차 있었다. 북쪽을 보니 신전 위로 연기가 높이 솟구쳤다. 그것이 그친 적이 있을까? 경배하러 온 자들이 신전 바깥문으로 들락날락하는 것을 지켜보았는데, 아마포로 만든 옷을 걸치고 지나가는 남자들은 사제들인 것 같았다. 내가 있는 자리에서도 고기 타는 냄새를 맡을 수 있었다. 그날의 의미가 궁금했다. 달이 차오르는 시기도 아니지 않는가?

마리브에서는 내가 보낸 사절이 낙타들을 이끌고 길을 나서는 소리도 알아들었다. 노예들의 얼굴과 모든 정원사의 이름까지 알았다. 사람들의 눈에 띄지 않고 지나갈 수 있는 통로와 내 자문들 각각의 성질까지 파악하고 있었다. 그러나 이곳에서는 아는 것이 하나도 없었다.

그 순간, 나를 심란하게 만든 것의 정체를 깨달았다. 왕의 철저한 차분함이었다. 그는 오만한 모습을 보였다가 바로 다음 구절에서 길 잃은 면모를 드러내는, 편지 속의 변덕스러운 사람이 아니었다.

사실 나는 왕에 대해 아무것도 몰랐다. 그런데 지금 나는 그의 궁전에 있고, 그동안 그는 그늘 속에 몸을 숨긴 채 나와 내 사람들을 관찰할 기회를 원 없이 갖고 있는 것이다.

나는 숙소 안으로 들어가 야푸쉬와 샤라, 다른 시녀들을 불렀다.

"내 말을 잘 들어라." 나는 말하며 한 사람 한 사람의 눈을 쳐다보았다. 열여덟 살이 최연장자인 시녀들을 특히 유심히 보았다. "너희는 자애로운 왕의 궁전에 있는 것이 아니고, 이 백성은 우리의 동맹자들이 아니다. 너희는 늘 베일을 쓰고 있어야 한다. 늘 좋은 옷을 차려입고 장신구를 하고 향수를 뿌리고 있어라. 이스라엘 사람들은 씻는 것을 좋아한다. 너희도 물을 청해서 매일 씻어라. 손발이 더러운 상태여서는 결코 안 된다. 공개석상에서 남자에게 말을 걸어서도 안 된다. 만지는 것은 더더구나 안 된다. 너희의 행동은 나무랄 데가 없어야 한다. 종이나 경비들에게 들은 말은 다 내게 보고하도록 해라. 외국 하인들에게는 어떤 일도 맡기지 말고 모두 너희가 직접 하도록 해라. 요강을 비우는 일도 너희가 하여라. 그래서 이 궁전의 복도와 뒷길을 알아내라. 너희가 아주 사소한 모욕이라도 당한다면 내게 즉시 보고하도록 하여라.

우리의 여행이나 나에 대해, 그리고 우리 궁전의 운영 방식에 대해 누구에게도 말을 해서는 안 되며, 하인이나 노예, 주방보조, 왕의 아내가 있는 자리에서도 말조심을 해야한다. 누가 묻거든 사바에는 밤낮으로 향기가 나고 사바의 궁전은 설화석고로 빛난다고만 답하여라. 하갈라트 이야기는 해서는 안 된다." 이 대목에서 나는 샤라와 야푸쉬를 보았다. 샤라가 움찔하는 듯 보였던 것은 나의 상상이었을까? "선왕폐하에 대해서도 누가 묻지 않거든 말하지 마라. 사바의 적들이 소름끼치는 최후를 맞는다는 말만 하여라. 이 모든 지시에 대해 설명이 필요하다고 생각하지 않는다. 너희도 잘 알다시피, 모든 하인은 첩자이고 모든 노예는 귀가 열 개이며 입은 그보다 배나 많다."

나는 몸을 앞으로 기울였다. "모든 왕궁에는 나름의 음모와 거짓과 동맹이 그물처럼 얽혀 있다. 걸려들지 말고, 모든 것을 지켜보아라. 너희는 나의 눈, 나의 귀다. 정신 바짝 차리고 지혜롭게 굴어라."

그들이 고개를 끄덕였다. "내 말을 이해했으면 큰 소리로 대답해라."

"이해했습니다, 여왕폐하." 시녀들이 말했다. 야푸쉬는 대답할 필요가 없었다.

칼카리브와 니만에게 사람을 보냈다. 두 사람은 잠시 후 새 옷으로 갈아입고 왔는데, 휴식을 취한 모습이 아니라 당혹스러워하는 것 같았다. 당혹감은 내 숙소의 외실을 둘러보면서 더욱 커진 눈치였다.

"저는 이 왕을 믿지 않습니다. 그는 이스라엘의 신이 내일부터 휴식을 명한다고 합니다. 우리를 환영하는 잔치는 어디 있습니까? 그는 신하들이 다 있는 자리에서 폐하를 물리치다시피 했습니다!" 칼카리브가 말했다.

나는 단호하게 말했다. "내 말을 들으세요. 우리 진영에서는 항상 향을 피우라고 명령하세요. 동물들은 금과 은을 두르고 있어야 합니다. 가장 천한 노예에 이르기까지 모든 사람이 깨끗한 아마포 옷이나, 적어도 가지고 있는 것 중 가장 좋은 옷을 입어야 합니다. 우리가 이곳에 머무는 동안에는, 우리 진영이 바로 사바입니다. 천막의 모퉁이에도 구멍이나 찢어진 곳이 전혀 없어야 합니다."

이번에는 니만을 바라보았다. "무장 병력 중 열 명을 궁전에 상시 배치하세요. 네 명은 내 문 바로 앞에 세우시고요. 술에 취해 추태를 부리거나 여자를 음흉하게 쳐다보는 자가 있다면, 이곳에 있는 동안에는 이스라엘 왕에게 바로 넘겨 그가 합당하다고 여기는 벌을 받게 하고, 고국으로 돌아가는 길에 묶어서 돌로 쳐 죽이게 할 것입니다. 그는 다시는 사바를 보지 못할 것입니다. 사제들더러 우리 진영 안에 제단을 쌓으라고 전하세요. 아슴과 그의 조수들은 예배의 그 어떤 측면도 소홀히해서는 안 됩니다. 그리고 희생제사에 쓸 제물을 사야 합니다."

칼카리브는 테라스 쪽으로 턱을 내밀었다. "저것은 이스라엘 사람들이 오늘 불사른 두 번째 희생제물입니다. 그들의 동물은 그들 신의 영원한 불에 타도록 정해져 있습니다."

"말도 안 돼요. 성문을 지날 때 동쪽 언덕에 있는 사당과 산당을 못 보셨습니까? 그의 부인들이 섬기는 신들입니다. 우리도 의식을 소홀히하지 않을 것입니다. 그리고 한시도 경계를 늦추지 마세요. 이 왕은 영리합니다. 그러나 우리가 지혜롭게 처신하고 주의한다면, 우리가 원하는 것을 다 얻게 될 것입니다."

나는 고개를 돌리려다 말고 이렇게 덧붙였다. "사막의 늑대들이 튜닉을 입고 지내게 하세요."

나의 명령을 받고 진영으로 떠나는 그들을 보며 앞으로 다가올 닷새를 생각하자 불안이 파도처럼 밀려왔다. 그 시간 동안 휴식을 취할 수 있을까? 스스로 자초한 격리 상태에서 끊임없이 내 결정을 돌아보며 미쳐버리지 않을까?

그러나 그런 일은 벌어지지 않았다.

***

다음 날 늦은 오후, 나는 숙소의 내실에서 얕은 청동 욕조 안 등받이 없는 의자에 앉아 목욕을 하고 있었다.

어디서나 나는 고기 타는 냄새와 함께 테라스로 음악이 흘러들어왔다. "오늘이 휴식의 날이라더니, 사제들은 열심히 일하는 모양이네." 내가 그렇게 말하는 동안 샤라는 물에 적신 해면으로 내 등과 어깨를 문질렀다.

탐린은 어디 있는지, 내 사람들은 진영에서 잘 지내는지 궁금했다. 이렇게 쉬는 날에 왕은 어떤 업무를 보는지도 궁금했다. 주권자는 쉬는 날 같은 여유를 부릴 수 없다는 것을 나는 알고 있었다.

시녀 중 하나가 내실로 살며시 들어왔다. 그녀의 드레스에 그려진 유자를 칭찬해주려는데, 그녀의 손에 들린 물건이 눈에 들어왔다.

"여왕폐하, 왕의 신하 한 사람이 이것을 폐하께 전해드리라고 했습니다."

"어떤 신하인가?" 나는 더 가까이 오라고 손짓하며 말했다.

"모르겠습니다. 하지만 아주 좋은 옷을 입고 있었습니다."

손의 물기를 닦고 작은 두루마리를 받아 돌려보았다.

왕의 봉인이 있었다.

봉인을 뜯고 두루마리를 펼쳐 짧은 전갈을 읽었다.

달콤함이 무엇인지 아시오? 당신이 내 궁전 안에 있음을 아는 것.
고문이 무엇인지 아시오? 당신을 바라볼 수 없다는 사실. 지난해의 몇 달이 며칠 같았다면, 요즘의 며칠은 몇 년 같소.
당신의 손은 얼마나 어여쁜지! 당신의 발은 얼마나 아름다운지!

당신의 모습은 가젤 같소. 베일의 장식이 드리운 당신의 뺨, 보석 목걸이가 걸린 당신의 목이 사랑스러웠소. 당신의 눈은 살무사의 눈, 살무사는 상대의 넋을 빼놓았다가 공격하오. 나를 독살할 참이오, 수수께끼 여인이여? 당신의 눈썹은 비둘기 날개 같소. 날아가 버릴 참이오?

당신의 방에서 복도로 내려가면 작은 통로가 있소. 경비병이 늘 지키는 곳이오. 그곳은 내 정원으로 가는 계단이고 내게만 열려 있소. 그러나 이제는 당신에게도 열려 있소. 오직 당신에게만.

나는 눈을 들어 허공을 바라보았다.

"빌키스…?" 샤라는 주의 깊게 내 얼굴을 살폈다. 그녀는 글을 읽지 못했지만, 그래도 나는 두루마리를 꽉 쥐었다.

그렇구나. 이자의 관심사는 나를 유혹하는 것이구나. 그는 평범한 여자 부르듯 나를 불러내는 걸까, 아니면 결혼하자고 설득하려는 것일까? 도착한 직후였던 어제는 별 생각이 없었지만, 오늘 나는 하루 종일 중대한 문제들을 놓고 벌어질 무언의 전투를 고대하고 있었다. 그런데 이런 편지라니. 이것은 아니었다. 이것은 모욕이었다. 그는 나를 초대해서 잠자리를 같이하고 예쁜 선물을 주고받으며 별 일 없었다는 듯 어물쩍 넘어갈 수 있다고 생각한 것일까?

"아무것도 아니야." 나는 샤라에게 그렇게 말했다. 진심이었다. 나는 욕조에서 일어나 향로로 가서 양피지 모서리를 잉걸불에다 갖다 대 불을 붙였다. 남은 것을 향로 안에 던져 넣고는 욕조로 돌아왔다. "사람을 보내 물을 더 달라고 해. 다시 씻고 싶구나."

몇 시간 뒤, 첫 번째 선물이 도착했다. 주방에서 온 맛있는 캐럽 과자였다. 잠시 후, 하인이 염소젖과 '아시샤트'라고 불리는 낯선 팬 케이크 몇 개를 접시에 담아 가져왔다.

"콩이나 렌틸콩 같은 것에다… 꿀 …." 샤라가 조금 베어 먹고 는 말했다.

"시나몬도 들어갔고…." 시녀 중 하나가 말했다.

"기름도." 샤라가 먹던 것의 절반을 한입에 베어 먹으며 결론 을 내렸다.

다음 번에 문간에서 난 소리를 듣고 시녀가 나가자 샤라가 말했 다. "이번엔 뭘까요?" 그러나 시녀는 빈손으로 돌아왔다.

"여왕폐하, 바깥에서 하인이 기다리고 있습니다. 이집트 소녀 입니다."

나는 일어나 앉아 아마포 천을 몸에 두르고 말했다. "안으로 들이거라."

시녀는 작은 요정 같은 소녀를 데리고 돌아왔다. 열세 살 정도 될 것 같았다. 소녀가 입고 있는 아마포 옷은 궁전의 다른 구역에 서 일하는 여자들의 것보다 질이 좋았다. 목에 두른 자기로 된 목 걸이는 거의 어깨까지 내려왔고 눈가에는 콜을 칠하고 있었다. 내 가 아마포 천만 걸치고 있는 것을 본 소녀는 미소를 짓더니 두건을 벗어 단순한 검은 색 가발을 드러냈다.

소녀는 공손하게 절을 한 뒤 외국 억양이 강한 아람어로 말했다. "저의 주인이신 왕비님이 여왕님께 저를 보내셨습니다." 나는 더 가까이 오라고 손짓을 했고 시녀 중 하나가 소녀에게 아시샤트를 건넸다. 소녀는 접시에서 작은 과자 하나를 집어서 수줍은 미소를 지으며 한입 깨물었다.

"왕비님은 이렇게 말씀하셨습니다." 소녀는 과자 부스러기를 놓치지 않고 다시 입속으로 집어넣었는데, 그 모습에 절로 웃음이 나는 것을 애써 참았다. "'환영합니다. 이스라엘과 이집트의 이름으로.' 왕비님은 해가 지면 안식일이 시작된다는 말씀도 하셨습니다. '그러나 이 관습들은 우리의 관습이 아닙니다. 여왕님과 저는.'" 여기서 소녀는 말을 멈추고 이렇게 덧붙였다. "왕비님 말씀입니다. 제가 아니고."

나는 진지한 얼굴로 고개를 끄덕였다.

"왕비님이 여왕님을 저녁식사에 초대하십니다. 소박한 식사이지만 이국적인 상대와 함께하면 유쾌한 자리가 될 거라고 말씀하셨습니다. 왕비님은 여왕님께서 임시 왕비궁으로 오시기를 바랍니다. 왕비궁은 현재 건축 중이라 그렇습니다. 여왕님과 시녀들, 그리고 여왕님과 함께 있다고 하는 누비아 사람도 함께 왔으면 하십니다."

나는 등을 붙이고 앉아 소녀가 손에 든 과자를 슬쩍 한입 더 베어 무는 모습을 지켜보았다. 그때 왕의 요청이 생각나고, 다시 화가 치밀었다.

"그렇게 된다면 영광이겠구나." 내가 말했다.

***

파라오의 딸—그녀를 제대로 된 왕비라고 인정하기는 어려웠다— 은 두 시간 후에 자신이 타고 다니는 가마를 보냈다. 나는 네 명의 무장 병력의 호위를 받아 시녀들과 야푸쉬를 대동하고 가마에 올랐다. 휘장을 굳이 치지 않았다.

물론 가마를 보낸 것은 웃기는 일이었다. 나를 실은 가마는 안뜰을 지나 왕궁 반대쪽 끝으로 가서 멋들어진 주랑을 따라 행진했고 양쪽으로 여닫는 커다란 문 앞에 이르렀다. 세상 끝에서 온 사람에게, 이 정도 거리를 걸을 힘이 없는 것처럼 가마를 보내다니.

아, 이집트인들이란.

고운 아마포 튜닉 차림에 검은 피부의 경비병이 문 바깥에서 공손하게 인사를 했다. 가마를 내린 곳은 그런 용도로 만들어놓은 것 같은 사각형의 조각된 자리였다.

신전 방향에서 뿔나팔 소리가 울려왔다. 해가 지는 것을 알리는 소리 같았다. 노른자 같은 해가 하늘에 흘려놓은 붉은 기운을 아무도 볼 수 없기라도 하듯.

왕비의 거처에서 문이 스르륵 열렸고 나도 모르게 숨을 멈추었다.

채색된 왕궁의 벽도 아름다웠지만, 그 내부의 광경에 비하면 아무것도 아니었다.

천장을 향해 나팔처럼 펼쳐진 거대한 원기둥들이 야자수의 모습으로 칠해져 있었고, 초록 갈대와 연꽃 프레스코화가 넓은 벽을 장식하고 있었다. 청동 그릇에 담긴 등잔불이 방 곳곳에서 깜빡여

어스름이 깃든 방이 금빛으로 빛났다. 작은 안뜰 위 천장에 난 구멍으로 생생한 남색과 자색 석양이 그 어떤 그림보다 생생하게 흩뿌려졌다. 바닥의 모자이크들부터 조각한 탁자들, 모퉁이에서 경계를 서고 있는 '라'와 '세트'의 거대한 동상에 이르기까지 어디를 보나 이집트의 색깔들이 있었다. 세트의 우상 뒤에서 무엇인가가 똬리를 풀고 몸을 일으키더니 슬그머니 사라졌다. 이집트 고양이였다.

왕비의 방 한쪽 끝에는 청록색 연못이 있었다. 떠 있는 백합 사이로 물고기들이 그림자처럼 움직였다. 방 어딘가에서 음악이 들려온다는 사실을 뒤늦게 깨달았다.

솔직히 사바의 내 방들이 이곳보다 더 호화로운지 확신이 들지 않았다.

노예 둘이 문 뒤에서 나와 옆방으로 안내했다. 그곳에는 깎아만든 좁은 의자와 상아 탁자, 등받이 중앙에서 양쪽으로 이시스의 금박 날개가 뻗어나간 커다란 소파가 놓여 있었다.

공식 알현실에서 봤던 여자가 그 방의 반대쪽 끝에서 나와 두 손을 벌리고 다가오며 인사를 했다. 솔로몬의 왕좌 옆에 있을 때는 너무나 작아보였는데, 생각했던 것보다 키가 컸다.

"환영합니다, 사바." 그녀는 그 말과 함께 미소를 짓고 고개를 약간 숙였다. 나는 그녀의 자세를 따라했지만 그녀만큼 공손하게 인사하지는 않았다.

"감사합니다."

첫눈에 그녀가 아름답다고 생각했고 나의 평가가 완전히 틀린 것은 아니었다. 그녀의 얼굴은 둥글고 다소 평평했다. 녹색의 공작석 같은 눈썹은 솟아난 아치형 이마 아래 자리 잡은 눈의 양쪽 끝보다 더 길었다. 입술과 볼에는 벽에 있는 그림 속 여인처럼 이집트의 붉은 오커색이 칠해져 있었다. 이마와 가발 위로는 황금 머리장식이 펼쳐졌는데, 이시스의 날개가 귀 아래까지 드리워져 얼굴을 가렸다. 그 전체적인 효과는 숨이 멎을 듯 놀라웠다.

"나는 타셰레입니다. 여왕님을 '마케다'라고 불러도 될까요? 우리는 지금 이 도성 안에서 가장 자매에 가까운 사이예요." 그녀는 그렇게 말하며 나를 소파 쪽으로 끌었다. "여왕님은 푼트에서 자랐고, 나는 이집트에서 자랐어요. 어쩌다 우리는 이 먼 야만인의 땅에서 만나게 되었을까요?" 그 말을 하고 그녀는 미소를 지었다. 다 안다는 듯한, 그러면서도 소녀 같은 표정이었다. 그제서야 그녀 입가의 주름이 보였다. 그래 봤자 나보다 몇 살 연상일 터였다.

그녀는 맥주를 가져오라고 노예를 보내고는 다시 내 쪽을 바라보았다.

"오실 거라는 말을 폐하께 처음 들은 이후 여왕님을 뵐 날을 고대하고 있었어요."

"나도 그래요." 나는 미소를 지었다. 나는 샤라에게 손을 내밀었고, 그녀는 챙겨온 작은 상자를 건넸다. "왕비님을 위해 선물을 가져왔어요."

그녀는 팔찌와 머리장식, 두들겨 펴서 만든 보석 박힌 긴 황금 허리띠를 보고 탄성을 질렀다. 그다음 그녀는 상자를 노예에게 건

넣고, 다른 노예가 상아 상자를 가져왔다.

그 안에는 이집트의 지혜의 여신 세스헤트와 그 배우자 토트의 우상이 있었다. 그리고 두 우상 사이에 두루마리가 놓여 있었다. 나는 그녀를 슬쩍 쳐다보고 두루마리를 상자에서 꺼내어 조금 펼치다가 나도 모르게 헉 하고 숨을 들이쉬고 말았다.

"프타호테프의 글이군요!" 나는 정말로 놀라서 말했다.

그녀는 몸을 기울여 내 어깨 너머로 두루마리를 보면서 말했다. "왕실 서기관이 아람어로 번역했어요. 지혜를 사랑하신다는 말씀을 폐하께 직접 들었습니다."

왕이 나에 대해 무슨 말을 더 했을지 궁금했다.

"고맙습니다." 그 말은 진심이었다. 나는 프타호테프의 격언집을 읽은 적이 있지만 전체를 다 읽어보지는 못했다. "이 글은 못해도 천 년은 되었을 겁니다."

"천사백 년이에요." 그녀가 미소를 지었다. "하지만 누가 그걸 세고 있겠어요?"

하마터면 왕이 그 사본을 어떻게 구했는지 물어볼 뻔했지만, 그것은 어리석은 질문이었다. 왕비의 아버지는 왕에게 도성 하나를 통째로 주었다. 그에 비하면 두루마리 하나가 무슨 대수겠는가?

"왕께서는 이 글을 자주 읽으세요. 저로 말하자면…" 그녀는 한숨을 내쉬었다. "제가 볼 때 그냥 상식적인 이야기예요. '열정을 다해 네 생명을 사랑하라.' 글쎄요, 너무 당연한 얘기잖아요! 여왕님은 이 글에서 저보다 훨씬 많은 것을 얻으실 거예요. 하지만 지금은, 배가 고프셔야 할 텐데요."

나는 배고프다고 거짓말을 했다.

여자들이 있는 자리라 베일 한쪽을 내렸다. 타셰레는 등을 기대고 편안히 앉더니 나를 빤히 쳐다보았다.

"여왕님에 대한 이야기가 사실이 아닐 줄 알았어요! 모든 신하는 여왕의 매력을 과장하니까요. 하지만 정말 미인이시군요! 제대로 좀 보게 해주세요."

나는 다른 여자들의 아첨에 익숙하지 않았다. 여자들이 나를 곁눈질로 쳐다보는 것을 평생 보아왔다. 그들은 내가 있는 자리에선 아무 말도 않다가, 나중에야 자기들이 무례했다고 말하곤 했다. 그날, 나는 타셰레의 칭찬이 아니라 그녀의 솔직함에 마음이 끌렸다.

"왕의 어머님도 여왕님처럼 미인이셨어요."

"그분을 아셨어요?"

"네, 몇 년 알았어요." 이어진 그녀의 침묵이 말해주는 것은 그리움일까, 쓰라린 기억일까. 어느 쪽인지 확신이 서지 않았다.

우리는 커다란 소파에 같이 몸을 기대고 병아리콩, 렌틸콩, 양파스튜를 먹었다. 그녀는 "여기서 입맛에 맞는 것은 이 셋밖에 없다"고 했다. "이것은 내 주방에서 만든 거예요. 이스라엘 사람들은 안식일에는 요리용 불도 안 붙인다니까요."

"그러면 그런 날에는 왕의 식사를 누가 준비하나요?" 나의 질문에 타셰레는 그 주제는 꺼내지 말라는 듯 손사래를 쳤다.

식사를 마친 후, 그녀는 시녀를 불러 샤라와 내 시녀들에게 개인 정원을 보여주게 했다. 그다음 그녀는 야푸쉬에게 미소를 짓더니 내 평생 몇 번밖에 들어보지 못한, 그리고 부끄럽게도 아직 배우지 못한 언어로 말을 건넸다. 그 말에 야푸쉬의 얼굴이 묘하게 환해지더니 내게 고개를 끄덕이고는 시녀들을 따라갔다. 그러나 그가 아주 멀리 가지는 않을 것임을 나는 알았다.

"나의 내시도 누비아 사람이에요. 최고의 내시들은 다 그렇죠. 내가 열 살 때부터 곁에 있었어요." 그녀가 편히 앉아서 말했다. "이제야 말씀드릴 수 있겠네요. 여기 오신 첫 며칠간 폐하를 뵙기 어렵다고 해서 너무 불쾌하게 여기지 마세요. 최근에 새 아내를 얻으셨고… 거기에는 여러 가지 의무가 따르거든요."

나는 주저했다. 그러면서도 나를 자기 정원으로 부르다니! 내가 그 이야기를 꺼내면 타셰레가 어떻게 나올지 궁금했다.

"지금 왕의 부인이 얼마나 되나요?"

"거의 사백 명." 그녀의 모습에서 동요는 찾아볼 수 없었다.

"사…백이라."

"그래요. 나도 알아요. 하지만 그분은 왕이세요. 왕께서 혼인조약을 하나 맺을 때마다 왕국에 귀한 것이 더해집니다. 왕비는 질투할 수 없는 형편이지요. 그리고 왜 질투를 하겠어요? 그중에서 나말고 자기 궁전을 가질 만한 사람이 누가 있겠어요?" 그녀는 한쪽으로 고개를 돌리고 웃었다.

"짓고 있는 것을 보았어요. 멋진 건물이더군요. 그렇게 좋은 건물은 본 적이 없어요."

"더 큰 건물이야 있지요. 아!" 그녀는 누군가가 나타나자 자세를 바로했다. 첫눈에는 하인인 줄 알았다. "왔구나, 내 사랑." 그녀는 일어나 소년에게 입 맞추었고, 소년은 당황한 듯 보였다. 그녀는 아들을 돌려 세워 내 쪽을 향하게 했다.

"내 아들 이티엘이에요." 그녀는 미소를 머금은 채 아들의 가슴에 손을 얹고 말했다. "이티엘, 이분은 사바의 위대한 여왕님이시다." 그녀는 단어 하나하나 뜸을 들여서 말했는데, 한 단어를 말할 때마다 연신 아들의 가슴을 두드렸다. 사바의. 위대한. 여왕님.

나는 소년을 향해 미소를 지었다. 소년이랄 것도 없었다. 열두 살 정도 되었을 듯한데 아이는 이미 사춘기 초기 특유의 길고 마른 몸을 하고 있었다. 고개를 숙이고 뭔가 예의 바른 말을 중얼대고는 가버렸는데, 그날의 국사를 끝낸 것에 안도하는 기색이 역력했다.

"나의 기쁨이에요." 그녀가 환한 얼굴로 말했다.

"왕위 계승자이기도 한 거죠?"

그녀는 한숨을 내쉬고 자리에 앉았다. "그건 폐하께서 결정하실 일이지요. 그러나 왕께서는 아주 이집트적인 방식으로 일하세요."

"그러신가요?"

"레바논에서 이 모든 백향목을 어떻게 자르고, 채석장에서 돌은 어떻게 캐내며, 신전과 왕궁은 어떻게 지을 거라 생각하세요?"

"부역이군요." 이집트식 강제 노역이었다.

"그래요, 일꾼을 징발하는 거예요. 대부분은 북쪽 지파들에서 징발을 하는데, 그들이 자초한 일이예요. 사사건건 폐하를 반대하니까. 그자들이 동시에 음모를 꾸미게 내버려 둘 수는 없잖아요.
왕께서 나라를 다스리는 것도 이집트 방식이에요."

그녀가 왕의 통치에 대해 그렇게 잘 아는 것이 놀라웠다. 혼인조
약으로 들어온 아내에 대해 내가 생각했던 바와 달랐다.

"하지만 이집트는 유일신 개념을 거부하는 반면 왕은 그것을
받아들이잖아요."

"그건 그래요. 하지만 왕의 신전 바로 동편에 있는 산을 보세요.
모압의 무서운 신 그모스에게 바치는 산당이 보일 거예요. 몰렉과
아세라와 아우와 대여섯 다른 신들도 있어요. 그곳은 그 신들에게
바치는 제단과 조각 기둥, 사제들로 가득해요."

"나도 봤어요. 그러나 이스라엘 신의 질투에 대해 내가 들은 이
야기들이…."

"우리 여자들은 기쁘게 해주기가 어렵잖아요. 그리고 진짜 지혜
로운 사람은 아내들을 계속 행복하게 해주요. 산파들이 그러는
데, 마음이 좋아야 임신이 잘 된다고 하더라고요." 그녀는 그렇게
말하고 웃었다. "어쨌거나, 이스라엘과 이집트는 떼려야 뗄 수 없이
이어져 있어요. 그런데 마케다. 아들이 있어요?"

"없어요. 총리대신이 매우 안타까워하고 있지요."

"아, 안됐군요. 빨리 바로잡으셔야지요. 결혼도 안 하셨다고 들
었어요. 왜 결혼을 안 하세요?" 그녀는 손에 대추를 들고 대수롭
지 않게 물었다.

"내가 누구와 결혼을 해야 하는데요?" 내가 미소를 머금고 물

었다.

"그거야, 물론 왕이지요. 저의 남편."

나는 웃음소리를 간신히 짜냈다. "내 왕국은 멀어요. 그렇게 해서는 아들을 많이 얻을 수 없을 것 같은데요."

"여기서 여자들이 어떻게 아들을 얻는지 궁금하실 것 같아요. 지참금 없는 화친용 아내와 후궁은 제외하고도 그렇게 아내가 많은 사람을 어떻게 '남편'이라고 부르는지도."

"궁금하기는 했어요." 내가 인정했다.

"모두 여기 살지는 않아요. 어떻게 그럴 수 있겠어요? 그중 일부는 왕과 딱 하룻밤만 보내기도 해요." 그녀가 말을 멈추었는데 시선이 한 자리에 머물지 않았다. "신부가 꿈꾸는 그런 혼인은 아니지요? 그러나 여왕님이나 저나 여자의 꿈보다 나라의 안정이 먼저라는 걸 알잖아요. 설령 여왕이나 왕비라고 해도 말이에요. 하지만 떠나가는 이들도 왕의 아내이고 고국에 돌아가면 많은 선물과 지위를 얻어요. 여기 사는 이들은 안전하고 편안하고 아쉬운 것이 없어요." 그녀는 잔잔한 미소를 지었다. "하지만 여왕께서는… 아무 남자나 취할 수 있잖아요. 사바의 방식은 이스라엘의 방식과도, 이집트의 방식과도 달라요. 여왕님께 머물러라, 가라 말할 사람이 누가 있겠어요? 그래도 폐하의 청혼은 고려해보세요. 폐하께서는 선단을 건설하고 계시니, 다음 번에는 이 끔직한 육상 여행을 하시지 않아도 폐하의 집이나 저의 집에 오실 수 있을 거예요."

"정말이에요, 고려하고 말 것이 없습니다. 청혼을 받지 않았으니까요."

타셰레는 대추를 들어 입술로 가져간 후 입술을 동그랗게 말
아 절반을 깨물었다. "두 왕국 사이에서 벌어지는 협상이야 추측
할 따름이지만, 나는 남편을 잘 알아요. 청혼이 있을 거예요. 사바
의 부 때문이 아니라면, 여왕님의 우아한 얼굴에 담긴 아름다움
때문에라도 당장 청혼할 겁니다." 여왕님이 폐하께 얼굴을 보이신
다면 말이에요.

왕의 정원 초대가 다시 생각났다

그녀가 미소를 지었다. "그 얘긴 이 정도만 해요. 왕의 포도주
를 맛보셨나요?"

***

안식일이 끝난 밤, 나는 우리 진영으로 가서 달 없는 밤의 희생
제사를 주관했다. 사바에서도 매달 하지는 않았다. 아니, 최근 들
어서는 갈수록 횟수가 뜸해졌다. 하지만 그것을 핑계 삼아 성 밖으
로 나가는 모습을 보여줘야 했다.

그날 밤에는 진영의 내 천막에 머물렀다. 천막은 여왕의 깃발을
달고 진영 한복판에 세워져 있었다. 그곳은 왕궁 안의 숙소보다
훨씬 불편했지만, 담요 위에 누워 있으니 이스라엘에 도착한 이래
그 어느 때보다 나 자신이 된 기분이 들었다.

다음 날 아침 신전에 연기가 솟아오를 때, 탐린에게 사람을 보
냈다. 하지만 그가 업무차 다른 도성으로 갔다는 말이 돌아왔다.

도성으로 돌아온 지 몇 시간이 지나지 않아 숙소로 새로운 선

물들이 도착했다. 부드러운 참깨과자, 절인 케이퍼, 몸을 씻을 신선한 염소젖.

그다음 날 나는 이제껏 만져본 것 중에서 가장 부드러운 가죽을 받았다. 내가 여유가 있을 때 샌들 제작자가 찾아갈 거라는 약속이 같이 왔다. 이번에도 선물은 왕의 인사말과 함께였고, 나는 말없이 받기만 했다. 나중에는 왕의 아내 중 둘이 내 숙소를 찾아왔다. 각기 에돔과 하맛에서 온 이들이었다. 그들은 나를 돌보라고 보냄을 받은 것이 분명했지만, 나는 그들 앞에 음식을 내놓고 손님으로 환영했다.

다음 날, 타셰레는 지난 번 왔던 이집트 소녀를 이스라엘에 머무는 동안 데리고 있을 선물로 보냈다. 나는 소녀를 환영했다. 소녀가 가져온 흑단과 상아로 만든 세네트 놀이판에는 말을 넣어둘 수 있는 서랍이 있었고 조각한 다리가 달려 있어 동물처럼 세울 수 있었다.

다음 날, 왕의 암몬 출신 아내 나아마가 하인 하나를 내게 보냈다.

그로써 여자들 중에서 타셰레의 주된 경쟁자가 누구인지 알게 되었다.

선물은 계속 도착했다. 북쪽 산맥에서 온 포도주, 올리브유와 민트유, 오이와 시트론, 손가락과 발가락에 낄 반지들, 정교한 무늬로 짠 양털 깔개, 내가 유난히 즐긴다는 인상을 준 목욕에 쓸 장미유. 내 음악가들을 위해 정교하게 새긴 악기들도 있는데, 음악가들은 오후에 내 테라스에 와서 연주했다.

이런 일정이 닷새 동안 이어졌다. 여섯째 날 아침, 나는 자주색 옷을 입고 장신구를 차고 협상을 시작할 준비를 했다. 그 모습으로 나를 찾는 왕의 전갈을 전할 사람을 하루 종일 기다렸다.

그러나 아무도 오지 않았다.

그 후로 사흘이 더 지나갔다.

20

이제 나는 격노했다. 니만과 칼카리브에게 사람을 보냈다. 그들
도 나만큼이나 참을 수 없는 지독한 따분함에 시달리고 있을 줄
알았다. 그러나 그들은 오지 않고, 궁내대신의 부하 하나가 내 숙
소에 와서 그들이 왕의 동생 나단과 함께 게셀 성을 둘러보러 갔
다고 전했다.

"내게 알리지도 않고?" 나는 답변을 요구했다.

"왕께서 그들에게 여왕님은 성내의 일에 바쁘시다고, 그들이 여
왕님을 대신해 가서 보고 그 내용을 모두 보고해야 한다고 강하게
말씀하셨습니다." 그자가 말했다. 궁내대신의 말을 전한 것도 아
닌 그자의 말이었다!

그가 돌아가자마자 나는 테라스로 뛰쳐나갔다. 시녀들은 죽은
자들의 여행을 다룬 음울한 놀이 세네트에 푹 빠져 있었다. 넵트
라는 이름의 이집트 소녀는 신들의 총애를 받은 자를 알려주는 그

놀이의 힘에 거의 종교적인 믿음을 갖고 있는 듯했다. 그에 따르면 신들은 샤라를 총애했다. 샤라는 놀이법을 배우자마자 줄곧 이겼다. 세네트를 할 줄 아는 야푸쉬는 팔짱을 낀 채로 서서 지켜볼 뿐 훈수를 기대하며 쳐다보는 시녀들에게 눈썹을 꿈틀대거나 입술을 오므리는 일 이상의 대응은 하지 않았다.

"아, 세 진리의 집!" 넵트가 막대기를 던진 후에 외쳤다.

나도 세 가지 진실을 알지! 불쾌했다. 첫째, 이스라엘 왕은 나를 피하거나 내 성질을 건드려 내가 가장 불리한 방식으로 그를 만나게 하려고 하고 있다. 둘째, 내가 신뢰하는 자문위원들은 요새와 말 이야기를 듣자마자 소년들처럼 달려 나가 자리를 비웠다. 아슴마저도 아세라의 사제들을 찾아가볼 생각이라고 말했다. 아슴은 아세라가 이스라엘 신의 아내라는 말이 있다고 했다. 그는 이스라엘에 도착한 이후 학자로 변해 점치는 법을 배우는 데 몰두했다.

셋째, 나는 왕의 꾀에 당하지 않을 것이다.

도성의 미로 같은 옥상들을 내다보며 주위의 집들을 비교하듯 내게 주어진 선택지들을 따져보았다. 우선 타셰레에게 털어놓는 방법이 있었다. 그러나 내가 그녀를 좋아하고, 그녀의 거처를 떠나기 전에 우리는 친구가 될 운명이라고, "어쩌면 자매"가 될 운명인지 모른다는 말을 나누었지만, 나는 모든 궁궐이 바다와 같다는 것을 잘 알고 있었다. 수면은 잔잔하고 푸르러도, 심연에는 서로를 삼킬 음모를 꾸미는 괴물들로 가득한 곳이다.

왕의 자문 중 한 사람을 친구로 사귀어 지지를 끌어내 볼 수도 있었다. 그러나 내가 그들에게 어떤 존재일까? 성벽 바깥에서 외국의 신을 섬기는 여러 왕비들과 별다를 바 없는 외국의 여왕에 불과하지 않을까?

타셰레의 경쟁자 나아마에게 사람을 보내보는 것은 어떨까. 넵트는 나아마에게 타셰레의 아들보다 한 살 어린 아들이 하나 있고, 그 아이가 왕의 총애를 받는다고 했다. 흥미로운 대목이었다. 아이 잡아먹는 무시무시한 몰렉이 나아마의 신이 아니었던가? 그러나 나는 그들이 서로를 향해 꾸미는 음모에 끼어들고 싶지 않았다. 나의 격에도 맞지 않는 일이었다.

뒤쪽에 있던 샤라가 말을 하나 잃으면서 신음소리를 냈다. 그러나 막대기를 한 번 더 던지고 나서 그녀가 이겼다.

내게 남은 선택지는 하나뿐이었다.

바로 그때 아래 거리에 있던 초라한 옷차림의 남자가 테라스 아래 멈추어 섰다. 고개를 들어 나를 쳐다본 그는 소리쳤다. "외국의 여왕과 왕비라니! 외국의 신들이라니! 기름부음 받은 자의 거룩한 도성에서!"

나는 깜짝 놀라 뒤로 물러섰다. 그자가 방금 나를 위협한 것인가? 안 보이는 곳으로 물러났지만 그 사람이 미친 듯 고함치는 소리를 들을 수 있었다.

다시 발코니 너머로 몸을 내밀었는데 그 남자가 똑바로 나를 올려다보고 있었다. 그와 나의 시선이 마주쳤다. 그의 눈에는 의분이 가득했다. 그는 다시 뭐라고 중얼거리기 시작하더니 신전 쪽으로 걸어갔다. 나는 그가 신전 문까지 이르렀다가 돌아오는 것을 지켜보았다. 그는 내 테라스 아래로 지나갔다. 이번에는 나를 잊은 듯 보였다. 그는 왔던 길을 되돌아가지 않고 궁전 아래로 들어가 버린 것처럼 시야에서 사라졌다.

"샤라." 나는 그녀를 테라스로 불렀다.

샤라는 마지못해 일어났다. 넵트가 재시합을 청했던 것이다.

"날 아름답게 만들어 줘." 내가 말했다.

21

타셰레의 거처까지 얼마 안 되는 거리를 이동하면서 복도에 주목하지 않았다고 말한다면 거짓말일 것이다. 나는 좁은 뒤쪽 통로의 입구에 서 있는 경비병들을 보았다. 이후 그 장면이 하루도 머리에서 떠나지 않았다.

나는 야푸쉬를 거느리고 내 방 바깥의 경비병들을 지나갔고 당당하게 복도를 걸었다. 안 그럴 이유가 어디 있는가? 나는 사바의 여왕이었다.

하지만 그렇게 가면서도 그늘에 숨어 몰래 움직이는 것처럼 수치심이 느껴졌다. 베일을 더 단단히 여몄다.

좁은 통로에 이르러 두 경비병 앞에 멈추었다. 그들은 내가 보이지 않는 것처럼 앞만 바라보았다. 나는 그들을 지나쳐 가다가 뒤를 돌아보았다. 그들은 나를 가로막기는커녕 내가 거기 없는 것처럼 행동하고 있었다.

"내가 누구인지 아는가?" 나는 둘 중 한 사람 앞에 서서 물었다.

그는 나의 시선을 외면했다.

"내가 누구인지 아는가?" 나는 다시 물었다.

경비병은 눈을 깜빡이며 내 머리 위 어딘가를 보았다.

"저는 해를 보고 있습니다. 밤에는 달을 봅니다."

"그러니까 나를 못 보는 것이구나. 영리하기도 하지. 너의 주인이 그렇게 말하라 하시던가?"

그가 다시 말했다. "저는 해를 보고 있습니다. 밤에는 달을 봅니다." 그다음 그는 나를 바라보았다. "여왕은 원하는 곳으로 가십니다. 여왕은 유령입니다. 아니면 제가 유령이든지요."

순간 그가 딱한 생각이 들었다. 명령에 불복종하는 군인이 이곳에선 어떤 처벌을 받는지 몰랐지만 어디든 마찬가지 아닐까 싶었다. 나는 손가락에서 반지 하나를 빼서 그에게 주었다. 가장 작은 반지, 가장 중요성이 덜한 물건이었다.

"그 말이 옳구나."

그러고 나서 나는 야푸쉬의 팔에 손을 댔다.

"넌 나를 따라올 수 없어." 내가 부드럽게 말했다.

그가 인상을 찌푸렸다. "공주님, 내세로 들어갈 준비가 되셨을 때만 그 말씀을 하십시오."

나는 몸을 기울여 그의 볼에 내 볼을 갖다 댔다.

그다음, 층계를 바라보았다.

경비병들을 의식하며 가운 끝자락이 나를 잡아당기기라도 하듯 천천히 층계를 올랐다. 사실 지난 팔 일이 이곳까지 오는 데 걸린 육 개월보다 더 길게 느껴졌다. 뒤를 돌아보았더니 야푸쉬가 층계 바닥에 떡 버티고 서서 통로를 거의 막다시피 한 채 나를 응시하고 있었다.

그날 오후 샤라가 여러 가운을 가져왔을 때 나는 홍옥색을 골랐다. 작년에 배로 히두쉬에서 가져온 옷감이었다. 홍옥. 단단하고 굳은 보석이라고 어머니가 말한 적이 있었다.

나는 항구가 필요했다. 배도 필요했다. 나는 그 가운을 입었다.

그러나 계단을 다 올랐고 혼자였고 창녀처럼 은밀했지만, 내가 원하는 것들 때문에 몸을 팔 생각은 없었다.

'용감해지겠소, 무모해지겠소….'

알마카 신은 나를 버린 지 오래라는 확신이 들었다. 사바에 있을 때라면 몰라도 국경을 벗어난 순간 나를 버린 것이 분명했다. 그러나 어떤 신이 되었건 신이라면 나를 알아볼 수 있어야 했다. 그래서 나는 이곳의 신들에게 소리 없이 기도했다. 이름 없는 신도 기도의 대상이었다.

나는 숨을 한 번 내쉬고 손잡이를 돌렸다. 쉽게 움직였다. 문을 밀어서 열었다.

해가 지고 있었다. 서쪽으로 하늘이 불그스름했다. 아몬드 꽃과 장미꽃 향이 코를 가득 채웠다.

테라스로 성큼성큼 걸어 들어가니 푸르른 경치가 눈앞에 펼쳐졌다. 옥상 정원이었다. 정원 뒤로 내 거처보다 세 배는 클 것 같은 숙소가 있었다. 창에 설치된 석회석 가리개 사이로 등불이 비쳤다. 숙소 내부의 빛을 받아 속이 비치는 휘장이 열린 문 안에서 부드럽게 굽이쳤다.

아무 소리도 들리지 않았다. 밀려드는 여름의 늦은 황혼 아래 횃불의 쉭쉭거림과 탁탁 튀는 소리뿐이었다.

왕은 숙소 안에 있을까? 중요하지 않았다. 나는 그리로 들어서는 광경을 연출하거나 창녀처럼 그의 방에서 기다리는 모습으로 발견되는 위험을 감수할 수 없었다.

화가 난 나는 돌아서서 떠나려 했다.

"잠깐."

그 소리에 깜짝 놀랐다. 아무도 보지 못했기 때문이다. 그리고 그것은 왕의 목소리가 아니었다

그것은 **그의** 목소리였다. 그러나 그 목소리는 왕다운 것이 아니었다.

천천히 돌아서 보니 정원 한쪽 구석의 그늘에서 누군가가 일어나는 모습이 보였다.

"나와 놀이를 하는 겁니까?" 나는 턱을 쳐들고 소리를 질렀다. "왕의 신하들이 이곳에 오기라도 하면, 이 광경을 어떻게 생각하겠습니까? 왕의 새 부인은 어떻고, 층계에 서 있는 나의 내시를 보는 사람은 어떻게 생각하겠습니까?" 지금까지 억눌러왔던 분노가 한꺼번에 터져 나왔다.

그는 내 쪽으로 움직였고 그제야 내가 그를 처음에 딱 한 번 보

왔을 때 치장하고 있던 화려한 옷과 보석이 하나도 보이지 않는다는 것이 눈에 들어왔다. 단순한 아마포 튜닉과 망토, 그리고 손가락에 낀 반지 하나가 전부였다.

탐린의 취향이 누구의 영향을 받은 것인지 알 것 같았다. 그러니까 이 왕은 가장 작은 문제에서도 주위 모든 사람에게 영향을 끼친 것이다.

"내시를 부르시오." 그가 차분하게 말했다.

"혼자 오라고 했잖아요."

그는 팔을 뻗으면 닿을 만한 거리까지 왔다.

그가 속삭였다. "신비의 여인이여. 내 홀에 들어온 순간 당신은 그곳을 가득 채웠소. 당신은 얕은 웅덩이 위에 우뚝 섰소. 하지만 당신은 체격이 작군요. 내시를 부르기 전에 당신의 손을 만지도록 허락해 주시겠소?" 그가 살짝 미소를 머금고 말했다. "무서운 친구처럼 보이던데."

"이스라엘 남자가 아내 외의 여자를 만지는 것은 관습이 아닌 것 같더군요. 왜 이렇게 부적절한 요청을 하시나요?"

"보는 사람의 눈에 부적절한 거요. 보는 사람에게 거부감을 주지 않는 것이 우리의 관습이오. 하지만 우리를 보는 사람은 없소. 그리고 나는 내게 편지를 쓴 손을 만지기만 할 거요. '수수께끼'의 손. 나는 그것을 당신이 모래사막을 건너 가져온 어떤 것보다 큰 선물로 여길 것이오."

"내가 세상 끝에서 온 것으로 충분하지 않은가요? 왕께서는 지금까지 나를 기다리게 했지만, 모든 반감을 무릅쓰고 이렇게 왕의 테라스에 홀로 서 있는 것으로 충분하지 않나요?"

그는 고개를 숙였다.

"내 생각에…." 그는 고개를 가로저었다. "내가 어리석었소."

"무슨 생각을 하신 겁니까?"

"나는 당신이 답신을 보낼 거라 생각했소. 뭐라도. 내가 보낸 선물에 대한 감사의 쪽지라도. 나는 기다렸소."

"아니, 내가 여기 있지 않습니까? 얼굴을 맞대고 이야기할 것이 아니라면 내가 여기에 왜 왔겠습니까?"

고개를 든 그의 눈이 휑했다. "당신의 글이 내게 활기를 불어넣는다는 것을 정말 모르는 거요? 나의 말의 메아리인 그 내용이 나를 소생시킨다는 것을 모르시오? 왕위에 오른 지 얼마 안 되어 그 자리의 혹독함과 고독을 아직 모르는 거요?"

나는 시선을 돌렸다.

"아." 그는 한 걸음 다가왔다. "내가 왜 당신에게 사절을 보내라고 한 것 같소? 침묵으로 왕들을 퇴짜 놓는 이여?"

"모든 이론과는 반대로, 도발이 아첨보다 더 관심을 끌기 때문이지요."

그가 부드럽게 웃었다. "그것 봐요. 나는 당신 머리카락을 잡아당기는 소년이오. 그 보답으로 당신은 나를 한칼에 베어버렸소. 오만, 아첨, 희롱. 이런 것들이라면 내던져버렸을 것이오. 하지만 당신은 정원 이야기로 나를 사로잡았소."

그 글을 쓰고 마음이 무너질 뻔했다는 말은 차마 하지 않았다. 한참 후 나는 한 손을 들었다.

내 손끝을 잡으며 그의 입에서 부드러운 한숨이 새어나왔다. 그는 내 손이 언제 날아가 버릴지 모를 새라도 되는 듯 조심스럽게 잡았다.

엄지손가락으로 헤나로 꾸민 내 손톱을 만지고, 손목 등에 새긴 도안을 읽는 듯했다. 그러더니 그런 것은 처음 본다는 듯 엄지로 쓰다듬었다.

나는 손을 거두었고 그는 이제 비어버린 자신의 손을 빤히 내려다보았다. 마침내 그는 두 손을 내려놓고 말했다. "내시가 있는 것이 편하겠거든 그를 불러요."

나는 계단통으로 돌아가 문을 당겨 열었다. 야푸쉬가 아까 그 자리에 그대로 서 있는 것이 보였다. 나를 보자 그는 빠르게 성큼성큼 층계를 올라왔다.

"진정해. 아무 문제 없으니까."

정원으로 돌아왔다. 인정하고 싶지 않았지만, 야푸쉬가 문을 닫고 들어오자 훨씬 안정감이 들었다.

왕은 몇 걸음 물러났고 나는 그를 따라갔다. 그가 아무 말도 하지 않자 내가 말했다. "여기서 조용히 앉아 무엇을 하고 계셨나요?"

그는 두 손을 테라스의 낮은 담에 올리고 그 너머를 내다보았다. "당신이 도착한 이후 매일 밤 이곳을 찾았소. 내가 말했잖소. 기다리고 있었다고."

"신혼의 신부는 그것을 어떻게 생각하나요?"

"내가 곁에 없어서 안도할 거요."

침대에서 그렇게 솜씨가 서투르냐고 물을 뻔한 것을 겨우 참았다.

"왜 나의 귀족들을 한 마디 상의도 없이 보내버린 건가요?"

"왜냐하면." 그는 한숨을 내쉬고 나를 쳐다보지도 않고 말했다. "왜냐하면 나는 당신이 온 목적을 알기 때문이오."

그러고 나서 그는 내게로 다가왔다. 다시 내 손을 잡을 것 같았지만 자제했다.

"당신에게 내 왕국을 보여주고 싶소." 그는 소년처럼 진지하게 말했다.

"왕께서 아끼시는 게셀 성을 내 귀족들에게 보여주시는 것처럼 말인가요?"

그는 손사래를 쳤다.

"당신의 신하 칼카리브는 충성스럽지만 멀리 보진 못하더군요. 당신의 혈족 니만은 야심만만한 사람이오. 눈에 훤히 보여요. 나는 그런 사람들에게 관심 없소. 그러나 수수께끼 여인, 당신은⋯ 여전히 내게 신비로 남아 있소."

"위대한 지혜의 소유자이신 왕께요? 나는 신비가 아닙니다. 나는 사바입니다. 왕의 새 선단이 나의 미래와 나의 대상을 위협합니다. 그러나 우리가 협상을 할 수 있다면, 항구를 건⋯."

그는 한 손을 들었다.

"그 얘기를 할 시간은 충분하오. 당신에 대해 알고 싶은 것들이 있소."

"이렇게 되면 내 나라에선 청원자의 입장에 놓입니다."

"그럼 당신에게 청원을 하겠소." 그의 말은 부드러웠지만 절박함이 담겨 있었다. "당신이 이해해줬으면 하는 것이 있소. 내일 당신에게 내 도성을 보여주겠소. 내일 저녁에는 당신과 수행단을 위해 연회를 베풀겠소."

"연회 이야기는 듣지 못했습니다."

다시 울화가 치밀었다. 그리고 그것이 진정한 분노라기보다는 무력감에서 나오는 감정이라는 것을 깨달았다. 나는 관여하는 모든 일의 시기를 내가 결정하는 데 익숙해져 있었다. 그러나 이 왕 앞에서는 벽을 들이받는 기분이 들었다.

"내가 방금 결정했소."

"좋아요, 도성으로 같이 들어가겠어요. 하지만 한 가지를 해주셔야 합니다."

"뭡니까?"

"나를 멋대로 좌지우지하려 들거나 이렇게 불러서 계속 모욕할 생각 마세요."

"내가 당신을 모욕한다고 생각하시오?" 그의 눈썹이 올라갔는데, 정말 놀란 것인지 놀란 척하는 것인지 알 수가 없었다. "이곳 외에는 나 혼자만의 공간이 전혀 없소!"

"왕께서는 남자의 왕국에 있는 남자십니다. 내가 페니키아의 바알에셸(히람의 아들—옮긴이)이라면, 우리는 이런 대화를 나누지 않을 것입니다. 물론 내가 이런 설명을 할 필요도 없겠지요."

"당신이 바알에셸이라면 내 정원으로 초대하지도 않았을 것이오."

"그렇지요."

"나는 여자를 희롱하는 사람이 아니오."

"그렇게 말한 적 없습니다."

"하지만 당신의 내시가 곁에 있으니 더 용감하군요."

"바알에셸의 자문관을 그에게서 떼어놓으시겠습니까? 그가 왕을 왕의 평의회로부터 떼어놓을까요?"

"모르시겠소? 나는 조약에 질렸소! 협상에 질렸단 말이오. 당신도 그렇다는 거, 나는 알 수 있소."

고작 사백 명의 아내를 취한 후에 질리다니. 냉소적인 생각이 밀려왔다.

"그것이 아니라면 나는 왜 이곳에 왔지요? 왕께서 나의 사절을 요구하셨고 내 왕국의 미래를 위협하셨습니다. 글쎄요, 나는 왕께 사절보다 나은 것을 내놓았습니다. 내가 별미를 맛보러 왔다고 생각하지는 마세요."

그의 표정이 달라졌다. 잠시 그는 상처 입은 듯 보였다.

"당신과 나, 우리는 비슷하오. 그러나 당신이 오로지 조약을 위해서 온 거라면, 나의 대답은 거절이오."

나는 눈을 깜빡였다.

"진심으로 하신 말씀은 아니겠지요."

"진심이오. 내 마음을 움직이려고 시도할 수 있겠지만, 그러려면 상당한 설득력을 발휘해야 할 거요. 당신에게 그럴 마음이 있다 해도 나를 설득할 능력이 있을지는 의문이로군요."

베일 아래서 나는 벌린 입을 다물지 못했다.

"이렇게 논의가 정리되고 당신이 얻을 것이 없어도, 내일 나와 함께 도성을 보시겠소?"

"왕의 신전에 피워 올릴 향을 구할 수 없을 텐데요! 향을 피우는 것이 왕의 신이 내린 명령 아닌가요? 명령을 어긴 자에게 쏟아지는 신의 복수를 어떻게 감당하시렵니까?"

"내가 다른 곳에서 향을 구하지 못할 것 같소?"

"사바의 금도 얻지 못하게 될 것…."

그는 왕궁과 신전 방향으로 두 손을 펼쳤다. "황금이 무슨 필요가 있소?"

"아내를 더 원하시는 것은 아니잖습니까!"

그는 이 말에 웃음을 터뜨렸다.

"하고 많은 것 중에, 또 다른 아내가 필요할 이유가 무엇이겠소?"

"그럼 나는 무엇을 위해 여기까지 온 것입니까?" 나는 따져 물었다.

"나는 당신이 지혜롭다고 생각했소." 그 말과 함께 그가 돌아섰다.

"나는 빈손으로 돌아갈 수 없어요. 왕께서도 잘 아시는 사실입니다. 나의 평의회가 전쟁을 하자고 소리 높일 것입니다."

그는 손사래를 쳤다. "그쪽 신하들을 깜짝 놀라게 만들 선물을 보내겠소. 그리고 여왕의 대상이 다닐 다른 경로들도 있소. 동쪽, 큰 만으로 가서 두 강 사이….."

나는 극심한 공포를 간신히 억누르고 그의 변덕스런 마음을 움직일 사소한 지렛대라도 찾으려 했다. 수많은 비상사태에 대비해 준비를 했지만 이런 것은 정말 뜻밖이었다.

우리 사이에 세네트 놀이판이 놓여 있고 말이 하나 죽은 모습을 상상했다. 나는 테라스 담에 두 손을 얹었다. "왕께서는 조약과 협상에 질리셨고, 나는 선물에 질렸군요. 그러니까 우리는 교착상태에 빠진거네요." 그렇게 간단히 말하고 메슥거리는 속을 진정시켜 보려 했다.

"그런 것 같소." 그가 속삭였다.

어스름 어딘가에서 새 한 마리가 밤 노래를 지저귀었고 어머니가 아이들을 집으로 불러들였다.

"저는 가을 늦게까지는 떠날 수 없으니 도성으로 들어가 죽은 듯이 연회를 벌이는 것이 좋겠네요."

나는 그가 어깨 너머로 나를 돌아보는 것을 보았다. 아니, 느꼈다.

"내일 뵙겠습니다, 솔로몬 왕이여." 나는 그렇게 말하고 자리를 떴다.

이겼다고 생각할 테면 하라지.

***

그날 밤 숙소로 돌아온 후, 나는 내실로 들어와 문을 닫고 문에 기대어 서서 이마를 짚었다.

잠시 후, 베일을 벗어던지고 바로 요강에다 토했다.

22

나는 겁이 없었다. 무모했다.

이제는 지혜로워져야 했다.

이집트는 약했다. 바알에셀은 이제 막 왕위에 올랐고, 선단은 아직 완성되지 않았다. 그리고 나는 이 여행을 다시는 하지 못할 것이 분명했다.

어떻게 한 번 대화를 나누었는데 처음 도착했을 때보다, 여행을 나서기 전보다 손에 쥔 것이 더 적을 수가 있는가?

나에게는 육 개월이 있었다. 속을 알 수 없는 왕의 마음을 바꿔놓을 여섯 달. 사바의 안전한 미래를 확보할 여섯 달.

그러나 그날 밤 뜬눈으로 자리에 누워 생각해보니 나는 내놓을 것이 없었다. 그는 향료나 황금에 꿈쩍도 안할 사람이었다. 조약에 싫증난 사람이었다. 아첨은 경멸했다. 얼마나 많은 여자들이 뻔한 술수를 부리다 그의 혐오감만 샀을까.

그는 내게 자신의 도성을 보여주고 싶어 했다. 그러나 나의 찬사를 얻기 위해서는 분명 아니었다. 찬사는 넘치게 받는 사람이었다.

그는 내 손이 경이로운 물건이라도 되는 것처럼 살폈었다.

뭔가 경배할 대상을 원했던 것이다.

그러나 그는 자기 신이 다른 모든 신보다 위에 있다고 주장했다.

황금과 부에 질렸다고 말하면서도 중독된 사람처럼 황금과 부를 추구했다.

그러니까 값진 것을 원하기는 했다. 그러나 값진 것은 이미 가지고 있었다.

나는 머리를 쥐어뜯으며 테라스로 나가 무심한 달을 올려다보았다. 정복의 영광에 시큰둥해진 왕의 마음을 어떻게 움직일 수 있을까?

한숨을 내쉬고 들어가려는 순간, 저 아래 옥상 중 하나에서 사람의 움직임이 눈에 띄었다. 누군가 옥상 가장자리에서 조금 전의 나처럼 하늘을 올려다보고 있었다.

누구인지 궁금했다. 상인? 서기관? 이 늦은 시간에 무슨 생각을 하는 걸까, 저자의 영혼을 괴롭히는 문제는 무엇일까? 올리브유의 수송? 동쪽 하늘에 동이 터올 때까지도 끝나지 않은 업무?

그 사이에도 달은 여왕과 평민, 우리 두 사람을 똑같이 비추었다.

나처럼 왕도 그의 테라스에서 서성였을까? 무엇이 그를 쉬지 못하게 했을까? 외국 군대의 침입은 아니었다. 잠자리를 데워줄 여자가 부족해서도 아니었다. 알마카께서도 아시다시피, 그는 매일 밤 다른 아내와 잠자리를 해도 일 년에 다 만나지 못할 만큼 아내가 많았다.

수수께끼 여인, 그는 나를 그렇게 불렀다. 하지만 어찌할 바를 모르는 쪽은 나였다.

'당신에 대해 알고 싶은 것들이 있소. 당신이 이해했으면 하는 것들이 있소.'

다시 아래쪽 지붕을 내다보았다. 그자는 사라지고 없었다. 그도 돌 던지면 닿을 거리에 있는 이 여왕처럼 잠 못 이루고 뒤척일까.

다음 날 왕과 나는 각기 소규모의 수행원들을 거느리고 나갔다. 오전에 샤라는 내 눈 밑의 처진 살과 씨름을 했다. 젖으로 마사지한 후 눈가에 평소보다 진하게 콜을 칠했다. 나는 왕을 보자마자 피로를 잊었다. 왕은 소년처럼 내 손을 만지게 해달라고 했던 것은 물론이고, 둘이 따로 만나 이야기한 적도 없는 것처럼 궁정 정원에서 나를 기다렸다.

'귀를 기울이는 사람은 이로운 것의 주인이 된다.' 고대의 현인 프타호테프는 분명 그렇게 말했다. 상황이 악화된 지난 며칠간 나는 그의 글을 쉬지 않고 읽었다.

나는 내 목소리를 낼 작정으로 이곳에 왔다. 그것은 오류였다. 바로잡아야 했다. 지금 당장. 오늘 하루. 다음 날도 그다음 날도. 선단을 손에 쥐고 남쪽으로 돌아갈 때까지.

우리는 아래 도시로 내려갔다. 가마를 거절하고 직접 걸으니 기분이 좋았다.

나는 예의를 갖춰 고개를 기울여 왕이 가리키는 것들을 보았다. 그의 아버지가 세운 도성에 해당하는 구역. 그의 자문관과 지휘관들이 많이 사는, 계단식으로 된 옛 궁전 밀로. 도성에 물을 공급하는 수원인 기혼 샘을 지키는 탑.

"왕궁부터 산 위의 성전까지 이 모든 것을 내가 건설했습니다." 그는 팔을 펼치며 말했다.

"이전에는 성전이 어디 있었나요?"

"우리의 성전은 천막이었습니다. 우리 민족은 오래전 당신의 민족처럼 천막에 살았어요. 우리 신께서도 천막에 거하셨습니다."

"왕의 아버님께서 도성을 건설하셨는데, 왜 성전도 함께 건축하지 않으셨죠?"

"내 아버지는 용사셨고 많은 사람을 죽이셨어요. 야훼의 집을 짓는 일은 그분의 역할이 아니었습니다."

"그럼 왕의 손에는 피가 묻지 않았나요?"

"어느 한쪽이라도 피가 묻지 않은 주권자의 손이 있습니까? 여왕님의 손은 깨끗한가요?"

물론 나는 대답할 필요가 없었다.

"성전의 위치는 내 아버지가 제단을 쌓으셨던 곳이고, 그곳은 아브라함이 아들을 제물로 바치라는 말씀을 들었던 곳이라고 합니다."

이런 시시한 이야기를 얼마나 더 늘어놓아야 할까? 그의 도성을 거닐고 페니키아 장인들의 솜씨에 찬사를 보내러 여기 온 것이 아니지 않은가.

"그 이야기는 들었어요. 선조 아브라함이 아들을 희생제물로 바쳤을 거라고 생각하세요?"

그는 나를 쳐다보지도 않고 고개를 가로저었다. "사람이 신의 이름으로 어떤 일을 해낼지 누가 알겠습니까?"

"그건 신의 능력 때문인가요, 아니면 인간의 믿음 때문인가요?"

그는 어깨를 으쓱했다. "둘이 다릅니까?"

우리는 시장을 가로질러 갔다. 그 때문에 바로 소란이 일어났다. 상인들과 주부들, 농부들이 미끄러지듯 일시에 뒤로 물러나 공손하게 허리를 굽혔다. 솔로몬은 좌판마다 들러 평범한 시골 소년처럼 살구와 석류 향기 맡는 것을 즐기는 듯 보였다. 물론 모든 상인은 그에게 와서 맛을 보시라고 목소리를 높였는데, 왕이 자신의 농산물에 감탄하셨다고 두고두고 뽐내려는 것이었다. 살구나 달콤한 과자, 염소치즈 따위를 맛보러 온 것은 아니었지만, 왕이 내게 하나씩 들이밀 때마다 나는 베일 아래로 일일이 맛을 보았다.

"여왕께서 좋아하신다!" 그가 기뻐하며 말했다.

우리는 다시 언덕을 올라 궁전으로 향했다.

"야훼를 위해서만 거대한 성전을 지으면 다른 신들이 질투하지 않나요?"

"나는 아내들을 위해 산당에 필요한 자금을 댑니다."

"왕이 섬기는 신이 질투하시지 않습니까?"

"나는 어떤 신도 내 신 앞에 놓지 않아요. 그리고 보시다시피,

내 도성 안에는 그분의 성전뿐입니다."

"그러면 풍성한 수확과 성공적인 무역을 어떻게 기대하죠? 밭과 자궁의 다산은 또 어떻고요. 왕이 섬기는 신은 환대와 천둥을 아우르는 그 모든 것의 신인가요?"

"그분은 창조된 모든 것의 신입니다."

"한 신을 섬기는 신앙은 이집트에서 철저히 실패했어요. 정말로 그런 종교가 살아남을 수 있다고 생각하시나요?"

"올바른 신을 섬기기만 한다면."

"신이 얼마나 많은데요! 만약 왕의 선택이 잘못된 것이라면, 아크나톤의 경우처럼 왕의 기록이 삭제되는 보복이 있을 텐데, 두렵지 않나요?"

"두렵지 않습니다." 그가 부드럽게 말했다. "나의 신께서 나를 택하셨으니까요."

나는 잠시 멈추었다.

내가 대여사제가 되었던 날이 나도 모르게 떠올랐다. 내가 주관했던 온갖 의식도. 하나뿐인 내 귀한 물건을 그 전까지 섬기지 않았던 신에게 바쳤던 밤도.

나는 알마카를 선택했다. 그런데 알마카 신이 나를 선택한 적이 있을까?

나를 살피는 솔로몬의 모습이 곁눈질로 눈에 들어왔다.

"신이 왕을 선택한 것을 어떻게 확신하시나요?" 나는 부드럽게 물었다. "그 신이 꿈에 왕을 찾아왔기 때문인가요? 그렇게 말하면 나는 머리가 셋 달린 염소가 나오는 꿈을 꾼 적이 있어요."

그는 길에서 돌을 하나 집어 옆으로 던졌다. "한 번도 그런 질문을 할 필요가 없었기 때문입니다."

나는 입을 다물었다.

"이마를 찌푸리고 계시군요. 빌키스 여왕님."

"이곳 신전을 건축할 때 돌 다듬는 망치 소리가 전혀 들리지 않았다는 것이 사실일까 생각했어요."

"사실입니다."

"아, 그리고 내 창턱으로 날아오는 후투티가 그러더군요. 정령들이 성전을 하룻밤 새 다 지었다고."

솔로몬이 미소를 지으며 말했다. "그 후투티 새는 이야기를 많이 지어내는 것으로 알려져 있습니다." 그는 나를 다시 바라보았다. "하지만 그런 이야기들의 핵심에는 늘 모종의 진리가 들어 있더군요."

나는 어느 옥상의 무엇인가에 눈길을 주는 척하며 말했다. "왕의 아버님이 제 할아버지와 같으셨다고 들었습니다. 백성의 통합자이셨다고. 우리는 그런 왕을 '무카리브'라고 부릅니다."

왕은 기가 막힌다는 표정으로 나를 바라보았다. "아니, 나를 여왕님의 아버지와 비교하시는 겁니까?" 그다음 그는 일행에게 말했다. "여왕께서 나더러 늙었다고 하시는군요!"

이렇게 쉽사리 명랑해지다니. 바로 어젯밤, 이야기 하나에 사로잡혔다고 하던 왕, 지금도 내 왕국의 이익을 볼모로 잡고 있는 이 왕이!

"사바에 이런 말이 있습니다. 어린 유향나무의 수액이 더 희지만, 오래된 나무의 향이 더 진하다."

신하들이 웃었고 그중 몇몇은 공손하게 박수를 쳤다. 우리는 왕궁을 지나갔다.

"그러니까 왕께서는 저처럼 유목민의 피를 타고 나셨군요."

"모두가 그렇지요."

"하지만 왕의 민족은 훨씬 나중에 정착을 하셨지요." 내가 날카롭게 지적했다. "백성들은 도성에서 어떻게들 지내나요? 평화롭습니까, 아니면 아직도 천막을 그리워합니까?"

솔로몬이 한숨을 쉬었다. "누구나 자기 부족의 핏줄을 기억하지요."

나도 그렇게 말한 적이 있었다.

"그리고 이곳의 율법 말입니다. 야훼께서 주셨다고 하는데, 도시에서 살아가는 지금은 그것을 어떻게 적용하지요?"

"그 법은 우리에게 공동체로 사는 법을 가르쳐줍니다."

"그 법의 내용을 들어보았어요. 엄격하더군요. 폐하의 신은 까다롭습니다. 이곳 백성은 늘 처벌을 두려워하며 살지 않나요? 사제나 왕이 내리는 처벌에다 신이 직접 내리는 처벌까지 있으니까요. 폐하의 신은 존경이 아니라 두려움의 대상이 되기를 원하시는 건가요?"

"그분은 사랑받기를 원하십니다."

여러 해 전, 아슴과 나눈 대화가 생각이 났다. 까마득히 먼 옛일 같았다.

"아무리 왕이라고 해도 어떻게 신의 마음을 알 수 있지요?"

"이런 말씀이 있으니까요. '너는 마음을 다하고 뜻을 다하고 힘을 다하여 주 너의 하나님을 사랑하라.'"

"하지만 우리 모두가 그렇듯 이곳 사람들도 율법을 지키고 희생제사를 바쳐서 신의 호의를 사지 않나요? 그것이 사랑인가요?"

그가 발걸음을 멈추었다. 다른 사람들의 존재는 다 잊어버린 듯했다. "사람이 어떻게 신을 사랑하느냐고요? 경외함으로 사랑합니다. 그다음에는 우정으로. 내 아버지께서는 야훼의 친구였습니다."

나는 눈을 가늘게 뜨고 그를 쳐다봤다. '신의 친구라고?'

그는 이렇게 덧붙였다. "나의 신은 이렇게 다릅니다. 우리 율법이 다른 것처럼."

"법이 살인이나 강간이나 절도를 금하기는 다 마찬가지 아닌가요? 그런데 하나의 법이 다른 모든 법과 어떻게 다르다는 겁니까?" 나는 그렇게 물었다. 내 마음은 이미 백 가지 다른 질문으로 달려가 버렸지만.

"우리 율법은 다른 사람들을 존중함으로써 그분에 대한 존경을 드러내야 한다고 말씀하시는 신이 내리셨다는 점에서 다릅니다. 그래서 배고픈 이웃을 먹이고 이웃의 물건을 훔치지 않는 것은 우리의 이웃이 아니라 그를 만드신 분의 형상을 존중하는 일이 됩니다. 여왕께서는 우리의 신에게 얼굴이 없다고 하십니다만, 그것은 사실이 아닙니다. 야훼의 얼굴은 바로 우리 눈앞에 있습니다. 우리가 보는 모든 사람 안에 있습니다. 우리는 그분의 형상을 따라 만들어졌기 때문입니다. 어떤 우상보다 친절하게 대하고 흠모해야 할 대상은 바로 살아 있는 사람들입니다."

몇 발자국 앞서 가던 신하들이 발걸음을 멈추고 뒤로 돌아 귀를 기울였다.

"무시무시한 조각상이나 아름다운 조각상을 사랑하기는 쉽습니다. 그러나 아름답지 못한 사람들, 말이나 행동으로 상처를 주는 사람들을 사랑해야 사랑의 진정성이 입증됩니다. 우리가 사랑하는 것은 연민 때문이 아니고 이웃들을 위한 것도 아닙니다. 바로 우리 자신을 위한 것이지요. 여기에 비밀이 담겨 있습니다. 야훼께서 우리에게 상처를 주시지 않는 것처럼 우리의 이웃도 우리에게 상처를 주지 않습니다. 우리가 마음을 추스르지 못하여 자해를 하는 것이지요. 그래서 야훼께서는 우리의 치유를 위해 용서를 명하십니다. 우리가 스스로를 존중하고 다른 사람들을 우리 자신처럼 존중할 때 야훼께서 기뻐하시고 영광을 받으시기 때문입니다. 그분은 사람의 행동이 아니라 마음을 보시는 분입니다."

이런 말은 한 번도 들어본 적이 없었다. 공로와 호의의 가르침, 축복과 저주의 신앙에서 너무나 벗어난 이야기였다. 논리를 거역하는 이야기였다.

그는 부드럽게 웃었는데, 생각에 잠긴 그의 표정이 어딘가 묘했다.

"어려운 질문들로 나를 시험하시는군요. 여왕폐하."

"능숙하게 답하시는군요, 국왕폐하."

"폐하께서 철학을 논하십니다." 여로보암이라고 소개를 받았던

남자가 왕에게 들릴 만큼 큰소리로 웃었다. "이 속도로 가다가는
절대로 성전에 도달하지 못할 것입니다."

"노역에 대해 보고하러 북쪽에서 온 사람입니다. 언제 돌아가
나 궁금해하고 있지요." 왕은 내게 말하듯 큰 소리로 말했다. 여로
보암은 한바탕 웃고서 계속 걸어갔다.

성전 문을 향해 나아가면서 나는 왕을 곁눈질로 쳐다보았다.

'즐기고 있어.'

신전 안뜰에 들어선 나는 멈추어 섰다. 바로 앞에 서니 신전은
전혀 달라 보였다! 제단을 눈여겨보았는데 네 모서리마다 뿔이 있
었다. 그 맞은편에 사람보다 높은 거대한 물통이 청동 황소 열두
마리의 등에 얹혀 있었다. 왕은 황소가 이스라엘의 지파를 나타
내며 요르단 평야의 점토에다 부어 만들었다고 설명해주었다. 그
는 뜰의 양쪽을 가리키면서 그 길이와 높이를 설명했는데, 많이
해본 솜씨였다.

고기 굽는 냄새가 모든 것에 스며들어 있었다. 어디선가 음악과
노래가 들려왔다. 발코니에서 나는 소리 같았다.

나는 성전 건물을 가리켰다. 건물 앞에는 두 개의 거대한 놋쇠
기둥이 황금을 입힌 접문 양쪽에 종려나무처럼 버티고 서 있었다.
"들어가도 되나요?"

"그럴 수 없습니다. 여왕께서는 다른 신의 여사제시니까요." 왕
은 성소 안에 있다는 거대한 케루빔(그룹)과 금을 입힌 벽과 거기
새겨진 종려나무와 꽃을 설명하기 시작했다. 접문에 새겨진 것들과

비슷하지 싶었다. 휘장이 쳐진 내실 안에는 황금 궤, 마르카브가 있고, 그 위로 신이 유령처럼 보이지 않게 떠 있다고 했다.

"그 궤가 신전으로 실려 오고 야훼께서 그 안에서 거하시기 위해 이곳에 오신 날, 우리는 희생제물을 앞뜰 전체에 펼쳐놓아야 했습니다. 제단에 다 수용할 수가 없었기 때문이에요. 소가 이만 이천 마리, 양이 십이만 마리였습니다."

천 마리의 동물을 희생제물로 드리는 것은 보았다. 그러나 이만 이천 마리? 십이만 마리? 그동안 수많은 희생제사를 보고 주관했지만, 그렇게 많은 피는 상상이 되지 않았다.

갑자기 아침을 먹었어야 한다는 생각이 들었다. 고기 냄새가 강하게 밀려왔고 사제들의 노래가 귀에서 으스스하게 울렸다. 나는 물통 아래의 황소들을 다시 쳐다보았다. 세 마리씩 각각 동서남북을 바라보고 있었다. 그런데 그중 한 마리가 움직이는 것처럼 보였다.

'저것 봐. 소들이 각 방향으로 분리되고 있어. 물통이 떨어져서 쏟아지겠어!' 나는 깜짝 놀라 우레 같은 굉음에 대비해 두 손을 들었다. 그때 누군가 나를 붙들었다. 왕이었다.

"여왕이여, 괜찮으십니까?"

다시 물통을 쳐다보았다. 그런데 웬걸, 황소들은 조각상답게 꿈쩍도 않고 제자리에 있었다.

"웅장하군요." 이곳, 성전 앞뜰에서 졸도하는 일은 없기를 바라며 말을 더듬었다. "내가 들었던 이야기도 믿지 않았는데, 이야기는 사실의 절반도 안 되는군요."

맞는 말이기도 했지만 그가 너무나 듣고 싶어 하는 말이었다. 나는 그것을 알 수 있었다. 또 더 이상 그렇게 서 있을 엄두가 안 나서 한 말이기도 했다. 벌써 귀가 울리기 시작했다.

나는 이렇게 말하고 있었다. "이곳 희생제사에 쓸 동물들을 선물로 제공하고 싶습니다. 내가 자격이 없다면 여기 대리인들을 통해서라도 드리고 싶어요. 안쪽에 궤가 있다고 하셨는데…."

우리 일행은 발걸음을 돌렸다. 고맙게도 시야가 맑아지기 시작했다.

"그렇습니다. 나의 신과 내 백성 사이의 언약을 상징하는 궤가 있고 그 안에는 돌판에 새겨진 십계명이 들어 있습니다."

"사바의 여왕 직의 상징물도 그런 궤입니다. 제가 도성에 들어오던 날 보셨던 것 말입니다."

그가 말했다. "이집트에도 그런 상자들이 있습니다. 그러나 이것과 같은 것은 없습니다."

그러시겠지.

"이것은 인간 주권자의 자리가 아니라 주권을 가진 신의 자리이기 때문입니다. 신께서는 이곳 성전에 거하시고 제사장들조차도 일년에 단 한 번, 자욱한 향 가운데 떨면서 가장 거룩한 내실로 들어갈 수 있습니다. 누구도 그분을 볼 수 없기 때문입니다."

"신전에 여사제는 없나요?" 나는 미심쩍게 물었다.

솔로몬은 고개를 가로저었다. "허락되지 않습니다."

그의 아내들이 다른 신들을 섬기는 것도 당연했다.

우리는 왕궁으로 돌아와 건축이 진행 중인 곳을 둘러보았다. 왕은 돌을 삼 층으로 쌓은 다음 네 번째 돌을 올리기 전에 백향목 기둥을 얹고 빈틈을 자갈로 메우는 광경을 가리켰다. 지진을 견디게 하는 절묘한 페니키아 건축 공법이었다.

나는 이 모든 것에 관심을 가졌지만, 머릿속에서는 왕이 원하는 것이 무엇인지, 이 지략의 전쟁을 어떻게 치를 것인지에 관한 질문이 맷돌처럼 맴돌고 있었다.

왕은 어려운 질문을 귀하게 여겼다. 그는 논리를 반박했고, 찬사를 갈망했고, 내 손의 감촉을 떠받들다시피 했다. 그는 퍼즐이었다. 내가 빨리 맞춰내야 할 퍼즐이었다.

***

다음 날 저녁, 왕의 홀에서 열린 만찬에 참석했다. 나의 자문위원들과 무역상은 여전히 때맞춰 도성을 벗어나 있었지만, 낮에 왕과 농담을 주고받았던, 노역 감독을 돕는 젊은 유망주 여로보암과 왕의 동생 나단의 아들, 타셰레와 나아마의 아들들이 다 그 자리에 있었다. 나는 두 아내가 같이 앉지 않는 것을 눈여겨보았다.

솔로몬이 여로보암의 목덜미에 손을 얹고 말했다. "이 젊은이는 내게 아들과 같습니다. 기쁨을 더해주지는 않지만 나의 자랑이지요." 그는 빙그레 웃으며 말했다.

여로보암은 마음이 상한 시늉을 하며 입을 벌렸다.

"이 사람은 지나치게 경건하고 내 예언자의 호통을 너무 심각하게 받아들이고 많은 문제에 대해 툭하면 나를 책망합니다. 왕에게

도전하는 것은 건강에 좋지 않다는 사실을 배우지 못했어요. 하지만 아직 젊으니 내가 끝내 마음을 돌려놓고 말 겁니다! 이 친구는 내가 무뎌지지 않게 지켜줍니다." 왕은 그의 어깨를 두들겼다. 말은 그렇게 해도, 그를 좋아하는 것이 분명했다.

"왕께서는 예언자를 귀하게 보십니다. 무엇보다 의견을 달리하기 때문이지요." 여로보암이 말했다.

왕이 고개를 끄덕였다. "그렇습니다. 너무 쉽사리 동의하는 사람은 결코 진실을 말하지 않습니다."

내 궁정에서 대놓고 반대의견을 내놓는 사람은 교살당할 위험이 있다는 말을 나는 꺼내지 않았다.

나는 궁정의 무희들과 음악가들을 공개적으로 칭찬했다. 그러나 왕은 점점 움츠러들고 말수가 적어졌다.

그 후 우리는 느긋하게 앉아 배부른 것을 탓하며 요리를 만든 주방 사람들과 왕의 식탁에 오른 이국적 음식들에 찬사를 보냈다. 왕의 서기관 엘리호렙이 와서 야곱과 야훼 종교의 기타 족장들 이야기를 들려주었다.

"서기관이 저렇게 활기차고, 문자를 기록하는 일뿐 아니라 말하는 것도 저렇게 좋아하는 줄은 미처 몰랐습니다." 나는 감탄했다. 물론 그 말은 절반만 진실이었다. 내가 건네는 뇌물을 받고 석판과 두루마리 서재를 보여주었던 사바의 서기관은 탁월한 이야기꾼이었다. 청중이 나쁘긴 했지만.

왕은 내 얼굴의 조각을 맞춰보기라도 하려는 듯 내 베일을 그

윽이 바라보았다. 조각 몇 개가 빠진 모자이크의 그림을 짐작해보려는 사람의 눈길과 비슷했다.

"우리는 이야기에 대한 감각을 잃었지만 저들은 간직하고 있습니다. 나는 이야기가 매우 가치 있다고 봅니다. 이야기는 우리가 서로 붙어 있게 해주는 회반죽입니다. 우리가 어떻게 한 나라를 이루었는지 기억하게 해줍니다. 그래서 아시다시피… 나는 모든 미술, 음악, 시를 장려합니다. 달리 어떻게 신의 마음… 또는 우리를 조롱하는 악마들의 마음을 이해할 수 있겠습니까?" 그의 눈길이 내 눈에 닿았다가 다시 베일로 옮겨갔다.

그 순간, 신비에 싸인 내 얼굴이 실제 얼굴로는 기대할 수 없는 방식으로 그를 사로잡는다는 사실을 깨달았다.

'참으로 당신은 나를 괴롭게도 하고 기쁘게도 하는군요…'

그는 평범한 협상을 원하지 않았다. 조각한 형상을 가진 신이나 신비롭지 않은 여자도 원하지 않았다.

이제 나는 감을 잡기 시작했다.

***

그날 저녁 늦은 시간, 나는 일행을 대표해 우리가 너무 배가 불러 기대고 앉은 자리에서 졸게 생겼다고 물러날 것을 청했다. "보세요, 제 시녀들이 거의 잠들었습니다." 그러고 나서 야푸쉬와 함께 숙소를 빠져나와 다시 정원 층계를 올랐다.

왕은 기다리고 있었다. 나를 보고 그의 얼굴에 밀려오는 안도감을 나는 놓치지 않았다.

그가 내게 다가오며 말했다. "이 정원에서 다시는 당신을 못 볼 줄 알았소. 그 생각에 저녁식사 시간 내내 울적했소."

"하지만 이렇게 왔잖아요. 말씀하신 대로, 다른 곳에는 왕 혼자 계실 공간이 없어요. 모욕이니 어쩌니 했던 거 용서하세요."

"어제는 몸이 좋지 않으신 것 같던데." 그가 고개를 살짝 기울인 채 내 눈을 들여다보며 말했다.

"그것을 알아차리시다니. 설마 모르는 것이 없는 것은 아니겠지요?"

"내가 하렘에서 자랐다는 것을 잊으셨소? 나는 여자들의 침묵의 언어를 다른 남자들보다 훨씬 잘 알아요. 감히 말하건대 몇몇 여자들보다 더 잘 압니다."

"왕께서 그 언어를 유창하게 구사하실 만큼 부인이 많으시다는 것을 알마카 신도 아십니다."

그는 웃었다. 웃음소리가 미풍처럼 정원에 퍼져나갔다.

"연기를 잘하시더군요. 내 건축 사업에 관심이 있는 것처럼 보였어요."

"연기가 아니에요. 잊으셨나요? 사바는 큰 댐의 나라이고 신전도 많은 곳입니다."

"잊지 않았소."

우리는 자리에 앉았다. 이곳에 왔던 첫날 저녁에는 자리가 하나뿐이었는데, 이제는 두 개가 놓여 있었다. 적대 관계의 사람들처럼 마주보게 배치하거나, 절친한 사이처럼 나란히 놓지 않고 비스듬히 자리를 두었다. 영리하기도 하지.

"말해 보세요. 당신의 신은 어떤 신전에 거하십니까?" 솔로몬
이 물었다.

"그거야 모든 신전에 계시지요." 나는 살짝 놀랐다는 듯이 말
했다. "달의 손길이 닿는 모든 곳, 바로 거기에 알마카 신이 계십
니다. 해와 마찬가지지요. 우리의 성소가 하늘로 열려 있는 이유
이기도 합니다."

"당신이 아버지이신 달의 신에게 제사를 바치지 않으면, 그가
새로운 모습으로 돌아오지 않는 건가요?"

나는 한숨을 내쉬고 의자에 등을 기댔다. "물론 오시지요. 왕께
서도 아시다시피, 우리가 제사를 드리는 것은 신이 아니라 우리를
위해서입니다. 신들에게 고기나 피나 황금이 무슨 필요가 있겠습
니까? 야훼께서 왕을 그분의 형상대로 만드셨다고 하셨지요? 우
리는 신들을 우리의 형상으로 만듭니다."

나를 바라보는 그의 눈을 느끼면서도 나는 여왕이 되고 나서 얼
마 후 아슴과 나누었던 대화로 되돌아가고 있었다.

"그것만 봐도 왕께서 섬기시는 보이지 않는 야훼의 지혜를 알 수
있어요. 조각한 형상이나 이름을 거부하는 신, 이스라엘의 이야기
에 따르면 '나는 나다'로만 자신을 알리는 신. 다른 사람들의 얼굴
에서만 볼 수 있는 신. 그 말을 하루 종일 생각해봤어요."

그의 얼굴은 깜빡이는 횃불 아래 달라져 있었다. 얼마 전의 우
울함은 고치처럼 줄어들다 마침내 사라졌다.

그가 차분하게 말했다. "당신의 이야기를 들었소. 당신이 '마르카브'라 부르는 궤의 이야기도. 그 이야기가 사실이오?"

"어떤 이야기를 들으셨는지에 달려 있겠지요."

"당신이 아카시아 궤에 뛰어올라 외침으로써 부하들을 승리로 이끌었다는 이야기. 솔직히 나는 당신이 예루살렘에 도착할 때, 화장을 한 고지대 야성의 여자를 보게 될 거라고 막연히 생각했었소. 남쪽에서 해가 뜰 거라는 당신의 말은 거짓이 아니었소! 도성 사람들은 당신의 대상이 태양불의 자취처럼 빛났다고 하더군요. 그다음에는 그 모습이 뱀과 더 비슷했다고 했소. 경로상 여러분은 씻기 어려웠을 겁니다."

"물론이지요."

"하지만 나는 여기 정원에 서서 당신이 오는 것을 알리는 향수 냄새를 맡을 수 있었소."

"그러면 나는 일종의 악마가 되는 것이겠군요."

그는 손사래를 쳤다. "그 신화는 깨어진 지 오래요. 당신은 발을 보여주었소. 당신의 발이 염소발이라는 소문이 돌았거든요."

"순전히 그것을 확인하기 위해 일부러 못을 만드신 건가요?" 내 얼굴이 창백해졌다.

"그렇소. 그것은 당신이 도착하기 전날까지도 완성되지 않았었소. 나는 당신에 대한 그 이야기를 반박하고 싶었소."

"그 이야기가 사실이 아닌 줄 어떻게 아셨나요?"

그는 익살맞은 표정을 지었다.

나는 빙그레 웃었다.

"왜 그 못을 둘러오지 않았소?"

"이유는 간단해요. 모래밭을 가로질러 먼 여행을 하고 난 뒤라, 아주 기분이 좋을 것 같았거든요."

그 말에 그는 웃었다.

덧붙이지는 않았지만 내가 하고 싶었던 말이 있었다. 그 무엇도 나를 막을 수 없다는 것을 보여주고 싶었다는 말이었다.

"왕의 백성들이 내가 염소발을 한 악마라고 생각했다면, 그들의 족장 모세가 마법사였다는 사실은 알고 있나요? 그는 지팡이를 뱀으로 바꾸고 바위에서 물을 내고 이집트에서 온갖 기적을 행하지 않았습니까? 이집트의 마법사들처럼 말이에요."

우리는 같이 웃었다. 그는 내 아버지에 대해 여러 가지를 물었고 어머니에 대해서도 물었다. 두 사람이 같은 부족 출신인 이유에 대해서도 물었다.

나는 간단히 말했다. "나는 사랑의 열매였어요."

"나도 그랬소." 그의 얼굴에 슬픔의 기운이 스쳤다. "나는 아버지의 첫째 아들이 아니었소. 둘째나 셋째도… 심지어 다섯째도 아니었소. 열 번째 아들이었다오. 그러나 왕이 될 사람은 바로 나였소. 나의 신께서 나타나시는 꿈을 꿀 사람도."

마음 한구석에서 뭔가가 걸렸다. 다시금, 황소들이 서로 떨어져 나가는 모습이 떠올랐다. 왜 그 모습이 자꾸만 떠오르는 걸까?

"부인들은 오늘 밤 왕께서 그중 한 명과 함께 있지 않다고 화내지 않으실까요?" 잠시 후 내가 물었다.

그는 어깨를 으쓱했다.

"물론 그들은 하렘에서 어느 여자가 나갔다 들어오는지 다 파악하고 있을 겁니다. 타셰레와 나아마는 분명 다 세고 있겠지요."

그는 한숨을 내쉬고 얼굴을 문질렀다. "그렇소. 그들은 나를 찾아와 손가락과 부드러운 입술로 나의 총애를 얻어내려고 하지요."

그랬다. 내가 아무것도 요구하지 않는 모든 순간이 그가 나를 소중히 여기게 될 기회였다. 그러나 어떻게 그럴 수 있을까? 다시금 나는 협상 없이 협상을 하고, 요청하지 않고 요청해야 하는 불가능한 상황에 놓였다!

"물론 그렇겠지요. 그들이 왕이 아니라 남편을 알현할 수 있는 기회는 그때뿐이잖아요."

나는 쿠션에 몸을 기댔다. "사바의 내 궁전은 상아와 보석으로 덮여 있어요. 높이 달아놓은 설화석고 원반들이 달처럼 빛납니다. 황금은 어디에나 있어요. 지켜보는 눈도 도처에 있지요. 신하들도… 어디에나 있어요. 나는 날마다 나와 조약을 맺기 원하는 이런저런 부족의 청원을 받습니다. … 내 사제 아슴에게 말한 적이 있어요. 신이 된다는 것이 무엇인지 알 것 같다고. 오만해서 그런 것이 아니라, 내가 사랑을 받는 존재인지, 그저 혜택을 베푸는 존재에 불과한지 알기가 어렵다는 뜻이었어요."

그는 말없이 나를 쳐다보았다.

나의 말이 이어졌다. "물론 모든 왕이 같은 말을 할 수 있겠지요.

하지만, 사랑조차도 다를 바 없다는 절망감이 들기 시작했어요. 이건 아무에게도 말한 적이 없어요, 사랑도 그저 합의를 주고받는 행위에 불과하지 않느냐는 생각이 든 거예요. '나를 기쁘게 해주면 당신을 사랑하겠어요.' '당신이 오로지 나만 원한다면 당신을 사랑하겠소.' '이렇게 저렇게 하면 당신을 사랑할 거예요.' 이런 식으로 죽 이어지는 거지요."

내가 그 말을 한 것은 그것이 사실이었기 때문이고, 그가 바로 그런 대화를 원하는 것 같았기 때문이다. 그러면 이해할 것 같기도 했다. 어쩌면 전날 나를 당혹스럽게 만들었던 통찰력을 발휘해 그 문제에 대한 명쾌한 답을 제시해주길 바랐는지도 모르겠다. 그러나 그는 뜻밖에도 고개를 숙이더니 얼굴을 가렸다.

그리고 그 상태로 오랫동안 앉아 있었다.

"당신은 내 마음을 참 아프게 하오." 그의 목소리는 잠겨 있었다. "그런 말로 나에게 상처를 주는군요."

"내가 상처를 주었다구요? 이것은 그냥 헛된 생각에 불과해요. 상처가 되었다면 잊으세요."

"잊을 수 없소. 그 말이 옳으니까. 사랑의 산물인 우리가 여기 이렇게 앉아 그런 암울한 생각을 하고 있군요! 그렇지 않은 사랑을 아는 바가 있나요?"

"어머니의 사랑."

"그것 말고."

"샤라. 나의 친구."

"남자의 사랑 말이오."

나는 잠자코 앉아 있었다.

"아." 그가 부드럽게 말했다. "그럼 당신은 부러워할 만한 사람이군요. 극소수의 주권자들만이 가진 것을 보유하고 있으니."

"지금은 아니에요." 나는 그렇게 말하고 작별인사를 하기 위해 일어섰다.

그가 내 손을 잡았다.

"가지 마시오. 아직은."

"내 질문에 답한다면 그렇게 할게요."

"무슨 질문이오?"

"왕께서 사랑보다 더 원하시는 것은 무엇인가요?"

그러자 그는 내 손을 놓아주었다.

"부디 잘 쉬시오, 스바."

***

그날 밤 방으로 돌아온 나는 숙소의 사람들이 모두 잠들고도 한참이 지나도록 등잔불 아래서 그의 편지들을 샅샅이 뒤졌다. 그리고 내가 그에게 쓴 글들을 한 줄 한 줄 재구성했다.

동트기 직전, 나는 한 문장을 찾아냈다.

'신들도 누군가 알아주기를 바랍니다.'

처음부터 그의 마음을 움직였던 글. 내 감정이 드러난 순간에 쓴 글이었다.

340

23

가운 안에서 비오듯 땀이 흘러내렸다. 왕의 가마 덮개 아래서 내가 한 일은 파리를 쫓는 것이 전부였다. 게셀까지 가는 동안 줄 곧 그랬다. 게셀 성의 고대 선돌에 이른 후에야 서쪽 바다에서 미 풍이 불어와 마침내 살 것 같았다.

그곳 게셀에서 우리는 칼카리브와 니만을 만났다. 그날 밤 왕의 홀 탁자에 마법처럼 나타난 우리를 보고 그들이 얼마나 놀랐던지 솔로몬 왕은 그만 웃음을 터뜨렸다.

때는 이스라엘의 탐무즈 달이었다(유대력의 10월, 양력의 6~7월에 해당—옮긴이). 칠칠절—이 칠 일 동안 나는 가만히 있지 못하고 궁전의 여러 홀과 사바 진영을 왔다 갔다 했다—과 달이 뜨지 않은 며칠을 제 외하고, 왕과 나는 매일 함께 시간을 보냈다. 우리는 도성을 빠져나 가 올리브 나무들을 살피고 언덕으로 들어가 그해에 새로 난 어린 양들과 놀았다. 아이들처럼 몰래 지하 저장고로 내려가 도성 아래의 미로 같은 터널을 누비는 동안, 그의 경호원들과 야푸쉬가 눅눅한 어둠 속에서 횃불을 들고 몸을 낮게 숙인 채 우리 뒤를 좇았다.

나는 그가 제의한 모든 외출, 연회, 국가행사, 엉뚱한 모험에 참여했고, 그 후에는 어김없이 그의 옥상 정원에서 둘이서만 만나 저녁 만찬 때 벌이던 논쟁이나 토론을 이어갔다.

그 사이에도 나는 날짜가 가는 것을 느꼈고 불안감은 점점 커졌다. 처음 도착한 날 이후 합의에 조금도 더 다가가지 못했다. 그 문제를 다시 화제에 올리지도 못하고 있었다.

그 사실을 인정하면서도 나는 그 생각을 억지로 밀쳐놓았다. 무작정 밀어붙인다고 왕의 마음을 움직일 수는 없었다. 이미 확인된 일이었다. 아직은 여름이었고 시간이 있었다.

왕은 그의 하렘을 거의 방치하다시피 했다. 그 정도가 너무 지나쳐 타셰레가 두 번째로 나를 만찬에 초대했을 때, 의미심장하게 눈썹을 올리며 그 일을 언급했을 정도였다.

글쎄, 그것은 내가 어찌해볼 도리가 없는 일이었다. 하렘의 방들에서 돌고 있을 소문도 마찬가지였다.

우리가 합류한 저녁에 칼카리브는 게셀의 새로운 성벽들과 방이 딸린 성문들에 대해 열변을 토했다. 그동안 본 것들로 활기를 되찾은 것 같았다.

"여왕폐하, 어떻게 지내십니까?" 복도에서 잠시 둘만 있게 되었을 때 그가 이중의 의미를 담아 물었다.

그것은 질문이 분명했다. 그렇지 않을까?

"잘 지내고 있어요." 그러나 내가 혼자 치르고 있는 전쟁, 기지를 발휘하고 의제를 선점해 넘어서야 할 도전에 대해서는 말하지 않았다. 니만에게도 마찬가지였다.

"제 생각에는…." 칼카리브가 입술을 오므렸다. 내 자문위원 중에서 가장 엄격하고 거친 사람이 신중하게 말을 고르고 있었다. 내 기억이 맞다면 처음 보는 모습이었다. "사바는 이 왕과 동맹을 맺는 편이 좋을 듯합니다. 그의 도로로 흘러가는 물자의 통행량을 제 눈으로 직접 보았습니다. 그는 새로운 사업을 벌이는 재주가 있는 듯합니다."

걸핏하면 전쟁하자고 나서던 사람의 입에서 나온 소리였다. "칼카리브의 얼굴을 한 이분은 누구시죠?" 나는 살짝 놀란 척하면서 그렇게 말했다.

그러나 한동안 나도 모르게 칼카리브에게 실망했다. 이 신생 왕국의 커지는 영향력과 그 왕의 엄청난 자산에 대항력을 갖춘 사람은 정녕 없단 말인가? 니만은 인상을 찌푸렸다. 왕이 그에 대한 첫 번째 평가로 했던 말이 떠올랐다. '그는 야심만만한 사람이오.'

"이 문제는 제가 폐하 대신 왕에게 말해보도록 하겠습니다, 사촌이시여." 니만이 말했다.

물론 그는 그러고 싶을 것이다. 야심만만한 사람치고 이런 왕을 '혈족'이라 부르고 싶지 않은 이가 있을까? 어차피 그 결혼으로 왕위 계승자가 생겨날 것 같지는 않으니, 니만은 내가 자기를 왕위 계승자로 지명하기를 바라는 마음도 있을 것이다.

343

"고려해 보겠어요." 대답은 그렇게 했지만 그럴 마음은 전혀 없었다.

왕과 나는 해안로에 위치한 요충지이자 북부의 행정 중심지인 므깃도에서 함께 시장을 둘러보았다. 앞으로 상업적 거래를 해야 할 사이가 아니라는 듯 왕이 의견을 물으면 내 생각을 말했다.

우리는 고대 신전의 폐허를 방문했고, 수없이 들었던 왕의 유명한 마구간에도 가봤다. 그 어느 곳에서 본 것보다 더 많은 말을 예루살렘 마구간에서 이미 보았지만, 므깃도에 있는 말의 수는 나를 완전히 압도했다.

말이라는 동물은 얼마나 매끈하고 아름다운지! 나는 말을 사바의 미래로 보고 있으며 왕의 많은 말들이 부럽다는 말은 하지 않았다. 왕이 이집트의 말 무역에서 중개인 역할을 한 것은 사실이지만, 그 이야기를 꺼낼 시간도 충분할 터였다. 배를 확보한 다음에. 배만 확보되면 말을 실어올 수 있을 터였다.

"여러분에게 드릴 선물이 있습니다." 솔로몬이 흐뭇한 표정으로 말했다. "원하는 말을 고르세요. 다 드리겠습니다. 하지만 어떤 말을 골라야 하는지 먼저 보여드리지요."

"너무 과합니다." 나는 이의를 제기했다.

그는 우리를 마구간 세 곳으로 데려갔다. 가는 동안 혈통과 종마 이야기를 그치지 않았다. 나는 검은 암말을 보고 탄성을 지르며 아름답다고 말했다. 그러나 녀석의 넓은 미간을 툭툭 치는 사이에도 내 위원들이 내 눈을 피해 재빨리 시선을 주고받는 것을 놓치지 않았다.

와하빌이었다면? 그렇게 싼 값에 넘어가지 않았을 것이다.

우리는 새롭게 강화된 성벽을 둘러보고 병거 저장고도 보았다. 병거가 수천 승에 달했다. 니만은 그 병거들을 너무나 탐욕스러운 눈으로 바라보았다. 사바의 영토에서는 그런 전쟁기계들이 실용적이지 않다는 사실도 잊은 듯했다.

우리가 도착한 둘째 날 아침, 왕의 관리들이 두 번이나 긴급히 왕을 불러냈다. 나중에 내게 돌아온 왕은 입을 굳게 다물고 있었다.

셋째 날, 우리는 궁정 정원의 덮개 아래 느긋하게 앉아 있었다. 왕이 말했다. "정원 이야기를 들려줘요. 간청합니다."

"이야기보다 나은 게 있어요." 나는 말하며 일어나 꽃줄기 몇 개를 꺾어 엮은 뒤 하나로 이었다. 내가 그것을 그의 머리로 가져가자 그는 고개를 숙여 받아 썼다.

"아." 한동안 그는 황홀한 얼굴이 되었다.

"땅에선 꽃이 피어오르고 노래할 때가 되었어요." 나는 그렇게 말하고 샤라의 노래 중 하나를 불렀다. 그는 환하게 웃으며 내 얼굴을 바라보았다.

나는 부드럽게 말했다. "당신은 왕관을 썼지만 왕이 아니에요. 나리꽃을 모으러 정원에 내려간 소년이에요."

"당신은 가시덤불 속에 핀 나리꽃이오." 그가 속삭였다. 그러나 그의 얼굴에서 미소는 사라지고 없었다.

"무슨 일인가요?" 말이 없어진 그를 보고 내가 물었다.

"당신은 누구요, 여인이여, 당신은 정말 누구인가요?" 그가 속삭였다.

나는 일부러 가벼운 목소리로 말했다. "뭐, 여자 목동이지요. 아니면 뭐겠어요?"

"내게서 눈길을 거두어줘요. 감당할 수가 없군요. 하지만 제발, 당신의 얼굴을 보여주오."

나는 꼼짝도 않고 서 있었다. 그때 그의 부하 한 사람이 우리 쪽으로 달려왔다.

"국왕폐하!"

그때도 왕이 내게서 시선을 거두는 데 잠시 시간이 걸렸다.

"폐하, 스마라임에서 전갈이 왔습니다. 전투가 벌어졌습니다."

그 말을 듣고 그는 그 자리를 떠났다. 가젤처럼 호리호리한 다리로 성큼성큼 가버렸다. 머리에 화관을 쓴 채로.

그 시점까지 그는 궁정생활의 여러 부분에 나를 참여시켰고 사소한 몇 가지 문제에 대해서는 방문 군주로서 결정을 내려달라고 말했다. 그러나 그날 그는 자문관들과 함께 몇 시간 동안 자리를 비웠다. 나는 예루살렘으로 급히 돌아가야 할 상황을 예상하고 샤라에게 짐을 꾸려놓으라고 지시했다.

다마스쿠스와 이스라엘 사이의 긴장과 북쪽과 남쪽 지파들 사이의 긴장이 고조되고 있다는 것은 나도 잘 알고 있는 사실이었다. 그의 아내들이 데려온 외국의 제사장들과 야훼의 제사장들 사이의 긴장도. 야훼의 제사장 중 하나가 바로 거리의 그 광인이었고,

이제 나는 그가 아히야 예언자라는 것을 알고 있었다. 왕은 자신의 의견에 반대할 만큼 용기 있는 그를 높이 평가했다. 학자들과 노동자들, 이스라엘 땅에 원래부터 살던 가나안 족속과 새로 이주해온 사람들 사이의 긴장도 커져갔다. 갈등의 왕국이었다!

그리고 무엇보다, 왕이 모순덩어리였다. 왕은 시인이자 상인, 철학자이자 사업가였다. 이집트의 강제 노동에서 벗어난 출애굽을 기념하는 민족의 일원이면서도… 그 지파들을 돌아가며 강제 노역에 징집했다. 유목민의 피를 물려받았으면서도 백성을 도시민으로 만들고, 천막에 거하는 신을 위해 집을 건축하고, 세계의 지혜를 모두 가져다놓고 모두 틀렸음을 흠 없는 논리로 폭로했다. 그는 화려함의 극치를 추구하면서도 지식 못지않게 신비를 갈망하는 지혜로운 사람이었다.

그날 우리는 예루살렘으로 돌아가지 않았다. 그러나 그가 사람들을 딸려서 장군 한 사람을 보냈다는 사실을 나중에 알게 되었다.

그날 저녁 우리는 신하들에게 둘러싸여 저녁식사를 했다. 요리가 하나 나올 때마다 그는 질문을 던졌고 신하들은 홀린 듯 귀를 기울였다. 그중 일부는 수수께끼였고 철학적 논쟁의 씨앗도 있었다. 모두가 생각을 자극하거나, 흥미를 불러일으키거나, 반응을 이끌어내기 위한 질문이었다.

왕은 자신의 생각에 강경하게 반대하는 사람들의 논리를 뒤집고 그들의 논증을 역으로 활용하여 결국 그들이 그에게 동의하도록 만들었다.

나만이 그의 눈에서 절박함 같은 것을 보았다. 온갖 반론으로 자신 안에 있는 악마를 쫓아내려는 사람 같았다.

"우리가 이야기를 이어갈 거라고 말해주시오." 그는 밤에 작별 인사를 하면서 말했다. "명령이오. 간청이오."

"우리는 이야기를 이어갈 것입니다." 나는 한 손을 들어 그의 머리에 대고 축복하며 말했다.

다음 날, 니만이 복도에서 나를 멈춰 세웠다.

"제가 왕에게 말하게 해주십시오. 폐하의 친척으로 그에게 다가가게 해주십시오." 그의 말에는 절실함이 묻어 있었다.

"안 됩니다." 나의 대답이었다. 삼 년 전에는 내 무역상이 왕의 암시에 넘어가 나를 판단하는 배심원이 되더니, 이제는 나의 자문위원들이 사바의 이익이라는 명목으로 왕이 원하는 장단에 맞춰 춤을 추고 있었다! 니만은 내가 항구, 배, 심지어 내가 탐내는 말을 얻기 위해 결혼할 경우 본인에게 이로울 뿐이라고 생각하는 것이 분명했다. 그를 사바에 두고 오지 않은 것은 옳은 결정이었지만 당장은 그가 야영지로 돌아가 버렸으면 싶었다.

"이것이 아니면 우리가 무엇을 위해 온 것입니까? 여왕폐하, 그는 폐하께서 구하기만 하면 무엇이건 줄 것입니다."

"아니요 안 줄 거예요. 아직은 아니에요."

"여왕폐하, 나의 혈족이시여. 그가 폐하를 어떻게 바라보는지 모르십니까? 전날 밤에도 숭배해야 할지 말아야 할지 마음을 정하지 못한 우상을 바라보는 듯했습니다. 그의 신하들도 폐하께서 오신 이후 그가 영감을 얻은 것 같다고 말합니다. 그가 이천 명의 병력을 전투에 내보내면서도 직접 전장으로 달려가지 않은 것이 폐하 때문임을 아십니까?

나는 몰랐다. 그 말에 마음이 뜨거워지면서도 동시에 불안해지는 이유는 무엇일까?

"이곳에는 귀가 너무 많습니다. 예루살렘으로 돌아가면 이야기하기로 하지요." 나는 소리를 낮추어 말했다.

***

"왜 결혼하지 않소, 빌키스?" 예루살렘으로 돌아온 다음 날 밤, 솔로몬이 물었다.

공기 중에도 귀가 있었던가?

나는 동쪽 산을 향한 테라스의 낮은 담 너머를 내다보았다. 몇 개의 제단에서 불이 타오르고 있었다. 얼핏 북소리를 들은 것 같기도 했다. "왕의 신께서 금하셨는데도 모압 여인과 결혼하신 건 어떻게 된 일인가요?" 나는 오히려 받아쳤다. "모압 여인뿐 아니라 이집트, 시돈, 에돔 여인도 있지요. 왕의 신께서 금지하신 여인들이 얼마나 더 있는지 모르겠군요."

"나의 신께서 그들과의 혼인을 금하신 이유는 여자들이나, 그들이 섬기는 신들 때문이 아니오. 남자가 여자를 사랑할 때는 어떤 일도 감수할 수 있기 때문이오. 내 아버지께서는 어머니를 천상의 여왕이라도 되는 듯 떠받드셨소. 아내가 사랑의 약속을 해낼 때 남편이 그녀의 신을 섬기는 일이 얼마나 쉽게 이루어지겠소?"

"알겠어요. 그러니까 여자는 남자를 몰락하게 하는 유혹자라는 거군요?"

옆자리에서 나를 바라보는 그의 눈길, 별빛 아래서 나를 응시하는 그 눈길이 느껴졌다. "약한 자는 여자를 유혹자로 선언하고 그녀에게 스스로를 가리라고 명령하오. 그러나 강한 자는 자신을 가리고 아무 말도 하지 않소. 나는 아내들의 신을 섬기지 않아요. 하지만 그들의 백성과 평화를 유지해야 하오."

"부인들과도 평화를 유지해야 하잖아요. 그래서 그들의 신들에게 바치는 산당을 세웠을 테고요."

"나의 하나님은 그들에게 그분을 예배하라고 말씀하시지 않소. 그분은 내가 그분의 것임을 아시오."

'아내가 다른 남자의 침대를 찾는 상황에서 그녀의 마음이 당신의 것이라고 말할 수 있을까요?' 말하고 싶지만 차마 할 수 없는 말이었다.

그 대신 나는 이렇게 말했다. "자신의 뜻대로 법을 왜곡하는 사람은 정말 위험하지요."

솔로몬은 멈칫하더니 마침내 이렇게 말했다. "나는 법을 왜곡하지 않소. 이해하는 것이지. 법을 이해하지도 못하고 지키는 것이 훨씬 더 위험하오. 우리는 아이들이 우리의 눈치를 보거나 처벌을 두려워하면서 계속 우리가 시킨 대로 하기를 바랄까? 아니면 아이들의 이해력이 자라서 스스로 분별하고 자유롭게 올바른 선택을 내리기를 바랄까? 우리는 아이들이 아니고 아이들처럼 생각할 형편도 아니오. 외부인이 우리 왕국에서 살도록 허락하는 때가 있고, 그럴 수 없는 때가 있소. 그래서 우리가 살려준 사람이라도, 다음 날에는 그의 죽음을 요구할 수밖에 없는 거요. 세상 모든 법이 '살인하지 말라'고 명하는 데도 말이오."

그는 늘 영리한 대답을 내놓는다. 내가 확실하다고 믿는 생각 자체를 뒤흔드는 답변이다.

그 말을 하고 솔로몬은 입을 다물었고 내 손을 붙들었다. 이런 일은 우리 사이에서 흔해졌다. 왕은 아이 마냥 내 손을 잡았다. 꽉 잡을 때도 있고 첫째 날 그랬던 것처럼 언제 날아갈지 모르는 물건을 잡듯 조심스럽게 쥘 때도 있었다.

나는 그가 뭔가 요구하기를 기다렸다. 우리 정원의 이야기를 더 들려 달라, 내 얼굴을 보여 달라, 왕궁을 빠져나가자. 예측할 수 없는 다음 번 요청을 기다렸다.

"이 사람은 누구인가?" 그는 내 반지 하나를 만지며 부드럽게 말했다. "새벽빛처럼 솟아오르고, 달처럼 아름답고, 해처럼 눈부시구나." 그는 나를 바라보며 내 얼굴 근처로 손을 들어올렸다. 나는 그가 내 베일을 벗기려 할 거라고 생각했다. 하지만 그는 손끝으로 베일에 싸인 내 볼선을 좇을 뿐이었다.

"내가 쫓아가면 당신은 달아나요." 그가 속삭였다. "내가 차갑게 식으면 당신이 가까이 다가와요. 그리고 당신이 내게 요구하는 것은 당신이 정말 원하는 것이 아니오."

얼굴에 드리운 비단 아래서 나는 숨이 막힐 듯했다.

"그래요."

잠시 후 나는 자리를 떴다.

***

두 달 전 도착한 이래 탐린을 본 것은 손에 꼽을 정도였다. 사바의 궁전에서 같이 보낸 밤들이 까마득히 먼 일 같았다. 그러고 보니 내 궁전도 꿈에서 본 듯 기억이 희미했다.

예루살렘 바깥 진영에서 탐린을 보았던 날, 그는 정중하게 인사했다. 대상을 이끄는 자의 모습으로 다시 돌아와 있었다.

"탐린! 그동안 죽 다마스쿠스 너머에 있는 줄 알았어요."

"여왕폐하는 참으로 신탁을 받으시는군요. 내일 떠납니다."

"당신의 마음이 계속 나아가라고 재촉하는군요."

그의 눈길이 야성적이라 생각한 적이 있었다. 그러나 이제 보니 그가 미소를 지을 때도 그의 눈에는 괴로움이 깃들어 있었다. "그런 것 같습니다. 그러나 염려 마십시오. 겨울에 맞춰 돌아오겠습니다."

겨울.

"아, 무역상의 삶이란." 나는 중얼거렸다.

"여왕폐하의 협상은 어떻게 되고 있습니까?"

"그 이야기는 하지 말기로 해요."

"폐하의 요청을 하나라도 거부한다면 왕은 어리석은 사람입니다." 탐린이 차분하게 말했다.

나는 잠시 딴 곳을 바라봤다가 억지 미소를 지으며 말했다. "돌아오면 궁전으로 와서 함께 저녁을 들겠어요?"

"벌써부터 훌륭한 음식과 우아한 예법이 못 견디게 그리워집니다." 그렇게 말하면서도 그의 눈길은 이미 진영 너머로 가 있었다. "아, 그런데 저의 십장이 기다리고 있습니다. 떠나도록 허가해주시고 축복해주십시오."

나는 그렇게 했다. 그리고 그가 멀어져가는 것을 지켜보았다.

***

그날 밤 옥상 정원에서 왕은 아래 도시를 내다보았다. 정원엔 우리 둘뿐이었다. 며칠 전부터 야푸쉬를 일찍 보내기 시작했다.

"내게 무엇을 주겠소?" 마침내 그가 나를 쳐다보지도 않고 말했다.

"무엇에 대해서 말인가요?"

"당신이 내게 원하는 것에 대해서."

그는 내 쪽을 바라보며 돌아섰다. 사업가의 빈틈없는 얼굴이 거기 있었다.

"내가 왕께 원하는 것은 말하지도 않았습니다."

"당신에게 무엇이 필요한지 알아요. 내 배들이 당신의 항구에 들러야 해요. 그런데 사바의 항구들은 내 선단을 수용할 수 없어요. 내 신하들이 당신 신하들에게 사바의 도성, 도로, 해변의 구조에 대해 자세히 물었소. 당신은 항구들을 확장할 일손이 필요하고, 내가 배편으로 당신의 무역을 보강해주는 것도 필요하오."

"말씀하신 대로예요."

"그럼 당신은 내게 무엇을 주겠소?"

"무엇을 원하시는데요?"

잘못된 질문이었다. 입 밖으로 나간 순간 그 사실을 깨달았다.

"그쪽의 항구를 건설할 기술자들을 마련해보겠소. 노동력의 절반을 제공한다면 일꾼들도 대겠소. 홍해 길의 경로를 같이 구상해보고, 당신에게 유리한 조건을 제공하겠소. 내 선단에 대해서는 장기적인 계획이 있으니, 당신도 거기 참여하게 될 거요."

"푼트의 금을 보내드리겠어요. 지금 건축 중인 왕궁을 완성하고 그와 같은 왕궁 세 채를 더 지을 수 있는 양을 보내드리지요. 왕의 신전에 쓸 향도 세상 끝날까지 보내겠어요."

그는 내 말을 듣지 못한 것처럼 말을 이었다. "이집트, 에돔, 다마스쿠스는 무엇보다 사바와 동맹을 맺고 싶어할 것이오. 페니키아도 마찬가지요. 나를 우회해서 그럴 엄두가 안 날 뿐이지." 처음 듣는 말이었다.

"그런 일이 벌어지지 않게 막는 것이 내게 가장 이익이 될 것이오." 솔로몬이 말했다. "그러려면 내가 당신과 동맹을 맺어야 해요."

"동의합니다. 그렇게 되면 이집트는 우리 중 어느 쪽을 우회해서 이익을 챙기지 못할 것입니다. 어떤 경우라도 나를 우회하지는 못할 것입니다."

"그건 모르는 일이오. 파라오가 영원히 살지는 않을 테고, 리비아인들이 이미 권력을 쥐고 있으니까요. 하지만 당신이 원하는 것은 따로 있지요."

이 무더운 저녁, 그의 태도는 왜 이리 차갑게 변한 것일까? 어째서 나는 이 협상이 전혀 기쁘지 않을까? 마침내 그가 내 앞에 문제를 꺼내놓았는데?

"그래요. 나는 사바의 궁전에 학자들과 천문학자들, 수학자들과 제사장들이 있으면 좋겠습니다. 지금 왕의 궁전에 모여 있는 현인들과 서기관들처럼 말이에요. 이것과 똑같은 학문의 도시를 사바에 만들고 싶어요."

"이 모든 일에 대해 당신과 교섭하겠소. 그런데 한 가지 조건이 있어요."

"무엇인가요?"

"결혼."

그 말에 나는 뺨을 맞은 것 같은 기분이었다.

"더 이상 아내를 원하지 않는다고 하셨잖습니까!"

"내 말은, 또 다른 아내가 무슨 필요가 있느냐는 거였소."

"같은 말이지 않습니까!"

"하지만 그것이 나의 조건이오."

"나는 여왕입니다. 조약을 위해 내어주는 공주가 아니라고요." 나는 쏘아붙였다. "그리고 사바인들은 외국의 왕을 절대 받아들이지 않을 겁니다."

"당신이 여왕이오. 그들은 당신이 타당하다고 말하는 바를 받아들일 거요."

"내가 볼 때 이것은 타당하지 않아요!"

"빌키스." 그는 내게 와서 내 손을 잡았다. "나를 정복자로 생각하는 거요? 당신의 얼굴을 본 적도 없는 나를!"

"달리 어떻게 생각하겠어요? 당신은 내가 단 하룻밤을 같이 보낼 남편으로 당신을 맞이하길 바라나요? 아니면 나를 인형처럼 수집품 목록에 추가할 생각이에요?"

"왕위 계승자를 갖게 해주겠소."

그 말을 듣자 터져 나오는 쓰라린 웃음을 참을 수가 없었다. 할례 받은 왕은 물론 어떤 남자도 그렇게 해줄 수 없다는 말을 아직 하지 않았던 것이다.

"나는 사백 명 중 한 명이 될 생각은 없습니다. 착각하지 마세요. 남은 평생 동안 독수공방할 생각도 없어요."

"나는 지난 한 달간 밤낮으로 당신 곁을 지켰소. 그동안 내가 아내 중 누구를 찾아가던가요?"

"나는 모릅니다. 찾아가셨나요? 왕에게 여쭤보지 않은 것은 분명하군요."

"아니오! 그들이 전갈을 보내고 애원하는데도, 그들이 화가 난 줄 알면서도 찾아가지 않았소. 그들이 질투한다는 것을 내가 모를 것 같소? 그러나 당신과 시간을 보내기 위해 그들 모두를 저버렸단 말이오!"

"참으로 관대하기도 하시군요!" 나는 손을 잡아 뺐다. "그러면 왕의 미친 예언자가 그것에 대해 어떻게 말할까요? 지금도 그는 왕의 신께서 왕에게 화가 났다고 말하잖습니까. 그는 매일 거리를 누비며 왕의 아내들이 악마들을 섬긴다고 선언합니다. 이미 왕의 백성들은 나를 의심스런 눈길로 바라보고 있습니다. 왕의 식탁과 홀에 머물면서 왕께 경의를 표할 수밖에 없는 자들을 제외하고 말입니다. 나와 결혼하면 왕에 대한 그들의 사랑이 더해질 것 같습니까? 아닙니다."

그가 차갑게 말했다. "알겠소. 당신은 내게 그저 또 다른 여자가 되지 않겠다는 거로군. 그러면서도 나는 당신에게 그저 또 다른 왕일 뿐이고 말이오."

나는 한숨을 쉬었다. "그렇지 않다고 내 입으로 말해달라는 건가요?"

"내가 줄 수 있는 것을 다른 어떤 왕이 줄 것 같소? 나와의 동맹 없이는 사바의 미래는 없소. 백성을 위한 결혼을 거부하고 이기적인 사람이 되겠다는 거요?"

"그럼 왕께서는 너무나 이타적이어서 결혼을 하고 또 하고 또 하시는 겁니까?"

"그렇소!" 그는 고함을 질렀다. "나는 통일왕국이자 영적인 이 왕국을 위해 나를 쪼개어 조금씩 나눠주는 거요. 평화를 위해, 나의 신을 위해!"

"글쎄요, 통일된 영적 왕국의 군주가 당신만 있는 것은 아니에요. 나는 나 자신을 조각조각 나눠 팔지 않고도 왕국을 유지하고 있어요!" 나는 화난 소리로 낮게 말했다.

내가 무슨 짓을 하고 있는가? 그러나 수문은 이미 열렸고 이제 홍수의 흐름을 막을 도리가 없었다. 지난 몇 주, 몇 달 동안 이 림

보, 이 양방향 춤에 갇혀 지내며 쌓인 긴장이 일시에 혈관으로 밀려들어 나는 자리에서 벌떡 일어섰다.

"왕의 신이 모든 것을 다스리신다고 하셨지요. 하지만 당신의 신보다 나의 신이 훨씬 너그러우십니다! 야훼는 나와 당신의 결혼을 승인하지 않으시지요. 나는 다른 신을 섬기는 여대제사장이니까요. 나의 신은 결혼을 할지 말지, 원하는 남자와 잠을 잘지 말지 내 마음대로 결정할 자유를 주십니다. 하지만 왕은 부에 대한 끝없는 욕망을 채우기 위해 결혼을 하고 또 해야 합니다. 그래도 당신네 율법을 만든 신은 그것을 용인하지 않지요. 그래서 왕께서는 그런 결혼이 문제가 안 되는 것처럼 설명해냅니다. 왕께서는 왕국을 확장한다고 생각하시지만, 실상 왕은 덫에 걸린 동물과도 같습니다. 이쪽으로 움직이건 저쪽으로 움직이건 신이나 사람의 보복 중 하나는 피할 수 없으니까요. 왕의 예언자는 왕의 아내들을 창녀 취급합니다. 글쎄요, 진짜 창녀는 과연 누구일까요?"

한동안 그가 나를 때릴 수도 있겠다 싶었다. 그는 무시무시한 표정을 한 채 몸을 부들부들 떨었다.

"나는 당신이 지혜로운 줄 알았소. 이제 보니 내 생각이 틀렸군." 그는 그렇게 말하고 거처로 들어가 버렸다.

그가 떠난 정원에 나 홀로 서 있었다.

모든 것을 망쳤다. 사바는 끝장이었다. 사바를 망하게 만든 장본인은 바로 나였다.

24

나는 실패했다. 모든 것을 잃었다.

무기력 상태에서 떨치고 일어난 둘째 날, 나는 일거리를 만들어 시녀들을 내보냈다. 하나는 사바 음식이 먹고 싶다는 말과 함께 조리법을 주어 주방으로 보냈고, 하나는 숙소를 장식할 싱싱한 꽃을 구해오라고 내보냈고, 나머지는 소식을 알아보라고 시장으로 보냈다.

"왕의 부인들이 질투하고 있습니다." 가장 나이 많은 시녀가 말했다. 다른 시녀들은 다 나가고 내 곁에는 그녀와 샤라뿐이었다. "한 달이 훌쩍 넘도록 누구도 왕과 밤을 보내지 못했습니다. 달이 뜨지 않을 때만 빼고 말이지요. 에돔에서 온 부인과 하맛에서 온 부인이 하는 말을 들었습니다. 그러나 나아마와 파라오의 딸은 그것 때문에 염려하지 않습니다. 왕이 폐하께 보여주는 호의를 우려할 뿐입니다. 폐하께서 왕과 결혼하실 경우, 폐하께서 낳으시는 아들이 그들의 자식보다 왕의 총애를 더 받을까봐 염려합니다. 나아마의 여자애가 이제까지 두 번이나, 우리에게 언제 떠나는지 물었습니다. 우리와 오래오래 같이 있고 싶은 것처럼 꾸미면서 그렇게 물었습니다. 하지만 그 질문은 그 여주인에게서 온 것임을 알 수 있습니다. 나아마는 우리와 폐하께 선물을 보낸다는 구실로 소녀를 불러들입니다."

"글쎄, 네 생각을 말해봐."

"두렵습니다, 여왕폐하." 둘만 남았을 때 샤라가 말했다. "넴트가 그러더군요. 새로 총애를 받게 된 여인이 독을 먹고 병이 들고, 일할 기한이 남은 아이를 서둘러 쫓아내는 일이 있다고."

"글쎄, 그럴 가능성은 없다고 봐." 그렇게 말했지만, 얼마 전부터 나는 시식 시종을 요청해 놓고 있었다.

이제 무엇을 해야 할지 결정해야 했다. 나는 성급했고 경솔했다. 영리하긴 했지만, 충분하지 않았다.

솔로몬과 화해할 수는 있겠지만 왕의 정원 층계를 다시 오를 수 있을 것 같지는 않았다. 벌써 내게도 막혀버렸을지 모를 일이었고, 왕이 나를 받아줄 지도 확실치 않았다.

사바로 떠나는 방법도 있었다. 그러나 지금 떠나서 내가 온갖 약속을 쏟아낸 다음에 완전히 실패했다는 사실이 나중에 드러난다면… 그런 일은 견딜 수 없었다. 아직 떠날 때가 아니었다. 아직은 시간이 있었다.

겨울이 오기까지 남은 몇 달을 버틸 생각을 하니 암담했다.

그러나 무엇보다 힘든 것은, 왕이 그립다는 사실이었다. 아니, 내가 그리운 사람은 왕이 아니라 내 손을 잡고 귀하게 쓰다듬던 남자였다. 정원 이야기, 남녀 목동의 이야기를 들려달라고 조르던 시인. 나를 데리고 왕궁을 몰래 빠져나가던 소년. 내가 여왕의 망토를 벗고 내 외로운 심정을 있는 그대로 드러낼수록 망설임 없이 더 가까이 다가오던 영혼이 그리웠다.

그렇다. 그는 거울이었다. 그리고 나는 그의 거울이었다.

다시 시작해서 그가 갈망하는 이야기들과 수수께끼들로 그를 다룰 수 있다고 스스로를 다독였다. … 그러나 나의 수수께끼는 바닥났고 내가 내뱉은 말은 다시 담을 수 없었다.

그의 조건에 동의하는 것은 어떨까.

샤라와 둘만 있을 때 나는 힘없이 말했다. "망친 것 같아. 왕은 내가 원하는 것을 다 주겠다고 했는데. 왕이 청혼을 했어. 나는 받아들이고 싶었고."

온갖 말을 했지만 그것이 내 속내였다.

나는 샤라의 어깨에 팔을 두르고 그동안 그녀에게 더 털어놓지 못한 것을 후회했다. 그녀를 보호한답시고 아무 말도 하지 않아 그녀가 침묵 속에서만 나를 위로하게 내버려두었다. 그녀에게 몹쓸 짓을 한 것이었다.

"어려운 일이에요. 왕의 호의를 유지한다는 거." 그녀가 간신히 속삭여 말했다.

"아냐. 왕의 호의를 유지하면서 모든 것을 잃어버리지 않는 것이 어렵지." 나는 한숨을 내쉬고 일어섰다.

샤라는 돌처럼 앉아서 자기 두 손을 바라보았다. 그녀의 호흡이 가빠지기 시작하더니 한 손을 뻗어 근처의 탁자 모서리를 짚었다.

"샤라! 무슨 일이야?" 나는 그녀의 어깨를 잡았다.

샤라가 그렇게 염려하는 모습은 처음이었다. 무엇 때문에 이토록 두려워하는 걸까?

"이건 왕과 여왕의 일이야, 그뿐이야." 나는 그녀를 끌어안으며 포도주를 가져올 시녀를 찾았다. "얼마 있으면 집으로 돌아갈 거야."

"그래도 폐하는 선택하셨고 선택을 받으셨어요." 샤라는 두 손으로 얼굴을 가렸다. 목소리가 경직되면서 높아졌다. "남에게 주어진 적은 없으세요."

그녀는 내 품에서 부들부들 떨었다.

"샤라. 샤라! 왜 이렇게 괴로워하는 거야?" 나는 그녀의 얼굴에서 두 손을 떼어냈다.

그녀는 아무 말도 하지 않았지만 눈에 담긴 애원의 빛은 뭔가 큰 문제가 있음을 말해주었다. 말할 수 없는 사람, 누가 대신 말해주어야 하는 사람의 눈빛이었다. 너무나 오랫동안 비밀을 안고 살아온 여자의 눈빛이었다.

문득, 몇 년 전의 기억이 떠올랐다.

연회를 열었던 그날 밤, 나는 샤라가 모두의 눈에 띄어야 한다고 선언하고 그녀에게 내 가운을 입혔었다. "저를 다른 곳에 넘기지 마세요." 그녀의 호소에 나는 그러지 않겠다고 맹세했었다.

선택받을 뿐 남에게 주어지지 않는다. 누구에게 주어진단 말인가?

그녀가 소박한 옷을 입고 지냈던 그 모든 나날. 하갈리트에 대한 미움. 하갈라트는 내 아버지의 비위를 맞추고 그의 결실 없는 종교적 추구를 부추겼다. … 그를 달래어 원하는 바를 얻기 위해 첩을 제공하는 것도 망설이지 않았다. 자신의 목적을 달성하기 위해서라면 다른 사람이 파멸해도 눈 하나 꿈쩍하지 않았다. … 그녀의 음탕한 오빠가 나를 바라보게 만든 이도 그 여자라는 것을 나는 확신했다.

"사디크는 아니겠지…."

그녀는 고개를 가로저었다. 숨이 가빠보였다. "용서해주세요. 용서해주세요."

사디크가 아니라면 대체 어떤 상대에 대해 그녀가 용서를 구한단 말인가? 그 외에 내 생애의 다른 남자는 한 명뿐이었다. 아버지.

두 손이 힘없이 내려왔다.

샤라는 소파에서 미끄러져 내려와 내 발 앞에 엎드렸다. 그녀는 내 치맛자락을 붙들고 서럽게 울었다. 속이 울렁거렸다. 토할 것 같았다.

나와 한 젖을 먹은 자매가…

내 아버지의 첩?

나는 아버지 첩들의 이름을 알지 못했다. 사바에서도, 바다 건너에서도 들어본 적도 없었다. 하갈라트는 너무나 오만하고 너무나 야망이 컸다. 왕의 총애를 절대 다른 사람과 나눌 리가 없었다. 누구와도 그것을 나누지 않았던 왕비의 뒤를 이었으니 더 그랬으리라. 그러나 샤라는 자신을 드러낼 사람이 아니었다. 하갈라트는 그 사실을 잘 알고 있었다.

"왜 지금껏 말하지 않았어!" 내가 속삭였다.

"어떻게 말합니까?" 그녀가 숨을 헐떡이며 말했다. "저는 매일 같이 알고 있었습니다. 폐하께서 저를 경멸하실 날이 올 것임을. 매일 아침… 눈을 뜰 때마다 오늘이 그날이 아닐까, 그렇게 되면 나는 어떻게 사나 하는 생각을 했습니다. 저를 미워하지 마세요. 사랑하는 빌키스, 나의 여동생, 여왕폐하! 말씀드릴 엄두가 나지 않았어요. 말씀드리면 저를 내치실 줄 아는데 어떻게 말씀드릴 수 있겠어요?"

그 말에 나는 혐오감에서 깨어났다.

그 기분, 나도 알았다. 너무나 잘 알았다.

사디크와 얽힌 비밀을 누구에게도 말하지 못하고 얼마나 오랫동안 간직했던가? … 마카르와 동침하는 밤마다 그가 그 사실을 안다면 나를 멀리하지 않을까 생각했다. 내가 원한 것은 단 하나. 있는 그대로 알려지고 사랑받는 것이 아니었던가?

나는 샤라를 힘껏 붙들었다. 붙들기 바로 직전까지도 내가 그럴 줄 몰랐다. 나는 그녀를 껴안았고 그녀는 내 품에 안겼다.

정체 모를 감정이 나를 두렵게 하고 압도했다. 혐오감. 측은함. 보호본능. 내 품에서 떨고 있는 그녀를 지켜주고 싶었다. 몇 년 전에 죽은 사람과 지울 수 없는 과거로부터.

샤라도 있는 그대로 알려지기를 바랐던 것이다.

그녀는 숨을 쉬는 데 애를 먹었고 폐가 뜻대로 부풀어 오르지 않았다. "그 여자는 폐하를 괴롭히기 위해 저를 선왕께 주었습니다. 목숨을 끊어야 마땅했겠지만. 제겐 그럴 용기마저 없었습니다!"

샤라의 눈동자가 뒤로 돌아가면서 내 품안에서 그대로 풀썩 주저앉았다. 나는 소리쳐 시녀를 불렀다.

그날 저녁, 나는 테라스에 앉아 어둠이 내려앉은 도성의 소리에 귀를 기울였다. 개 짖는 소리. 아이 우는 소리. 한 무리의 남자들이 느긋하게 거리를 걸으며 부르는 노랫소리. 눈을 감고 메뚜기 떼가 덮치기 이전의 사바의 정원들을 떠올려 보았다. 봄비가 때맞춰 내렸다면 지금쯤 정원들은 다시 무성해졌을 테고 미모사 나무가 노란 꽃을 땅에 떨어뜨리고 있을 것이다. 머리 위로 달이 새까만 하늘에 떠 있었다. 이지러지는 그믐달이 보이지 않는 실에 매달려 있었다.

샤라는 기꺼이 갔을까? 총애를 받고 싶은 마음, 지위를 높이고 싶은 마음이 조금이나마 있었을까? 하갈라트에게 복수하고 싶었을까? 본인을 위한 것이든 하갈라트가 내게 저지른 부당한 일에 대한 보복의 뜻으로든, 그녀에게서 무엇인가를 훔쳐내고 싶었을까? 아버지는 그녀를 학대해서 한껏 움츠러들게 만들었을까, 아니면 친절하게 대해 주어 오히려 죄책감에 시달리게 했을까?

그 모든 것을 다 물어볼 생각을 했다. 나중에. 내일. 집으로 돌아가는 길에. 가능할지 모르지만 샤라의 모든 답변을 있는 그대로 받아들일 요량이었다. 그러나 그날 밤 테라스에 있는 동안 나는 깨달았다. 샤라의 답변으로 달라질 것은 없다는 것을.

그녀는 나의 적이 아니었다. 경쟁자도 아니었다. 주거나 받을…수 있는 소유물이 아니었다. 나에게 충성을 다하다 고통을 겪은 사람일 뿐이었다. 그녀가 깨어나면 사랑을 아낌없이 베풀어주리라. 내 머릿속에서 하갈라트의 얼굴을 지우리라. 아버지의 얼굴도 지워버리리라. 그 과정에서 샤라도 모든 것을 잊게 되리라.

뒤쪽에서 발소리가 들렸다.

"야푸쉬."

"여기 있습니다, 공주님."

나는 지친 한숨을 내쉬었다. 앉은 자리에서 나도 모르게 몸이 축 처졌다.

"있잖아… 집으로 돌아갈 때가 된 것 같아." 내가 말했다. 달리 무엇을 해야 할지 알 수 없었다. 신들의 뜻대로 해야 한다.

"제가 아는 공주님의 모습이 아닙니다." 그가 말했다. 눈을 들어 보니 그는 내 옆쪽에 서서 별을 올려다보고 있었다.

"네가 아는 공주는 어떤데?"

"그분은 강합니다. 남자처럼 강합니다. 더 강합니다."

나는 고개를 저었다.

"그 여자가 어디로 갔는지 모르겠어."

"어디 가지 않았습니다. 자신이 누구인지 잊었을 뿐입니다."

의자의 구부러진 등판에 머리를 기댔다. "야푸쉬, 네가 가장 원하는 것이 뭐야?"

"하나님의 얼굴을 보고 싶습니다."

나는 살짝 미소를 지었다. "어떤 신을 보고 싶은데? 안에 들어가면 신상들을 모아놓은 작은 선반이 있어. 내가 하나 가져다 줄 수 있어…."

"하나님이 그런 조각상들 안에 있다고 생각하지 않습니다, 공주님."

"내 생각도 그래." 나는 조용히 말했다. "그러나 이제 네가 일신론자가 되었다고 말하지는 마…."

"저는 하나님이 많은 얼굴을 가졌다고 봅니다."

"해의 얼굴, 달의 얼굴?"

"네. 그렇다고 생각합니다. 그리고 더 많은 얼굴이 있을 겁니다."

"그럼 그 신은 어디에 살지?"

"제 생각에 하나님은 저기 계십니다." 그는 그 말과 함께 별들을 가리켰다. "그리고 여기 계십니다." 그는 자기 가슴을 두드렸다. 그런 그가 너무나 아름다웠다. 달빛이 그의 검은 얼굴의 윤곽을 비추었다. 나는 그를 보다가 별들을 바라보았다.

너무 지혜롭구나, 나의 야푸쉬.

"야푸쉬… 너는 왜 그런 일을 당했을까?" 지금까지 그에게 물은 적이 없었다.

"몇 사람이 있었습니다. 그들이 이런 일을 했습니다."

나는 눈을 감았다.

"저는 어렸습니다. 제 가족이 저를 그들에게 팔았습니다."

입을 열었지만 무슨 말을 해야 할지 알 수 없었다. "안됐구나, 야푸쉬."

"저는 그렇게 생각하지 않습니다."

가족 때문에 불구가 된 사람이 어떻게 저런 말을 할 수 있을까?

나는 그의 한 손을 잡고 내 손과 깍지를 끼어 입을 맞추었다. 솔로몬이 했던 말이 생각났다. 인간은 서로에게 상처를 주고, 그로 인해 그의 신을 괴롭게 한다고 했던 말. 그 신의 형상으로 지어진 자들을 욕보이고 결국 스스로에게 죄를 짓게 된다던 말. '그래 알겠다.' 나는 생각했다. 수많은 상처. 아파하는 수많은 이들. 샤라. 야푸쉬. 솔로몬. 그에겐 어떤 비밀스런 상처가 있기에 끝없는 획득의 습포제로 그 상처를 진정시켜야 하는 걸까.

"야푸쉬, 누비아로 돌아가고 싶어?"

그는 한동안 입을 다물고 있다가 말했다. "그리로 돌아갈 생각 없습니다."

"사바로 돌아가면 네게 자유를 줄게." 내가 말했다. 그 말을 하는 데 가슴이 아파왔다. 아프면서도 아름다운 말이었다.

"저는 이미 자유롭습니다, 공주님."

그가 안으로 들어간 후에도 나는 오랫동안 하늘을 바라보았다.

25

삼 일 후 나는 간단한 쪽지를 썼다.

우리 이야기해요. 직접⋯ 만나서.

그러나 심부름꾼은 돌아와서 왕은 이집트인 부인을 보러 갔다고, 왕을 방해할 수 없다고 말했다.

그날 저녁 나는 샤라와 야푸쉬를 데리고 사바 진영으로 갔다. 아주 소박하게 차려 입었기 때문에 누구도 내가 이 거리를 수없이 다닌 바로 그 여왕임을 알아볼 수 없었다.

내 천막 안으로 들어가니 그나마 숨통이 트이는 기분이었다. 내 안에도 아직 유목민의 피가 남아 있는 모양이었다.

그날 밤 나는 아슴과 간단한 식사를 했다.

"예루살렘에서 보내는 시간은 어때요, 친구?" 내가 물었다. 그

는 달라졌다. 분명한 사실이었는데, 어떻게 달라졌는지는 콕 집어
말할 수가 없었다.

변화는 내게도 있었다. 지난 며칠, 나는 실패했다. 그러나 실패로
인해 어깨에서 큰 짐이 떨어져 나간 것 같은 기분이 들었다.

"마음이 괴롭습니다. 드릴 말씀이 있습니다."

"무슨 내용인가요?" 또 다른 고백의 무게를 감당할 수 없을 것
같았다.

"저는 몰렉, 아세라, 바알, 그모스 신의 제사장들을 만났고… 이
스라엘 제사장들도 만났습니다."

"그래요? 새로운 지혜를 얻은 게 있나요?"

"산당의 제사장들은 폐하께서 계신 것과 폐하의 진영에 있는
신의 존재를 기쁘게 생각합니다. 그러나 야훼의 제사장들은… 폐
하께서 떠나시기를 바랍니다. 여왕폐하."

이유는 모르겠지만 그 말에 나는 놀랐다.

"그들은 폐하께서 왕에게 끼치는 영향을 걱정합니다."

"글쎄요." 나는 웃었다. "이제 그 걱정은 할 필요가 없어요. 제사
장들에게 달리 배운 것이 있나요?"

그는 징조와 의식, 희생제사와 신탁에 대해 길게 이야기했다.

"여왕폐하, 그들 중 누구도 폐하의 경우와 같은 신탁을 알지 못
했습니다."

나는 시선을 내리 깔았다.

"그들은 제게 솔직히 털어놓았습니다. 룬석을 종종 다시 던지

고, 간을 읽을 때 추측도 하고, 자신이 본 환상을 의심하거나 이해하지 못할 때도 있다고 했습니다. 그들은 알마카 신보다 더 오래된 신들을 섬기는 제사장들입니다. 저는 이날까지 멀리서 그들을 흠모해왔습니다. 그런데 그들에게서 그런 말을 들으니 제 뿌리까지 흔들리는 것 같았습니다!"

그를 향한 큰 연민이 내 안에서 솟아올랐다.

"말해봐요, 아슴. 그들이 진짜 환상에 대해 말해주던가요?"

"아닙니다, 여왕폐하. 그저 이상한 꿈을 꾸거나, 뭔가를 본 줄 알았는데 그것이 거기 없는 것을 깨닫거나, 헛것을 보는 정도라고 합니다."

성전을 방문했을 때의 일이 떠올랐다. 물통이 바닥으로 쏟아지는 환상도. 시야가 흐려지면서 정신을 잃을 것 같았지만, 큰 청동 황소들이 꿈틀대며 힘을 쓰다가 보이지 않는 멍에를 부수고 벗어나는 것을 보았다.

"이곳에서 환상을 보았어요."

아슴은 내 눈 속의 우물 속을 들여다보는 것처럼, 내가 여자가 아니라 황금 대야인 것처럼 몸을 앞으로 기울였다. "말씀해보십시오, 알마카의 따님이여!"

"그건 왕에게만 주어진 겁니다. 이곳의 신이 내린 환상이니까요."

그의 눈썹이 한데 모였다. "확실하십니까? 알마카께서는 여러 모습으로 나타나십니다."

"확실해요. 내가 여왕이 되고 몇 달 후에 우리가 나눈 대화를 기억하나요?"

"기억합니다." 그는 심란한 표정으로 말했다.

"그때 당신은 내가 아니라면 알마카 신이 누구에게 말씀하시겠느냐고 말했어요."

"그랬습니다. 알마카 신께서는 참으로 폐하께 말씀하십니다. 사바에게는 행운이지요."

"아슴." 사바를 위해 가져가야 할 모든 것을 잃어버렸기 때문일까, 아니면 오늘 아침에 본 새로운 샤라의 얼굴이 나의 자유본능을 일깨웠을까? 어쩌면 그냥 지친 탓인지도 몰랐다. 나는 너무 지쳤다. "사바에 돌아가면, 나는 여대제사장 자리를 그만둘 겁니다."

"여왕폐하! 왜 그런 말씀을?"

"내가 어렸을 때 신이 나를 구해줬어요. 하지만 그 신에 대해 잘 모르겠어요." 아슴에게 사디크 이야기를 한 적이 없었으니 내가 어떤 일을 말하는 것인지 그가 알 리 없었다. "그때 나는 알마카 신을 불렀어요. 하지만 알마카 신이 나를 부르지 않았다는 것을 이제 알겠어요. 나는 그분을 불렀고 그분에게 나를 바쳤지만 그분은 침묵했어요. 그분은 내게 말씀하신 적이 없어요. 그가 나를 알아보지 못하기 때문이 아닌가 해요. 나는 다른 신의 형상으로 만들어졌어요."

'당신은 진정 누구요?' 솔로몬은 내게 그렇게 물었었다. 나는 내 직책과 지위를 알았지만 그의 질문에 대한 답은 알 수가 없었다.

비를 맞으며 서 있던 날 밤의 일을 다시 생각해 보았다. 그때 나는 왕관도 직책도 지위도 잊었었다. 머릿속에는 오직 자유로운 '하늘'의 모습만 있었다. 야푸쉬 생각이 났다. 그를 자유롭게 해주는 것보다 그와 함께 있을 더 나은 방법이 있을까? 샤라 생각도 났다. 그녀의 상처를 내 것으로 받아들이는 것보다 그녀를 사랑하는 더 나은 방법이 있을까?

"그럼 어떤 신을 말씀하시는 것입니까? 이곳과 동쪽 산에는 많은 신들이 있습니다. 토박이 신도 있고, 다른 지역에서 건너온 신도 있습니다." 아슴은 당혹스러운 빛이 역력했다.

"신비로운 신입니다."

적어도 그것을 알게 해준 데 대해서만큼은 솔로몬에게 감사할 수 있었다.

***

다음 날 왕에게 다시 전갈을 보냈다. 이번에도 심부름꾼은 그냥 돌아왔고, 왕이 모압인 아내와 같이 있다고 전했다.

다음 날, 그다음 날 저녁에도, 그는 아내 중 하나와 함께 있었다.

이번에 나는 웃었다. 그는 나의 전갈을 받지 않았지만 나는 그의 전갈을 아주 요란하게 받았다! 나는 문을 닫았다. 그러고 나서 문에 기댄 채 털썩 주저앉아 얼굴을 가렸다.

"길을 보여주세요." 나는 속삭였다. 누구에게 하는 말인지도 모른 채.

달이 나오기를 기원하는 의식을 마친 다음 날 밤, 나는 궁궐의 숙소로 돌아갈 준비를 하고 있었다. 그때 아비가일이 찾아왔다. 체

중이 불은 그의 모습을 보니 놀랍기도 하고 안심도 되었다.

"곧 떠날 수 있으면 좋겠습니다." 그가 미소를 머금고 말했다.

"여기 있는 시간이 즐겁지 않느냐?"

"이곳 사람들은 낙타를 때립니다."

"얼마 안 있으면 떠날 것이다."

"가기 전에 왕을 한 번 더 보았으면 합니다."

"내가 알아보도록 하마. 그런데 왜 왕을 보고 싶어 하느냐?"

"사방에 적을 둔 사람의 얼굴이 보고 싶습니다."

나는 놀란 나머지 눈을 깜빡였다. "무슨 근거로 그런 말을 하느냐?"

"사람들은 주위 사람들이 자기들 말을 이해할 수 없다고 생각할 때 속내를 말합니다. 저는 우물가의 늑대일 뿐이지요. 그러나 이곳의 언어를 배웠습니다."

"그들이 누구지, 아비가일?"

"왕의 집에 한 사람이 있습니다. 중요한 사람입니다. 그와 그의 일행이 길을 가는 것을 보았습니다. 그는 이번 달에만 두 번, 노역꾼들과 함께 북쪽으로 갔다가 돌아왔습니다."

나는 눈을 가늘게 떴다. "강제 노역꾼들 말이냐?"

"그들은 불평을 엄청나게 해댔습니다. 집을 떠난 지 한 달도 넘었고, 왕이 자신들을 함부로 대우한다고 말했습니다. 그런데 그 남자는 곧 상황이 달라질 거라고 했습니다. 자기가 왕이 될 거라고, 그의 신이 그렇게 말씀하셨다고 했습니다."

"북쪽으로 갔다가 돌아왔단 말이지. 확실한 정보인가?"

그는 그렇다는 눈으로 나를 쳐다보았다.

이곳에 온 이후 수많은 나날 동안, 저녁 만찬과 예루살렘, 게셀, 므깃도의 궁정에서 본 얼굴들을 샅샅이 떠올려 보았다. 생각나는 이름, 스치고 지나가는 한 얼굴이 있었다. 왕과 농담을 주고받던 젊은이. 강제 노역을 감독하는 유망한 젊은이. 솔로몬이 너무나 자랑스러워하던 사람.

여로보암.

나는 궁전으로 서둘러 돌아갔다.

"이것을 왕께 직접 전하라." 나는 궁내대신의 부하의 손에 전갈을 쥐여주며 말했다. 전갈에는 이렇게만 적혀 있었다. '여로보암이 왕을 배반하려 합니다.'

사흘이 지났다. 나흘째 되던 날, 심부름꾼이 간단한 쪽지를 전달했다.

'정원으로 오시오.'

나는 즉시 일어섰다. 야푸쉬를 뒤에 남겨둔 채 좁은 층계를 올랐다.

꼭대기에 이르자 문을 닫고 빠르게 주위를 둘러보았다. 그의 모습이 보이지 않았다. 나는 왕의 거처로 대담하게 들어갔다. 그곳에서 그의 아내 중 한 사람과 마주치거나, 그보다 더 끔찍하게, 부부가 함께 있는 장면을 마주하게 될 수도 있었지만 개의치 않았다. 거처로 들어선 순간, 한가운데 서 있는 그와 마주쳤다.

머리는 헝클어지고 옷은 구겨져 있었다. 조각해 만든 탁자 가장자리에 포도주 항아리와 잔이 놓여 있었다.

"여로보암이 달아났소." 그는 미동도 없는 채로 말했다.

그 젊은이를 좋아하는 줄은 알았지만 이렇게 괴로워하는 모습은 뜻밖이었다. 그 순간 비로소 나는 깨달았다. 솔로몬은 자녀가 많았지만 여로보암을 아들로서 사랑했던 것이다.

"나의 예언자가… 환상을 보았소. 내 왕국이 쪼개질 거라는군. 내 예언자 아히야가! 내게로 오는 대신 내 왕국이 분열되는 환상을 가지고 여로보암을 찾아갔소. 그에게 왕이 될 거라고 말했소!" 왕이 팔을 휘두르자 포도주 항아리가 탁자에서 떨어져 진홍색 액체가 바닥에 뿌려졌다. 그는 의자를 내동댕이치고 탁자를 엎더니 비틀대다가 벽에 기대어 풀썩 주저앉았다.

나는 빠른 걸음으로 방을 가로질러 가 그의 두 팔을 잡았다. 그는 야만인처럼 나를 똑바로 쳐다보았다.

"환상은 고정된 것이 아니에요. 별들의 자리는 하나로 정해진 게 아니에요. 당신은 왕입니다. 내일 무슨 일이 닥치더라도, 오늘 당신은 왕이에요."

그는 고개를 가로저었다. 눈이 부어 있었다. "아시오?" 그가 속삭였다. "당신이 나를 엉망으로 만들었다는 것을?"

나는 그를 잡고 있던 손을 놓았다. 여로보암의 행동을 내 탓으로 돌리는 것은 아니겠지?

"당신이 나를 엉망으로 만들었소." 그는 반복해서 말했다. 표정이 쓸쓸했다. "내 왕국이 쪼개질 거라고 하는군요. 난 그것을 허용하지 않을 거요. 그런 일은 없게 하겠소. 그러나 나는 엉망이 되었소."

"그러면 내가 떠나도록…."

"안 되오!" 그가 내 어깨를 잡았다. "모르시겠소? 당신을 보내야 한다 해도, 난 보낼 수 없소! 예언자는 내 왕국이 쪼개지는 환상을 보았소. 나는 그런 일이 없게 해야 하오! 하지만 지난 며칠 동안 내가 원한 것은 단 하나뿐이었소. 당신이 내 옆에 있는 것. 나는 당신에게 화를 내고, 당신과 상의하고 싶었소. 당신의 무릎에 얼굴을 묻고 아이처럼 울고 싶었소. 모르시겠소? 당신은 나를 정복했소! 유다의 사자獅子인 나를!"

몸이 떨려왔다. 심장이 한 번 뛸 때마다 생사를 오가는 느낌이었다. 배, 항구, 사바는 머릿속에서 사라졌다.

그는 두 손으로 내 얼굴을 잡았다. "먹을 수도 없소. 잠도 잘 수 없소…."

"부인들과 함께 있었기 때문입니다." 나는 가냘프게 말했다. 그러나 그는 나를 놓아주지 않았다.

"내가 그랬나? 타셰레를 보러 가서 그녀의 식탁에 앉아 먹으면서도 나는 그 자리에 있지 않았소. 그래서 그녀가 화가 났지. 나는 부인들을 불렀소…. 그러나 여로보암으로 인한 상심을 그들에게 털어놓을 수가 없었소. 그를 다시 보게 된다면 나는 그를 죽일 수밖에 없소! 나는 아내들에게 왕 외의 다른 존재일 수 없고, 대신들이나 형제들이 있는 자리에서 울 수 없소.

　나는 분별력을 받았고 그것을 황금처럼 썼소. 그러나 당신은…
당신은 그것을 추구했소. 그리고 그것을 지혜롭게 쓰고 있소. 가난
한 집에 태어났으나 돈을 벌어 부자가 된 사람처럼 말이오. 나는
부자로 태어난 사람 같소. 당신이야말로 신들에게 간청한 사람이
오. 어떻게 그럴 수가 있는지 모르겠소. 달을 섬기는 당신이! 이제
당신도 나를 떠날 거요. 나는 당신이 원하는 것을 다 주겠지. 그러
면 나는 그 보답으로 무엇을 갖게 되겠소? 나는 당신을 간절히 바
랐으나 당신은 내게 얼굴을 감추었소. 여러 논증을 가지고 덤벼들
었으나 결국 당신에게 지고 말았소."

　내가 속삭였다. "당신은 지지 않았어요. 조약으로 얻은 아내나
봉신封臣이나 당신을 '왕'이라 부르는 사람들이 줄 수 없는 것을 얻
었지요. 당신이 나를 찾은 이유는 내가 그 어느 쪽도 아니었기 때
문이에요. 당신은 내게 사랑에 대해 묻지요. 나는 사랑을 받았어
요. 아름답고 강렬하게 그리고 사심 없이. 그러나 자기를 알아줄 사
람을 가장 원하는 이에게… 사랑이란 무엇일까요?"

　그는 얼굴을 가렸다.

　"내가 어떻게 당신을 사바로 보낼 수 있겠소?" 그가 소리쳤다.
"내 요구 사항들로 당신을 쫓아버렸소. 당신을 붙들어놓기 위한 모
든 언쟁으로. 당신, 나를 엉망으로 만들어버린 당신을…."

　"당신을 사랑하는 나를." 불완전하고 이기적으로, 그리고 사
심 없이.

그는 내 손을 꼭 쥐고 말했다. "그러면 떠나지 말아요. 아직은. 내 곁에 있어요." 그는 나를 의자로 데려가 앉히고 그 앞에 무릎을 꿇었다. "있어요. 그럼 내가 당신에게 내 전부를 주겠소. 당신을 섬기도록 허락만 해준다면."

"있을게요." 내가 말했다. "겨울 전까지."

그는 내 무릎을 향해 고개를 숙였다.

우리는 오랫동안 그렇게 있었다. 마침내 그가 시선을 들었을 때, 나는 손을 들어 베일을 벗었다.

그는 떨리는 손으로 나를 바닥으로 끌어내렸다. 파닥이는 새의 날개처럼 그의 손가락이 내 볼을 지나 입술 위에 머물더니 부드럽게 입술을 벌렸다. 그는 한 시간 동안 내 턱을, 내 목을, 내 어깨의 곡선을 더듬었다. 처음엔 주저했지만 내가 물리치지 않자 부드럽게 나를 만졌다. 소년처럼 머뭇거리다가 나중에는 연인의 자유로움으로 가운 위로 나를 애무했다. 그의 팔이 내 허리를 휘감는 사이 내 손가락은 줄곧 그의 까칠한 턱수염과 아치형 이마를 어루만졌고, 마침내 나는 내 입술을 그의 입술에 포갰다. 그는 한숨을 내쉬었고 나는 계시와 같은 그 부드러운 소리를 들이마셨다.

잠시 후 나는 떠났다. 부서져 다시 빚어진 상태로. 나로 인해 산산이 깨어진 왕을 남겨둔 채.

***

다음 날 나는 간단한 전갈을 보냈다.

짐승을 잡았습니다. 포도주를 빚었어요. 잔칫상을 차렸고 시녀
를 내보냈어요.

내가 지어낸 말이 아니었다. 솔로몬이 지은 지혜여인의 글에서
인용한 구절이었다.

나는 시녀들을 사바 진영으로 보내 희생제사에 참여하게 했다.
그들은 내 거처에 있는 모든 여자를 데리고 갔다. 샤라와 야푸쉬
만 남았다.

왕은 그날 밤 늦게 왔다.

그는 내 숙소에 들어오면서 그곳이 그의 궁궐이 아니라 낯선 세
계인 것처럼 두리번거렸다. 내 천막에 있던 양탄자들과 그가 선물
로 준 양탄자들이 외실 바닥에 깔려 있었다. 그중 가장 화려한 것
은 내 왕좌의 복제품 아래 놓여 있었다. 왕좌는 내가 사바의 궁궐
에서 쓰던 표범 가죽으로 덮여 있었다. 넓은 연단 위 내 왕좌 옆에
는 내 왕 직의 상징물인 마르카브가 놓여 있었다.

왕은 궤 앞에서 잠시 멈추더니 손을 내밀어 그것을 만졌다.

"당신이 왕좌를 얻기 위해 전장으로 달려갈 때 탔던 마르카브군
요." 그는 경이감이 서린 목소리로 그렇게 말하며 그것을 처음 봤
을 때 내가 그랬던 것처럼 손가락으로 황금 나뭇잎과 끝이 갈라진
타조 깃털을 어루만졌다.

"그래요." 나는 베일을 쓰지 않았고 장신구도 일부만 걸치고 있
었다. 그런 무기들은 더 이상 필요하지 않았다.

"당신이 떠나온 것을 비밀로 했다고 말했잖소. 보좌관들이 궤가 사라진 것을 알아채지 않을까요?"

"여왕의 사실에 이것과 비슷한 것이 설치되어 있지요. 진짜는 나와 함께 여행을 하고."

그는 이 말을 심각하게 곱씹었다. 그의 손이 내 손을 맞잡았고 눈길은 서서히 내 왕좌로 향했다. 나는 그 왕좌에 앉아 몇 사람의 방문객을 맞이했고 몇 가지 다툼을 해결했다. 그중 하나가 부상당한 십장과 그를 걷어찬 낙타의 주인 사이의 분쟁이었다. 십장은 평생 다리를 절게 되었다. 하지만 솔로몬의 의사들의 실력이 좋아서 그는 죽지도 않았고 다리를 잃지도 않았다.

왕은 나를 설화석고 왕좌 쪽으로 이끌었다. "당신이 사바에서 왕좌에 올랐을 때 어떤 모습일지 알고 싶소. 내 눈으로 직접 보고 싶소."

나는 생각에 잠긴 미소를 머금고 그를 지나 왕좌로 갔다. 등을 꼿꼿이 세우고 앉아 양팔을 팔걸이에 얹었다. "내 재판홀의 왕좌는 이것보다 커요. 뒤쪽에 은으로 된 커다란 달이 있고 앞으로는 연단으로 올라오는 삼단 층계가 있어요." 나는 두 팔을 뻗어 벽을 가리키는 시늉을 했다. "벽에는 스물여덟 개의 설화석고 원반이 높이 달려 있어요. 밤에는 그것들이 달처럼 하얗게 빛나고… 낮에는 아침부터 해질녘까지 해처럼 밝게 빛납니다."

그는 뒤로 물러나더니 무릎을 꿇었다. 나는 깜짝 놀랐다. 그는 말없이 천천히 몸을 앞으로 굽혀 내 발가락에 입 맞추었다. 그의 입술은 혜나의 정교한 장식을 따라가 발목에 이르렀다. 나는 눈을 감았고 그의 손이 내 샌들 안으로 미끄러져 들어와 발바닥 한가운데의 예민한 부위를 어루만졌다.

잠시 후 우리는 알마카, 아세라, 토트, 네이트의 우상을 지나 내실로 들어갔다. 그는 안에서 잠시 멈춰 비단 덮개와 쿠션이 있는 소파, 아이벡스 모양의 향꽂이를 쳐다보았다.

그가 물었다. "몸을 기댈 때 어디 앉으시오? 여기인가요?" 그는 두 개의 낮은 소파 중 하나로 갔다.

"그래요. 거기예요."

"그럼 난 여기 앉겠소."

"안 돼요. 내 옆에 앉아요."

우리는 포도주를 마셨고, 그의 손가락이 내 비탈진 어깨를 가젤처럼 돌아다녔다. 주방에서 계속 나오는 요리들을 시식 시종과 함께 맛보았는데, 솔로몬은 내게, 나는 그에게 먹여주었다.

"이제 나는 바깥세상을 잊어버렸소." 왕이 중얼거렸다. 그는 내 머리카락에 얼굴을 묻고 향기를 들이마셨다. "낮이 밤이 되고, 아이벡스와 사자가 함께 먹는군요."

"연회도 없고, 황금도 없어요. … 정원만 있어요." 내가 말했다.

"나는 목동이요. 내 아버지처럼." 그는 내 고개를 비스듬히 들어 올려 내 귀에 입 맞추었다.

"나는 여자 목동이고요."

"당신네 검은 피부의 사람들은 다른 세상에서 온 것이 아니오."

그는 속삭였다. "수넴의 골짜기에서 왔지. 내가 몇 년 동안 당신의 얼굴을 상상해온 것을 아시오? 보고 싶으면서도 보고 싶지 않았소. 내가 마음속에 그리던 모습과 다르면 어쩌나 싶어서."

"나는 여기 있어요. 내 얼굴은 이렇고요."

그는 내 볼을 쓰다듬었다. "상상했던 것보다 더 사랑스럽소. 늘 알던 얼굴 같고… 그 얼굴도 나를 아는 것 같소."

그는 깊은 한숨을 내쉬며 내 목에 머리를 갖다 댔다.

그날 밤 그는 내 품에서 울었다. 나는, 그가 잠든 후에 울었다.

26

나를 향하는 그윽한 눈길. 침대에 새로 깔아놓은 향기로운 홑이불. 창으로 흘러들어와 '오라'고 말하는 정원의 장미향. 이것이 나의 세계였다.

늘 떠나지 않던 고기 타는 냄새가 더 이상 나지 않았다. 방을 가득 채운 꽃 때문에 고기 냄새를 느낄 수 없었다.

오전 중간쯤 되었을 때, 그가 새로 지은 시가 내 숙소에 배달되었다.

그대의 눈짓 한 번,

목걸이의 보석 하나에 마음을 빼앗기네.

그대의 사랑, 포도주보다 달콤하고

그대의 향기, 어떤 향수보다 향기롭네.

나는 답시를 보냈다.

왕께서 침상에 누우실 때 나의 나드 향 내뿜었어요.

내 사랑은 가슴에 품은 몰약 향주머니,

활짝 피어난 헤나 꽃다발 같아라.

나는 왕의 재판홀에 내 왕좌를 가져다 놓고 그의 옆에 앉았다. 그리고 그의 자문관들과 함께 저녁식사를 했다. 그들은 우리 둘을 번갈아 쳐다보았다. 왕은 그들이 있는 자리에서 종종 이렇게 물었다. "스바께서는 이 문제를 어떻게 생각하십니까?" 그러자 나중에는 가장 기민하고 주의 깊은 대신들이 왕의 질문 없이도 나를 쳐다보기 시작했다.

우리는 왕과 여왕으로 그의 사실에 앉아 여로보암 사건의 경위를 들었고 반역의 씨앗이 맺은 유해한 열매를 규탄했다. 과부인 여로보암의 가엾은 어미가 왕 앞에 불려와 심문을 받을 때도 나는 그 자리에 있었다.

우리는 이집트가 솔로몬의 적 여로보암을 받아준 것과 그 이전에 하닷을 받아준 것을 맹렬히 규탄했다. 하닷은 지금 아람을 다스리고 있고 솔로몬은 그의 딸과 결혼하여 그와 평화를 이루었다.

하솔에서 또 다른 전투가 벌어졌다는 새로운 소식이 도착했다. 이번에는 다마스쿠스의 르손이 북쪽 국경에서 일으킨 일이었다. 우리는 그 문제를 어떻게 처리해야 하는지에 대해 논쟁을 벌였다.

그러나 밤이 되면 모든 것을 잊었다.

그는 청원자가 되어 내 침대를 찾았고, 나는 공물을 바치는 사람처럼 그에게 갔다. 그가 요구하면 몸을 뺐고, 그가 속삭이면 그 품에 안겼다.

"내 어머니는 왕인 내 아버지를 정복하셨소. 그 때문에 나는 아버지가 돌아가신 후에도 여러 해 동안 아버지를 멸시했었소. 하지만 이제는 아니오."

우리는 여러 신들과 작물, 나가고 돌아오는 데 일 년 반이 걸릴 바닷길에 대해 이야기했다. 그가 내 대신 바알에셸과 나눌 대화, 사바의 항구에 들어올 배들, 우리가 세상을 만들어갈 방식에 대해서도.

나는 내 어머니의 노래를 불렀고, 그는 그의 아버지의 찬양을 읊조렸다. 그는 내게 맏형 이야기를 들려주었다. 소년 시절 추앙하던 맏형 아도니야를 그가 죽일 수밖에 없었던 사연이었다.

나는 거의 오 년 만에 처음으로 마카르의 이름을 입 밖에 냈다. 그리고 울었다.

"만난 적은 없지만 마카르라는 사람, 나도 사랑하오. 그는 내 여왕을 위해 죽었고, 그 덕분에 지금 나는 그녀와 함께 있으니까. 감사의 뜻으로 우리 신들에게 각각 희생제물을 보냅시다." 다음 날 우리는 동물을 살 사람들을 시장으로 보냈고, 제물을 태우는 연기가 두 제단에서 피어올랐다. 나는 참으로 오랜만에 내 입의 쓰디쓴 무언가가 달콤하게 바뀐 것에 감사했다.

오후에는 밀려오는 졸음에 나른한 상태로 보내다가 종달새가 창밖에서 지저귀는 동안 낮잠을 잤다. 서쪽으로 해가 기울어질 무렵에는 목욕을 했다.

밤이면 내가 층계를 올라 왕의 정원 테라스로 가거나 그를 내 숙소의 정자로 불렀다. '내 동산에 오셔서 최고의 과일을 드세요.'

우리는 아이들처럼 부끄러움을 몰랐고 내키는 대로 대담하게 행동했다. 한밤중에 그의 테라스에서 목욕을 하고, 공식 만찬 식탁 너머로 은밀한 시선을 주고받았다. 터널을 통해 도성을 빠져나가 고대의 신과 여신처럼 누웠다.

달이 뜨지 않는 시기가 되자 그는 동물들을 데리고 내 진영으로 내려왔다. 그곳에서 여전히 심각한 아슴과 내가 알마카의 의식을 주관하는 모습을 지켜보았다. 그것은 내가 침묵의 신에게 바치는 마지막 의식이었다.

"당신은 정말 무섭고 아름답고 위엄 있는 존재요." 그날 밤 북소리가 그치고 오랜 시간이 지나, 그는 내 천막에서 속삭였다. "그런데 어떻게 내 마음을 빼앗은 거요? 어떤 힘을 휘두르는 거요, 달의 딸이여?"

"소원의 힘이지요."

"그런 것을 믿소?"

"소원이 뭐예요, 기도 아닌가요? 내가 열두 살 때 한 남자가 내 방으로 침입했어요. 그자는 나를 겁탈했어요. 또 한 번. 또다시. 또다시." 그가 굳은 얼굴로 몸을 일으켰다. "구해달라고 기도했어요. 그러자 와디가 범람해 그자를 쓸어갔어요. 나는 감사의 뜻으로 그 신에게 나를 바쳤어요. 하지만 나는 아이를 가질 수 없게 된 것 같아요."

그러자 그는 그 어느 때보다 강하게 나를 붙들었다. "가련한 내 사랑! 그자가 살아 있다면 대가를 치르게 했을 거요. 그런 일을 겪은 당신을 첫날 밤에 혼자 오게 했다니! 당신에게 가혹하게 군 나 자신이 저주스러울 뿐이오. 나를 용서하시오. 용서하시오." 그는 그렇게 말하고 나를 껴안았다.

"당신은 내게 손을 대지 않았어요."

"처음 편지를 쓸 때부터 부드럽게 대했어야 하는 건데."

"그랬다면 나는 반응하지 않았을 거예요."

"그래요. 그랬을 거요."

"당신은 그것을 알아본 거예요, 나는 그렇게 믿어요. 나는 달을 향해 구해달라고 기도했어요. 자유를 달라고 기도했어요. 그랬더니 아버지가 나를 푼트로 보내셨어요. 몇 년 동안 행복했지요. 사랑하고 사랑받으면 살았어요. 그러나 내 일부는 여왕이 되게 해달라고 기도했던 것 같아요. 지금은 이런 생각이 들어요. 우리 영혼은 모든 일을 꿰뚫어보는 것이 아닐까, 내 영혼은 내가 이리로 올 것을 미리 보거나 하지 않았을까. 마카르가 살아 있다면 내가 이곳에 오지 않을 줄 알았던 것이 아닐까…" 나는 그의 품에서 몸을 빼내어 등불이 비춘 그를 보았다. "처음 당신에게 편지를 썼을 때, 내 일부는 당신을 바랐어요. 당신을 처음 봤을 때, 당신을 원했어요. 그런데 여기 당신이 있네요. 그러나 내가 스스로를 바친 신은 내게 자신을 내어주지 않았어요. 그러면 당신을 내게 보내고… 곧 우리를 갈라놓을 신은 누구일까요?"

"우리를 다시 온전하게 만들어줄 바로 그 신이오." 그가 부드럽게 말했다. "결국 우리는 같은 신을 섬기고 있소."

"어떤 신인데요?"

"그 신의 이름은 사랑이오."

솔로몬, 나의 시인.

얼마 후, 나는 시녀들과 왕의 힘없는 두 아내가 있는 내 숙소로 그를 더 이상 부르지 않았다. 그 대신 내 물건들을 그의 숙소로 보냈다.

우리는 아침 늦게까지 침대에 머물렀다. 그는 내 배꼽에 입 맞추었고 나는 그를 매끈한 설화석고로 된 다산의 조각상에 비유했다. 그는 그 말에 웃고는 부끄러운 체하며 옷을 입었다.

그다음 우리는 밖으로 나가 몇 시간 동안 왕과 여왕이 되었고 머릿속으로는 시를 지었다.

우리는 다가오는 겨울에 대해 말하지 않았다. 그동안에도 하루하루가 정신없이 지나갔고 여름은 가을로 내달렸다.

27

나팔절 기간에 칼카리브와 니만이 나를 찾아왔다. 나팔절을 맞아 며칠 동안 순례자들이 도성으로 밀려들었다. 왕은 성전으로 갔고 오늘 밤까지는 그를 보지 못할 터였다. 나는 한 달째 아침마다 울리는 숫양의 뿔나팔 소리에 놀라 왕의 품에서 몇 번이나 잠이 깼었지만, 왕은 아무리 큰 뿔나팔 소리에도 깨지 않고 부드럽게 코를 골았다. 그 시간이면 도성의 모든 화덕에서 빵 굽는 냄새가 풍겼다.

나는 내 숙소에서 그들을 맞이했다. 왕의 주방에서 나온 모과와 꿀로 식탁이 차려져 있었다. 숙소에 온 것도 며칠 만이었고 그들과 함께 회의를 하는 것은 더욱 오랜만이었다.

"여왕폐하, 저희는 걱정스럽습니다." 니만이 말했다.

"무슨 일로 걱정하십니까?" 나는 가벼운 어조로 말했다. 그러나 그들의 나무람을 예상하며 미리 약속을 하고 만난 자리였다. 나는 왕의 재판홀과 사실에 자리를 잡고 몇 주째 머물고 있었다. 왕이 조약에 동의한 것이 분명했고 배를 손에 얻었으니 더 이상 꾸물거릴 이유가 없었지만 나는 여전히 머물라는 명령을 내려놓고 있었다. 급기야 진영의 부족민들이 조바심을 냈다.

"폐하와 왕에 대한… 안 좋은 소문이 돌고 있습니다. 소문은 순례자들 사이에서 되풀이되며 점점 커지고 있고, 순례자의 수는 나날이 늘어갑니다."

"소문이야 늘 있지요. 사바에도 나에 대한 소문들이 있지 않습니까."

니만은 고개를 가로저었다. "여왕폐하, 이곳은 사바가 아닙니다. 그들의 방식은 우리와 다릅니다."

"그건 나도 잘 알고 있습니다." 나는 쏘아붙였다. "내게 이 얘기를 하러 온 것입니까?" 나는 칼카리브를 쳐다봤다. 그는 내 왕좌가 놓여 있던 자리를 어두운 표정으로 바라보았다.

"왕은 아내가 많습니다. 아내들에게는 종들이 많은데, 그들은 여주인이 늘어놓는 질투 어린 험담을 이야기하고 퍼뜨립니다. 그리고 제사장들과 대신들 중에는 왕에게 큰 영향력을 행사하는 외국 군주의 존재를 못마땅하게 여기는 이들이 많습니다. 이곳은 외국의 영향력, 무엇보다 여왕의 영향력을 잘 받아들이는 나라가 아닙니다. 폐하께서는 위협적인 대화에 즐겨 등장하는 표적이 되셨습니다. 회의실에서는 그들이 고개를 끄덕이고 웃을지 몰라도, 그곳에서 폐하의 친구는 왕밖에 없습니다."

"그것을 어떻게 아시지요? 왕의 회의에 참여하시는 것도 아니잖습니까."

"저희가 변장을 하고 도성으로 들어가 직접 들었습니다." 칼카리브가 마침내 말했다. "시장에서 사람들이 사바의 창녀에 대해 험담을 하고, 폐하의 근위병들을 '창녀의 부하들'이라고 부릅니다."

등줄기가 오싹해지면서도 얼굴이 확 달아올랐다.

"어딜 감히!"

나는 자리에서 일어나 머리를 가지런히 뒤로 넘기며 거닐었다. "겁쟁이들은 늘 권력을 가진 여자들에 대한 천박한 험담을 쏟아냅니다. 사람들이 나에 대해 떠들어대는 것이 이번이 처음인줄 아십니까? 그들의 말에 내가 조금이라도 신경 쓸 것 같아요? 그들은 왕의 결혼에 대해 불만을 토로하지만 그로 인한 혜택은 고스란히 누립니다. 그들은 추문에 익숙한 백성이고, 추문거리를 찾아내어 도덕적 교훈이 담긴 이야기로 탈바꿈시킵니다. 그들의 신이 기름 부어 세운 사랑하는 왕을 낳은 결합도 예외는 아니지요." 나는 성이 나서 말했다. "그 결합 덕분에 태어난 왕에게 그들의 신 야훼가 지혜를 부어주었건만!"

"그들은 야훼가 왕의 행동 때문에 자신들에게 벌을 내릴까봐 두려워합니다." 니만은 물러서지 않았다.

"여왕폐하, 왕은 궁궐의 아첨꾼들이 말하는 것만큼 백성의 사랑을 받는 것 같지 않습니다." 칼카리브가 말했다.

"그들이 감히 왕에 대해 안 좋은 얘기를 늘어놓을 순 없을 텐데요."

"공개적으로 그러지는 않습니다. 하지만 여로보암 이후로 점점 대담해지고 있습니다."

"여왕폐하, 왕이 폐하께 각별한 것은 분명합니다." 니만이 말했다. "그리고 사바는 그 호의의 수혜국입니다. 왕은 폐하에게 마음을 빼앗긴 것이 분명합니다만 그럴 수밖에 없습니다. 사바는 세계에서 가장 부유한 나라이니까요."

나는 웃었다. "몇 주 전만 해도 두 분 다 왕에 대해 말할 수 있는 것이 없었습니다. 나는 두 분이 그가 선물한 말을 탐욕스러운 눈으로 바라보는 것과 니만, 당신이 그의 황금빛 병거를 바라보는 것을 보았습니다. 당신은 왕에게서 온갖 기회를 발견하고 나와의 결혼을 직접 주선하겠다고 간청하던 바로 그 친척이 아니던가요?"

"여왕폐하, 그와 결혼을 하실 생각이시라면 그렇게 하십시오." 칼카리브가 말했다. "그러나 이 추문은 잠재우셔야 합니다. 사바뿐 아니라, 우리 진영에 있는 사람들의 안전을 위해서도 그리하셔야 합니다."

나는 홱 돌아섰다. "무슨 말씀을 하시는 겁니까?"

"몇 주째 누군가 어둠을 틈타 진영에 돌멩이와 쓰레기를 던졌습니다. 어젯밤만 해도 북쪽 지파 사람들의 무리가 우리 경비병들을 자극해 싸움을 일으키려 했습니다. 그들 때문에 탐린의 부하 세 사람이 다쳤습니다."

"뭐라고요?"

"그와 결혼하실 뜻이 없으시다면, 빨리 떠나야 합니다. 우리가

이곳에 온 목적을 이미 이루시지 않았습니까. 적어도 약속은 받
으셨습니다!"

나는 다가오는 우기와 점점 짧아지는 낮에 대한 생각을 피하며
그저 밤이 빨리 오니 왕과 보낼 시간이 더 많겠다고 스스로를 다
독여왔다. 물론 그것은 거짓이었다.

"겨울이 되기 전에는 안 떠날 겁니다. 아직 마무리하지 않은 일
이 있어요." 나는 손톱을 물어뜯으며 말했다.

칼카리브가 말했다. "폐하께서 왕의 숙소로 거의 짐을 옮기셨
다는 말이 있습니다. 폐하께서 왕의 홀에서 왕의 옆자리에 앉는다
는 것을 온 궁정이 다 압니다. 방문 군주가 아니라 그의 왕비인 것
처럼 말입니다!"

나는 이렇게 소리치고 싶었다. "나는 그의 왕비예요!"

나야말로 그의 왕비라 할 만했다! 결혼도, 지참금도, 나라를 합
치는 과정도 없이. 그의 아들을 낳은 어떤 여자보다 더! 오히려 그
어느 것도 하지 않았기 때문에.

저들은 어떻게 생각할까? 그와 내가 세상을 어떻게 만들어갈지
에 대해 밤늦게까지 공모했다는 사실을 알면? 히두쉬 및 바빌로니
아와 어떤 조약을 맺어 그쪽을 우리 편으로 끌어들이고, 멀리 비
단이 나는 땅으로 이어지는 길에서 우리 몫을 확보할지 공모했다
는 사실을 알면? 내 대상과 만에 정박하는 그의 배들을 위해 우리
사이에 있는 에돔을 약화시킬 방안을 공모했음을 알면?

"내가 왕의 홀에서 협상과 회의에 참석하는 동안 그대들은 어

디 있었나요? 이곳 궁궐의 복도에서 무슨 일이 벌어지든 그대들과 무슨 상관이 있지요? 나는 그대들에게 구구절절이 상황을 설명하지 않을 겁니다. 우리가 항구와 배를 얻으러 갈 거라고 말했었지요? 나는 훨씬 더 많은 것을 성취할 것입니다. 그런데 그대들이 감히 나를 나무라는 것인가요?"

니만이 말했다. "그뿐이 아닙니다. 이스라엘 왕의 원수를 숨겨준 이집트를 폐하께서 이스라엘 왕과 함께 규탄하셨다는 말이 있습니다."

"물론 그랬습니다!"

"이집트인 왕비가 보복으로 폐하에 대한 악의적 소문을 대대적으로 퍼뜨리기 시작했다는 사실을 아십니까?"

그 말에 나는 깜짝 놀랐다.

"언제부터 두 분이 여자들의 한담과 시장의 소문 따위에 귀를 기울이는 신세가 되셨나요? 내 수도의 시장통이나 귀족의 아내들 사이에서도 나에 대한 소문이 많을 겁니다." 나는 그들 각각을 날카롭게 노려봤다. "겨울은 빨리 닥칠 것입니다. 대상에 필요한 물품을 준비하는 데 신경을 쓰세요. 남쪽으로 긴 여행을 떠나야 할 테니까요."

그들을 내보낸 뒤 나는 왕의 궁내대신에게 전갈을 보냈다. 나는 충격을 받았고, 내 진영의 안전이 염려되었고, 솔로몬이 없는 상황이 불안했고, 둘만의 공간에 세상이 끼어드는 것이 내키지 않았다. 달이 지고 해가 떠서 또 하루가 덧없이 가는 것도.

몇 시간 안에 사바 진영 바깥에 경비병들이 추가로 배치되었다. 나는 다소 안심이 되었다. 그러나 왕의 숙소에 도착하자 상황은 달라졌다. 그는 나를 품에 안았지만 고민에 사로잡힌 표정이었다.

"오늘 밤에는 여기 머물 수가 없소." 그가 말했다.

"그럼 왕께서 가시는 곳에 나도 가겠어요."

"몇 주째 타셰레에게 가지 않았소. 그녀는 화가 났고 질투하고 있소."

소문이 사실이었던 것이다. 나는 그의 품에서 떨어져 나왔다.

"나는 그녀가 감정에 휘둘리지 않는 실용적인 아내라고 생각했어요."

"당신이 이곳에서 나와 함께 지낸다는 것은 다들 아는 사실이오. 당신의 왕좌가 내 연단에 놓여 있다는 것도. 그녀는 많이 양보했소. 그러나 그녀는 둘째 아들을 몹시 갖고 싶어 하고 그것만은 양보하지 않을 것이오."

내 속에서 뜨거운 질투의 불길이 일어났다.

"그럼 좋아요. 나는 내 방으로 다른 남자를 부르겠어요."

그는 머리를 쥐어뜯었다. "아니오. 그러지 마시오. 간청하오. 나는 내 의무를 다할 뿐이니 보내주시오."

"의무라고요? 당신은 왕이시잖습니까."

"그녀는 파라오의 딸이오!"

"그래요! 그리고 이집트가 약하다고 우리가 얼마나 많이 말했던가요? 이집트는 당신의 원수의 집이라고 공개적으로 말했습니다. 그런데 그녀에게 어떤 의무가 있단 말입니까?"

그때 나는 깨달았다. 그는 그녀를 사랑하고 있었다.

그것을 깨닫자 얼음송곳에 찔린 듯했다.

그가 내게 처음으로 글을 적어 보내기 전, 그녀를 위해 얼마나 많은 시를 지었을까? 얼마나 많은 편지를 보냈을까? 얼마나 많은 선물을 보냈을까?

그가 내 손을 잡았다. "내 사랑, 부탁이오. 머물러요. 나를 기다려요. 아침에 돌아오겠소. 늦게 잠들어요. 그러면 내가 당신과 함께하겠소."

"다른 여자의 침대에서 막 나와서 말이지요." 나는 씁쓸하게 말했다.

"그러는 당신은, 내 침대에 오기 전에 다른 남자와 함께했잖소."

나는 날카롭게 웃었다. "당신은 수백 명과 함께했고요. 나는 처녀였던 척 가장하지 않아요. 당신의 백성들이 시장통에서 그러는 것처럼 당신도 나를 '창녀'라고 부를 건가요? 만약 내가 창녀라면, 그들의 왕이 나를 그렇게 만드는 것이지요!"

"내가 당신과 함께 있기 위해 무엇을 감수하는지 모르겠소?"

"무엇을 감수하는데요?"

"그렇소! 그들은 당신을 '창녀'라 불러요. 여기서는 남자와 결혼하지 않고 관계하는 모든 여자를 그렇게 부르니까. 그러나 이 문제에 대해서는 당신이 나보다 더 잘 알아요. 내가 제사장들의 반감을 무릅쓰고 있는 것을 모르겠소? 그들은 내가 당신과 함께하기 때문에 북쪽 지파와 다마스쿠스, 여로보암과 수많은 이들이 나에게 맞서 역적모의를 하는 거라고 말하고 있소."

"그들은 나라가 어려움에 처할 때마다 왕의 가장 가까운 여자들을 탓한다는 것을 모르십니까? 정작 나라의 일에 아무런 영향도 미치지 못하는 여자들인데 말이지요. 하와도 그 열매를 씹어서 아담의 입에 넣어준 것이 아니었지요. 그가 받아서 직접 먹었잖습니까. 나는 제사장들의 이야기를 직접 읽었습니다! 그들이 제시하는 그림은 자신들의 나약함을 보여줄 뿐입니다. 그들은 그 사실을 모른단 말입니까?"

"제사장들만이 아니오. 내 신하들, 백성들도 같은 생각이오. 그런데도 나는 그들 앞에서 당신을 높였소. 당신이 그들에 대해 판결을 내리게 했소. 나는 추문이 도는 것과 내 왕국이 위태로워지는 상황을 감수하고 있소. 당신을 위해!"

"제사장들도 왕께서 뽑으시고, 신하들도 왕께서 뽑으십니다. 그들이 문제라면 다른 사람들을 뽑으시면 됩니다. 사바처럼 부유한 나라와 친밀한 관계를 맺음으로써 왕국이 위태로워진다고요? 우리 두 왕국을 하나의 강대국으로 대해야 한다는 사실을 세계에 알림으로써 말입니까? 이 일이 어떻게 당신에게 위험이 된다는 겁니까, 오 왕이시여? 자신을 위험한 존재라고 말하고 아내가 신호만 보내면 달려가는 분이시여?"

"내게 무엇을 원하는 거요?" 그가 물었다. 그 말에 나는 웃었다. 몇 주 전, 내가 그에게 던진 질문이었다.

28

왕은 다음 날 하루 종일 회의실에서 나오지 않았다. 사람을 보내 찾았으나 최대한 빨리 오겠다는 답만 돌아왔다.

이번에 나는 그의 옆자리로 초청받지 않았다.

나는 흥분한 상태로 숙소를 서성이다가 마침내 진영에 있는 아슴에게 사람을 보냈다. 그는 안전을 위해 왕의 근위대의 무장 호위를 받고 왔다.

앞에 차려진 음식을 먹는 시늉만 한 아슴에게 내가 말했다. "파라오가 죽었습니다. 어떤 징조라도 있었나요?" 그러나 나는 어떤 대답이 나올지 알고 있었다.

"없었습니다. 어떤 전조도, 조짐도 없었습니다." 나의 상상이었을까? 몇 주 만에 보는 그는 그동안 먹지도 자지도 못한 사람처럼 얼굴이 비쩍 말라 보였다.

"사바에서 출발하던 날 당신이 무엇을 보았는지 알고 싶어요."

지난 몇 달 동안 잊고 있던 의문이 그날 새벽 동트기 전에 머리에 떠올랐다. 달 없는 하늘의 불길한 예감처럼.

그는 고개를 가로저었다. "돌아오는 길이 어두워졌다는 것뿐입니다."

"그것이 무슨 뜻인가요?"

"모르겠습니다. 돌아가는 길이 어려울 거라는 뜻일 수도…."

"오는 길도 충분히 힘들었어요!"

"다른 길로 돌아가게 될 거라는 뜻일 수도 있습니다. 좋게 보면 그렇습니다."

"그러면 최악의 경우는?"

그는 주저했다. "폐하나 다른 누군가가 돌아가지 못할 수도 있습니다."

그 말에 나는 아무 말 없이 앉아 있었다.

"그래요, 좋아요." 마침내 내가 말했다. "이전에도 징조는 틀린 적이 있어요."

나는 알마카 신이 내게 말씀하셨다고 여러 번 주장했지만 모두 사실이 아니었다. 그가 내게 호의를 베풀었다고 생각할 때마다 재난이 뒤따랐다. 그래서 아비가일이 여로보암의 정체를 드러낸 것—왕을 상심하게 했지만 우리 사이의 모든 문제를 해결해준 일—을 왕과 나의 미래를 보여주는 징조라고 감히 생각할 수가 없었다. 곧 모종의 재앙이 들이닥칠까 두려웠다.

그날 오후 어느 때인가 아래쪽 도시에서 부르짖는 소리들이 들려왔다. 궁궐에서 한 무리의 근위병들이 파견되었다. 나는 테라스에서 그들 앞으로 길이 열리는 것과 그들의 흉갑이 햇빛을 받아 반짝이는 것을 지켜보았다. 시장 근처에서 소요가 일어났는데, 내가 있는 곳에서는 소동의 일부밖에는 보이지 않았다. 천막들이 있는 방향에서 사람들이 달려왔고 외침소리가 대기를 갈랐다.

그 광경을 보니 불안해졌다. 도시는 순례자들로 넘쳐나고 있던 것이다. 그들이 멀리 시장이 선 동산이 있는 골짜기까지 밀려나 갔기에 나는 사바 진영 주위로 더 많은 경비병을 요청했고, 우리 쪽 사람들에게도 경계를 두 배 강화하라고 명령을 내렸다. 사바에서도 순간적인 말과 포도주가 불꽃이 되어 여름의 마른 부싯깃처럼 갈등과 묵은 대립이 폭발하곤 했다. 나는 시녀들과 샤라를 곁에 두고 궁궐을 나가지 못하게 했고, 왕의 주방에서 주문한 별미들과 탐린의 깜짝 방문으로 그들을 달랬다. 그들은 탐린이 오자마자 바로 세네트 놀이법을 가르쳤다.

솔로몬은 그날 밤 늦게 돌아왔다.

"파라오가 죽었소."

"들었습니다." 나는 그에게 포도주를 따라주었다.

"리비아인 시삭이 이집트의 권력을 잡았소. 나약하던 이집트가 하룻밤 새 강한 나라가 된 거요." 그렇게 초췌한 그의 모습은 처음이었다.

"그건 과장이 분명하군요." 내가 말했지만 그는 고개를 저었다.

"그가 파라오의 군대를 지휘한 지가 여러 해요. 이집트는 다

401

시 군사 강국이 될 것이오. 그는 이집트가 게셀을 돌려받기를 원할 것이오."

"첫 번째 부인이 이집트인 아닙니까!"

"용병 출신에게 그것이 문제가 되겠소? 이들은 이집트인이 아니라 이집트를 차지한 리비아인이고 국경 너머로 눈을 돌릴 것이오. 그들은 이미 여로보암에게 거처를 제공했소. 내 예언자에 따르면 여로보암은." 그 대목에서 그의 입술이 가늘어졌다. "이스라엘의 북쪽 지파들을 다스릴 사람이오. 그래서 시삭은 자신이 미래의 왕을 손에 쥐고 있다고 생각하오. 아니, 그는 게셀을 원할 거요. 지금이 아니라도 언젠가는. 그리고 새로운 선단에서도 한몫을 원할 거요."

"그럴 수는 없어요!"

"그럴 수 있소."

"그것이 어떻게 가능하죠?"

"이집트는 가데스바네아, 브엘세바, 게셀의 수비대에 병력을 제공하오. 병사들은 그곳에서 나의 이익을 보호해주지만 이집트에 충성하는 자들이오. 그뿐이 아니오."

"무엇이 더 있나요?" 믿기 어려운 말이었다.

"그는 당신이 여기 있다는 것을 알아요. 여로보암이 우리의…우정에 대해 과장된 이야기를 그에게 들려주었소."

그 단순한 말에 왜 내 손이 싸늘하게 식었을까? 며칠 전, 두 대신에게 다른 이들이 뭐라고 하건 개의치 않는다고 말했던 나였다. 그러나 나와 솔로몬의 '우정'에 대한 이야기가 이집트에 전해졌다는 말을 듣자, 어찌된 일인지 세상이 갑자기 내 침실을 들여다본 것 같은 기분이 들었다. 그도 그럴 것이, 그런 이야기들은 과장이 아니었기 때문이다.

솔로몬의 말이 이어졌다. "그를 신중하게 다루어야 해요. 이집트는 나의 오랜 적인 하닷의 친구이기도 하니까. 내가 어떤 곤경에 처했는지 이제 아시겠소? 우리 모두의 이익을 위해 그를 잘 구슬려야 하오. 그는 게셀뿐 아니라 남쪽의 푼트에도 관심을 보일 수 있소."

나는 눈을 깜빡였다.

"하지만 나는 내 힘이 닿는 한 모든 일을 다할 것이오. 나를 믿소?"

"믿어요." 어떤 협상에 있어서건 그보다 더 믿을 만한 사람은 생각할 수 없었다. 그러나 심각하기 그지없는 그의 모습을 보고, 이전에는 "지켜봐요. 내가 그를 이길 테니까"라고 말하던 사람의 입에서 "힘이 닿는 한 모든 일을 다할 것이오"라는 말이 흘러나오는 걸 들으니 마음이 흔들렸다.

아람의 하닷. 다마스쿠스의 르손. 이집트의 여로보암. 그와 등지겠다고 협박하는 이스라엘의 북쪽 지파들. 그가 섬기는 신의 예언자. 질투에 사로잡힌 아내들.

이 사람이 과연 하나님의 총애를 받는 사람이었나? 사람들이 전설적인 이야기를 들려주던 사람. 지혜를 너무 많이 받아 그렇게 많은 적을 만든 것인가? 그의 전투적인 아버지가 하나로 뭉쳐놓은 지파들을 이제 무력이 아니라 간계와 결혼으로 유지해야 하는데,

제사장들은 바로 그 도구들이 그들 나라를 이어주는 정체성을 위협한다고 느끼고 있었다.

나를 바라보는 솔로몬의 눈길이 느껴졌다.

"무슨 일인가요?"

"하나가 더 있소."

"이번에는 뭔가요?" 나는 소리를 질렀다.

"시삭은 타셰레와 인척지간이오."

나는 시선을 돌렸다.

그렇다면 이집트의 모든 것이 강해졌구나. 그곳에서도, 여기서도.

"이제 감히 나와 결혼할 수 없겠네요." 내가 말했다.

그가 차분하게 말했다. "결혼하지 않았을 거요. 당신 말대로 나는 당신을 수백 명 중의 하나로 만들거나 다른 아내를 당신보다 서열상 위에 놓지 않았을 거요. 그건 격에 맞지 않는 일이오. 당신은 여왕이오. 나의 여왕. 내 마음에서 첫 번째에 자리 잡은."

그가 내게로 오자 나는 한숨을 쉬었고 그의 어깨에 머리를 대었다.

"타셰레를 기쁘게 해주셔야죠."

"그녀는 아버지를 잃었소."

내 아버지를 생각했다. 아버지를 위해 흘린 적 없는 눈물도. 타셰레가 여기 있은 지 십 년도 넘었다. 그녀는 아버지를 위해 한 방울의 눈물이라도 흘렸을까?

그가 차분하게 말했다. "내일 그녀에게 가겠소. 당신이 화내겠지만, 그래도 갈 거요."

나는 무엇을 할 수 있을까?

"나는 곧 떠납니다." 내가 말했다.

"알아요."

"그런데도 당신은 가는군요."

그는 내 머리에 자신의 이마를 갖다 댔다. "타셰레는 내가 그녀를 찾아가 사람들 앞에서 그녀를 총애한다는 사실을 공개적으로 드러내지 않으면, 그녀가 학대받고 있으며 불행하다는 내용의 전갈을 이집트로 보내겠다고 으름장을 놓았소."

나는 웃었다. 짧고 위축된 웃음소리가 났다.

"그녀가 왕에게 명령을 내릴 만한 배짱이 있을 줄은 몰랐군요."

"시삭은 나를 적대시할 모든 기회를 노릴 거요. 여로보암은 그에게 신세를 졌고 이스라엘의 왕으로 세워지면 더욱 그렇게 될 것이오. 여러 해 왕좌에 있었던 왕보다는 아직 소년티를 벗지 못한 젊은이가 훨씬 다루기 쉬울 테니."

"우리는 무엇을 하죠?"

"나는 선물과 함께 사절을 보낼 거요. 늘 하던 대로. 그리고 그에게 내 뜻을 관철시킬 거요." 그러나 그의 목소리에서 느껴지는 것은 확신보다는 피로감이었다. 내게 편지를 썼던 자신만만한 사람은 어디로 간 것일까?

솔로몬의 왕국이 무너진다면, 선단도 없을 것이다. 아니 선단은 다른 이의 소유가 될 것이다. 그러면 나는 무엇을 해야 할까? 다음

번에는 누구를 찾아가 만나야 할까? 이 여행은 상당 부분 헛수고가 되어버리지 않을까?

아니다. 헛수고가 아니다.

"물론 그러실 겁니다." 나는 말했다.

다음 날 타셰레는 나를 섬기던 넵트를 불러들였다. 소녀는 눈물 어린 포옹을 한 뒤 고개를 푹 숙인 채 내 숙소를 떠나갔다. 영원히. 세네트 판을 남겨두고.

***

나는 타셰레가 찾아와 왕의 궁궐과 침실에서의 강화된 지위를 과시할 날을 두려워하게 되었다. 언젠가 그 날이 분명히 올 것이기 때문이었다. 그러나 사흘 후에 내 숙소를 찾아온 사람은 타셰레가 아니라 나아마였다.

신중하게 꾸민 타셰레의 아름다움에 비하면 나아마는 소박한 여성이었다. 농부처럼 소박하고 골격이 큰 그녀의 몸으로 보아 출산 경험이 많음을 알 수 있었다. 그러나 나는 그녀에게 자녀가 몇 명이나 되는지 묻지 않았다.

그녀는 차린 음식을 예의상 아주 조금만 먹은 후 앞으로 당겨 앉았다.

"타셰레는 여왕께 위협감을 느끼고 여왕님의 적으로 돌아섰습니다. 그러니 이제 여왕께서는 제 친구십니다. 그녀는 새로운 파라오와 인척지간이고 그의 제사장들이 선호하는 고양이 신 바스트 신앙을 공개적으로 받아들였기 때문에 자신이 이겼다고 생각합니다. 그러나 타셰레는 그리 지혜로운 여인은 아닙니다. 시삭은 침입자이지 정복자가 아니고, 폐하나 제가 들은 바로는 여왕님 같은 통합자도 아닙니다. 그는 탐욕스러워서 이미 준 것을 돌려받으려 합니다. 이집트의 왕이 이렇게 위협을 가하는 상황에서, 폐하께서 이집트 공주의 아들을 후계자로 택하실 일은 없을 것입니다."

"왕께선 어떤 아이를 총애하시나요?" 내가 물었다.

"내 아들 르호보암은 폐하께서 마음에 들어하시는 아이입니다. 아버지의 방식을 꼼꼼하게 연구했어요. 아버지를 맹목적으로 신뢰하고 북쪽 지파들을 관용하지 못하는 면이 있기는 하지만 폐하께서는 그 아이를 선택하실 겁니다. 물론 여왕께서 아들을 낳아서 여기 데려오시지 않는다면 말입니다."

"그러니까 나더러 떠나라는 말씀이군요."

"왕의 모든 아내가 여왕께서 떠나시길 바랍니다." 그녀는 담담하게 말했다. 그러나 악의는 담겨 있지 않았다. 나는 타셰레가 솔직하다고 생각했었는데, 나아마야말로 그지없이 직설적이었다!

"내가 낳을 아들을 염려하실 필요는 없습니다."

"왕이 새롭게 눈길을 주는 많은 여자들이 사랑만 생각하고 그렇게 말합니다. 왕께서는 많은 여자들에게 눈길을 주었지요. 많은 여자들을 사랑하셨어요. 여왕님이 처음은 아닙니다. 마지막도 아닐 겁니다. 그러나 왕께서 여왕님을 가장 많이 사랑하신 것 같기는 합니다. 그래서 여왕께서는 위험한 상황에 처하셨습니다. 하렘은 남자들이 이제껏 치른 어떤 전쟁보다 많은 전쟁이 난무하는 곳입니다. 이스라엘인 아내들은 외국인 아내들을 멸시합니다. 외국인 아내들은 이스라엘인 아내들이 천박하다고 생각하지요. 북쪽 지파 출신들은 남쪽 지파들에게 부당한 대우를 받는다고 생각합니다. 남쪽 지파 사람들은 북쪽 지파 사람들이 저속하다고 생각하지요. 그리고 다들 왕의 관심을 놓고 경쟁을 하지만 그중 상당수는 마음속으로 왕에 대한 적개심을 품고 있습니다."

"그러면 당신은 어떤가요? 그에 대한 적개심을 품고 있나요?" 나는 그녀처럼 담담하게 물었다.

"그래요. 때때로 그렇습니다."

그것도 이해할 수 있을 것 같았다.

"그들을 묶어주는 것은 하나. 왕의 관심을 사로잡는 새로운 여자입니다. 그녀를 향한 폐하의 관심이 정치적인 것인지 낭만적인 것인지는 중요치 않습니다. 하지만 여왕께서 떠나기를 누구보다 바라는 것은 타셰레입니다. 조심하십시오, 스바. 그녀에게는 첩자들과 종들이 있습니다. 시식 시종을 늘 곁에 두십시오. 그녀의 전쟁 상대가 여왕님은 아니지만, 여왕께 화살을 겨눌 것입니다. 여왕께서는 조약을 체결하러 오셨고, 폐하께서는 여왕께서 원하시는 항구를 제공하실 겁니다. 그러나 여왕께서 남쪽으로 발걸음을 떼기 전까지는 안전하지 못할 겁니다."

그녀가 그렇게 많은 것을 파악하고 있는지 미처 알지 못했다. 이곳에 처음 도착했을 때 그녀를 숙소에 초대하지 않았던 것이 후회가 되었다.

"알겠습니다." 나는 그렇게 말하고 감사를 표했다.

"이스라엘은 부유합니다. 그러나 부는 여왕께서도 갖고 계시지요. 평화를 원하신다면 여기서는 찾지 못하실 겁니다."

그녀는 일어나 가려다가 잠시 멈추었다. "내 시녀는 여왕님을 섬기는 것을 즐거워했습니다. 여왕님의 시녀 샤라와 다른 시녀들이 떠나는 날 그 아이는 울고 말 겁니다. 여왕께서 그 아이를 거두어 주신다면 큰 친절을 베푸신 것으로 여기겠습니다. 그 아이는 이곳에서 행복했던 적이 없었습니다. 그 아이는 제 우정의 증표가 될 것입니다. 우리는 언젠가 각 나라 통치자들의 어머니가 될 테니 서로 친구가 된다면 좋은 일이지요."

뜻밖에도 어느 새 나는 그녀를 포용하고 있었다. 엄격하지만 고맙게도 진실을 말해준 여인을.

그날, 사바 진영은 점점 더 불안해지는 예루살렘을 떠나 남쪽의 에시온게벨 항구로 가는 길 중간으로 위치를 옮겼다. 나는 샤라와 야푸쉬만 곁에 남기고 시녀들과 작별을 했고 축제 기간이 끝나는 몇 주 후에 만나게 될 거라고 말했다.

나의 왕좌와 마르카브가 무장 병력의 호위 하에 도성 바깥으로 옮겨질 때 거리에서 일어난 선명한 환호를 나는 놓치지 않았다. 그 뒤로 이어져 궁궐까지 들려온 외침도. "떠나라, 스바!"

테라스에서 홀로 저녁 시간을 보내며 겨울의 첫 한기를 느꼈다.

29

다음 날 밤, 솔로몬과 나는 수수한 복장을 하고 평범한 옷을 입은 소수의 사람을 대동한 채 왕궁을 나서 혼잡한 도시로 들어갔다. 처음에 나는 조심스러웠다. 내 사람들에게 거리가 안전하지 않을까봐. 왕이 곁에 있는데도 내가 안전하지 않을까봐. '떠나라, 스바!' 그 말이 후렴구처럼 시시각각 내 귀에 메아리쳤다. 그러나 나는 바깥 못지않게 음모가 소용돌이치는 궁궐에 너무 오래 갇혀 있었고, 두려움에 질 마음도 없었다.

우리는 여느 부부처럼 같이 걸었다. 늦은 시간까지 거리를 가득 채운 사람들을 보니 고향 사바의 시장과 순례철이 그리워졌다. 그러나 그곳에서는 알아보는 사람 없이 자유롭게 시장을 거닐며 순례철을 맞이한 적이 없었다.

오래된 도시 근처 어딘가에서 솔로몬은 빵집의 낮은 담 너머로 슬며시 손을 뻗어 뜰에서 식히고 있는 과자 두 개를 슬쩍했다. 개가 짖기 시작하자 주인이 달려 나와 우리를 향해 욕을 해댔고 우리는 혼잡한 거리로 섞여 들어갔다.

"무슨 생각을 한 거예요?" 몇 거리를 지나 숨을 헐떡이고 나도 모르게 웃으며 물었다. 근처에서 한 무리의 사람들이 찬양을 부르고 있었다.

그는 내게 과자를 하나 건넸다. "나는 자신에게 관대해졌답니다. 사랑에 빠졌기에 무슨 일이든 할 수 있어요!"

상부 도시의 집집마다 세워진 특이한 작은 구조물들이 보였는데, 안뜰에 있는 경우도 있었고 옥상에 세워진 경우도 있었다. 넓은 잎과 알록달록한 천으로 덮인 삼사 면의 좁은 초막이었다. 거기에 사람들이 들어가 있었다. 솔로몬은 빈 초막 안으로 나를 끌어들여 그의 민족이 이집트에서 나온 후 사십 년간 광야에서 살았던 일을 기억하기 위해 그런 초막을 만든다고 설명을 해주었다.

바로 그때 야시장으로 가던 과일 수레가 길에서 뒤집어져서 석류와 감귤이 바닥에 굴렀다. 한 무리의 젊은이와 몇몇 어른들이 떨어진 과일을 주우려고 앞다투어 달려왔다. 사람들이 달려들기 전에 왕이 나를 작은 초막에서 끄집어냈고 그의 부하들이 우리를 단단히 둘러쌌다. 숨을 헐떡이며 뒤를 돌아보니 사람들이 몰려와 밀치락달치락 하는 와중에 우리가 있었던 초막이 무너지는 모습이 들어왔다.

"재난이 우리 뒤를 따라오는군요." 왕이 우울하게 말했다.

그 말을 안 했으면 좋았을 거라는 생각이 들었다. 우리가 한 말이 언제 예언이 될지 알 수 없기 때문이다.

**

"언제 우리 배를 보여주실 건가요?" 덧문으로 바깥 거리와 차단되고 마침내 둘만 있게 되자 내가 물었다. 배를 보러 가는 일에 대해선 여러 번 말한 적이 있었지만, 그날 밤에는 그에 대한 믿음의 표시로 꺼낸 말이었다.

"내가 사바 진영으로 당신을 데려가는 날, 우리는 같이 에시온 게벨로 내려가서 당신의 배들을 보게 될 것이오. 약속하지요. 그리고 당신이 언젠가 내게 돌아올 때 어떤 길을 이용할지 알게 될 것입니다."

나는 웃을 수가 없었다. 그가 나를 사바 진영으로 데려가는 날은 내가 이스라엘과 그의 곁을 떠나는 날일 테니.

이틀 후 타셰레는 솔로몬에게 아들의 생일잔치를 요구했다. 그 다음 사흘 뒤에는 새로운 파라오의 대관식을 기념하여 잔치를 열 것을 요구했다. 저녁 내내 무희들과 음악가들이 그녀의 숙소를 드나들었고 음악과 웃음소리가 복도로 울려 퍼졌다. 솔로몬은 아침이 되어서야 돌아왔고 침대에 고꾸라져 해질녘까지 잤다.

그다음 날은 이스라엘의 속죄일이었다. 그날은 왕이 성전에서 감당해야 하는 의무를 준비하는 차원에서 금식하고 몸을 깨끗이 해야 했다. 이제 도시에 들어온 사람들은 내가 생각했던 최대 수용치를 훌쩍 넘어섰다. 밤에 옥상에서 사람들이 떨어지지 않는 것이 이상할 뿐이었다. "용서하시오, 나의 여왕." 그는 그렇게 말하며 내게 입 맞추고 나를 두고 다시 떠났다.

나는 그의 테라스 정원을 홀로 거닐며 도성 바깥을 내다봤다. 그러나 밑에서 보이지 않을 자리에서만 봐야 했다. 내가 있는 곳에서도 도성 바깥 시장이 선 동산의 소동과 그 사이의 골짜기를 가득 채운 순례자들의 임시 거처들이 보였다. 사바 진영의 검은 천막들은 사라지고 그 자리를 밝은 색의 모자이크가 대신했다. 거리와 옥상들에서 흘러나오는 음악이 레위인 제사장들의 노랫소리를 거의 덮어버렸다. 처음 여기 왔을 때만 해도 그 노랫소리가 그렇게 거슬리더니, 이제는 익숙해져서 다른 소음 때문에 그 소리가 안 들리게 되면 오히려 신경이 쓰였다.

나는 샤라와 나아마의 종을 상대로 세네트를 두면서 말을 '행복의 집'에서 '물의 집'으로 옮겼다.

군주의 궁정은 세네트 놀이와 얼마나 흡사한지. 나라들의 운명이 문 뒤에서 한 쌍의 막대기로 결정되지 않는가. 충성은 서로 비교하여 평가하고 즐거움은 은밀하게 공유한다. 눈 한 번 깜빡이는 것으로, 사소한 모욕으로, 한 나라가 무릎을 꿇고 다른 나라가 높아진다!

솔로몬은 밤에 돌아와 내 손에 입 맞추고 소파에 나와 함께 기대어 누웠다.

"그대의 눈짓 한 번에, 목걸이의 보석 한 알에 마음을 빼앗기고 말았네." 그가 말했다.

"그대의 나리꽃을 모아요." 나를 품에 끌어안는 그에게 화답했다.

나는 타셰레가 거의 매주 구실을 만들어 여는 저녁 만찬이나 연회에서 그가 왜 그렇게 늦게 돌아오는지 묻지 않았다. 그런 질문으로 내가 얻을 게 무엇이 있겠는가? 나는 그 문제를 평화롭게 내려놓았다. 가을철의 목가적인 하루하루를 정신없이 보내며 서로를 마음껏 즐길 따름이었다. 나는 달콤한 물이 담긴 주전자인양, 그는 포도주가 담긴 암포라 항아리인양. 어느 쪽도 무궁무진하지는 않았고 그럴 운명도 아니었다.

밤이 일찍 찾아들며 쌀쌀해지기 시작했다.

"이리 와요. 보여줄 게 있소." 한기가 돌아 테라스에 머물기 어렵고 거리에 사람은 너무 많아 나갈 엄두가 나지 않던 어느 저녁에 그가 말했다. 티스리월이었고 며칠 후면 그달의 세 번째 절기인 장막절이 시작될 것이었다.

"무엇인가요?"

그는 자신의 양털 망토를 내 어깨에 걸쳐주었다. "나의 가장 큰 비밀." 그는 뒷방으로 사라졌고 곧이어 자물쇠가 돌아가고 상자 열리는 소리가 들렸다. 그는 열쇠 꾸러미를 가지고 돌아왔다.

그는 나를 이끌고 왕궁 아래 깊숙이 있는 지하실로 내려갔다. 그의 한 손에는 횃불이 높이 들려 있었다. 우리는 이 지하 공간에서 출발해 여러 번 터널로 숨어들거나 예루살렘 성벽 아래로 들어간 바 있었다. 그는 도성을 벗어날 마음이 없는 것이 분명했다. 주변 골짜기는 순례자들로 덮여 있었기 때문이다!

이번에 그는 나를 데리고 금고 맞은편 통로를 이용해 창고와

지하 저장고를 지나갔다. 통로 끝에 이르자 표시가 없는 잠긴 문이 나왔다.

"저 터널을 통해 나는 성전에 들어갈 수 있소." 그는 우리 반대편에 입을 벌린 어두운 구멍을 가리키며 말했다. 향냄새가 희미하게 난 듯한 것은 나의 상상이었을까?

"왕께서 의식을 감독하실 시간에 맞춰 마법사처럼 나타나시려는 건가요?"

그는 큭큭 웃었다. 그 소리가 어두운 지하에 메아리쳤다. 나는 망토로 몸을 더 단단히 감쌌다. 지하의 한기는 바깥 못지않았다.

그는 문이 잘 열리지 않자 처음에는 열쇠를, 그다음에는 자물쇠를, 마침내 둘을 만든 대장장이를 욕했다. 나는 그의 머리 위로 횃불을 치켜든 채 웃었다. 마침내 문이 열렸다.

"성전 안에 무엇이 있느냐고 물어봤었지요."

"왕께서는 보여줄 수 없다고 하셨고요."

"보여줄 수 없소. 하지만 이건 보여줄 수 있소."

그는 내게서 횃불을 받아들고 나를 그 공간 안으로 데리고 들어갔다. 벽에서 그림자들이 갑자기 튀어나와 묵직한 물건들 위로 춤을 추었다. 길쭉한 등잔, 황금 솥, 높이가 내 키 정도 되는 향로, 그의 왕좌에 오르는 층계 양쪽에 있는 황금 사자들과 똑같아 보이는 사자. 상아와 보석으로 장식한 궤 몇 개가 한쪽 벽에 늘어서 있었다. 그 외에 직물로 보이는 것들이 먼지 쌓인 아마포로 꽁꽁 싸여 벽을 가득 메우고 있었다. 우리는 그 방의 반대쪽 벽에 세워진, 뭔가로 덮인 이상한 모양의 물체로 다가갔다. 그가 다시 내게 횃불을 건넸다. 방이라고 했지만 실은 인조 동굴에 가까웠다.

"당신은 신들에 대해 자주 물었소. 말할 수 없는 이름 야훼에 대해서도." 그는 양털 덮개의 모서리를 잡아 천천히 바닥으로 끌어내렸다.

나는 약한 탄성을 지르며 한 발 뒤로 물러섰다.

가장자리에 죽 돌아가며 정교한 금 세공이 되어 있는 황금 궤 위에 황금 케루빔 둘이 고개를 숙인 채 무릎을 꿇고 있었다. 넓은 날개는 서로 닿을 듯 위로 펼쳐져 있었다. 그 궤는 나의 궤보다 폭이 약간 좁았으나 높이는 거의 비슷했다. 나는 쭈그리고 앉아 케루빔의 얼굴을 살폈고 궤의 정면에 있는 도안과 점점 가늘어지는 궤의 다리에 주목했다.

"재료가 무엇인가요?"

그의 눈가에 잔주름이 일었다. "아카시아 나무."

나는 짧은 숨을 내쉬었다. "내 마르카브와 같군요."

"우리도 궤를 전장에 가지고 갑니다."

궤 옆에 두 개의 장대가 놓여 있었고 궤 양쪽에 채를 꿸 수 있는 고리가 보였다. 내 가마와 같은 구조였다.

"이것은 성전 안에 있어야 하는 물건 아닌가요?" 나는 그를 바라보며 물었다.

"그렇소. … 그렇지 않기도 하고." 그는 속을 알 수 없는 미소를 머금고 말했다. "성전 건축 당시 나는 언약궤의 복제품을 제작하게 했소. 언약궤를 보호해야 할 경우에 대비해서 그런 거요. 예전에 궤를 블레셋 사람들에게 빼앗긴 적이 있소." 그는 차분하게 말했다.

나는 궤를 다시 살폈다. 그와 비슷한 마르카브를 바탕으로 그 중요성을 미루어 짐작할 따름이었다. 그러나 마르카브는 나의 여왕 직과 그것을 보유한 지배 부족의 상징인 반면, 여기 있는 것은 야훼의 보좌이자 한 민족 그 자체였다. 하나님과 이스라엘이 함께 같이 자리 잡은 제의적 공간이었다.

"나의 궤는 내 할아버지의 전투 이후 잃어버린 궤의 복제품입니다. 그런데 이것이 모조품이라는 것을 어떻게 확신하지요?"

그는 내 어깨 위로 궤를 살펴보다가 손가락으로 한 부분을 가리켰다.

"둘은 한 가지만 빼고 똑같소. 여기, 장인이 실수를 하나 했소." 모서리 근처의 금에서 살짝 일그러진 부분이었다. "하지만 고치라고 지시하지 않았소. 둘의 차이점을 늘 알아볼 수 있게 하려는 것이었소."

내 손이 그 자리를 더듬었다. 그 순간 그가 움찔한 것처럼 보인 것은 착각이었을까? 나는 뒤로 물러났다.

"이것이 진짜 언약궤이고 당신이 자격 없는 사람이라면, 그렇게 하고 살아남지 못할 것이오."

나는 몸을 곧게 일으켰다. "아무도 만지지 못해요? 그럼 어떻게 옮기나요?"

"레위인들만 옮길 수 있소. 그들이 성전에서 노래하는 것을 당신도 들었을 거요. 그들이 언약궤를 옮겨요."

"다른 제사장들이 질투하지 않나요?"

그는 고개를 가로저었다. 그의 눈길이 케루빔들의 넓은 날개를 따라가는 듯했다. "아니오. 그들은 언약궤를 두려워해요. 이스라엘 사람들은 물론이고 언약궤가 무엇인지 이해하고 그 역사를 아는 주변 나라 사람들도 궤 앞에서는 길을 내어주고 그쪽은 쳐다보지도 않는다오."

"그렇다면 정말 궤를 전장에 가져가야 하겠군요." 나는 살짝 숨을 내쉬며 말했다.

"이제 당신은 나의 가장 큰 비밀을 보았소. 내 아내들 중 이것을 본 사람은 없소. 앞으로도 없을 거요." 그는 그렇게 말하고 나를 쳐다보았다.

"고마워요." 그 말은 진심이었다. 나에게만 보여준 것도 고마웠지만, 어떤 신이 되었건 내가 신의 존전에 가장 가까이 다가가게 해준 물건이기 때문이었다. 내가 머무를 사람이라면 그것을 볼 수 없었을 것이다. 궤에 관한 내용은 어디에도 알려져선 안 될 비밀이었고, 이 나라 국경 안에서는 더더욱 그랬다.

그날 밤 늦게 우리는 하나뿐인 등잔불 아래 누웠다. 그는 전혀 말이 없었다. 바깥 도성의 소리는 잦아들어 개 짖는 소리와 아기 우는 소리, 그때까지 깨어 있는 사람들이 옥상에서 대화하는 듯한 나지막한 웅웅거림이 전부였다.

"도통 말이 없으시네요." 마침내 내가 말했다.

그가 속삭였다. "이렇게 평화로우면서도 혼란스러운 때는 처음이요. 내 왕국은 분열될 조짐을 보이고 있어요. 오늘 나는 어전회의 자리에서 두 동생에게 책망을 받다시피 했소."

"무슨 일로 말입니까?"

"북쪽 지파들. 당신. 우리 힘이 약해지는 사이 앗시리아가 힘을 얻고 있다는 사실. 가뭄. 달과 별들." 그는 나지막이 웃었는데, 지친 한숨에 더 가까웠다.

나는 달이 뜨지 않았음을 깨달았다. 그때까지 생각도 못하고 있었다. 내가 도착한 이래 매달, 알마카의 의식을 알리는 북소리가 성벽 바깥에서 쿵쿵 울려왔었다. 사바 진영이 홍해 항구로 가는 길 중간에 있으니 그 소리가 들려오지 않을까 하는 기대가 살짝 생겼다.

"사람들은 내가 민족의 신앙을 잃고 있다고, 야훼와의 언약을 지키지 않는다고 말해요." 그는 눈을 감았고 나는 한 팔로 그를 감쌌다.

"나는 왕좌에 오른 후 첫 몇 년간 야훼께 넋을 빼앗기다시피 했소. 거룩한 불로 불타올랐어요. 거의 잠도 자지 않았고 완전히 사로잡혀 있었소. 이 왕국에 대한 원대한 포부에! 내 아버지의 유산을 이어가리라는 포부에. 그뿐이 아니었소. 나를 왕으로 세우신 신께 인정받고 싶은 마음이 간절했소. 그분이 나의 진정한 아버지인 것처럼 말이오."

"그 느낌을 기억해야 합니다." 말은 그렇게 했지만 신에 도취되어 첫 흥분을 맛보았던 왕에게 의무감은 힘을 쓸 수 없을 것이 뻔했다. 그는 세상에서 신비가 빠져나가고 평범한 것만 남았다고 생각하는 사람, 그래서 공허해진 사람이었다.

"아, 신들을 추구하는 여인에게서 이런 말을 듣다니. 당신을 보면 왕좌에서 보낸 첫 나날들이 떠올라요. 나의 일부는 그것을 잃느니 차라리 왕국이 무너지는 것을 감수할 거요. 당신은 어떻소?"

나도 그럴 것 같았다.

우리는 영원히 도성의 거리를 누비고 정원과 지하 터널을 탐험할 것처럼 행동했지만, 그 열정은 함께할 시간이 짧지 않았다면 결코 존재하지 않았을 것이다. 그리고 나는 그의 신을 대체할 수 없었다. 야훼는 사랑의 2순위로 밀려나는 것을 참지 않을 것이었다.

그 이유 때문에도 나는 떠나야 했다. 그러나 "삼 주 후면 떠나요"라고 말하면서도, 나는 그가 무슨 소리냐고, 당신은 떠날 수 없다고, 가면 안 된다고 말해주기를 바랐다.

그러나 나는 나아마처럼 되고 싶지 않았다. 그녀도 분명 한때는 볼이 발그레하게 상기되었으리라. 그러다 시간이 흐르면서 근엄해지고 아들 이야기를 할 때만 눈에 빛이 돌게 되었을 것이다. 나는 타셰레처럼 되고 싶지도 않았다. 그녀는 절박한 심정으로 정성껏 잔치를 열었는데, 작은 구실도 절대 놓치지 않고 왕인 남편의 관심을 단 몇 시간이라도 얻고자 했다. 그의 관심을 잃으면 그녀의 지위도 사라질 터였기 때문이다. 나는 과연 다를까?

나는 누구인가?

딸, 공주, 피해자, 유배자, 연인, 여왕, 여제사장… 모두가 누군가

와의 관계에서 나오는 역할이기에 그 누군가가 사라지면 함께 사라지는 것들이었다.

그리고 욕심 많은 군주 솔로몬은… 아마 줄곧 알았을 것이다. 내가 그를 만족시켜주지 못할 것임을. 하나님과의 사랑이 주던 설렘이 사라지자 그는 부와 아내와 조약 같은 첩을 들여 사라진 설렘을 되찾고자 했다. 물론 그것이 온전한 답이 될 리 없었다.

그는 이제 울고 있었고 나는 그를 붙들었다. 아끼는 레바논 백향목처럼 튼튼하면서도… 말語처럼 부서지기 쉬운 그를.

"나의 신께서 나를 떠나실 거라는 생각이 가끔 들어요. 모세는 야훼를 보았지만 이 땅에 들어오지 못했소. 그리고 이 땅에서 모든 것을 가진 나는 야훼의 음성을 벌써 몇 년째 듣지 못했소. 설령 그분이 나를 버리시지 않았다 해도, 내가 죽고 나면 이 성전에 얼마나 오래 머무실까요? 나의 예언자는 이스라엘이 쪼개지는 환상을 보았소. 그때 우리는 어떻게 될까요?"

그는 고개를 가로저었다. 여러 질문으로 오랫동안 씨름한 사람의 모습이었다.

"당신은 신의 친구가 아닙니까? 당신의 아버지가 그랬던 것처럼. 그분을 사랑하지 않았나요?"

그러자 그가 속절없이 물었다. "사랑이 무엇이오? 계약? 시? 나는 당신을 사랑한다 생각했고 당신을 소유하려 했소. 지금은 당신을 사랑하는데 당신을 놓아 보내려 하오. 그러나 그것이 기쁘지 않소. 나는 아브라함과 이삭의 하나님이 특정한 사람들을 사랑하신다는 사실만 알 뿐이오. 내 아버지가 그런 사람이었소. 그리고 내가 믿음을 지키는 한, 이스라엘 왕국은 든든히 설 것이오. 그러나 내가 왕국을 보호하고 안보를 더욱 확고히 하기 위해 하는 일은 모두 내 예언자의 규탄을 받고 있소. 당신 말대로 나는 내 왕국을 너무 힘껏 붙들었나 보오. 어쩌면 당신에게 그랬던 것처럼 내 왕국에 집착하다 제대로 사랑하지 못한 것인지도 모르겠소. 당신의 말이 옳았소. 나는 덫에 걸렸소!"

나는 아무 말도 하지 않았다.

"주무시오, 여왕?" 잠시 후 그가 나지막이 말했다.

"드릴 말씀이 있어요. 이 말을 듣고 어쩌면 당신이 나를 미워하게 될지도 몰라요. 그래도 꼭 해야 할 말 같아요. 그렇지 않다면 말하지 않는 쪽을 택했을 거예요. 입을 다물 때가 있고 말할 때가 있는데, 지금은 말해야 할 때예요."

그가 고개를 들었다.

"나는 부족의 마음을 좀 알아요. 나의 왕권은 어머니와 아버지 양쪽 모두를 통한 혈통의 권리였어요. 순수했지요. 당신의 자녀들은 외국인 어머니들에게서 태어나요. 이야기가 사람들을 하나로 묶어준다고 말씀하셨지요. 내가 듣고 자란 모든 신 이야기는 혈통의 순수성을 보존하기 위해 선조들이 전해준 이야기예요. 그러나 당신의 이야기는 두 방향으로 나뉘어 흐르게 될 거예요. 성전에 갔던 날, 나는 지파들을 상징하는 열두 마리 황소가 흩어지고 그 위에 놓인 물통이 땅바닥에 쏟아지는 환상을 보았어요." 이 말에 그의 눈이 커졌다. "그래서 지금 이 말씀은 왕께 드리는 내 선물이에요. 당신이 섬기는 신의 호의를 잃지 않으려거든 왕의 혈통 중에서 왕위 계승자를 신중하게 선택하도록 하세요. 왕께서는 첫 번째 아내에게 그랬듯 야훼에 대해서도 신의를 저버렸기 때문이에요."

그는 눈을 감았다. "그러면 나는 모든 것을 잃을 거요."

"내가 번번이 깨닫는 사실이 있어요. 잃어버릴 것이 남아 있지 않을 때… 자유롭게 된다는 것. 간직할 때가 있으면 그다음엔 놓아야 해요. 언제나 그래요. 하지만 놓을 수 없고, 놓을 뜻도 없다면… 쥐고 있는 손을 놓지 못하게 당신을 몰아가는 그것에 계속 붙들려 살 거라면, 포도주를 마시고 시를 지으세요. 남아 있는 거라곤 그뿐이고 다른 것은 없을 테니까요."

그는 머리를 쥐어뜯었다. "당신의 말은 정말 시기가 좋지 않소! 오늘만 해도 타셰레는 내게 평화를 위해 이집트인 신부를 취하라고 했소. 시삭의 여동생을."

물론 그렇게 말했을 것이다.

"그리고 나에겐 그것을 피해갈 길이 보이지 않소. 내 왕국을 위해 그렇게 해야 할 것만 같소! 그런데 어떻게 당신 말대로 할 수 있겠소? 리비아인들이 문 앞에 와 있는데? 그리고 당신과 나, 앞으로 다시 보게 될지 알 수 없는 우리는 어떻게 되는 거요? 당신을 보지 못하고, 다시는 못 볼 줄 알면서 내가 어떻게 살 수 있겠소?"

나는 희미하게 고개를 가로저었다. 나는 알지 못했다. 내 마음은 이미 찢어지고 있었다. "나는 스스로에게 이렇게 말해요. 나는 늘 길을 찾아냈다고. 하지만 그것은 거짓이에요. 길은 언제나 내가 귀하게 여겼던 바로 그것을 내려놓는 순간에 열렸어요. 그리고 지금, 당신에게는 나보다 더 귀한 것이 있어요."

"난 내 왕국을 포기할 수 없소." 그는 괴로워하며 말했다.

나는 부드럽게 말했다. "그러면 왕께서는 그것을 잃게 될 거예요. 모든 것이 헛되다는 수메르 현인들의 말이 옳은 것으로 드러나겠지요."

"나는 어떻게 해야 하오?" 그가 부르짖었다. 그에게 줄 답이 없었다.

나는 그를 안았다. 그리고 그를 위해, 우리 둘을 위해 울었다. 보통은 예언을 하면서도 그것이 예언인 줄 모르지만, 이번에는 내가 예언을 했음을 알았기 때문이다.

30

다음 날 솔로몬은 동트기 전에 일어났다.

"어딜 가세요?" 나는 여전히 지친 상태였고 방에 내려앉았던 우울한 공기는 그늘처럼 떠날 줄 몰랐다.

"내 지파 사람들 상당수가 절기 전에 나를 만나기 위해 북쪽에서 일찍 왔소." 그가 옷을 입으며 말했다. "그들은 도성 내의 불안을 우려하고 있소. 오늘 새벽에도 아래 도시에서 폭동이 일어났고 성벽 바깥에서도 폭동이 있었소.

나는 몸을 일으켰다. "뭐라고요?"

깊은 잠에 빠져 사람이 찾아오는 소리도 듣지 못했던 것이다.

그는 침대로 다가왔다. "사랑하오. 사랑하오. 나를 기다려요." 그는 내 머리, 눈, 입에 입 맞추었다. 그리고 가버렸다.

나는 다시 누워 두 눈에 팔을 올려놓고 거주민의 수보다 세 배나 많은 사람이 들어온 예루살렘의 소리에 귀를 기울였다. 이 시간에 이렇게 시끄럽다니! 어떻게 저런 소리에 깨지 않고 잘 수 있었을까? 덧문을 닫은 창문 틈으로 사람들의 찬양이 들려왔다. 그 선율은 아래 거리의 차곡차곡 쌓인 집들 틈으로 메아리쳐 올라왔다. 끊이지 않는 빵 냄새에 멀리 올리브 산에 있는 동물 시장의 냄새와 오줌 지린내가 섞인 것 같았다.

왕은 아홉 날만 있으면 순례자들이 도성에서 빠져나갈 거라고 했었다.

그로부터 열흘이 더 지나면 나는 사바 진영으로 내려갈 테고, 거기서 남쪽으로, 항구로, 그다음에는 집으로 가기로 되어 있었다.

며칠 안 남은 소중한 나날이었다. 전날 밤에는 내가 왜 그렇게 심각했을까? 진홍색 대야 앞에서도 그 정도는 아니었다.

오늘 밤에는 사랑만 이야기하리라. 우리 이야기, 정원 이야기. 내일도. 그다음 날도. 떠나기 전까지 남은 모든 귀중한 밤에.

나는 일어섰다가 다시 자리에 앉았다.

이 남자를 어떻게 떠날 수 있을까? 이곳에 있는 동안, 내 인생의 한 시기 동안 내 왕국 사바를 완전히 잊게 만든 남자를?

홀로 남은 방에서 나는 눈을 감고 이불을 끌어올려 얼굴을 덮었다. 그의 냄새가 났다.

여러 집착에 사로잡힌 사람. 그의 말은 참으로 옳았다. 나는 배나 항구를 얻으러 온 것이 아니었다. 정말로 아니었다.

오랫동안 그렇게 있으면서 그가 말한 대로 다시 돌아오리라 다짐했다. 그때에는 대상이 아니라 배편으로 오리라. 그때 그는 마리브까지 가서 내 궁전을 거닐게 될지도 모른다. 내게 왕좌에 앉은 모습을 보여 달라고 했던 날 내 숙소를 거닐었던 것처럼. 언젠가, 그의 왕국이 충분히 안정되면 그날이 오리라.

그래. 그것이 내가 떠나기 전 그에게 들려줄 마지막 이야기가 될 거야.

한참 만에 나는 잠옷을 걸치고 감각이 없는 발로 바깥방으로 나섰다.

누가 물 단지를 갖다놓았기에 얼굴을 씻었다. 꿀물이 든 항아리도 있었다. 나는 꿀물을 잔에 부어 들고 왕의 정원으로 나갔다. 성문 너머로 순례자들의 천막들이 능선과 능선 사이에 선명하게 늘어서 있었다. 도성 바깥의 쓰레기도 다른 때보다 더 활활 타오르는 듯했다. 잔을 입에 대고 조금 마셨을 때 바람을 타고 날아온 쓰레기 타는 악취에 속이 메슥거렸다.

그날 나는 내 숙소에서 하루 종일 머물면서 자다 깨다를 반복했다. 도시의 소리가 테라스로 너무 크게 울려와서 샤라에게 문을 닫으라고 소리를 쳤다.

이상한 꿈을 꾸었다. 돌무더기만 쌓인 건축 초기 단계의 성전이 보였다. 그러나 나는 문득 깨달았다. 그것은 건축 중인 성전이 아니라 무너진 성전의 모습이었다. 돌들의 가장자리가 그을려 있고, 석회석 중 일부는 완전히 타버린 것이 보였다. 그러고 나서 왕궁을 돌아보았는데 왕궁의 모습은 보이지 않았다. 높고 찌그러진 음색의 종소리가 멀리서 들려왔다.

얼마 후 나는 극심한 갈증을 느끼며 잠에서 깨어났다. 누군가 테라스로 가는 문을 열어놓았는지 공기 중에서 비 냄새가 났다. 잠시 후 비가 내렸다. 비 떨어지는 소리가 수많은 이들이 쿵쿵대며 발을 구르는 소리 같았다. 거리에 군대가 와 있는 듯했다. 행진 소리를 들으며 나는 다시 잠이 들었다. 내 머리는 하늘처럼 뿌옇고 흐렸다.

얼마나 지났을까, 누군가 나를 강하게 흔들며 내 이름을 불렀다. 샤라였다. "하루 종일 주무셨어요! 편찮으신 것 같습니다. 여왕 폐하. 걱정이 됩니다!"

"왕께서는….."

"근위대장과 함께 계십니다. 도처에서 대혼란이 있었고 하루 종일 거리에서 싸움이 벌어졌습니다!" 나는 일어났지만 방이 빙빙 도는 것 같았다. 나는 즉시 요강에 대고 헛구역질을 했다. 그러나 뱃속이 비어 토할 것도 없었다.

"나아마의 시녀를 보내 의사를 부르려 했는데, 문 앞에 배치된 경비병들이 꼼짝도 하지 않고 누구도 통과시키지도 않습니다." 샤라가 울면서 나를 붙들었다. 나는 상황 파악이 안 되어 그녀를 쳐다볼 뿐이었다.

"야푸쉬는 어디 있지?"

"외실에 있습니다. 야푸쉬가 기도하는 모습은 처음 봤습니다. 빌키스, 여왕님 걱정을 얼마나 했는지 모릅니다. 우리 모두 어떻게 될지도 걱정이 되었습니다!"

나는 눈을 가늘게 뜨고 그녀를 바라보았다. 그러다가 꿈속에서 들었던 종소리가 칼이 부딪치는 소리였다는 것을 깨달았다.

나는 눈을 감았고 납덩이같은 손발을 움직여보기로 마음먹었다.

"옷을 입혀줘." 궁전 바로 아래의 거리에서 큰 소리가 들려왔다. 그것은 순례자들의 찬양도, 술 취한 사람들의 주사도 아니었다. 크고 성난 외침. 다시 무기가 부딪치는 소리가 났다. 도시에 폭동이 일어난 것이었다.

나는 불안정한 다리를 끌고 테라스로 향했지만 샤라가 눈에 띄면 안 된다고 소리치며 나를 붙잡고 뒤로 물러나게 했다. 날아온 물건 하나가 숙소의 바깥벽에 부딪쳤다가 내 발 근처에 떨어졌다. 불에 탄 큰 돌이었다.

나는 비틀거리며 외실로 향했고, 야푸쉬가 바로 내 곁에 왔다. 나는 숙소 문을 비틀어 열었다.

무려 열 명의 근위병들이 길을 막고 있었다.

"왕께 데려다 다오." 내가 말했다. 내 근위병은 어디에도 보이지 않았다.

그중 한 사람이 말했다. "여왕이시여, 떠나시면 안 됩니다."

"이것이 무엇인가, 내가 체포되기라도 한 것인가? 왕을 모셔오든지, 내가 나가게 해다오. 당장."

"그럴 수 없습니다. 여왕님을 보호하기 위한 조치입니다. 왕명입니다."

"왕궁 바깥에 배치된 근위 부대가 있지 않은가?" 나는 그의 얼굴에 대고 크게 소리쳤다. 그러나 돌아온 것은 어지러움이었다.

야푸쉬가 내 팔을 붙들었다.

"그들은 궁전 안에 있는 이들로부터 폐하를 보호하지 못할 것입니다."

"무슨 뜻이야?"

"사람이 죽었습니다. 왕의 숙소에서 종 하나가 죽은 채로 발견되었습니다. 여기 머물러 계셔야 합니다."

나는 입을 열었다. 오늘 아침에 내가 거기 있었다는 말을 하려던 참이었다. 그러나 불현듯 공포가 밀려와 하려던 말을 멈추었다.

"사망 원인이 무엇이지?" 나는 아주 나직이 말했다. 어깨까지 부들부들 떨려오기 시작했다.

궁전 뜰 안의 어딘가에서 쾅 하는 소리에 이어 외침이 들려왔다.

나는 충격을 받아 야푸쉬를 돌아보았다. 내 손을 입술에 갖다 댔다.

그날 하루 종일 약에 취한 사람처럼 자고 꿈을 꾸었다는 데 생각이 미쳤다.

"누군가 나를 살해하려 한 것 같아."

샤라가 하얗게 질린 얼굴로 나를 쳐다보다가 내 손을 잡았다.

"무엇을 드셨습니까? 무엇을 마시셨어요? 무엇을 만지셨나요?" 그녀가 부르짖었다.

나는 대답을 하기 시작했지만 주위가 캄캄해졌다. 내가 마지막으로 기억하는 것은 야푸쉬가 경비병을 뚫고 달려 나가는 모습이었다.

'이렇게 죽는구나,' 하는 생각이 스쳤다.

31

누군가를 마지막으로 보게 될 때가 언제인지 우리는 모른다. 나에게 입 맞추던 어머니. 전장에서의 마카르. 그날 이후 떠오르지 않았던 그의 얼굴이 내 앞에 있었다. 그는 햇살 아래 눈을 가늘게 뜨고 있었다. 천막에서 같이 보낸 마지막 날, 어찌하여 두 손으로 그의 얼굴을 붙들지 않았던가?

솔로몬이 내 위로 몸을 구부리고 있었다. 또 울고 있었다.

아, 나의 솔로몬.

왜 나는 밤새 깨어서 그의 눈을 외워버리지 않았던가? 어찌하여 우리는 우리의 왕국들을 등지고 떠나지 않았던가? 어찌하여 손잡고 성문을 지나 영영 떠나버리지 않았던가?

빌키스.

그의 입에서 흘러나온 내 이름은 얼마나 아름다운지.

"나의 여왕. 빌키스!"

어머니와 마카르의 모습이 모두 사라졌다.

누군가 내 뺨을 쳤다. 간신히 눈을 뜨니 유일하게 남아 있는 사람, 솔로몬의 얼굴이 보였다.

멀리서 뿔나팔 소리가 들려왔다. 귀에 거슬리는 소리, 머리를 쪼갤 듯 울리는 강한 소리였다. 고함소리가 파도처럼 궁전으로 밀려왔다.

"의사가 뭐라고 했나?" 그가 샤라에게 다급하게 물었다.

"위기를 넘겼다고, 살아나실 거라고 했습니다. 물약을 드렸습니다."

"죽지 않는단 말이지?" 그가 따지듯 물었다.

"그렇습니다, 폐하. 여왕님은 강하십니다." 그녀는 주저하다가 말을 이었다. "뱃속의 아기도 건강합니다."

왕은 깜짝 놀란 눈으로 나를 바라보고는 나를 꼭 껴안았다. "우리 두 사람의 혈통을 받은 통치자." 그의 속삭임에 내 귀가 뜨거워졌다. "아들일 거요. 나라들을 다스리고 통합시킬 아들. 나와는 다른 통치자." 그는 내 머리카락, 내 볼을 두드리고 앞뒤로 몸을 흔들었다. "내가 그대를 어떻게 보내겠소?"

"때가 되지 않았습니다." 나는 그렇게 속삭였다. 아니었다. 아직은 아니었다. 우리는 며칠 더….

또 다른 형체가 문에 나타나자 왕은 고개를 들었다. "폐하, 길이 열렸습니다."

왕은 나를 일으켜 세웠다. 발밑의 바닥이 그대로 꺼질 것만 같왔다. 그는 재빨리 나를 안아 들었다. 우리는 앞서 가는 근위대를 뒤따라 복도를 내달려 왕궁 아래쪽으로 내려갔다. 아래로, 지하의 벌집 같은 저장고와 방들로. 이전에 와본적이 있는 길이었다. 저기, 빗장이 채워진 금고 맞은편, 터널 끝에 있는 표시 없는 방. 이번에는 문이 활짝 열려 있었다. 통로에서 뭔가가 희미하게 빛났다.

고리에 채가 끼워진 금빛 궤였다. 케루빔들이 그 위에서 날고 있는 것 같았다.

다른 사람들도 있었다. 예복을 입은 한 무리의 사람들이 궤 뒤에 횃불 하나를 들고 늘어서 있었다. 여덟 명, 아니 열 명의 제사장. 성전 뜰을 방문한 날, 이 복장의 남자들이 찬양하는 모습을 본 적이 있었다. 아니, 제사장들이 아니었다. 어깨가 넓은 레위인들이었다.

그들 중 여덟 명이 궤를 에워싸더니 긴 채의 양쪽 끝에 둘씩 섰다. 그들은 몸을 굽히고 재빠른 명령에 따라 힘을 주어 채를 들어 올려 어깨에 얹었다. 하나님의 가마 같구나, 나는 멍하게 그런 생각을 했다.

나는 두리번거리며 야푸쉬를 찾았다. 어둠 속에서 그의 그림자가 보였다. 창백한 얼굴의 샤라도.

레위인들은 터널 속으로 사라졌고 그 뒤로 횃불의 불빛이 어른거렸다. 솔로몬은 나를 더 단단히 안았고 그들의 뒤를 따라 암석을 다듬은 공간으로 들어섰다.

힘겹게 내딛는 한 걸음 한 걸음. 메아리치는 속삭임들.

어디로 가는 거지?

"야푸쉬…." 내 목소리는 너무 약하면서도 너무 컸다.

"뒤에 있어요. 근위대와 함께." 샤라가 가쁜 숨을 내쉬며 말했다.

암반의 눅눅한 냉기, 가파른 경사. 솔로몬은 한번 휘청거렸지만 넘어지지 않았고 그대로 달려갔다.

"나, 걸을게요." 외풍 탓인지 점점 말하기가 어려워졌다.

"안 되오. 내가 해야 해요. 당신을 구하기 위해. 당신과 우리 아들 말이오. 내가 한 나라를 구하겠소."

'어째서 남자들은 늘 아들이라고 생각하지?' 이런 생각이 스치고 지나갔다.

우리는 어둠 속에서 영원을 지나가는 것 같았다. 습기 찬 돌을 몸에 댄 것처럼 피부로 한기가 타고 올랐다. 왕의 호흡이 내 귀에 거칠게 쏟아졌고, 그의 팔은 나를 억세게 휘감았다. 그의 심장이 고동치는 소리가 들리는 것 같았다. 아니면 내 심장 소리였을까?

샤라가 앞으로 넘어지며 비명을 질렀고, 여러 팔에 힘입어 숨을 헐떡이며 일어섰다.

오르막이 나왔다. 통로가 좁아지면서 앞에 있는 레위인들이 몸을 굽혔다. 왕이 인상을 찡그렸는데, 그의 얼굴에서 광채가 났다.

감각을 마비시키는 안개를 떨쳐내려 애썼지만 자꾸만 달라붙는 그 덩굴손을 완전히 피할 수는 없었다. 그 가운데 깨달음이 서서히 찾아왔다.

성전.

우리는 통로를 빠져나와 황금 냄비와 화로들이 가득한 어떤 방으로 들어섰다. 사방에서 우리에게 손을 뻗는 사람들의 형체가 들어오는 빛을 가려 어둑어둑했다. 숨소리 하나하나를 크게 증폭시키던 눅눅한 터널의 메아리는 사라지고, 그 대신 아래 도시에서 벌어지는 본격적인 폭동의 함성이 갑자기 밀려들었다.

우리는 옆 건물 중 하나를 빠져나와 안뜰로 들어섰다. 성전 문을 통해 많은 수의 기마 군인들과 보병들이 바깥뜰에 모여 있는 모습이 보였다.

"준비되었느냐?" 왕이 물었다.

"준비되었습니다."

갑작스러운 공포감에 나는 목을 뻗어 주위를 두리번거렸다. 샤라와 야푸쉬가 함께 나오지 않았던 것이다.

솔로몬이 말했다. "두 사람은 내 부하들과 함께 다른 길로 갔소. 그들은 당신보다는 눈에 잘 띄지 않으니 도시 남쪽에서 우리와 만날 거요. 하지만 당신을 안전하게 골짜기 너머로 데려갈 방법이 없소. 성문 너머에서도 폭동이 있으니."

열두 살 소녀 시절부터 야푸쉬 없이 지내본 적이 없었다.

네 명의 레위인들이 궤를 둘러쌌고, 잠시 주저하는가 싶더니 뚜껑을 열었다.

솔로몬은 나를 꼭 껴안고 내 뺨에 힘껏 자신의 뺨을 비볐다. 그가 속삭였다. "이제, 내 사랑. 당신은 떠오르는 태양으로 위엄 있게 예루살렘에 들어왔소. 그런 당신이 화려한 황금 옷 없이 떠날 수는 없지. 모든 이스라엘 사람이 당신 앞에서 절을 하고 이 날을 기억할 것이오. 설령 그들이 기억하지 못한다 해도, 나는 기억할 것이오. 영원히." 그는 내게 부드럽게 입 맞추었다. "**마르카브**의 여인." 그가 속삭였다. "내 최고의 사랑이여."

'사랑이 무엇일까, 대가를 기대하지 않고 소중히 여기는 것 아닐까?'

'사랑이 무엇일까, 먼저 자신을 내어주는 것 아닐까?'

'사랑이 무엇일까….'

'자유가 아닐까.'

그가 나를 들어 궤 안에 넣을 때 이 말들을 할 생각이었다. 그러나 내가 궤 안에 웅크리고 눕자 그의 입술이 내 입술을 덮었다. "해가 떠 있는 동안 당신을 사랑하오. 달밤에도 당신을 사랑하오." 그의 얼굴이 일그러졌다. "당신을 구해내는 과정에서 어쩌면 당신이 딴 세상 사람이 될 수도 있소. 그것을 알면서도 어떻게 당신을 보낸단 말이오? 신의 손에 어떻게 당신을 맡긴단 말이오?"

"맡기세요." 나는 그렇게 말했고, 신의 손에 나를 맡겼다.

여러 개의 팔이 밀치락달치락 했던 기억이 난다. 세상이 좁아지고 어두워졌다.

32

나는 바다가 갈라졌다는 이야기처럼 사람들이 갈라지는 것을
보았다. 그들이 밀려나는 모습은 빗물이 산의 양쪽으로 흘러내려
가는 것 같았다.

말도 안 되지만, 나는 그 광경을 직접 보았다.

사람들의 수는 아주 많았고 무장한 이들도 많았다. 난감함과 공
포가 얼굴에 서리는가 싶더니 그들은 이내 눈을 가렸다.

강풍 앞에 나뭇잎이 흩어지듯 달아났다.

나는 '그러나 모든 것이 잘 되었다'라고 말하고 싶었다. 우리의
도움 없이도 해는 떠오른다. 그 뒤를 이어 달이 찾아온다. 그것들을
뜨고 지게 만드는 한 가지 힘, 그 둘을 만든 존재가 있다.

이제 나는 그것을 알았다.

모든 수수께끼는 사라졌고, 식물의 줄기에 붙어 있는 메뚜기의
단단한 껍질 같은 외피만 남아 있었다.

그리고 그 껍질마저 날아가 버렸다.

나의 껍질도.

'나는 누구인가?'

빌키스도 마케다도 여제사장도 없었다. 딸도, 공주도, 여왕도 없었다. 연인도, 사랑받지 못한 자도 없었다. 언제나 나의 이름이었지만 잊고 있었던 이름만 남아 있었다. 하나님에게 알려진 이름, 누군가 말한 적도 기록한 적도 없는 이름. 멸각된 자아. 먼저 비워졌기에 채워진 그릇.

그렇다. 자유. 야푸쉬가 옳았다.

하늘에는 초승달이 해 위에 있었다. 시간과 영원이 동시에 있었다. 세상은 참으로 아름다웠다. 우리 사이에서 천상이 춤을 추었다.

나는 사랑을 추구했었다. 사랑을 이야기했었다. 사랑이 지혜를 넘어 하나님의 얼굴로 한 걸음 더 들어가는 것임을 모른 채. 이것이 유일한 구원이었다.

뚜껑이 열리고 차가운 첫 공기에 정신이 들었을 때 왕이 그 자리에 있었다. 꽉 닫힌 자궁에서 아기를 꺼내듯 그가 금빛 궤에서 나를 끌어냈다.

"숨을 쉽니까? 죽었습니까?" 야푸쉬가 울부짖었다.

그에게서 들어본 적이 없는 소리였다.

"살아 있다!" 왕은 그렇게 외치고 나를 품에 안았다.

사실이었다. 그가 아는 정도보다 더 확실히.

그는 내게 입 맞추었다. 천 번이나 입 맞추었다. 나는 천 번이나 괜찮다고 말해 그를 안심시키고 싶었다. 내가 낸 수수께끼들에 스스로 다 이해하지 못한 답변들을 내놓으며 했던 모든 말을 기억할 테니, 당신도 내가 했던 말을 다 기억해달라고 꼭 말하고 싶었다.

그리고 야훼께서 그를 잊지 않으셨다고 말해주고 싶었다.

그랬다. 무엇보다 그 말을 해주고 싶었다.

그러나 나는 한 단어만 말했다. 줄곧 막혀 있다가 마침내 불어오는 찬바람을 맞으며 그의 얼굴을 바라보았을 때 —또는 야푸쉬나 샤라나, 내가 알거나 모르는 남자나 여자의 얼굴을 보았을 때— 내 눈에 들어온 것이었다.

그에게 그가 우리 이야기를 마무리해야 한다고 말하는 것을 잊었다. 어떻게든 그 이야기를 전해야 한다.

33

모래 때문에 공기 중에는 특유의 푸르스름한 연무가 끼어 있었다. 우리가 찾을 수 있는 최고의 항구에 입항했을 때, 사람들은 배들과 함께 폭풍이 몰려왔다고들 했다.

그것은 사실이 아니다.

해안에 상륙할 만한 적합한 지점을 찾고 내륙으로 사바까지 나머지 여정을 가는 데 필요한 낙타들과 천막들과 사료를 내리는 데 두 주가 걸렸다. 물품 중에는 두꺼운 양털 담요로 덮인 가장 귀중한 화물도 들어 있었다. 괴이한 형태의 그 물건은 레위인들이 운반했다. 그들은 예루살렘 도성에서 그것을 가지고 나왔고 우리와 함께 배를 타고 그곳까지 이르렀다. 그 두 주는 내가 몸을 회복하고 결정적인 몇 시간 동안 벌어졌던 모든 일을 어느 정도 명확하게 재구성하는 시간이기도 했다.

사람들은 내가 배에 올랐을 때 정신이 온전하지 않았다고 말했

441

다. 그것도 사실이 아니다. 나는 예루살렘을 벗어난 후 어느 시점에서 정신을 차렸고 진중에서 펼쳐지는 이야기를 들었다. 왕은 모두가 보는 물건 안에 나를 숨겨 도성 밖으로 몰래 빼냈다. 도성 안팎의 사람들은 언약궤가 나타나자 엄청난 공포에 사로잡혀 좌우로 비켜섰고, 폭동은 순식간에 진압되었다. 왕은 하닷이 국경에서 병력을 모아 무력시위를 한다고 주장했다 한다. 그래서 왕은 야훼의 임재의 상징물을 가지고 군대를 이끌고 달려 나갔다. 적들이 절기 중에 공격하지 못하게 하려는 것이었다.

누구도 왕에게 이의를 제기하지 않았다. 언약궤 앞에서는 그럴 수 없었다. 그리고 누구도 에돔으로 달려가 왕의 주장이 사실인지 확인하지 않았다. 하지만 실제로 그것은 사실이었다. 하닷 일당은 왕과 언약궤가 그렇게 가까이 와 있다는 이유만으로 우리가 출항한 지 하루 지나 퇴각했다. 대상과 함께 육로를 통해 남쪽으로 내려온 내 사람들이 확인해준 사실이었다.

그들은 내가 그 모든 것을 보았다고 해도 믿지 않았다. 나는 내내 갇혀 있었다는 것이다.

그러나 어느 현인의 말씀대로, 바보만이 자기가 사실이라고 보는 내용을 격렬히 옹호하는 법이다.

레위인들은 가짜 언약궤를 가지고 에시온게벨까지 왔지만, 돌아가려 하지 않았다. 나는 그들이 마음에 걸려 부담 가질 것 없다고, 진짜 궤는 성전에 있다고 말해주었다. 그러나 그들은 그 말을 믿지 않고 자신들의 운명은 사바에, 또는 어디건 언약궤가 있는 곳에 있다고 말했다.

그곳, 왕의 항구가 위치한 해변에서 나는 왕과 작별했다. 사방에서 일꾼들의 소리가 들려왔다. 남아 있는 미완성된 배들의 위풍당당한 뱃머리로 아침 햇살이 비쳐 그 앞 부분이 더욱 돋보였다.

"이 궤를 사바로 가지고 가시오." 솔로몬이 말했다.

"하지만 이제 계략은 더 이상 필요하지 않아요. 그리고 왕께서 이것을 갖고 돌아가시지 않으면 백성들이 알아챌 것입니다."

마르카브에 덮개를 씌워 내게 주시오. 당신의 일부인 그것을 내가 가질 테니, 당신은 내 신의 상징물을 귀하게 여겨주시오. 그분은 당신을 택하셨소. 이것은 우리가 할 수 있는 가장 큰 맹세가 될 것이오. 도장을 새기듯, 당신 마음에 나를 새겨요. 그리고 언젠가, 우리 아들이 성인이 되면 북쪽으로 보내어 그를 만나게 해주시오. 우리 둘의 모습을 모두 가진 그를 볼 수 있게 하겠다고 약속해줘요. 그리고 언젠가 그날이 올 거요. 내가 잠에서 깨어나면 다시 당신의 얼굴을 보게 되는 날이."

그는 내 두 손을 잡고 눈물을 쏟으며 거기에 입 맞추었다. "해가 있을 때 나를 기억해요. 달이 있을 때 나를 기억해요. 우리 아들이 나를 기억하게 해줘요." 그의 목소리가 갈라졌다. "이 어리석은 왕에 대해… 좋게 말해줘요."

마지막 순간의 그는 이전의 그 어떤 모습보다 더욱 사랑스러웠다. 우리는 서로를 힘껏 안았다가 떨어졌다. 나는 그의 얼굴을 통째로 외울 요량으로 뱃머리에 서서 더 이상 보이지 않을 때까지 바라보았다.

바다에서 지낸 기간 내내 샤라는 내게 괜찮으냐고 물었다. 나
는 괜찮다고 말했다. 여자가 심장의 절반만 가지고도 살아남을 수
있는지 그때는 알 수 없었지만. 나는 우리를 환영하러 온 사람들
의 천막에 고마운 마음으로 들어갔고, 인사를 겸해 그간의 소식
을 전하면서 남쪽으로 내려갔다. 그렇게 마리브에 이르렀고 마침
내 궁전에 도착했다.

와하빌은 기뻐하며 나를 환영했고 그를 안는 내 배가 부풀어 오
른 것을 보고 깜짝 놀랐다.

그가 그렇게 소망하던 왕위 계승자가 마침내 태어날 것이었다.
그동안 내가 잘못될 경우에 대비해 세 신전에 보관해둔 왕위 계
승자의 이름이 와하빌이었다는 사실은 영원히 비밀로 남으리라.

"그런데 **마르카브**는 어디에 있습니까?" 내 사실에 둘만이 있게
되자 그가 물었다.

"이스라엘에 있어요. 왕의 궁전에."

"폐하께서는 그 대신 다른 궤를 가져오셨습니다." 그가 당황하
며 말했다.

"나라와 하나님을 맞바꾸었어요."

석 달 후, 북쪽에서부터 모래기둥을 일으키며 대상이 내려왔
다. 그들을 맞이하러 나가보니 아슴이 보이지 않았다. 그의 조수
들은 그가 사해바다 근처에서 진영 밖으로 정처 없이 나가 돌아오
지 않았다고 했다. 그가 오랫동안 기다리던 환상을 마침내 받았기

를 바랄 뿐이었다.

나는 탐린을 위해 궁전에서 잔치를 베풀었고, 그는 그 자리에서 많은 선물과 여러 필의 말을 전달했다. 말은 예루살렘에서 절기 전에 우리 진영으로 보낸 것이었다. 그의 눈가에는 그늘이 드리워져 있었고 나는 그가 벌써부터 초조해하고 있음을 알 수 있었다. 그는 봄에 다시 방문하겠다고 약속했다.

"왕은 폐하께서 돌아오시는 것이 안전하지 않을 거라고 했습니다." 둘만 있는 자리에서 탐린이 말했다. 나는 그도 나름의 방식으로 왕을 사랑했음을 알았다. "폐하께서 안전한 보관을 위해 남쪽으로 가져가신 것이 무엇인지 밝혀진 이상 더욱 그렇다고 했습니다."

당시에 나는 뱃속의 아들을 말하는 것이려니 생각했다.

봄비가 내렸고 들판이 푸르게 변했다. 레위인 제사장들은 내 수도에서 불편해 했다. 알마카에 대한 이야기가 너무 많은 곳이었기 때문이다. 그해 가을, 나는 그들을 화물과 함께 바다 건너 푼트로 보냈다. 나는 금빛 궤에 대한 그들의 충성을 이해할 수 없었다. 그런데 그들이 궤를 짊어지고 왕궁을 나가던 날, 처음으로 한 가지 사실이 내 눈에 들어왔다. 왕이 지하의 숨겨진 방으로 나를 데려간 날 밤에 보았던 것보다 채가 짧아보인다는 것이었다.

나는 야훼의 이름으로 그들의 안전한 여행을 기원하고 평화롭게 궁전으로 돌아왔다.

아들을 기르기 위해, 나라를 세우기 위해.

◈ 에필로그

삼 년마다 오는 배들이 도착했다. 한 선단은 남쪽, 푼트로. 다른 선단은 동쪽 아덴의 사바 항구로. 배들은 장관을 이루었지만 내가 평생을 기다려온 대상들만은 못했다. 탐린이 그토록 사랑하던 향료길에서 죽은 이후에는 대상도 전과 같지 않았다. 그가 그 여행 도중 어딘가에서 목적지를 발견했기를 바라는 마음이 종종 든다.

그해는 메넬리크가 그들을 맞이할 첫 해라고, 나는 선단 책임자에게 자랑스럽게 말한다. 그가 왕으로서 맞이하게 될 첫 번째 선단이 될 터였다.

왕위를 물려주고 나와서 아쉽지 않으냐고 선단 책임자는 묻는다. 나는 아니라고, 매미만 빼면 푼트가 훨씬 조용하다고 대답한다. 야푸쉬도 그 말에 동의한다. 요즘 그는 서 있는 대신 내 옆에 자리를 잡고 앉아 있다.

이번에는 내가 선단 책임자에게 묻는다. 내게 전해줄 것이 있느냐고.

그는 두루마리를 건넨다. 이제껏 수없이 그랬던 것처럼. 그러나 이번에 그는 한숨을 내쉰다.

왕께서 선조들이 계신 곳으로 가셨습니다. 이것이 마지막 두루마리일 것입니다.

손가락이 떨린다. 혼자 있고 싶다.

혼자 있게 된 나는 두루마리를 품에 꼭 안고 있다가 뜯어본다. 그의 마지막 노래를 읽으니 눈물이 나온다. 그러나 슬픔의 눈물은 아니다.

그는 그 정원을 기억하고 있었다.

그는 마침내 이야기를 마무리했다.

도장을 새기듯, 그대 마음에 나를 새기세요.

도장을 새기듯, 그대 팔에 나를 새기세요.

사랑은 죽음같이 강한 것이니…

많은 물도 사랑을 끄지 못하고,

홍수라도 삼키지 못하네.

사랑하는 이여, 빨리 오세요.

솔로몬의 통일왕국은 그의 후계자 르호보암의 치하에서 둘로 쪼개져 북쪽의 이스라엘 열 지파와 남쪽의 유다 두 지파로 나뉘었다. 르호보암은 북쪽 지파들의 노역을 줄여달라는 청을 거부하고 오히려 열 배로 늘리겠다고 선언했다. 이집트에서 돌아온 여로보암은 북쪽 지파들의 반란을 이끌었다. 여로보암은 이스라엘을 이십이 년간, 르호보암은 유다를 십칠 년 간 다스렸다. 두 통치자는 재위 기간 내내 서로 싸웠다.

파라오 시삭(세송크 1세, 이집트의 제22왕조인 '리비아' 왕조의 창시자)은 르호보암 통치 오 년에 북이스라엘을 침략해 므깃도를 포함한 몇 개의 도시를 차지했고 그 과정에서 게셀을 되찾았다. 카르나크의 아문 신전에 있는 유명한 부바스티스문[*] 부조는 세송크 1세가 "야훼의 집의 보물들과 왕궁의 보물들"과 솔로몬의 황금 방패들을 가져가는 장면을 묘사한다. 그 문에 새겨진 그가 정복한 도시의 목록에 예루살렘은 들어 있지 않지만, 성경 기록에서는 시삭에게 정복된 도시로 예루살렘만 언급한다. 학자들은 여로보암이 보물을 공물로 바쳐 수도에 대한 공격을 피했을 것으로 추측한다. 이후 유다도 이집트의 속국이 되었다.

언약궤는 시삭의 침략 때는 살아남은 것 같지만(요시야 왕이 언약궤를 성전에 돌려보내는 역대하 35장 1-6절의 기록이 그 증거이다. 이 대목이 솔로몬 시대 이후 언약궤에 대한 유일한 기록이다), 기원전 589~587년 바빌로니아의 예루살렘 포위 공격(이때 느부갓네살은 성전을 불태우고 예루살렘을 철저히 파괴했다)이 있기 전 어느 시점, 또는 그 무렵에 성경과 역사에서 사라진다. 열왕기하에 실린 느부갓네살의 노획물 목록에는 접시 같은 사소한 것들도 들어 있는데 언약궤는 없다. 에스라서에서 고레스[키루스]가 예루살렘에 돌려보낸 품목 중에도 언약궤는 없다.

에티오피아의 전설에 따르면 스바 여왕과 솔로몬 왕의 아들이었던 메넬리크가 에티오피아 솔로몬 왕가의 초대 왕이 되었다. 그를 계승한 왕들은 1974년 하일레 셀라시에 황제의 통치가 끝나기까지 삼천 년 동안 나라를 다스렸다.

엄청난 분량의 조사를 거쳐 《유다》를 쓰고 난 다음이라, 그보다 천 년 앞서는 단편적인 역사에서 스바의 여왕 이야기를 재구성하는 것은 비교적 쉬울 거라는 순진한 생각을 했었다. 그러나 수수께끼 같은 여왕의 존재를 밝혀내는 작업은 정반대의 이유로 머리를 쥐어뜯게 만드는 새로운 모험이었다.

스바의 여왕은 세 권의 주요 저작에 등장한다. 성경, 코란, 《왕들의 영광Kebra Nagast》이다. 《왕들의 영광》은 칠백 년이 넘는 에티오피아 솔로몬 왕조 왕들의 탄생 이야기, 에티오피아가 해와 달과 별들을 숭배하던 신앙을 버리고 이스라엘의 하나님을 믿게 된 이야기, 언약궤가 에티오피아에 머무르게 된 경위 등을 담고 있다. 세 저작을 믿는 신자들은 각각을 영감을 받은 책으로 받아들인다.* 그리고 세 책 모두 스바 여왕이 이스라엘의 솔로몬 왕을 방문한 전설적인 여행을 담고 있다.

유대인들과 기독교인들에게 스바의 여왕은 구약성경에 등장하는 남쪽 향료의 땅의 이름 모를 통치자다. 그녀는 4.5톤의 황금을 가지고 솔로몬을 방문했고 그의 권력을 인정했으며 그의 신을 찬양했다. 예수께서는 복음서에서 자신을 믿지 않는 이스라엘 세대가 이 여왕의 정죄를 받을 거라고 선언하셨다. 무슬림들에 따르면 그녀는 아라비아의 여왕 빌키스로서, 이스라엘 왕을 찾아가 경의를 표하고 알라 신앙으로 개종했다. 에티오피아인들은 그녀를 마케다라고 부른다. 솔로몬에게 속아 그와 동침했고, 야훼 신앙으로 개종한 뒤 삼천 년 동안 이어진 왕조의 어머니가 된다.

역사가 요세푸스는 스바의 여왕이 이집트와 에티오피아의 여왕 니카울리스라고 언급하지만, 대부분의 역사 기록에 따르면 솔로몬 시대에 이집트를 통치했던 여왕은 없다. 외경에는 스바의 여왕이 여왕들의 혈통에서 나왔다는 구절이 있다. 그러나 역사적·고고학적 기록에는 남부 아라비아에서 여왕이 다스렸다는 내용이 전혀 없다.

기원전 10세기의 이 여왕에 대해 우리가 알 수 있는 것은 과연 무엇일까? 대답은 간단하다. 거의 없다. 성경이나 코란이나 에티오피아 전설을 믿는 이들은 그녀의 생애를 기정사실로 여긴다. 그러나 역사가들에게 그녀의 존재는 기껏해야 의심스러운 정도이다.

사바 왕국은 고대 예멘부터 에티오피아에 이르기까지 홍해 전체에 걸쳐 있었다. 사바인들은 분명 존재했고, 그들이 만든 여러 신전, 댐, 도성의 폐허는 수십 년에 걸친 발굴과 연구의 주제이다. 사바에 대한 기록은 예멘과 몇 세기 후 악숨 왕국이 되는 고대 D'mt (추정 발음 '다아맛')의 식민지에서도 볼 수 있다.

향료길이 오래 전부터 실제로 존재했다는 사실은 논란의 여지가 없다. 신앗시리아제국(기원전 900~610년—옮긴이)의 문서들에 따르면, 남부 아라비아와 유프라테스강 중부 지역 사이의 교역이 기원전 9세기 초반부터 있었던 것을 알 수 있다. 남부 아라비아와 레

반트 지역 사이의 교역은 그보다 천 년 앞서 시작되었을 가능성이 높다. 학자들은 열왕기상 10장 1-13절의 핵심 내용이 기원전 10세기경에 기록되었을 가능성이 높다고 보니 시간대가 넉넉히 들어맞는다. 기원전 600년경의 물건으로 추정되는 사바왕국의 청동 부조 조각들은 사바의 예술작품에서 광범위하게 나타나는 아이벡스 머리를 표현하고 남부 아라비아와 '유대 도시들'과의 교역 내용을 기록하고 있다.

솔로몬과 스바의 여왕을 증거하는 유물들은 미미하다. 2012년, 북부 에티오피아의 한 고고학 팀이 해와 초승달이 새겨진 6미터 높이의 석판과 사바 문서의 파편들, 고대 금광의 수직 통로 근처에서 달의 신에게 바치는 신전 기둥들을 발견했다. 더 북쪽으로 에돔의 구리광산에는 기원전 10세기에 조직적 활동이 있다가 시삭(세송크) 1세가 침입한 시기 무렵 그 활동이 중단되었음을 알려주는 흔적이 남아 있다.

상황이 이러니, 스바의 여왕, 그리고 솔로몬의 고고학 기록이 희박하다는 말도 관대한 표현이 될 것이다. 어느 쪽 군주에 대해서건 구체적인 유물은 아직 나오지 않았다.

이스라엘 박물관은 1980년대에 익명의 수집가로부터 삼천 년 된 상아 석류를 구입했다. 하마뼈로 조각되고 바닥에 구멍이 있는 엄지손가락 크기의 이 장식은 제사장의 홀 꼭대기의 장식물로 추정되었다. 거기에는 이런 문구가 새겨져 있었다. "주(야훼)의 성전 소유. 제사장들에게 거룩함." 솔로몬이 건축한 제1성전의 존재가 마침내 입증된 것이었다. 하지만 2004년에 이 글귀는 위조된 것으로 확정되었고, 석류의 제작 시기도 제1성전 시기보다 앞서는 것으로 드러났다.

코란에 따르면 스바의 여왕은 해를 숭배했다. 고대 예멘에서는 여러 다른 신들과 더불어 해의 여신 샴스를 숭배했고 지역마다 섬기는 신이 달랐다. 남아 있는 문헌들에는 알마카 신이 광범위하게 등장하고, 아이벡스로 장식된 신전들이 사바 영토 곳곳에 있다. 하지만 알마카 신이 달의 신인지 해의 신인지에 대해서는 학자들도 의견이 분분하다.

솔로몬 왕의 생애는 스바 여왕의 경우보다는 잘 알려져 있지만(대부분의 연대기에 따르면 그는 기원전 970~930년까지 통치했다), 그를 언급하는 세 가지 주요 기록에서 각기 다소 다른 모습으로 나타난다. 성경에서 그는 더없이 지혜로운 왕이지만 결국 (그가 구했던 지혜와 구한 적 없는 부와 권력을 주었던) 야훼의 명령을 따르지 않았다. 코란에서 그는 동물들과 심지어 벌레들의 언어로 말하는 인물이다. 신기한 후투티 새를 통해 스바의 여왕에 대해 알게 되고, 정령을 시켜 그녀가 도착하기 전에 그녀의 왕좌를 가져오게 한다. 아랍의 전설에 등장하는 그는 알현실에 물웅덩이를 준비해 그녀 발의 정체가 드러날 수밖에 없게 만든다.

《왕들의 영광》에서 그는 속임수를 쓰는 교활한 왕으로 나오는데, 여왕을 설득해 자신과 동침하게 만든다. 나중에는 아들 메넬리크를 호송한 유대의 의장대에게 언약궤를 빼앗긴다. 설화에 따르면,

솔로몬은 메넬리크가 머나먼 땅에서 야훼를 섬길 수 있도록 언약
궤의 복제품을 보낼 생각이었다. 그러나 점점 도를 더해가는 솔로
몬의 배교를 우려한 메넬리크가 의장대를 시켜 예루살렘에서 진
짜 언약궤를 몰래 빼냈고 모조품을 그 자리에 두었다. 오늘날 에티
오피아의 많은 베타 이스라엘 '검은 유대인'은 메넬리크와 이스
라엘인 배우자의 혈통을 이어받았다고 주장한다.(고대의 단 지파의
후손이라고 주장하는 이들도 있다.)

성경이 말하는 솔로몬의 여러 건축 사업은 예루살렘의 성전산
근처의 왕도王都와 솔로몬 시대의 것으로 추정되는 기타 건물들로
역사적 사실임을 알 수 있지만, 많은 학자들은 솔로몬의 부와 영향
력을 내세우는 주장들이 과장되었다고 이의를 제기한다.

그럼 여기서 이 드라마의 신비로운 세 번째 주역, 언약궤로 넘
어가보자.

전투의 상징물로 등장하는 궤의 개념은 이스라엘에만 있던 것
이 아니다. 마르카브도 전시에 비슷한 역할을 수행했다. 그러나 내
가 아는 한 진짜 대량살상무기였던 이스라엘의 언약궤 같은 영적
힘을 가졌다고 여겨지지는 않았다. 신성한 물건들이 담긴 황금 궤
는 고대 역사에 줄곧 등장한다.(투탕카멘의 무덤에서 발견된 행렬에
쓰이는 궤도 1922년에 엄청난 선정적 관심을 불러 일으켰다. 하지만 탐문
모양의 이 궤는 언약궤의 중요성과 비교할 수 없다. 투탕카멘의 '궤'는 아
누비스[고대 이집트의 죽은 자들의 신. 자칼의 머리에 인간의 몸을 하고
있다—옮긴이]의 모습을 하고 있다.)

언약궤의 행방은 수없는 조사, 전설, 음모론의 주제가 되었고 할리우드 영화에서도 여러 번 다뤄졌다. 인디아나 존스 같은 인물들이 이스라엘, 이집트, 아라비아, 아일랜드, 프랑스, 심지어 미국에서까지 궤의 행방을 추적했다.

뻔한 답은 기원전 587년 느부갓네살의 예루살렘 포위 공격 기간에 언약궤를 빼앗겼다는 것이다. 하지만 바빌로니아 군대가 성전에서 가져간 물품 목록에는 언약궤가 빠져 있다(열왕기하 25:13-15과 예레미야 52:17-22). 이 목록에는 성전 기둥들과 놋바다 물통부터 부삽, 접시, 심지가위(개역개정에는 '부집게'라고 번역했다—옮긴이)까지 자세히 적혀 있다. 외경 에스라 4서 10장 19-22절만이 언약궤 약탈을 언급하는데, 이 책은 흔히 로마의 침공에 대한 대응으로 기원후 90~100년 사이에 기록된 것으로 여겨진다. 하지만 언약궤를 그때 빼앗겼는데 '눈물의 선지자' 예레미야가 그 일을 애도하지 않았다는 것은 나로서는 믿을 수 없는 일이다. 언약궤는 에스라서에서 고레스(키루스)가 이스라엘에 반환한 물품 중에도 들어 있지 않다.

외경 마카베오하에 따르면, 예레미야는 바빌로니아 침공 전에 언약궤를 예루살렘 동쪽 느보산의 한 동굴에 묻어 "하나님이 자기 백성을 다시 모으실 날까지" 지키려 했다. 튜더 파피트는《사라진 언약궤The Lost Ark of the Covenant》(2008)에서 언약궤가 나중에 이스라엘에서 예멘으로 옮겨졌을 거라는 가설을 제시한다.

이 책의 목적상 내게 가장 흥미로웠던 것은 에티오피아에 있는 언약궤와 언약궤 복제품에 대한 전승이다. 에티오피아정교회는 각

교회마다 '타보트'를 보관하는데, 이것은 언약궤의 두 돌판을 상징하는 석판 또는 언약궤의 모형이다. 타보트가 없는 교회는 제대로 된 교회로 인정받지 못한다. 그런데 에티오피아정교회는 진짜 언약궤도 갖고 있다고 주장한다. 악숨에 있는 돌판교회의 언약궤 수호자—이 거룩한 유물을 은밀히 돌보는 임무에 평생을 바치는 이름 없는 수도사—에게 물어보면 자신이 언약궤를 보호하고 있다고 증언할 것이다. 그 주장의 유일한 문제점은, 그것을 보도록 허락된 사람이 그뿐이라는 점이다.

또 언약궤 복제품의 전승 중에서 한 가지 '음모'론이 내 시선을 사로잡았다. 언약궤를 성전에 가져다놓았을 당시, 궤에 끼워놓은 두 개의 채의 길이에 대해 특별히 언급한 성경의 기록에 근거한 이론이다(역대하 5:9). 또한 열왕기상 8장 9절과 역대하 5장 10절에 따르면, 모세의 두 돌판 외에 "그 궤 안에는 아무것도 없었다." 만나 항아리와 아론의 싹 난 지팡이에 대한 언급이 빠져 있는 것이다. 여기에 주목해 채가 훨씬 긴 모조품을 성전에 가져다놓고 진짜 궤는 안전한 보관을 위해 숨겨놓은 것 아니겠느냐, 하는 것이 음모론의 내용이다.

궤가 여전히 예루살렘에 있고 성전산을 잘 발굴하면 모든 질문에 대한 답이 나올 거라고 믿는 이들도 있다. 오늘날 '바위돔 사원'이 자리 잡은 위치가 대단히 민감하다 보니 그날이 오려면 아주 오랜 세월이 걸릴 것 같다. 그렇긴 하지만 '성전산 정밀조사사업 Temple Mount Sifting Project'—1996~1999년에 엘-말와니 모스크를 건설하기 위해 (많은 비판을 받으며) 성전의 기반에 구멍을 뚫으면서 나온 잔해를 발굴하는 사업—으로 지금까지 정밀히 조사한 20퍼센트의 돌무더기에서 몇 가지 굉장한 유물이 나왔다. 이 사업의 진행 상황은 다음 홈페이지에서 알아볼 수 있다. templemount.wordpress.com.

예루살렘에는 지하터널이 가득한데, 그중에는 다윗이 예루살렘을 점령할 때 이용했던 터널(2008년 엘리앗 마자르 박사가 발견한 것이 이것일 수도 있다)과 서벽에 인접한 터널도 있다. 성전산 아래에는 분명 더 많은 터널이 숨겨져 있을 것이다.

두어 가지 추가적으로 밝힐 내용이 있다.

첫째, 나는 사바의 고유명사에서 알레프(')와 기타 표기 부호를 삭제하는 명백한 문화적 폭력을 저질렀다. 독자들(과 나)에게 Ammī'amar, Ma'dīkarib, dhāt-Ba'dān 같은 이름을 피하게 해주려는 조치였다.

둘째, 빌키스의 '용감과 무모' 아이벡스 항아리는 가상의 것이다. 하지만 젖가슴이 밀랍으로 막혀 있는 아스타르테 조각상은 스페인 투투기에서 발견된 여신 조각상에 근거한 물건인데, 6~7세기에 만들어진 것으로 추정되는 이 유물은 똑같은 '기적'을 일으킨다. 그런 정교한 종교적 물품들은 고대에도 있었고 시간이 갈수록 흔해진다.

이상을 정리하자면, 솔로몬과 스바의 여왕은 아직 고고학 기록에 등장하지 않았지만 그들은 지금도 생생하게 살아 있다. 스바의 여왕이 국가적 정체성의 핵심적인 부분이라고 주장하는 에티오피아인들에게도, 다윗과 솔로몬이 다스린 통일왕국의 진실성이 그들

신앙이 펼쳐가는 이야기를 뒷받침하고 있는 기독교인, 유대인, 무슬림들에게도 두 군주의 왕궁은 여전히 건재한 것으로 보일 정도이다.

　나로 말하자면, 굳이 유물 같은 것이 나오지 않아도 두 군주에 대해 뭔가를 아는 데 지장이 없다. 그들의 질문, 약점, 상처, 기쁨, 승리와 상실은 그들만의 것이 아니다. 우리에게도 그와 같은 것들이 있다. …그들에게 금이 조금 더 많았을 뿐이다.

내게 요긴했던 다른 자료들을 소개한다.

* *Queen of Saba: Treasures from Ancient Yemen*, edited by St. John Simpson (Trustees of the British Museum, 2002)

* *Sheba: Through the Desert in Search of the Legendary Queen*, Nicholas Clapp, (Nicholas Clapp, 2001) 《시바의 여왕, 3천년 잠을 깨다》, 김영사 역간)

* *Ancient South Arabia: From the Queen of Sheba to the Advent of Islam*, Klaus Schippmann (Markus Wiener Publishers, 2001)

* *Arabia Felix: From the Time of the Queen of Sheba*, Jean-François Breton (University of Notre Dame Press, 1999)

* *Arabia and the Arabs: From the Bronze Age to the Coming of Islam*, Robert G. Hoyland (Routledge, 2001)

* *Solomon & Sheba: Inner Marriage and Individuation*, Barbara Black Koltuv (Nicolas-Hays, Inc., 1993)

* *Arabian Sands*, Wilfred Thesiger (Penquin, 2007) 《절대를 찾아서》, 우물이있는집 역간)

흥미로운 자료로 다음 두 책을 덧붙이고 싶다.

* *From Eden to Exile: The Epic History of the People of the Bible*, David Rohl (Arrow Books, 2003)

* *The Sign and the Seal: The Quest for the Lost Ark of the Covenant*, Graham Hancock (Arrow Books, 1997) 《신의 암호》, 까치 역간)

감사의 글

모든 책은 천 개나 되는 감사의 이유와 놀라운 길동무들이 함께하는 여행입니다. 그들은 함께 여정을 계획하고, 나란히 걷고, 와서 도와주며, 길을 알려주고 격려합니다. … 그다음에 기적처럼 그 모든 과정이 되풀이됩니다.

독자들께 감사의 마음을 전합니다. 제게 용기와 격려를 주고, 제 사인회에 베이컨을 들고 찾아오거나 제 페이스북에 베이컨 사진, 이야기, 요리법을 올려주고, 마라톤과 같은 집필 작업 내내 함께해주었습니다. 모든 책은 독자 여러분을 위한 것입니다.

길잡이들이 있었습니다. 크리에이티브트러스트의 댄 레인스와 메리더스 스미스는 내가 새로 무모한 작품 구상을 내놓아도 늘 (적어도 제가 볼 때) 의연하게 받아주었습니다. 지니 케서먼은 맨눈에 보일 리 없는 작은 활자를 읽어냅니다.

담당 편집자 베키 네스빗과 편집조수 아만다 디마스터스는 폭풍 같은 내 초기 원고들을 가지고 아름다움을 조각해냅니다. 조나단 머크, 랍 버크헤드, 브랜디 루이스, 제니퍼 스미스, 보니 맥아이작, 크리스 롱, 브루스 고어, 그리고 탁월한 역량을 보여주신 하워드출판사의 전 직원분들에게 감사를 전합니다.

신디 캉거는 내가 궤도를 벗어나지 않고 제정신을 유지하게 해주었습니다. 마크 담키는 고대의 기후를 조사하는 작업을 도와주었습니다. 메러디스 에프킨은 나와 함께 한국식 타코를 먹으며 초기 단계들을 헤쳐나갔습니다. 스티븐 파롤리니는 즉석에서 〈스타워즈〉를 들먹여가며 첫 번째 원고를 나와 함께 살펴보았습니다. 그의 유쾌함 덕분에 총명한 그가 밉지 않았습니다.

전문가들이 있습니다. 댈러스침례대학교의 구약학 조 캐시 교수는 끝없이 이어지는 나의 괴이한 질문에도 지칠 줄 모르고 대답해 주었습니다. 북아이오와대학교의 역사학 교수 로버트 L. 다이스 주니어 박사, 제프 셰이크 목사, 새로운 친구 존 컬버는 경험과 지성과 시간을 빌려주었습니다.

오랫동안 연락하지 못했지만 죽은 셈 치고 내 물건들을 정리하지 않은 가족(혈육의 가족과 의로 맺은 가족)에게 감사를 전합니다. 며칠 동안 같은 옷을 입었다는 사실을 한 번도 지적하지 않은 친구들, 지난 삼십 년 동안 나와 함께 땡땡이를 쳐준 줄리, 내 마음에 사랑의 씨앗을 뿌려준 브라이언, 와인터, 케일라, 케이지, 콜에게도 감사를 전합니다.

가장 큰 감사를 하나님께 바칩니다. 한때는 하나님이 내게 큰일들을 보여주시는 분이라고 말했었지만, 요즘 하나님은 예상치 못한 일들로 나를 놀라게 하십니다. "준비되었습니다"라고 더 이상 말하지 않게 되었습니다. 나는 결코 준비되지 못하기 때문입니다.

옮긴이 **홍종락**

서울대학교 언어학과를 졸업하고, 한국사랑의집짓기운동연합회에서 일했다. 지금은 전문 번역가로 일하고 있으며, 번역하며 배운 내용을 자기 글로 풀어 낼 궁리를 하고 산다. 저서로 《나니아 나라를 찾아서》(정영훈 공저, 홍성사)가 있고, 《피고석의 하나님》, 《성령을 아는 지식》, 《소설 마르틴 루터》, 《루이스와 잭》, 《꿈꾸는 인생》, 《용서없이 미래없다》, 《영광의 무게》, 《실낙원 서문》(이상 홍성사), 《로빈슨크루소》(생명의말씀사), 《존재하는 신》(청림출판) 등 여러 책을 번역했다. 〈2009 CTK(크리스채너티투데이 한국판) 번역가 대상〉을 수상했다.

솔로몬과 스바의 전설

The Legend of Sheba:
Rise of a Queen

2016. 7. 18. 초판 1쇄 인쇄
2016. 7. 25. 초판 1쇄 발행

지은이 토스카 리
옮긴이 홍종락
펴낸이 정애주
국효숙 김기민 김의연 김준표 김진원 박세정 박혜민 송승호 오민택 오형탁
윤진숙 이한별 임승철 임진아 정성혜 조주영 차길환 한미영 허은
펴낸곳 주식회사 홍성사
등록번호 제1-499호 1977. 8. 1.
주소 (04084) 서울시 마포구 양화진4길 3
전화 02) 333-5161
팩스 02) 333-5165
홈페이지 www.hsbooks.com
이메일 hsbooks@hsbooks.com
페이스북 facebook.com/hongsungsa
양화진책방 02) 333-5163

• 잘못된 책은 바꿔 드립니다.
• 책값은 뒤표지에 있습니다.
• 이 도서의 국립중앙도서관 출판예정도서목록(CIP)은 서지정보유통지원시스템 홈페이지
(http://seoji.nl.go.kr)와 국가자료공동목록시스템(http://www.nl.go.kr/kolisnet)에서
이용하실 수 있습니다.(CIP제어번호: CIP2016017013)

ISBN 978-89-365-1168-5 (03840)